nowledge. 知識工場

Knowledge is everything！

nowledge. 知識工場
Knowledge is everything！

nowledge.
知識工場
Knowledge is everything！

nowledge.
知識工場
Knowledge is everything！

10秒英語開口術

開口聊天、交朋友，「套」個句型就能說！

張翔／編著

用對方法，10秒就能夠溜句「正」英文

找出關鍵句型 ＋ 換個單字套套看 ＝ 隨心所欲easy talk

地表最強破冰句型
開口第一步，從抓句型開始

關鍵字一套就能說
字彙換換看，10秒完成英文句

隨處可說，隨時可聊
不會英文，也能打進老外生活圈

1 情境分類，實用度UP！

依照常用的情境，分成7章，電話禮儀、提出建議、詢問資訊…查找方便，複習容易，現在就用這些關鍵句型學會萬用表達。

PART 1
打招呼/講電話的句型

2 180關鍵句型，效率UP！

針對180個核心句型，將一一列出來介紹，每一單元的內容將以「先基本、後變化」的原則，補充2～3個句型換換看，關鍵180句型，實際內容絕對不僅於此。

3 外師親錄MP3，發音UP！

建議讀者在看內文的同時，跟著外籍名師大聲朗讀例句，每聽一遍就強化一次記憶，跟著聽、學著唸，與外國人溝通交流一點都不難。

換=替換詞 MP3 011

Pattern 01

sb. have/has decided to...

(某人)決定要…。

本句型用於「已經決定要做某事」，而且此決定會影響到現在的行為和狀態；使用現在完成示的本句型，偏向指「剛決定好沒多久的事」，如果是滿久之前決定的，建議用過去式sb. decided to...。

4 提示句型重點，理解力UP！

針對每單元的句型，會先提示重點，幫助讀者理解句型，有了初步印象，學習才有效率。

5 超值補充「詢問資訊」核心30句

本書於Part 7中，補充許多與「詢問相關」的類型，問路、店家資訊、問感想…生活中最常用到的幾個疑問句，本書貼心收錄在最後，重視核心數量，也不遺漏生活中常見的句型，質與量同時躍升。

PART 7

詢問資訊
的句型

～詢問效率大增的
必備英文用法

6 替換詞衍生，數量翻倍UP！

針對每個句型，提供大量替換詞，擴張單字量，並進一步熟悉句型，句型x單字交錯練習，大幅增進運用能力。

換A-主詞　換B-動詞

替換詞對應方法：換Aa 對應→ 換Ba，練習時請按照順序替換喔！

換A-主詞	換B-動詞
a The janitor❸ has 管理員	a retire in June 在六月退休
b They have just 他們才剛	b take the work home 把工作帶回家做
c The mayor has 市長	c beef up the security❹ 加強安全措施
d The government❺ has 政府	d increase❻ pay for all laborers 增加勞工的工資
e The manager has 經理	e vacate❼ a job in sales promotion❽ 空出一個促銷產品的職位
f My colleague has 我的同事	f accept a position with a higher salary 接受薪水更高的工作

❶ **lawsuit** [ˋlɔˏsut] 名 訴訟
❷ **neighbor** [ˋnebɚ] 名 鄰居
❸ **janitor** [ˋdʒænɪtɚ] 名 門警
❹ **security** [sɪˋkjʊrətɪ] 名 安全
❺ **government** [ˋgʌvɚnmənt] 名 政府
❻ **increase** [ɪnˋkris] 動 增加；增大
❽ **promotion** [prəˋmoʃən] 名 促銷

7 巧列關鍵單字，基礎UP！

從主要例句與替換詞當中選出關鍵詞彙，除了能藉此了解句義，還能擴充單字量，從句型學架構，以單字打基礎。

8 句型TIP再補充，活用UP！

根據各單元句型，提點注意事項與補充用法，提升你的英文活用能力，英文不死背，應用方式更多元。

絕大多數的動詞都可以用現在式，但是像decide這種「一瞬間的動作」，在應用時，會搭配過去式/完成式/未來式，就是不會以現在式的型態出現，其他類似的英文還有convince、persuade、make up one's mind、receive…等。

9 替換詞衍生的四大步驟

步驟1 找出例句的替換範圍

先從句型換換看的例句當中，找出[...]裡面的資訊，這些就是接下來將被替換的元素。

步驟2 剖析例句結構

針對主要例句，提供文法結構，掌握替換元素的詞性，再不用侷限於書上的內容，想說什麼都能隨意開口說。

步驟3 替換詞A與B的妙用

如果替換詞有AB兩組，請在替換時先以A a → B a的方式，跟著MP3唸過一次，熟悉了之後，不妨再調換AB的前後順序，衍生句子簡單造。

步驟4 活用句型的TIP大進擊

在練習完前面的替換詞之後，活用句型TIP這裡會提示讀者應用句型時該注意的事項，或者補充其他相關的衍生用法，英語程度再翻升。

句型換換看 Replace It!

換A [**We have**] **decided** not **to** 換B [buy commodities❶ in that outlet].

翻譯 我們決定不在那間商店購買商品。

解構 [主詞] + [have/has decided not to] + [動詞]

換A-主詞	換B-動詞
替換詞對應方法：換 A a —對應→ 換 B a，練習時請按照順序替換喔！	
a My friend has 我的朋友	a fall in love again 再次陷入戀愛
b The suspect❷ has 嫌疑犯	b confess❸ 招供
c Mr. Hill has 希爾先生	c consent❹ to the proposal 同意那個提案
d This athlete❺ has 這名運動員	d compare❻ others' situation❼ to his 比較自己和其他人的情形
e Helena has 海倫娜	e have her sister as the bridesmaid❽ 讓她姊姊做伴娘
f The heartbroken girl has 那名悲傷的女孩	f trust his words anymore 不再相信他的話

學習品質脫胎換骨，就從關鍵一句開始！

在英語教學的領域中，無論面對的學生程度為何，有一個問題我經常被問到：「老師，要怎麼學英文才有效率？」不管什麼時候，我都經常強調學習語言是一輩子的事，想要一下子就「求快求好」，對於一般自學者來說確實有困難，不過，這並不代表我們一定要耗費大半輩子的時間，才能用英文與人交流，想要提升效率，就要從「核心」下手。

傳統的學習方法，強調的往往是「數量」，我要背5000、8000、10000個單字之後，才有辦法與外國人交談，上考場，但是，這樣往往只強化了單面向的學習成果，也就是「懂得很多單字，卻不知該如何運用」的學生，看到這樣的情況，我多半感到很惋惜，因為這些學生並非程度不好，只是過去太著重於背單字、片語，而忽略了其他面向，所以無法學以致用。

為了這樣的學習者，我才有了撰寫本書的想法，「如何幫助這些單字基礎紮實的學生，讓他們的程度往上提升到應用的階段？」「對於那些單字量不夠多的學習者，有什麼方法能在最快的時間內，把活用能力教給他們？」

看似不同的兩個問題，其實有個共通的解決方法，就是「教給他們最核心、最關鍵的句型」，讓單字基礎紮實的學習者，從這些句型開始，進入句子的活用階段；也讓單字量尚不足的學生，先掌握基礎架構，再逐步套用單字，表達一句又一句的英文。「掌握核心骨架」是許多領域都會用到的方法，學習語言當然也不例外，身為英語教學者，我常常跟學生強調，「學英文不只有一種方法，但會有效率較高的學習方式」，該用什麼方法學？該學些什麼內容？這就是身為一位英語教學者的我，最想與學生分享的事情。

語言就是溝通的工具，無論強化單字基礎到什麼程度，終有必須學會活用的那一天，尤其是現今社會，不管是英文證照、還是工作的實際需要、甚至是旅遊時與人交流，都一定會遇到要用上英文的時刻，就是為了幫助學習者「活用」的能力，所以，我特別挑選了「最常用」也「最好用」的180個句型，集結在本書中，希望能讓讀者快速掌握核心架構，提升應用能力。

本書最大的特色，除了整理出來的核心句型之外，每個句型之下，還另外補充句型變化，希望能幫助讀者在核心內容之外，盡量擴充其他相關用法，讓學習者不再只是死板地記得一種表達，而能一次學會不同的用法；另外，在例句中也標註出可替換的範圍，這樣子的設計，是為了能幫助讀者理解哪些是句型當中的骨架，而哪些是換成其他英文也無妨的替換詞，當讀者習慣核心骨架之後，就能將其他單字套用進去，在無形中從書本上的內容進階到自己想要表達的英文單字，這個過程就是在提升英文表達力。

在翻閱本書時，讀者或許會發現每個句型都會有大量的替換元素，除了擴充讀者的單字量之外，也希望能幫助各位在無形中熟悉句型的架構，再回頭記憶句型本身時，就會發現輕鬆許多，我希望能帶給每一位英語學習者的，不僅僅是英文本身，還有學習英文的樂趣，不管是單字量充足但不知如何應用的學生，還是因為單字量不足而沒有自信開口說的讀者，期望各位都能掌握「核心學習法」，從架構開始逐步搭起自己的英語巧實力。

張翔

目錄

CONTENTS

PART 3 抒發心情與感想的句型

目錄 CONTENTS

PART 4 提出勸告或提議的句型

PART 5 說明情況的句型

PART 6 讚美與肯定的句型

PART 7 詢問資訊的句型

PART 1

打招呼/講電話的句型

~提升好感度與印象的必備英文用法

動 動詞

名 名詞

片 片語

副 副詞

形 形容詞

EXPRESS YOURSELF VIA THESE PATTERNS!

..., how do you do?

...，你好。

How do you do?為正式英文，用在初次見面的人身上，須注意的是，本句雖然以問號結尾，但並非問句，回答時同樣用how do you do?即可。

句型換換看 Replace It!

換A 換B

[Good morning❶,] **how do you do?** [I am Joe.]

翻譯 早安，你好！我是喬。

解構 [招呼語/子句] + [how do you do?] + [補充語]

換A-招呼語/子句 **換B-補充語**

替換詞對應方法：換Aa —對應→ 換Ba，練習時請按照順序替換喔！

換A-招呼語/子句	換B-補充語
a Good afternoon❷ 午安	a Thanks for seeing us. 謝謝你願意見我們。
b Good evening❸ 晚安(招呼用語)	b This is a really wonderful❹ feast. 這場筵席真的很棒。
c My name is Claire 我是克萊兒	c You must be Nina's fiance❺. 你一定就是妮娜的未婚夫。

❶ **morning** [ˋmɔrnɪŋ] 名 早晨
❷ **afternoon** [ˋæftəˋnun] 名 下午
❸ **evening** [ˋivnɪŋ] 名 傍晚
❹ **wonderful** [ˋwʌndəfəl] 形 極好的
❺ **fiance** [ˏfiənˋse] 名 未婚夫

morning、afternoon、evening都可以依照時間自由替換；另外，同樣是招呼語，How are you?就不限定於初次見面的人，且會有Good./Not so good.等回應。

句型換換看 Replace It!

How do you do? I'll [show❶ you to your room]. (換A)

翻譯 您好，我將帶您去您的房間。

解構 [How do you do?] + [主詞(+助動詞)] + [動詞]

換A-動詞

a show you around❷ the office❸ 帶您參觀辦公室
b take you down to your department❹ 帶您到您的部門
c be the new assistant❺ for this project 擔任這個計畫的新助理
d demonstrate❻ our product❼ at the meeting 在會議上展示我們的產品
e make an arrangement❽ for you 為您安排會面時間

❶ **show** [ʃo] 動 帶領；引導
❷ **around** [ə`raʊnd] 副 到處；四處
❸ **office** [`ɔfɪs] 名 辦公室
❹ **department** [dɪ`pɑrtmənt] 名 部門
❺ **assistant** [ə`sɪstənt] 名 助理
❻ **demonstrate** [`dɛmən͵stret] 動 展示
❼ **product** [`prɑdəkt] 名 產品
❽ **arrangement** [ə`rendʒmənt] 名 安排

注意how do you do?為正式場合所使用的英語，且談話對象為初次見面的人，所以要注意後方替換的內容，其口吻通常不會過於隨性。

句型換換看 Replace It!

He [came] to say "How do you do?" to [the newcomer❶]. (換A, 換B)

翻譯 他過來向新人問好。

解構 [主詞+動詞] + [to say "How do you do?"] + [to+名詞]

換A-動詞 / 換B-名詞

替換詞對應方法：換 A a —對應→ 換 B a，練習時請按照順序替換喔！

換A-動詞	換B-名詞
a stood up❷ 站起來	a the host❸ 主辦人
b held the elevator❹ 按住電梯	b the visitor❺ 拜訪者
c stopped by 順路拜訪	c his girlfriend's relatives❻ 他女友的親戚
d walked around 到處走動	d every donor❼ at the party 派對上的每一位捐贈者
e was forced❽ to 被強迫	e that ill-tempered❾ woman 那位易怒的女性
f came along with other colleagues 和其他同事一起來	f their new supervisor❿ 他們的新主管
g showed up at the party 出席派對	g the corporation's⓫ shareholders⓬ 公司的股東
h stopped by for a while 停下一會兒	h the woman who smiled at him 對他微笑的女性

❶ **newcomer** [ˋnjuˋkʌmɚ] 名 新手
❷ **stand up** 片 站起來
❸ **host** [host] 名 主人；東道主
❹ **elevator** [ˋɛlə͵vetɚ] 名 電梯
❺ **visitor** [ˋvɪzɪtɚ] 名 訪客；參觀者
❻ **relative** [ˋrɛlətɪv] 名 親戚
❼ **donor** [ˋdonɚ] 名 捐贈者；贈送人
❽ **force** [fors] 動 強迫；迫使
❾ **ill-tempered** [ˋɪlˋtɛmpɚd] 形 易怒的；壞脾氣的
❿ **supervisor** [͵supɚˋvaɪzɚ] 名 管理人
⓫ **corporation** [͵kɔrpəˋreʃən] 名 社團法人
⓬ **shareholder** [ˋʃɛr͵holdɚ] 名 (英)股東

交互替換a～e的前後兩組英語，就會有多種變化喔！要注意的是換A中d的walk around比較適合搭配複數名詞(例如換B中的c與g)；另外c的「順路拜訪」隱含主詞he是拜訪者，所以後面不適合再接b的visitor(拜訪者)；除此之外，請注意say "How do you do?"要以「問好」的概念去理解，不要照字面逐字翻譯。

Nice to meet you.

很高興認識你。

用於初次見面的對象，完整句為It's nice to meet you.一般說話時會省略It's；須注意的是，若想以同樣的句子回覆對方，要記得在句尾加上too(也)。

句型換換看 Replace It!

Nice to meet[1] you. [My name is Irene.]

翻譯 很高興認識你，我叫艾琳。

解構 [Nice to meet you.] + [子句]

換A-子句

- a I am Irene, Dave's friend[2]. 我是戴夫的朋友，艾琳。
- b I'm Irene, the new accountant[3]. 我是新的會計師，艾琳。
- c My name is Irene. I'm here for business[4]. 我叫艾琳，我來這裡是為了公事。
- d I'm Irene. I haven't seen you around before. 我是艾琳，以前好像沒有見過你。
- e I'm Peter Brown from Personnel[5]. Have a seat[6], please. 我是人事部的彼得・布朗，請坐。

❶ **meet** [mit] 動 遇見；認識

❷ **friend** [frɛnd] 名 朋友；友人

❸ **accountant** [ə`kaʊntənt] 名 會計師

❹ **business** [`bɪznɪs] 名 生意

❺ **personnel** [ˌpɜsn̩`ɛl] 名 人事部

❻ **seat** [sit] 名 座位；(椅子的)座部

面對初次見面的人，通常會做簡單的自我介紹，除了提及姓名之外，可以像abce那樣，補充額外的資訊，讓對方更了解自己；如果希望對方能做個自我介紹，不妨以d這種委婉的語氣代替過於直接的詢問。

句型換換看 Replace It!

Nice to meet you. And I assume❶ [this is your son?] 換A

翻譯 很高興認識你，我想這是你的兒子吧？

解構 [Nice to meet you.] + [子句]

換A-子詞

a the host is your husband❷? 主辦人是你的老公吧？

b this is one of our sponsors? 這位是我們其中一名贊助者吧？

c you're the expert in this field❸? 你是這個領域的專家吧？

d you're the owner of this museum❹? 你是這間博物館的老闆吧？

e the cooperation❺ will be a huge success❻. 這次的合作會很成功。

❶ **assume** [ə`sjum] 動 認為；假定為
❷ **husband** [`hʌzbənd] 名 丈夫
❸ **field** [fild] 名 (知識)領域；專業
❹ **museum** [mju`zɪəm] 名 博物館
❺ **cooperation** [ko͵ɑpə`reʃən] 名 合作
❻ **success** [sək`sɛs] 名 成功

替換時，可以詢問人的資訊，也可以提及事情。自行替換時，若像b以this is...開頭，那Nice to meet you.中的you與被詢問的對象(即this is後面提及的人)會是不同的人；若為相同的人，則會如cd那樣以you're...起頭。

句型換換看 Replace It!

Nice to meet you. I [am glad] 換A to have the chance to [visit this country❶]. 換B

翻譯 很高興認識你，我很高興有機會造訪這個國家。

解構 [Nice to meet you.] + [主詞+動詞] + [補語]

換A-動詞　換B-補語

替換詞對應方法：換Aa —對應→ 換Ba，練習時請按照順序替換喔！

換A-動詞	換B-補語
a am happy 很高興	a help you with your English lessons❷ 幫你準備你的英文課程
b am pleased 很高興	b introduce❸ you to our new computer❹ 介紹我們的新電腦給你
c am lucky 很幸運	c attend such a fabulous❺ carnival❻ 參加這麼棒的嘉年華
d feel content❼ 很滿足	d be a member❽ of this development❾ team 成為研發小組的一員
e feel honored 感到榮幸	e be the representative❿ at the convention⓫ 成為會議上的代表
f feel excited 感到興奮	f publish that entrepreneur's⓬ autobiography⓭ 出版那位企業家的自傳
g feel delighted 感到開心	g interview the well-known movie star 訪問那位知名的電影明星

❶ **country** [ˋkʌntrɪ] 名 國家；國土
❷ **lesson** [ˋlɛsn̩] 名 課程
❸ **introduce** [ˌɪntrəˋdjus] 動 介紹
❹ **computer** [kəmˋpjutɚ] 名 電腦
❺ **fabulous** [ˋfæbjələs] 形 極好的
❻ **carnival** [ˋkɑrnəvl̩] 名 嘉年華會
❼ **content** [kənˋtɛnt] 形 滿足的
❽ **member** [ˋmɛmbɚ] 名 成員
❾ **development** [dɪˋvɛləpmənt] 名 發展
❿ **representative** [rɛprɪˋzɛntətɪv] 名 代表
⓫ **convention** [kənˋvɛnʃən] 名 會議
⓬ **entrepreneur** [ˌɑntrəprəˋnɝ] 名 企業家
⓭ **autobiography** [ˌɔtəbaɪˋɑgrəfɪ] 名 自傳

Nice to meet you.有一個形式類似的變化Nice meeting you.，請注意前者為見面時的招呼語；後者則用於對話結束，準備道別時的用語。

sb. may not remember...
某人也許不記得…了。

remember(記得；想起)在這個句型中接名詞(人或事)，用於「提醒對方」，但不要忘了在這句話之後提供更多資訊，以幫助談話對象認識或想起你所提及的人或事。

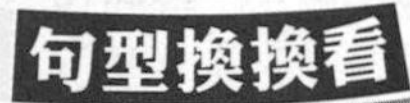

You may not remember❶ [me]; [I'm Allen Lee from Anderson Co.]

翻譯 你也許不記得我了，我是安德森公司的李亞倫。

解構 [主詞] + [may not remember] + [受詞(人)] + [補充語]

換A-受詞(人) …… **換B-補充語**

替換詞對應方法：換 A a —對應→ 換 B a，練習時請按照順序替換喔！

換A	換B
a Bob and Jeremy 鮑伯與傑洛米	a they are our new electricians❷ 他們是我們的新電工
b my colleague and I 我同事與我	b we belong to❸ the sales department 我們隸屬於業務部
c my sibling❹ 我妹妹	c you met her at Linda's party last month 你們上個月在琳達的派對上見過
d that woman 那名女性	d she spilled❺ coffee❻ on your shirt a few days ago 她幾天前把咖啡灑到你的襯衫上
e my name 我的名字	e I'm your new neighbor❼, Oliver 我是你的新鄰居奧利佛

❶ **remember** [rɪ`mɛmbɚ] 動 記得
❷ **electrician** [ˌilɛk`trɪʃən] 名 電工
❸ **belong to** 片 屬於；是…的成員
❹ **sibling** [`sɪblɪŋ] 名 兄弟姐妹
❺ **spill** [spɪl] 動 濺出；溢出
❻ **coffee** [`kɔfɪ] 名 咖啡
❼ **neighbor** [`nebɚ] 名 鄰居

除了基本型的用法，remember還有兩個常見的用法，後面接「to+原型動詞」或「動名詞」，前者表達「記得去做某件事」，後者則為「記得曾經做過某件事」，使用時請務必區別清楚。

句型換換看 Replace It!

換A 換B

You may not remember [the details]; we [handed in the proposal❶ three months ago].

翻譯 你也許不記得細節了，我們三個月前上交這份提案的。

解構 [主詞] + [may not remember] + [受詞(物)] + [補充語]

換A-受詞(物) **換B-補充語**

替換詞對應方法：換A a —對應→ 換B a，練習時請按照順序替換喔！

換A	換B
a the specific❷ number 確切數字	a will check it for you 會幫你查
b his coarse❸ remark 他粗俗的評語	b were all offended by it 我們都被激怒了
c that massacre❹ 那次慘敗	c lost 0 to 10 以0比10的比數輸了
d the case 那件事情	d helped them with a loan 用一筆貸款幫助了他們
e all the requirements❺ 所有的要求	e can make a list if necessary❻ 需要的話能做張列表
f the talk 那次談話	f persuaded❼ her into signing the contract❽ 說服她簽約

❶ **proposal** [prə`pozḷ] 名 提案

❷ **specific** [spɪ`sɪfɪk] 形 明確的

❸ **coarse** [kors] 形 粗俗的；粗魯的

❹ **massacre** [`mæsəkɚ] 名 (口)慘敗

❺ **requirement** [rɪ`kwaɪrmənt] 名 要求

❻ **necessary** [`nɛsə͵sɛrɪ] 形 必須的

❼ **persuade** [pɚ`swed] 動 說服；勸服

❽ **contract** [`kɑntrækt] 名 契約

同樣的句型，當remember後面加上某事情，就沒有「見面介紹」之意了，但這句話依然用於「提醒」，所以使用時請還是提供對方詳細的資訊。

句型換換看 Replace It!

You may not remember [me], but [I still love you].

翻譯 你也許不記得我，但我依然愛你。

解構 [主詞] + [may not remember] + [受詞] + [but+子句]

換A-受詞

換B-子句

替換詞對應方法：換 A a —對應→ 換 B a，練習時請按照順序替換喔！

換A-受詞	換B-子句
a that fight 那次爭吵	a most attendees❶ do 大部分出席者都記得
b the scheme❷ 這件計畫	b I still want to finish it 我仍想完成它
c this cafeteria❸ 這間餐館	c it means a lot to me 它對我意義重大
d why I did this 我這麼做的原因	d you should respect my choice 你應該要尊重我的選擇
e the foreigner 那名外國人	e you should at least say hello 至少該問好
f how I fell down 我是怎麼跌倒的	f I nearly died of embarrassment❹ 我難堪死了

❶ **attendee** [ə`tɛndi] 名 出席者

❷ **scheme** [skim] 名 計畫；方案

❸ **cafeteria** [ˏkæfə`tɪrɪə] 名 餐館

❹ **embarrassment** [ɪm`bærəsmənt] 名 難堪

You may not remember之後接but子句，有「不管你記不記得，都…」的之意，這樣的用法強調but後面的內容；另外，使用but子句會讓整句話的前後產生反差(不管…都…)。

Who is...(with)...?

(那個…的)…是誰？

詢問某人資訊的實用句型，舉凡初次見面或者不確定某人是誰都可以用，注意所詢問的對象為說話者與聽者以外的第三人。

句型換換看

Who is [換A the boy] **with** [換B a blue cap❶ and a yellow jacket❷]?

翻譯 那個戴藍色帽子，穿黃色夾克的男孩是誰？

解構 [Who is] + [名詞1] + [with+名詞2]

換A-名詞1 / 換B-名詞2

替換詞對應方法：換 A a —對應→ 換 B a，練習時請按照順序替換喔！

換A-名詞1	換B-名詞2
a that woman 那個女人	a short blond❸ hair 留有金色短髮
b the speaker 那名講者	b the black tuxedo❹ 白色晚禮服
c that man 那個男人	c a gorgeous❺ smile❻ 有燦爛的笑容
d that little girl 小女孩	d a long white dress 穿著白色長洋裝
e that student❼ 學生	e a novel in his hand 手裡拿著小說
f the runner 那名跑者	f that funny mask❽ and costume❾ 戴滑稽面具與穿奇異服裝

- ❶ **cap** [kæp] 名 無邊便帽
- ❷ **jacket** [\`dʒækɪt] 名 夾克
- ❸ **blond** [blɑnd] 形 (毛髮)金色的
- ❹ **tuxedo** [tʌk\`sido] 名 (男士)晚禮服
- ❺ **gorgeous** [\`gɔrdʒəs] 形 燦爛的
- ❻ **smile** [smaɪl] 名 笑容
- ❼ **student** [\`stjudṇt] 名 學生
- ❽ **mask** [mæsk] 名 面具；口罩
- ❾ **costume** [\`kastjum] 名 服裝

請讀者自行掉換本句前面所指的「人」(名詞1)，就能有更多句子變化。結構上，後面「with＋名詞2」的用意，在補充前面人物的特色，好讓聽者理解你所問的人是誰，當詢問對象為團體中的一員時，本句型能讓溝通更有效率。

換A 換B

Who is the [founder] of [our inventory❶ system]?

翻譯 誰是我們庫存系統的創立者？

解構 [Who is] + [名詞1] + [of+名詞2]

換A-名詞1 ························ **換B-名詞2** ························

替換詞對應方法：換 A a —對應→ 換 B a ，練習時請按照順序替換喔！

換A-名詞1	換B-名詞2
a mother 母親	a this cute baby 這名可愛嬰兒
b payee❷ 受款方	b this bank draft❸ 這張銀行匯票
c owner 物主	c this red briefcase❹ 這個紅色公事包
d legitimate❺ heir❻ 合法繼承人	d this family estate❼ 這份家產
e manager 經理	e the Marketing Department 行銷部門
f designer❽ 設計師	f this exquisite❾ gown❿ 這件精緻的長禮服
g buyer 買主	g your second-hand⓫ car 你的二手車

❶ **inventory** [`ɪnvən͵torɪ] 名 存貨
❷ **payee** [pe`i] 名 收款人
❸ **draft** [dræft] 名 匯票；匯款單
❹ **briefcase** [`brif͵kes] 名 公事包
❺ **legitimate** [lɪ`dʒɪtəmɪt] 形 合法的
❻ **heir** [ɛr] 名 繼承人；嗣子
❼ **estate** [ɪs`tet] 名 財產；資產
❽ **designer** [dɪ`zaɪnɚ] 名 設計者
❾ **exquisite** [`ɛkskwɪzɪt] 形 精緻的
❿ **gown** [gaʊn] 名 長禮服
⓫ **second-hand** [`sɛkənd`hænd] 形 二手的

本句型當中的of有「擁有；…的」之意，所以運用時請注意前後是否能構成合理的關係(例如：母親與嬰兒、受款方與匯票…等)。在翻譯時，請從後面的英文開始，以「…的(某人)是誰？」去理解句意。

句型換換看 Replace It!

換A

Who is in charge[1] of [the Marketing Dept. during Mr. Watson's leave]?

翻譯 華生先生休假期間，由誰負責管理行銷部門呢？

解構 [Who is] + [in charge of] + [名詞/動名詞]

換A-名詞/動名詞

a repairing[2] the roads 修補道路
b the quality[3] control[4] 品質管理作業
c the federal[5] government 聯邦政府
d food safety in our country 我們國家的食品安全
e this training and forums[6] 這個訓練與討論會
f this solar[7] energy research[8] 這項太陽能研究
g the procurement[9] of materials[10] 採購物資
h the kids while their parents are out 當父母不在時，(…照顧)孩子

❶ **charge** [tʃɑrdʒ] 名 責任；照顧
❷ **repair** [rɪ`pɛr] 動 修補
❸ **quality** [`kwɑlətɪ] 名 品質；質量
❹ **control** [kən`trol] 動 管理
❺ **federal** [`fɛdərəl] 形 聯邦(制)的
❻ **forum** [`forəm] 名 討論會
❼ **solar** [`solɚ] 形 太陽的；日光的
❽ **research** [rɪ`sɝtʃ] 名 研究
❾ **procurement** [pro`kjʊrmənt] 名 採購
❿ **material** [mə`tɪrɪəl] 名 材料

bcdefg五個例句，能用is responsible for(負責)替換is in charge of，創造更多變化。be in charge of常用於介紹「團體領導者或主事者」，為相當實用、也很常見的習慣用法。

句型換換看 Replace It!

換A 換B

In your opinion, who is [the most adaptable❶] [for the position]?

翻譯 在你看來，誰最適合這個職位？

解構 [In your opinion,] + [who is] + [名詞] + [補語]

換A-名詞 **換B-補語**

替換詞對應方法：換Aa —對應→ 換Ba，練習時請按照順序替換喔！

換A-名詞	換B-補語
a the most beautiful girl 最漂亮的女孩	a in your class 你們班上
b the biggest competitor 最大的競爭者	b in the market 市場上
c the flauntiest❷ speaker 最愛炫耀的講者	c in the seminar 研討會中
d the best candidate❸ 最佳候選人	d for Parliament❹ 國會
e the best advisor 最好的顧問	e for our party 我們的政黨

❶ **adaptable** [ə`dæptəbḷ] 形 適合的
❷ **flaunty** [`flɔntɪ] 形 炫耀的
❸ **candidate** [`kændədet] 名 候選人
❹ **parliament** [`pɑrləmənt] 名 國會

本句重點為詢問意見，若刪除in your opinion，問話者希望得到的是貼近客觀事實的答案。但最高級(-est)的形容詞(表「最…的」)，想法往往見仁見智，因此建議加入in your opinion詢問。

...have a lot in common.

…有很多共同點。

在與人交流時，可用本句型表達彼此有很多相同點，但要注意本句型表達「共同點」，所以主詞必須隱含複數型態(ex. 名詞-s/-es、... and...)。

換A

[They seem to] **have a lot in common**❶.

翻譯 他們似乎有很多共同點。

解構 [主詞] + [(動詞+to)] + [have a lot in common]

換A-主詞+(動詞+to)

- a Most characters in this action movie appear❷ to 這部動作片裡大部分的角色似乎
- b Claire and her twin sister surely 克萊兒和她的雙胞胎姐姐確實
- c The candidate and his opponent actually 那名候選人和他的對手實際上
- d Laura and her intimates obviously❸ 蘿拉和她的密友們顯然
- e You'll find that my roommates and I 你會發現我的室友們和我
- f It looks like Joanne and that brunette❹ 看起來瓊安和那名棕髮女子似乎

❶ **common** [`kɑmən] 名 相同點
❷ **appear** [ə`pɪr] 動 似乎
❸ **obviously** [`ɑbvɪəslɪ] 副 顯然地
❹ **brunette** [bru`nɛt] 名 棕髮女子

have a lot in common常用來表示「擁有相同的習慣、興趣、背景…」等；其他相關的英文還有relate，能用來表示「對他人的境遇感同身受」(ex. relate to how I feel)或「因為擁有相同的興趣、背景…等，所以理解對方心情。」

句型換換看 Replace It!

換A [I] **have a lot in common** with [my sister]. 換B

翻譯 我和我姐姐有很多共同點。

解構 [主詞] + [have a lot in common] + [with] + [名詞]

換A-主詞 | **換B-名詞**

替換詞對應方法：換 A a —對應→ 換 B a，練習時請按照順序替換喔！

換A-主詞	換B-名詞
a Our child is going to 我們的小孩將	a us 我們
b These three animals❶ 這三種動物	b human❷ beings 人類
c Some mental❸ illnesses❹ 有些心理疾病	c each other 彼此間
d Successful❺ sales people 成功的業務	d one another 相互之間
e The storybooks❻ 故事書	e certain❼ games for children 某些為小孩設計的遊戲
f The man and I 這男人和我	f each other in hobbies❽ 彼此在嗜好上
g Particle physicists❾ 粒子學家	g explorers❿ around the world 世界各地的探險家

❶ **animal** [`ænəml̩] 名 動物
❷ **human** [`hjumən] 名 人類
❸ **mental** [`mɛntl̩] 形 心理的
❹ **illness** [`ɪlnɪs] 名 疾病；患病
❺ **successful** [sək`sɛsfəl] 形 成功的
❻ **storybook** [`storɪ͵bʊk] 名 故事書
❼ **certain** [`sɜtən] 形 某(些)
❽ **hobby** [`hɑbɪ] 名 嗜好；業餘愛好
❾ **physicist** [`fɪzɪsɪst] 名 物理學家
❿ **explorer** [ɪk`splorɚ] 名 探險家

have a lot in common with與前面基本型不同的地方，在於能把原本置於句首的主詞拆成前後兩部份，表示「句首的主詞」與「句尾的名詞」有相似之處；另外，雖然此處的替換詞無須變化have，但若主詞為單數(ex. He)，請記得將主詞後的have改為has再使用。

句型換換看 Replace It!

換A 換B

[Economics❶] and [weather] **have a lot in common.**

翻譯 經濟與天氣有很多共同點。

解構 [主詞1] + [and] + [主詞2] + [have a lot in common]

換A-主詞1　換B-主詞2

替換詞對應方法：換 A a →對應→ 換 B a，練習時請按照順序替換喔！

換A-主詞1	換B-主詞2
a My date 我的約會對象	a my ex-boyfriend 我前男友
b Her taste for music 她對音樂的品味	b yours 你的(品味)
c Bad weather 壞天氣	c Mondays 星期一
d Broadcasts❷ 廣播	d the mass media❸ 大眾傳媒
e The Japanese❹ 日本(的)	e the Chinese cultures❺ 中國的文化
f Promoting a product 推銷產品	f job searching❻ 找工作
g Running a marathon❼ 跑馬拉松	g preparing❽ for exams 準備考試

❶ **economics** [ˌikəˋnɑmɪks] 名 經濟(情況)

❷ **broadcast** [ˋbrɔdˌkæst] 名 廣播　❸ **media** [ˋmidɪə] 名 媒體(複數)

❹ **Japanese** [ˌdʒæpəˋniz] 形 日本的　❺ **culture** [ˋkʌltʃɚ] 名 文化

❻ **search** [sɜtʃ] 動 搜尋　❼ **marathon** [ˋmærəˌθɑn] 名 馬拉松

❽ **prepare** [prɪˋpɛr] 動 準備

從套用的例句當中可以看出and前後所指稱的可以是人事物(名詞)或動作(動名詞)，和前一組...have a lot in common with...不同的地方在於，本句完整的主詞為「主詞1 and 主詞2」，所以不會有have/has隨主詞單/複數變化的問題。另外請注意替換詞中的e，此處and連接兩個形容詞，共用一個名詞culture(文化)，完整的主詞為The Japanese culture and the Chinese culture。

introduce...to...

把…介紹給…。

introduce(介紹)當及物動詞時常與to連用，在社交場合中，要介紹某兩人認識，這是相當實用的句型，不過，這個句型並不僅限於介紹某兩人認識，還有「將某物介紹給他人認識」的用法。

句型換換看 Replace It!

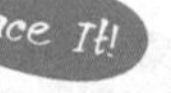

Let me **introduce❶** [my friend] **to** [you].

翻譯 讓我介紹我的朋友給你。

解構 [Let] + [主詞] + [introduce] + [受詞1] + [to+受詞2]

換A-受詞1

替換詞對應方法：換 A a 對應→ 換 B a，練習時請按照順序替換喔！

- a my roommate❷ 室友
- b you two 你們兩個
- c the new correspondent❹ 新特派員
- d the jobs on campus❺ 校內的工作
- e our best-seller 我們的暢銷書
- f this discounted❽ course 折扣課程
- g nanotechnology❾ 奈米技術

換B-受詞2

- a your friend 你朋友
- b the examiners❸ 主考官們
- c the manager 經理
- d our freshmen❻ 新生
- e those graduates❼ 那些研究生
- f your grandchild 你的孫子
- g those dealers 業者們

❶ **introduce** [ˌɪntrə`djus] 動 介紹
❷ **roommate** [`rumˌmet] 名 室友
❸ **examiner** [ɪg`zæmɪnɚ] 名 主考官；審查員
❹ **correspondent** [ˌkɔrɪ`spɑndənt] 名 特派員
❺ **campus** [`kæmpəs] 名 校園
❻ **freshman** [`frɛʃmən] 名 新生
❼ **graduate** [`grædʒuɪt] 名 研究生
❽ **discount** [`dɪskaunt] 動 打折扣
❾ **nanotechnology** [ˌnænətɛk`nɑlədʒɪ] 名 奈米技術

運用本句型時，請記得to的前面不一定都要放人，若想要推薦某事物時，這個基礎句型也相當好用，例如換A當中的defg，就是「將某物推薦給其他人」的例句。

句型換換看

換A 換B

Can I **introduce** [you] **to** [an old friend of mine]?

翻譯 我可以把你介紹給我一個老朋友嗎？

解構 [Can] + [主詞] + [introduce] + [名詞1] + [to+名詞2]

換A-名詞1 | **換B-名詞2**

替換詞對應方法：換Ａa —對應→ 換Ｂa，練習時請按照順序替換喔！

換A-名詞1	換B-名詞2
a my cousin❶ 我的表姐	a you 你
b their child❷ 他們的小孩	b chess❸ 西洋棋
c those two guests 那兩位賓客	c each other 彼此
d a friend's company 朋友的公司	d my client❹ 我的客戶
e this innovation❺ 這個新方法	e one of the investors❻ 其中一位投資者

❶ **cousin** [`kʌzn̩] 名 堂/表兄弟姐妹

❷ **child** [tʃaɪld] 名 小孩；幼兒

❸ **chess** [tʃɛs] 名 西洋棋

❹ **client** [`klaɪənt] 名 客戶

❺ **innovation** [ˌɪnə`veʃən] 名 新方法

❻ **investor** [ɪn`vɛstɚ] 名 投資人

當不確定介紹是否合適的時候，可用本句型詢問。須注意的是b，其意思等同於...introduce chess to their child，只是原句較強調帶小孩去認識西洋棋而已。

句型換換看 Replace It!

換A

Let me **introduce** [Mark and Susan. They are my best friends].

翻譯 讓我介紹馬克與蘇珊，他們是我最好的朋友。

解構 [Let] + [主詞] + [introduce] + [名詞] + [子句]

換A-名詞

a our chancellor❶ later 晚一點(介紹)我們的總理

b tonight's guests❷ 今晚的的賓客

c all applicants❸ on the list 名單上的所有申請人

d the biggest aquarium❹ in this town 這個鎮上最大的水族館

e a new washing❺ machine❻ 一款新式洗衣機

f these two different❼ approaches❽ 這兩種不同的方法

g all of the staff in this department 這部門所有的同仁

h the agenda❾, and we'll see what is next 議程的內容，我們再來看接下來該做什麼

❶ **chancellor** [ˋtʃænsələ] 名 總理

❷ **guest** [gɛst] 名 賓客；客人

❸ **applicant** [ˋæpləkənt] 名 申請人

❹ **aquarium** [əˋkwɛrɪəm] 名 水族館

❺ **washing** [ˋwɑʃɪŋ] 名 洗滌

❻ **machine** [məˋʃin] 名 機器

❼ **different** [ˋdɪfərənt] 形 不同的

❽ **approach** [əˋprotʃ] 名 方法

❾ **agenda** [əˋdʒɛndə] 名 議程

基本型introduce…to…涉及兩個標的物，所以會以「將…介紹給…」的意思去解釋，但introduce本身其實就是及物動詞，即便缺少介係詞，也可以獨立接後面的受詞，表示「介紹某人或某物(給其他人)」，ex. The chairperson introduced an issue for discussion.(主席提出一個議題讓大家討論)。

Say hello to...(for me).
(代我)向…問好。

需要請人代自己向某人問好時使用，要注意的是，在兩人對談的情境下，因為這句話有「轉介(代為)」的涵義在，所以並非見面時的招呼用語，反而常在談話中或結束時使用。

Replace It!

Please **say hello to** [your family] **for me.**

翻譯 請代我向你的家人問好。

解構 [(Please) say hello to] + [名詞(人)] + [for me]

換A-名詞(人)

- a Mike when you see him 當你遇到麥克的時候，(代我問好)
- b your guests on the hallway❶ later 晚點到走廊，(代我)向你的賓客(問好)
- c all the Christians❷ at the gathering❸ (代我)向聚會中的基督徒(問好)
- d everyone in different languages❹ 請用不同語言(代我)向大家(問好)
- e your professor❺ when you go back to school 當你回學校時(代我)向教授(問好)

❶ **hallway** [ˋhɔl͵we] 名 玄關；走廊

❷ **Christian** [ˋkrɪstʃən] 名 基督教徒

❸ **gathering** [ˋgæðərɪŋ] 名 聚會

❹ **language** [ˋlæŋgwɪdʒ] 名 語言

❺ **professor** [prəˋfɛsɚ] 名 教授

Say hello to除了可以用來請人代為問好之外，用在普通敘述句當中則為「打招呼」之意，ex. He said hello to us.(他向我們打招呼)，其有反義表達say goodbye to(向…道別)。

句型換換看 Replace It!

Say hello to [our new way of cooking❶].

翻譯 來瞧瞧我們新的煮菜方式。

解構 [Say hello to] + [名詞]

換A-名詞

- a our first round❷ of competitors 我們第一回合的對手
- b the next big technology❸ breakout❹ 下一個與科技有關的大突破
- c the newest gadget❺ design and logo❻ 最新的器具設計與商標
- d the very first sunrise❼ of this year 今年的第一個日出
- e our new widescreen TV on sale 我們最新上市的寬螢幕電視
- f the tallest mansion❽ designed by that well-known architect 那位知名建築師所設計的最高層大廈
- g the flat❾ shoes every girl will need for next season 下一季每一位女孩都會穿到的平底鞋
- h the world's largest solar-powered yacht❿ 世界最大的太陽能快艇

❶ **cooking** [ˋkʊkɪŋ] 名 烹調　❷ **round** [raʊnd] 名 一輪

❸ **technology** [tɛkˋnɑlədʒɪ] 名 科技　❹ **breakout** [ˋbrek͵aʊt] 名 突破

❺ **gadget** [ˋgædʒɪt] 名 (小巧的)器具　❻ **logo** [ˋlɑgo] 名 商標；標誌

❼ **sunrise** [ˋsʌn͵raɪz] 名 日出　❽ **mansion** [ˋmænʃən] 名 大廈

❾ **flat** [flæt] 形 平的；平坦的　❿ **yacht** [jɑt] 名 快艇；遊艇

在此介紹的是同樣為say hello to句型，意思卻並非問好的變化。照字面翻譯，本句為「向…問好吧」，但實際的重點在「介紹某物/人」，比如商家介紹產品，或者像a這種介紹人的情況時使用，和直接以This is...相比，本句聽起來更加活潑。

May I speak to...?

請問我是否能與…通話呢？

此句型為接電話時使用的口語用法。若是在普通對話情境中，speak與talk常常可以互用(ex. speak/talk to John 和約翰談話)，但如果是講電話，就一定要用speak to這個慣用英文。

句型換換看 Replace It!

May I speak to [Mr. Lin, your section❶ chief❷]?

翻譯 請問我是否能與你們科長林先生通話呢？

解構 [May I speak to] + [名詞(+補充語)]

換A-名詞(+補充語)

- a your husband for a while 你的先生(通話)一下子
- b Amanda in Marketing❸ 行銷部的亞曼達
- c the owner of this duplex❹ 這棟雙層公寓的所有人
- d someone in the sales department❺ 業務部的人
- e your customer❻ service❼ department 你們的客戶服務部門
- f the person who handles❽ this account❾ 處理這個帳號的人
- g the person in charge of your electric❿ bills 電費帳單的負責人
- h someone about the home purchase⓫ loan 某人討論房貸事宜

❶ **section** [`sɛkʃən] 名 部門；科
❷ **chief** [tʃif] 名 主任；領袖
❸ **marketing** [`mɑrkɪtiŋ] 名 行銷
❹ **duplex** [`djuplɛks] 名 雙層公寓
❺ **department** [dɪ`pɑrtmənt] 名 部門
❻ **customer** [`kʌstəmɚ] 名 顧客
❼ **service** [`sɝvɪs] 名 服務；效勞
❽ **handle** [`hændḷ] 動 處理
❾ **account** [ə`kaunt] 名 帳戶
❿ **electric** [ɪ`lɛktrɪk] 形 電的
⓫ **purchase** [`pɝtʃəs] 名 購買

一般來說，speak偏向「比較正式」的「單向談話」(例如：演講)，後面接to/with，但May I speak to...?是習慣用法，請務必以完整的句型為單位去記憶。

句型換換看 Replace It!

Hello, this is [John Black]換A. **May I speak to** [Mr. Smith]換B?

翻譯 你好，我這裡是約翰・布雷克，請問我能與史密斯先生通話嗎？

解構 [招呼語] + [this is+名詞1] + [May I speak to] + [名詞2]

替換詞對應方法：換Aa —對應→ 換Ba，練習時請按照順序替換喔！

換A-名詞1

- a ABC Company ABC公司
- b Joe calling from ABC Co. ABC公司的喬
- c room 305 305號房
- d Jenny speaking 珍妮

換B-名詞2

- a Vivian White, please 薇薇安・懷特
- b your supervisor 你們的主管
- c your massage❶ center❷ 按摩中心
- d one of your reporters❸ 你們其中一位書記員

❶ **massage** [mə`sɑʒ ] 名 按摩；推拿　❷ **center** [ `sɛntɚ] 名 中心；中央

❸ **reporter** [rɪ`portɚ] 名 書記員

本句在詢問之前加上自我介紹，不僅有禮，聽者也能更快速地替你轉接或處理電話。另外，若接電話的人剛好就是負責者，他可以用"Speaking."或"This is he/she."回答。

I'm calling to...

我來電是為了…。

表達來電意圖的實用句型，to後面接原形動詞，表目的；若是I'm calling for sb.這樣的句型，則表示「我找某人」，作用與上一個句型很像，都是要找特定人士講電話。

換A

I'm calling to [make a reservation❶ at your restaurant❷].

翻譯 我來電是為了預約你們餐廳的位子。

解構 [主詞] + [be calling to] + [動詞]

換A-動詞

- a check my order status 查看我訂單的情況
- b tell you about my day 告訴你我今天過得如何
- c invite❸ you to dinner tonight 邀請你今晚共進晚餐
- d give full vent❹ to my feelings 宣洩情緒
- e respond❺ to the letter you sent me 回覆你寄給我的信件
- f cancel our appointment this Sunday 取消我們本週日的會面
- g ask you some questions about Jim 問你一些關於吉姆的事
- h talk about the walkout❻ at the car factory❼ 談車廠的罷工事件
- i let you know that we won't give up easily 讓你知道我們不會輕易放棄

❶ **reservation** [ˌrɛzəˋveʃən] 名 預定
❷ **restaurant** [ˋrɛstərənt] 名 餐廳
❸ **invite** [ɪnˋvaɪt] 動 邀請；招待
❹ **vent** [vɛnt] 名 發洩感情
❺ **respond** [rɪˋspɑnd] 動 回答
❻ **walkout** [ˋwɔkˌaut] 名 聯合罷工
❼ **factory** [ˋfæktərɪ] 名 工廠；製造廠

to後面加上的原形動詞，即表示打電話的「目的」，須注意的是I'm calling to為現在進行式，所以是正在打電話時所講的話，如果已經打過電話，事後和對方提起，要用I called to...。

句型換換看 Replace It!

換A 換B

I'm calling to remind❶ [you] of [our dinner plans].

翻譯 我來電是為了提醒你我們的晚餐約會。

解構 [主詞] + [be calling to] + [remind+受詞+of] + [名詞]

換A-受詞 **換B-名詞**

替換詞對應方法：換Aa —對應→ 換Ba，練習時請按照順序替換喔！

換A-受詞	換B-名詞
a my manager 我的經理	a his schedule❷ 他的日程
b Rachael 瑞秋	b her Spanish class 她的西班牙課
c the applicants❸ 候選人	c the upcoming❹ interview 即將到來的面試
d the scholar 那位學者	d the deadline of his paper 他論文的截稿日
e our client❺ 我們的客戶	e the modification❻ of the contract 合約的修改

❶ **remind** [rɪ`maɪnd] 動 提醒

❷ **schedule** [`skɛdʒʊl] 名 日程表

❸ **applicant** [`æpləkənt] 名 候選人

❹ **upcoming** [`ʌp͵kʌmɪŋ] 形 即將來臨的

❺ **client** [`klæɪənt] 名 客戶；委託人

❻ **modification** [͵mɑdəfə`keʃən] 名 修改

將I'm calling to與remind of結合，即能表達「打電話提醒某事」之意。須注意換A裡面的內容換成第三者之後(即說話對象不是you)，整句話偏向於「向人敘述」，而非直接提醒某人。

句型換換看 Replace It!

I'm calling to ask you if it is [possible❶] to [send you some samples].

翻譯 我打來是想問，我能不能寄一些樣品過去給您呢？

解構 [主詞] + [be calling to] + [ask you] + [if子句]

換A-if子句中it is後的補語

換B-if子句中to的動詞

替換詞對應方法：換 A a —對應→ 換 B a ，練習時請按照順序替換喔！

換A	換B
a alright for him 對他來說沒問題	a join in our circle 加入我們圈子
b convenient❷ for you 對你來說方便	b come to our place 來我們這裡
c important for him 對他來說重要	c work in a larger firm❸ 在更大的公司上班
d necessary❹ for everyone 對每個人來說必要	d celebrate Jack's success 慶祝傑克的成功
e your duty❺ 你的責任	e formulate❻ a series❼ of rules 規劃一系列章程
f inappropriate❽ 不適當的	f share some information❾ with her 和她分享資訊

❶ **possible** [`pɑsəbḷ] 形 可能的

❷ **convenient** [kən`vinjənt] 形 方便的

❸ **firm** [fɝm] 名 公司；商行

❹ **necessary** [`nɛsə,sɛrɪ] 形 必要的

❺ **duty** [`djutɪ] 名 責任；本分

❻ **formulate** [`fɔrmjə,let] 動 規劃

❼ **series** [`siriz] 名 系列；連續

❽ **inappropriate** [,ɪnə`proprɪɪt] 形 不適當的

❾ **information** [,ɪnfə`meʃən] 名 資訊

if子句有「是否」之意，本句型用於「詢問對方某件事的意見」，重點在if所帶出的資訊。在換A的內容當中，若如a~d那樣提到for+sb.，則會把目標限制在「對誰而言」的範圍內。

Hold on, please.
請稍候、請稍等(打電話專用)。

本句型於電話中，是請對方稍候的意思。若擔心對方因等候而不高興，也可以Would you mind holding for one minute?委婉地詢問。

句型換換看 Replace It!

Hold on, please. Let me see if [she is in]. 換A

翻譯 請稍等，讓我看看/確認一下她在不在。

解構 [Hold on, please.] + [Let+名詞(人)+see] + [if子句]

換A-if子句

- a my schedule is clear 我(是否)有時間
- b I can fit❶ you in today❷ 我(是否)能幫您排進今日的預約
- c I can put you through❸ (是否)能為您轉接
- d Mr. White is at a meeting 懷特先生(是否)在開會
- e I can help you out with this issue❹ 我(是否)能幫您處理這個問題
- f I understand❺ your case correctly❻ 我(是否)理解您的情況

❶ **fit** [fɪt] 動 使適合；安裝

❷ **today** [tə`de] 副 今天；現今

❸ **through** [θru] 副 (電話)接通

❹ **issue** [`ɪʃju] 名 問題；爭議

❺ **understand** [ˌʌndɚ`stænd] 動 理解

❻ **correctly** [kə`rɛktlɪ] 副 正確地

本句後面的Let me see if...(or not)是當接電話者無法確定情況時的委婉講法，if後方放入S(主詞)+V(動詞)+O(受詞)的基本句型即可；在翻譯句子時，請跟前面的if一起，以「是否能…」的概念去理解。

句型換換看 Replace It!

換A 換B

Hold on, please. [I'll put] you through to [the reservation center].

翻譯 請稍後，我將替您轉接至訂房中心。

解構 [Hold on, please.] + [主詞(+助詞)] + [put you through] + [to+補語]

換A-主詞(+助詞)　換B-補語

替換詞對應方法：換 A a —對應→ 換 B a，練習時請按照順序替換喔！

換A	換B
a I'm going to put 我將	a Ms. Parker 帕克小姐
b I'm putting 我將	b Mr. Balcer's secretary❶ 貝克先生的秘書
c Let me put 讓我	c one of my colleagues❷ 我的同事
d I must have put 我一定是	d the wrong extension❸ 錯的分機
e I could put 我能夠	e the one you mentioned❹ 您提到的那個人
f I will put 我將	f the department in charge of this case 負責這件事的部門
g I'll see if I can put 我看是否能	g someone who speaks Spanish❺ 會說西語的人
h I'll have to put 我將必須	h someone who is able to solve this thorny❻ problem 有能力解決這個棘手問題的人

❶ **secretary** [ˋsɛkrə͵tɛrɪ] 名 秘書　❷ **colleague** [ˋkɑlig] 名 同事

❸ **extension** [ɪkˋstɛnʃən] 名 電話分機　❹ **mention** [ˋmɛnʃən] 動 提及

❺ **Spanish** [ˋspænɪʃ] 名 西班牙語　❻ **thorny** [ˋθɔrnɪ] 形 棘手的

講電話時，若遇到「分機轉接」的情況，請善用put you through to...的用法，有一個很類似的說法put sb. on the phone(請某人接電話)，這句只涉及一個電話筒，並告訴對方會請某人來接電話。

句型換換看 Replace It!

Hold on, please. Let me [get a pencil❶ and paper]. (換A)

翻譯 請稍等，讓我拿個紙筆。

解構 [Hold on, please.] + [子句]

換A-子句中的動詞

- a give you a quote❷ 提供您一個報價
- b put him on the phone❸ 請他來聽電話
- c check the passenger❹ status❺ 確認航班資訊
- d take a look at the portfolio❻ 看一下文件夾的內容
- e send you the email right away 立刻將電子郵件寄給你
- f double-check your personal❼ data 再次確認您的個人資料
- g see if we have received❽ your parcel❾ today 看一下我們今天是否已收到您的包裹
- h see if Ms. Anderson is at work today 看一下安德森小姐今天有沒有上班

❶ **pencil** [`pɛnsḷ] 名 鉛筆
❷ **quote** [kwot] 名 報價；引述
❸ **phone** [fon] 名 電話；聽筒
❹ **passenger** [`pæsṇdʒɚ] 名 乘客
❺ **status** [`stetəs] 名 情形；狀態
❻ **portfolio** [port`folɪ͵o] 名 文件夾
❼ **personal** [`pɝsṇḷ] 形 個人的
❽ **receive** [rɪ`siv] 動 收到
❾ **parcel** [`pɑrsḷ] 名 包裹；一包

要請對方稍等，讓你先做某件事時可用，不過，在商業溝通上，讓對方等候太久也不好，所以，若真的會比較耗費時間，請記得和對方說Sorry. Could you hold for another minute?(不好意思，能否請您再等一下？)

PART 2

表達意願的句型

~表達決定與意向的必備英文用法

動 動詞
名 名詞
片 片語
副 副詞
形 形容詞

EXPRESS YOURSELF VIA THESE PATTERNS!

sb. have/has decided to...

(某人)決定要…。

本句型用於「已經決定要做某事」，而且此決定會影響到現在的行為和狀態；使用現在完成式的本句型，偏向指「剛決定好沒多久的事」，如果是滿久之前決定的，建議用過去式sb. decided to...。

句型換換看

換A 換B

[They have] decided to [file a lawsuit❶ against their neighbor❷ for the unbearable noise].

翻譯 由於噪音難耐，他們決定控告鄰居。

解構 [主詞] + [have/has decided to] + [動詞]

換A-主詞 **換B-動詞**

替換詞對應方法：換 A a —對應→ 換 B a ，練習時請按照順序替換喔！

換A-主詞	換B-動詞
a The janitor❸ has 管理員	a retire in June 在六月退休
b They have just 他們才剛	b take the work home 把工作帶回家做
c The mayor has 市長	c beef up the security❹ 加強安全措施
d The government❺ has 政府	d increase❻ pay for all laborers 增加勞工的工資
e The manager has 經理	e vacate❼ a job in sales promotion❽ 空出一個促銷產品的職位
f My colleague has 我的同事	f accept a position with a higher salary 接受薪水更高的工作

❶ **lawsuit** [ˋlɔˏsut] 名 訴訟
❷ **neighbor** [ˋnebɚ] 名 鄰居
❸ **janitor** [ˋdʒænɪtɚ] 名 門警
❹ **security** [sɪˋkjurətɪ] 名 安全
❺ **government** [ˋgʌvənmənt] 名 政府
❻ **increase** [ɪnˋkris] 動 增加；增大
❼ **vacate** [ˋveket] 動 空出；使撤退
❽ **promotion** [prəˋmoʃən] 名 促銷

絕大多數的動詞都可以用現在式，但是像decide這種「一瞬間的動作」，在應用時，會搭配過去式/完成式/未來式，就是不會以現在式的型態出現，其他類似的英文還有convince、persuade、make up one's mind、receive…等。

句型換換看

換A 換B

[We have] decided not **to** [buy commodities❶ in that outlet].

翻譯 我們決定不在那間商店購買商品。

解構 [主詞] + [have/has decided not to] + [動詞]

換A-主詞 **換B-動詞**

替換詞對應方法：換 A a —對應→ 換 B a，練習時請按照順序替換喔！

換A-主詞	換B-動詞
a My friend has 我的朋友	a fall in love again 再次陷入戀愛
b The suspect❷ has 嫌疑犯	b confess❸ 招供
c Mr. Hill has 希爾先生	c consent❹ to the proposal 同意那個提案
d This athlete❺ has 這名運動員	d compare❻ others' situation❼ to his 比較自己和其他人的情形
e Helena has 海倫娜	e have her sister as the bridesmaid❽ 讓她姊姊做伴娘
f The heartbroken girl has 那名悲傷的女孩	f trust his words anymore 不再相信他的話

❶ **commodity** [kə`mɑdətɪ] 名 商品
❷ **suspect** [`səspɛkt] 名 嫌疑犯
❸ **confess** [kən`fɛs] 動 供認；坦白
❹ **consent** [kən`sɛnt] 動 同意
❺ **athlete** [`æθlit] 名 運動員
❻ **compare** [kəm`pɛr] 動 比較
❼ **situation** [ˌsɪtʃʊ`eʃən] 名 處境
❽ **bridesmaid** [`braɪdzˌmed] 名 伴娘

轉變成否定句時，請記住sb. have/has decided not to的核心架構，後面再放主要的資訊，理解句子時，因為not否定的範圍在「to+原形動詞」，所以是「決定不要做某事」之意。

換A

Have you decided to [add Linguistics❶]?

翻譯 你決定要加選語言學的課了嗎？

解構 [Have/Has] + [主詞] + [decided to] + [動詞]

換A-動詞

a apply❷ for this position 申請這個職位

b change your intended major❸ 改變預想的主修

c make him your TA this semester❹ 讓他擔任這學期的助教

d spend New Year's Eve in New York 在紐約過除夕

e join the summer school program❺ 參加暑期課程

f write your memoir❻ but just can't get started 寫回憶錄卻無法著手進行

❶ **linguistics** [lɪŋ`gwɪstɪks] 名 語言學
❷ **apply** [ə`plaɪ] 動 申請；實施
❸ **major** [`medʒɚ] 名 主修科目
❹ **semester** [sə`mɛstɚ] 名 一學期
❺ **program** [`progræm] 名 課程
❻ **memoir** [`mɛmwɑr] 名 回憶錄

要將基本句型改成疑問句時，只要把動詞have/has移到句首，其他的地方都不用更動，很簡單吧？建議讀者多練習替換詞的內容，熟練疑問句Have you decided to...?的用法。

(sb.) make sure (that)...
(某人)確定…。

表達「確認某事」的實用句型，常見的用法為make sure + that子句/of 名詞，另外一個相似的句型為Be sure to+原形動詞(不要忘記…/要確保…)，請靈活運用吧！

Replace It!

I [will]換A **make sure** [Mr. Baker gets the message as soon as possible]換B.

翻譯 我會確定儘快將消息轉達給貝克先生。

解構 [主詞] + [(助)動詞] + [make sure (that)] + [子句]

換A-(助)動詞 ········ **換B-子句**

替換詞對應方法：換A a —對應→ 換B a，練習時請按照順序替換喔！

換A	換B
a had better 最好	a everything is on track❶ 每件事都步上軌道
b should 應該要	b the sweater❷ fits you well 你穿得下這件毛衣
c just want to 只是想	c I get the right information 我聽到的是正確訊息
d asked to 詢問	d the nurse took her temperature❸ 那名護士幫她量了體溫
e could 能夠	e the vegetables❹ they offer are organic❺ 他們供應的蔬菜是有機的
f need to 必須	f his artistry❻ is beyond❼ definition❽ 他的藝術才能沒有界限

❶ **track** [træk] 名 軌道；行蹤
❷ **sweater** [`swɛtɚ] 名 毛衣
❸ **temperature** [`tɛmprətʃɚ] 名 體溫
❹ **vegetable** [`vɛdʒətəbḷ] 名 蔬菜
❺ **organic** [ɔr`gænɪk] 形 有機的
❻ **artistry** [`ɑrtɪstrɪ] 名 藝術才能
❼ **beyond** [bɪ`jɑnd] 介 越出
❽ **definition** [ˌdɛfə`nɪʃən] 名 限定

that子句內的時態請依語義變化，其他相關變化還有make sure of/be sure of/be sure that，文法稍有不同，但意思相同，唯一要注意的是，He made sure that...與He is sure that...相比，前者更強調「去做確認的動作」。

句型換換看 Replace It!

換A

Please **make sure that** [your seatback❶ is in the upright❷ position].

翻譯 請確定您的椅背已經扶正。

解構 [(Please)] + [make sure (that)] + [子句]

換A-子句

a you double-check everything 詳細檢查所有事情

b he got your fax this morning 他今天早上有收到你的傳真

c your slides❸ are in the correct❹ order 你的投影片順序無誤

d all the information above is correct 以上的資料皆正確無誤

e your RAM is compatible❺ with your motherboard❻ 你的記憶體與主機板相容

❶ **seatback** [`sit͵bæk] 名 座椅靠背

❷ **upright** [`ʌp͵raɪt] 形 筆直的

❸ **slide** [slaɪd] 名 投影片；幻燈片

❹ **correct** [kə`rɛkt] 形 正確的

❺ **compatible** [kəm`pætəbḷ] 形 相容的

❻ **motherboard** [`mʌðɚ͵bord] 名 主機板

本句拿掉了主詞，使用祈使句的形式，涉及情境的聽者必須是you，無論子句內主詞為何，整個句子意指「請你確定⋯(子句內容)」。

句型換換看 Replace It!

換A [**The client** called] to **make sure** [when they can get the export❶ declaration❷.] 換B

翻譯 客戶打電話來確認他們能拿到出口報單的時間。

解構 [主詞+動詞] + [to maker sure (that)] + [補語]

換A-主詞+動詞

a He turned on the headlight❸ 他打開頭燈

b I ran through the inventory 我瀏覽存貨清單

c The CEO adopted❺ a strategy❻ 執行長採取對策

d We check the suppliers❼ 我們確認供應商情況

e It's very important 十分重要

f I'll weigh❾ the package❿ 我將秤包裹重量

換B-補語

替換詞對應方法：換A a —對應→ 換B a，練習時請按照順序替換喔！

a it works normally❹ 運作正常

b everything was done 事情都處理完畢

c we reach the goal 我們達成目標

d the working conditions are OK 工作順利

e you deliver a healthy❽ baby 你生出健康的嬰兒

f how much you're going to pay 你要付多少錢

❶ **export** [\`ɛksport] 名 出口；輸出

❷ **declaration** [ˌdɛklə\`reʃən] 名 申報

❸ **headlight** [\`hɛdˌlaɪt] 名 車前大燈

❹ **normally** [\`nɔrmḷɪ] 副 正常地

❺ **adopt** [ə\`dɑpt] 動 採取；採納

❻ **strategy** [\`strætədʒɪ] 名 對策；策略

❼ **supplier** [sə\`plaɪɚ] 名 供應廠商

❽ **healthy** [\`hɛlθɪ] 形 健康的；健全的

❾ **weigh** [we] 動 秤…的重量

❿ **package** [\`pækɪdʒ] 名 包裹

to make sure前面可以放完整的子句，表示「某件事(含動作)是為了確認…」；替換詞當中比較不同的是e，以虛主詞it開頭，意指本句最後的資訊。

sb. would rather...

某人寧願…。

would rather為表示意願的實用句型，後面加上原形動詞即可；使用時隱含「比較」(無論被拿來做比較的目標是否有被講到)，有「某人寧願選A，也不要B」的意思。

Replace It!

換A

I would rather [go somewhere that is different from where I live].

翻譯 我寧願去一個跟我住的環境很不同的地方。

解構 [主詞1] + [would rather] + [(主詞2+)動詞]

換A-(主詞2)+動詞

a confess❶ in court 在法庭上供認
b go shopping at outlets❷ 到暢貨中心逛街
c you simply tell the truth 你坦白說實話
d work in the cinema❸ all my life 一生從事電影業
e reschedule❹ the press conference❺ 重新安排記者會的時間
f revise the story to make it shorter 修改故事，縮短內容
g sacrifice❻ my privacy❼ to help people 把時間奉獻在幫助他人的事情上
h take some preventive❽ measures❾ in advance❿ 事先採取預防措施

❶ **confess** [kən`fɛs] 動 供認
❷ **outlet** [`aʊt͵lɛt] 名 商店；銷路
❸ **cinema** [`sɪnəmə] 名 電影院
❹ **reschedule** [ri`skɛdʒʊl] 動 重排時間
❺ **conference** [`kɑnfərəns] 名 會談
❻ **sacrifice** [`sækrə͵faɪs] 動 犧牲
❼ **privacy** [`praɪvəsɪ] 名 私下
❽ **preventive** [prɪ`vɛntɪv] 形 預防的
❾ **measure** [`mɛʒɚ] 名 手段
❿ **advance** [əd`væns] 名 前進

如果would rather前後的行為者不同的話，兩個都要標明清楚(即主詞1與主詞2)；拿c來解釋的話，句子意思為「我寧願你去…」，表示意願的「我」跟說實話的「你」不同，所以主詞皆不可省略。

句型換換看 Replace It!

I would rather [take an express❶ train] than [a bus].

翻譯 我比較想搭特快列車，而不想坐公車。

解構 [主詞] + [would rather] + [動詞+補語1] + [than] + [補語2]

換A-動詞+補語1 / 換B-補語2

替換詞對應方法：換Ａa —對應→ 換Ｂa，練習時請按照順序替換喔！

換A-動詞+補語1	換B-補語2
a have my lunch outside❷ 在室外享用中餐	a inside❸ 在室內
b go out this weekend 這個週末出門	b stay home 待在家裡
c live in the countryside❹ 住在鄉下	c in a big city 住大城市
d have my coffee before 之前上咖啡	d after our dessert❺ 享用完我們的甜點後
e choose a self-catering❻ project 選擇自炊式專案	e a buffet❼ service 自助餐的服務
f take a taxi with a friend 和朋友搭計程車	f walk home alone❽ at night 晚上獨自走回家

❶ **express** [ɪk`sprɛs] 形 高速的；直達的
❷ **outside** [`aʊt`saɪd] 副 在外面
❸ **inside** [`ɪn`saɪd] 副 在裡面
❹ **countryside** [`kʌntrɪˌsaɪd] 名 農村
❺ **dessert** [dɪ`zɝt] 名 甜點
❻ **cater** [`ketɚ] 動 為…提供飲食
❼ **buffet** [bu`fe] 名 自助餐；快餐
❽ **alone** [ə`lon] 副 獨自地；單獨地

sb. would rather A than B將兩相比較的事情點出來，表達「比較想選A，而非B。」當rather than當對等連接詞使用時(如本處的例句)，than前後(補語1與補語2)的結構與詞性必須相同。

句型換換看 Replace It!

換A 換B

[The man] would rather not [talk about his past].

翻譯 那名男子不想談自己過去的生活。

解構 [主詞] + [would rather not] + [動詞]

換A-主詞 / **換B-動詞**

替換詞對應方法：換 A a —對應→ 換 B a，練習時請按照順序替換喔！

換A-主詞	換B-動詞
a Cindy and I 辛蒂和我	a have upset him 讓他失望
b My sister 我的姐姐	b go to work today 今天去上班
c The politician 政治家	c be the vice-president 做副總統
d Your supervisor❶ 你主管	d tell you what happened❷ 跟你說發生了什麼
e The victims❸ 受害者們	e ponder❹ over the incident❺ 反覆思考那件事
f That painter 那名畫家	f draw profiles❻ for the rich 替有錢人畫側面像

❶ **supervisor** [ˌsupɚˋvaɪzɚ] 名 主管
❷ **happen** [ˋhæpən] 動 (偶然)發生
❸ **victim** [ˋvɪktɪm] 名 受害者
❹ **ponder** [ˋpɑndɚ] 動 仔細考慮
❺ **incident** [ˋɪnsədn̩t] 名 事件
❻ **profile** [ˋprofaɪl] 名 側面像

此句型為sb. would rather的否定句，否定的範圍在not後方的原形動詞(換B內容)，翻譯時只要抓住「寧願不…」或「不想…」的核心意義就可以了。

sb. look forward to...

某人期待⋯。

這個句型在各大考試中都很常見，特殊的地方在於此處的to為介系詞，而非不定詞，所以，後面必須加「名詞或動名詞」，使用時可千萬不要用錯了。

換A 換B

[We] look forward❶ to [technological❷ advances and set several❸ goals.]

翻譯 我們對技術上的進展充滿期待，並設定了幾項目標。

解構 [主詞] + [look forward to] + [名詞/動名詞]

換A-主詞 / 換B-名詞/動名詞

替換詞對應方法：換 A a —對應→ 換 B a，練習時請按照順序替換喔！

換A-主詞	換B-名詞/動名詞
a All of us 我們全部人	a your visit on Monday 你星期一的來訪
b My friends 我的朋友	b an extension❹ of my holiday 假期延長
c My parents 我父母	c seeing you again soon 早點再次見到你
d Travelers❺ 旅行者	d going home after a long trip 在長程旅行過後回家
e Nick and I 尼克和我	e earning an extra❻ $500 多賺五百元
f Those candidates❼ 那群候選人	f winning the next election❽ 下次選舉當選

❶ **forward** [`fɔrwɚd] 副 今後；向將來

❷ **technological** [tɛknə`lɑdʒɪkl̩] 形 技術(學)的

❸ **several** [`sɛvərəl] 形 數個的

❹ **extension** [ɪk`stɛnʃən] 名 延長

❺ **traveler** [`trævlɚ] 名 旅行者

❻ **extra** [`ɛkstrə] 形 額外的

❼ **candidate** [`kændədet] 名 候選人

❽ **election** [ɪ`lɛkʃən] 名 選舉

look forward to在表示期待時，包含了某人的情緒，表示「巴不得某事快點發生」之意；同樣是期待，expect就不包含這種心情，只是陳述預料中將會發生的事而已。

句型換換看 Replace It!

換A 換B

[Our manager is] looking forward to [new partnerships❶ with certain dealers.]

翻譯 我們經理很期待與某些業者的新合夥關係。

解構 [主詞] + [be looking forward to] + [名詞]

換A-主詞 **換B-名詞**

替換詞對應方法：換 A a 對應→ 換 B a，練習時請按照順序替換喔！

換A-主詞	換B-名詞
a The students are 學生們	a the summer break 暑假
b I am 我會	b our first meeting 我們首次的會議
c Allan is 亞倫	c his family reunion❷ 他的家族聚會
d The citizens❸ are 市民們	d the end of the president's term 總統的任期結束
e We are 我們	e your reply to our new proposal 你對新提案的回覆
f The minister is 部長	f an economic❹ boom in the coming years 接下來幾年經濟成長
g All fans are 所有歌迷	g the concert which will be broadcasted❺ live 將現場直播的音樂會

❶ **partnership** [`partnə,ʃɪp ] 名 合夥關係　❷ **reunion** [ ri`junjən] 名 團聚

❸ **citizen** [`sɪtəzn̩ ] 名 市民；公民　❹ **economic** [ ,ikə`namɪk] 形 經濟的

❺ **broadcast** [`brɔd,kæst] 動 播送

在日常生活的對話中，其實更常聽到「be looking forward to」的形式，這是因為和現在簡單式相比，進行式更突顯「渴望」的心情。

換A

I am looking forward to [hearing from you].

翻譯 我很期待聽到你的回覆/消息。

解構 [主詞] + [be looking forward to] + [動名詞]

換A-動名詞

- a decorating❶ the Christmas tree 裝飾聖誕樹
- b having lunch at this village inn 在這家鄉村小館吃午餐
- c working with you on this project 在這件案子上與你合作
- d seeing the beauty❷ of The Lake District❸ 看英格蘭湖區的美景
- e incorporating❹ the features❺ in our new design❻ 合併特點在新設計上
- f meeting the musicians❼ after the concert❽ 在音樂會後與音樂家見面

❶ **decorate** [`dɛkə,ret] 動 裝飾

❷ **beauty** [`bjutɪ] 名 美麗；優美

❸ **district** [`dɪstrɪkt] 名 區域

❹ **incorporate** [ɪn`kɔrpə,ret] 動 使併入

❺ **feature** [fitʃɚ] 名 特徵；特色

❻ **design** [dɪ`zaɪn] 名 設計；構思

❼ **musician** [mju`zɪʃən] 名 音樂家

❽ **concert** [`kɑnsɚt] 名 音樂會

同為「be looking forward to」形式，後方接動名詞表示「期待去做某行為」，表達「期待；希望」的句型還有sb. want to...(我想要；我希望)，但本單元介紹的用法，給人的感覺更強烈，也更真誠(表示真的很期待)。

sb. can't wait to...

某人迫不及待/等不及要…。

「can't wait+不定詞to」所表達的情緒比前一個單元的look forward to還強烈，表示某人想要立刻做某事，但卻不得不等待。

Replace It!

換A 換B

[She] can't wait to [show her recent❶ design to her boss].

翻譯 她等不及要展示最新設計給老闆看。

解構 [主詞] + [can't wait to] + [動詞]

換A-主詞 換B-動詞

替換詞對應方法：換 A a 對應→ 換 B a，練習時請按照順序替換喔！

換A-主詞	換B-動詞
a The employee❷ 員工	a get off work 下班
b The deputy❸ mayor 副市長	b improve❹ sanitation❺ 改善衛生環境
c That little girl 小女孩	c open up her presents 打開她的禮物
d The onlookers❻ 圍觀者們	d see what will happen next 看接下來會發生什麼事
e Our team 我們的團隊	e hold a party for our sponsors❼ 為贊助者舉辦派對
f Those protesters❽ 抗議者們	f see his reply❾ to this petition❿ 他對這個請願的回應

❶ **recent** [`risn̩t] 形 最近的；近來的

❷ **employee** [ˏɛmplɔɪ`i] 名 員工

❸ **deputy** [`dɛpjətɪ] 名 副手；代理人

❹ **improve** [ɪm`pruv] 動 改善

❺ **sanitation** [ˏsænə`teʃən] 名 環境衛生

❻ **onlooker** [`ɑnˏlʊkɚ] 名 旁觀者

❼ **sponsor** [`spɑnsɚ] 名 贊助者

❽ **protester** [pro`tɛstɚ] 名 抗議者

❾ **reply** [rɪ`plaɪ] 名 回應；答覆

❿ **petition** [pə`tɪʃən] 名 請願

想表達「做某事的強烈欲望；迫不及待」時，可以使用本句型，聽者能感受到其渴望的程度，文法上要注意的是，sb. can't wait to後面必須接原形動詞(即「想從事的動作」)。

句型換換看

換A 換B

[We] **can't wait** [for the baseball❶ season❷ **to** begin❸.]

翻譯 我們等不及要看棒球賽季開始了。

解構 [主詞] + [can't wait] + [for+名詞+to+動詞]

換A-主詞	換B-for+名詞+to+動詞
a My brother 我弟弟	a for you to be his wife 你成為他的太太
b All teammates❹ 所有隊員	b for George to come back 喬治回歸隊上
c My classmates 我同學	c for the winter break to come 寒假開始
d Our boss 我們老闆	d for us to send our reports back 把我們的報告寄回去
e Those buyers 那些買家	e for their purchases❺ to be delivered 收到他們買的東西
f Those people 那些人	f for the officers to tell them the truth 警官告訴他們真相
g That singer 那位歌手	g for her fans to see the latest video❻ 她的歌迷看最新的節目
h My mother 我母親	h for my kids to get out of school 我的孩子們放學

替換詞對應方法：換 A a 對應→ 換 B a，練習時請按照順序替換喔！

❶ **baseball** [ˋbes͵bɔl] 名 棒球
❷ **season** [ˋsizn̩] 名 季節；時令
❸ **begin** [bɪˋgɪn] 動 開始；著手
❹ **teammate** [ˋtim͵met] 名 隊友
❺ **purchase** [ˋpɜtʃəs] 名 所購之物
❻ **video** [ˋvɪdɪ͵o] 名 錄影節目

can't wait for sb. to do sth.為同一個基本句型的變化句，上頁的例句中，等不及的人(主詞)和後面的行為者或涉及的事情(名詞)不同，因此，主詞與名詞皆不能省略，can't wait與to之間所插入的英文內容，即讓主詞迫不及待的原因。

句型換換看 Replace It!

換A

[Alice invited❶ us to her new house.] **I (just) can't wait**!

翻譯 艾莉絲邀請我們去參觀她的新房子，我好期待！

解構 [子句] + [sb. (just) can't wait!]

換A-子句

a I will have a date with Lucy on Friday. 我星期五要和露西約會。

b The annual❷ sale will begin next week. 週年慶下週開跑。

c Our foreign friends are going to visit us. 我們的外國朋友將拜訪我們。

d My sister will be the leading role of that stage❸ play. 我姐姐將會是那齣舞台劇的主角。

e My favorite author is going to publish❹ his new novel. 我最愛的作家將出版他的新小說。

❶ **invite** [ɪn`vaɪt ] 動 邀請；招待　❷ **annual** [ `ænjuəl] 形 一年一次的

❸ **stage** [stedʒ] 名 舞台；演戲　❹ **publish** [`pʌblɪʃ] 動 出版；發行

這裡介紹更口語的變化，不使用敘述性的基本結構，而是先將描述的子句放在前面，最後加上I can't wait!強調期待感。要注意的是，子句裡一般為未來發生的事情，不然就沒有「等不及」的必要了。

sb. would like to start with...

某人想先從…開始。

本句型很常用於演講或報告的情境中，因為本身具有「先從…開始」之意，所以能推知接下來的內容不止一項；在講解步驟時，這個句型也有「首先要…」的意思。

I would like to start with [a quote❶ from a famous Athenian❷ statesman❸].

翻譯 我想從一位著名雅典政治家的話談起。

解構 [主詞] + [would like to start with] + [名詞]

換A-名詞

a the opening remark❹ 開場的致詞

b the recipe❺ for appetizers❻ 開胃菜的食譜

c an important announcement❼ 一個重要的通知

d the explanation❽ of my delay 我之所以延遲的理由

e a list of certain rare animals 某些稀有動物的列表清單

f the things I like about my school 學校讓我喜愛的地方

g upgrades❾ on making this vehicle❿ faster 讓這輛車更快的升級方式

❶ **quote** [kwot] 名 (口)引文；引用
❷ **Athenian** [ə`θinɪən] 形 雅典的
❸ **statesman** [`stetsmən] 名 政治家
❹ **remark** [rɪ`mɑrk] 名 評論
❺ **recipe** [`rɛsəpɪ] 名 食譜
❻ **appetizer** [`æpə͵taɪzɚ] 名 開胃菜
❼ **announcement** [ə`naʊnsmənt] 名 宣告；通知
❽ **explanation** [͵ɛksplə`neʃən] 名 解釋；說明
❾ **upgrade** [`ʌp`gred] 名 升級
❿ **vehicle** [`viɪkḷ] 名 車輛

講述「步驟或順序」時會用到的實用句型，注意這個句型的口吻較為正式，所以平常的口語對話中比較不會出現，通常還是用於演講等的正式場合，句型當中的would like可以用will取代。

句型換換看

換A 換B

[I] would like to start with [thanking those who support❶ the charity❷].

翻譯 我想先感謝支持這個慈善團體的人們。

解構 [主詞] + [would like to start with] + [動名詞]

換A-主詞 **換B-動名詞**

替換詞對應方法：換 A a —對應→ 換 B a，練習時請按照順序替換喔！

換A-主詞	換B-動名詞
a The suspect 嫌疑犯	a making a confession❸ 自白
b Ms. Anderson 安德森小姐	b having dinner with Jay 和杰一起用晚餐
c That couple 那對夫妻	c finding a baby-sitter❹ 找一位臨時娛姆
d Tim and Julie 提姆和茱莉	d settling down to the married life 結婚安定下來
e My roommate 我的室友	e writing the skeleton❺ of her report 寫出報告的概要
f The artist 藝術家	f drawing a sketch❻ of the beautiful woman 畫一幅那位美麗女子的素描
g The host 主持人	g asking the composer how he got into composing❼ 問作曲家如何踏入作曲領域

❶ **support** [sə`port] 動 支持；資助

❷ **charity** [`tʃærətɪ] 名 慈善團體

❸ **confession** [kən`fɛʃən] 名 供認

❹ **baby-sitter** [`bebɪsɪtɚ] 名 臨時娛姆

❺ **skeleton** [`skɛlətn̩] 名 概略；大綱

❻ **sketch** [skɛtʃ] 名 素描；寫生

❼ **compose** [kəm`poz] 動 作(詩、曲等)

此為would like to start with後方接動名詞的例子，強調某個動作或行為；主詞可以自由替換，因為助動詞would的作用，主詞若為第三人稱(he/she)，would like to也不須變化，所以請放心用不同英文來取代主詞吧！

句型換換看

換A [Find a project or two] 換B [**you**] **would like to start with**.

翻譯 找一到兩個你想開始著手的計畫。

解構 [(主詞1+)動詞+受詞] + [主詞2+would like to start with]

換A-(主詞1+)動詞+受詞 / 換B-主詞2

替換詞對應方法：換A a —對應→ 換B a，練習時請按照順序替換喔！

換A	換B
a Choose the slide 選擇幻燈片	a you 你
b These are the regulations❶ 這是規章	b I 我
c Andy needs to choose which lesson 安迪需要選課	c he 他
d We should have an idea of the product 我們應知道產品	d we 我們
e The engineers❷ confirmed❸ the procedures❹ 工程師確認步驟	e they 他們

❶ **regulation** [ˌrɛgjəˋleʃən] 名 規章
❷ **engineer** [ˌɛndʒəˋnɪr] 名 工程師
❸ **confirm** [kənˋfɝm] 動 確認；證實
❹ **procedure** [prəˋsidʒɚ] 名 步驟

本句為變化形，把sb. would like to start with調到句尾，同時將想開始的「事情」放到句首，換A與換B的中間省略了that/which；翻譯時最強調「事情」，表示「某人想先開始著手的…」。

sb. (do/does not) feel like...

某人(不太)想要…。

sb. feel like是口語英文的用法，後面須接動名詞才能表示「想要」(此時意同「want to+原形動詞」)；要注意「feel like+名詞」就與意願無關，為「感覺像」的意思。

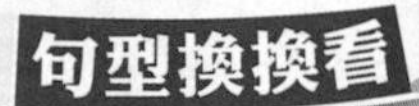

換A 換B

[The young man feels] like [starting a business with his friends].

翻譯 這名年輕人想要和朋友一起創業。

解構 [主詞] + [feel like] + [動名詞]

換A-主詞

換B-動名詞

替換詞對應方法：換 A a —對應→ 換 B a，練習時請按照順序替換喔！

換A	換B
a Most of us feel 我們大部分的人	a going skiing❶ in winter 冬天去滑雪
b My uncle feels 我的叔叔	b hunting❷ in the mountains❸ 在山裡打獵
c The prime❹ minister feels 總理	c strengthening❺ his position❻ 鞏固他的地位
d The couple feel 這對夫婦	d strolling❼ in the park after lunch 午餐後在公園散步
e Tina feels 蒂娜	e going out tonight with her boyfriend 今晚跟男友出門
f Blanche feels 布蘭琪	f submitting❽ her paper before the deadline 在截止期限前交報告

- ❶ **skiing** [ˋskiɪŋ] 名 滑雪(運動)
- ❷ **hunt** [hʌnt] 動 打獵；獵取
- ❸ **mountain** [ˋmaʊntn̩] 名 山林
- ❹ **prime** [praɪm] 形 首位的
- ❺ **strengthen** [ˋstrɛŋθən] 動 增強；鞏固
- ❻ **position** [pəˋzɪʃən] 名 地位；身分
- ❼ **stroll** [strol] 動 散步；溜達
- ❽ **submit** [səbˋmɪt] 動 提交；呈遞

在意思上，sb. feel like+V-ing(動名詞)和sb. would like to/want to+V(原形)是相同的，但在口語情境中，sb. feel like更常被使用，建議熟記。反過來說，如果是遇到正式場合(例如與客戶談話)，就請盡量不要使用。

句型換換看

換A 換B

[The celebrity❶ doesn't] feel like [holding a press❷ conference❸.]

翻譯 那位名人不想開記者會。

解構 [主詞] + [do/does not feel like] + [動名詞]

換A-主詞　換B-動名詞

替換詞對應方法：換 A a —對應→ 換 B a，練習時請按照順序替換喔！

換A-主詞	換B-動名詞
a They don't 他們不	a chatting strangers❹ up 跟陌生人搭訕
b Lucy doesn't 露西不	b going on a blind❺ date 去盲目約會
c The tourists don't 觀光客不	c going to amusement❻ parks 去遊樂園
d The patients❼ don't 那些病人不	d eating most of time 大部分時間都(不想)吃東西
e Many beginners don't 許多初學者不	e speaking French before native❽ speakers 在本國人面前講法文
f The heir doesn't 繼承人不	f taking over the leadership of this office 接管這間辦公室

❶ **celebrity** [sɪ`lɛbrətɪ] 名 名人；名流
❷ **press** [prɛs] 名 新聞界；記者們
❸ **conference** [`kɑnfərəns] 名 (正式)會議
❹ **stranger** [`strendʒɚ] 名 陌生人
❺ **blind** [blaɪnd] 形 盲目的
❻ **amusement** [ə`mjuzmənt] 名 樂趣；娛樂
❼ **patient** [`peʃənt] 名 病人
❽ **native** [`netɪv] 形 本國的

否定形的變化sb. do/does not feel like...為「不想…」的意思，在應用時只要注意主詞必須為能有意願想/不想的人，且助動詞do/does跟著前面的主詞變化，就沒有問題了。

句型換換看

換A 換B

[What do] you feel like [eating]?

翻譯 你想吃什麼？

解構 [疑問詞] + [(助)動詞] + [主詞+feel like] + [動名詞]

換A-疑問詞+(助)動詞　換B-動名詞

替換詞對應方法：換A a —對應→ 換B a，練習時請按照順序替換喔！

換A

- a Why did 為什麼
- b When do 什麼時候
- c What made 是什麼讓
- d Which pair of shoes do 哪一雙鞋
- e What kind of tour❷ do 哪種旅遊團
- f When is the moment❹ 什麼時刻

換B

- a throwing❶ up 嘔吐
- b crying 哭泣
- c dating Leo 和里歐約會
- d buying for him 買給他
- e joining❸ 參加
- f going to a movie 看電影

❶ **throw** [θro] 動 投；擲；拋

❷ **tour** [tʊr] 名 旅行；旅遊

❸ **join** [dʒɔɪn] 動 參加；使結合

❹ **moment** [\`momənt] 名 瞬間；片刻

主詞其實可以替換成第三人稱單數(如：he/she)，但主詞的變動會造成前面(助)動詞的變化(如：do會變成does)，要進一步練習時請記得這一點。

Pattern 08 sb. be (not) interested in...

某人對…(沒)有興趣。

表示興趣的實用句型，特別注意BE動詞會跟著最前面的主詞做變化。想表達「對…有興趣」(但並非強烈喜歡)時，將重點單字套入這個句型就沒錯了。

換A [I'm] interested in 換B [seeing new tourist❶ spots rather than historic❸ sites].

翻譯 我對新景點比較感興趣，對古蹟的興趣不高。

解構 [主詞+BE動詞] + [interested in] + [名詞/動名詞]

換A-主詞+BE動詞 / 換B-名詞/動名詞

替換詞對應方法：換 A a —對應→ 換 B a ，練習時請按照順序替換喔！

換A-主詞+BE動詞	換B-名詞/動名詞
a I'm very 我非常	a the European❸ market 歐洲市場
b I would be 我會/有	b applying for the opening 申請這個職缺
c She has been 她一直	c performing❹ in front of people 在眾人面前表演
d The customer is 顧客	d a couple of items in the catalogue 目錄裡的幾項產品
e The boy is 這名男孩	e music and intends to be a musician 對音樂(有興趣)，想成為音樂家

❶ **tourist** [`turɪst] 名 觀光客
❷ **historic** [hɪs`tɔrɪk] 形 歷史上著名的
❸ **European** [ˏjurə`piən] 名 歐洲的
❹ **perform** [pə`fɔrm] 動 表演

be interested in基本句後方會接名詞或動名詞，另外的同義變化句型還有have interest in...(使用名詞型態的interest)。

句型換換看 Replace It!

換A [That statesman is] not interested in 換B [running for the vice-president].

翻譯 那名政治家對競選副總統沒有興趣。

解構 [主詞+BE動詞] + [not interested in] + [名詞/動名詞]

換A-主詞+BE動詞　　換B-名詞/動名詞

替換詞對應方法：換 A a —對應→ 換 B a，練習時請按照順序替換喔！

換A-主詞+BE動詞	換B-名詞/動名詞
a My family is 我的家人	a political news 政治新聞
b My brother is 我哥哥	b the skills of my craft 我的手藝技巧
c His classmates are 他的同學	c a relationship❶ with him 與他建立關係
d Those boarders❷ are 那群寄宿生	d those who live upstairs 住樓上的人
e His girlfriend is 他的女友	e getting married 結婚
f Prof. Lee's son is 李教授的兒子	f becoming an archaeologist❸ 成為考古學家
g The teenagers❹ are 那群青少年	g getting into mischief❺ 惡作劇
h The two groups are 這兩組	h cooperating❻ with each other 彼此互相合作
i Our nation is 我們的國家	i trading with western countries 與西方國家交易

Key Words

❶ **relationship** [rɪ`leʃən`ʃɪp] 名 關係
❷ **boarder** [`bordɚ] 名 寄宿生
❸ **archaeologist** [ˏɑrkɪ`ɑlədʒɪst] 名 考古學家
❹ **teenager** [`tinˏedʒɚ] 名 年輕人
❺ **mischief** [`mɪstʃɪf] 名 惡作劇
❻ **cooperate** [ko`ɑpəˏret] 動 合作

Tip 活用句型

本句為基本型的否定變化(be not interested in...)，表示「對…沒有興趣」。not interested in後面如果放名詞，可以指某件事(如abc)或人(如d)，對異性沒有興趣的說法也可以用本句型。

sb. didn't mean/intend to...

某人不是故意…的。

這個句型經常用於解釋或道歉的情境中，句中使用過去式did，表示為「已經做了某事，但想解釋並非故意時」使用。

換A [I] didn't mean to 換B [lie about what happened].

翻譯 我不是故意要說謊與隱瞞真相的。

解構 [主詞] + [didn't mean to] + [動詞]

換A-主詞 **換B-動詞**

替換詞對應方法：換 A a —對應→ 換 B a ，練習時請按照順序替換喔！

換A-主詞	換B-動詞
a Our client 我們的客戶	a embarrass you 讓你難堪
b The candidate 候選人	b offend electoral❶ law 觸犯選舉法
c The speaker 講者	c engender❷ controversy❸ 引起爭論
d That critic 那位評論家	d denigrate❹ her achievements 貶低她的成就
e Our boss 我們的老闆	e defer the decision for six months 延遲六個月才做決定

❶ **electoral** [ɪ`lɛktərəl] 形 選舉的
❷ **engender** [ɪn`dʒɛndɚ] 動 引起
❸ **controversy** [`kɑntrə͵vɝsɪ] 名 爭論
❹ **denigrate** [`dɛnə͵gret] 動 詆毀

句型中不定詞to後面必須接原形動詞，口語對話中，didn't mean to其實有一個非常簡單的替代句(Sorry.) I didn't mean it!另外，請注意tend to...這個與intend to看起來相似的用法，這句的意思為「有…的傾向」，意思完全不同。

句型換換看 Replace It!

I didn't intend to [leave], but [I had to do it].

換A: leave　換B: I had to do it

翻譯 我原本沒打算要離開，但我必須這麼做。

解構 [主詞] + [didn't intend to] + [動詞] + [but+子句]

換A-動詞　　**換B-子句**

替換詞對應方法：換 A a —對應→ 換 B a，練習時請按照順序替換喔！

換A-動詞	換B-子句
a be rude to you 對你無理	a you've gone too far 你太過分了
b become an actor 成為演員	b it's something I'm good at 這是我擅長的
c disturb❶ his work 打擾他工作	c the case was an emergency❷ 那件事很緊急
d be late for school 上學遲到	d I was caught in a traffic❸ jam 我遇上塞車
e have my diary published 出版日記	e he encouraged❹ me to do so 他鼓勵我這麼做
f make fun of him 取笑他	f what he did was hilarious❺ 他做的事情太可笑了
g doubt your words 懷疑你的話	g the evidence showed the opposite❻ 證據和你的話相矛盾
h hurt Linda's feelings 傷琳達的心	h I had to tell her the truth as soon as possible 我必須盡快告訴她真相

❶ **disturb** [dɪs`tɝb] 動 打擾

❷ **emergency** [ɪ`mɝdʒənsɪ] 名 緊急情況

❸ **traffic** [`træfɪk] 名 交通

❹ **encourage** [ɪn`kɝɪdʒ] 動 鼓勵

❺ **hilarious** [hɪ`lɛrɪəs] 形 極可笑的

❻ **opposite** [`ɑpəzɪt] 形 相反的

本句翻譯重點為「我原本沒打算⋯，但因某種原因而做了。」在理解時要注意but子句的資訊，因為往往提供了採取該舉動的原因，通常在說話者「想要進一步解釋行為」時使用。

句型換換看 Replace It!

換A

Have you ever [publicized❶ a post] that **you didn't mean to**?

翻譯 你曾經把原本沒有打算公開的文章張貼出去嗎？

解構 [Have/Has] + [主詞] + [(ever+)動詞(過去分詞)] + [that子句]

換A-動詞(過去分詞)

- a told a white lie 說善意的謊言
- b messed❷ up a case 搞砸案子
- c left somebody out 遺忘/遺漏某人
- d hurt one's feeling 傷害別人的感受
- e broken a promise❸ 違反諾言
- f started an argument❹ 引起爭執
- g let the cat out of the bag 洩漏秘密
- h stepped in others' business 干預別人的事
- i sacrificed one's happiness 犧牲某人的幸福
- j concealed❺ the truth from others 對他人隱瞞真相

❶ **publicize** [ˋpʌblɪˏsaɪz] 動 公布
❷ **mess** [mɛs] 動 弄糟；毀壞
❸ **promise** [ˋprɑmɪs] 名 諾言
❹ **argument** [ˋɑrgjəmənt] 名 爭執
❺ **conceal** [kənˋsil] 動 隱瞞

本句翻譯的核心為「你曾經做過某事，但你並非故意那樣做的嗎？」要注意Have you ever後面必須放動詞的過去分詞，表示「曾經」。這樣的例句其實可以部份還原成基本型，如換換看的例句變成You didn't mean to publicize a post.

be stuck between...(and...)

不知該選…還是…。

這個句型有抽象與具體兩方面的意義，就抽象意思而言，指主詞不知該選擇/支持哪一項；同時，stick有「困住」之意，所以可以用來表示「實際的卡住、困住」。

句型換換看 Replace It!

換A　換B

[I am] **stuck between** [Bali **and** Paris].

翻譯 我不知道要選擇去峇里島還是巴黎。

解構 [主詞] + [BE動詞+stuck between] + [名詞1 and 名詞2]

換A-主詞　**換B-名詞1 and 名詞2**

替換詞對應方法：換Aa —對應→ 換Ba，練習時請按照順序替換喔！

換A-主詞	換B-名詞1 and 名詞2
a Emerging❶ markets are 新興市場	a growth and inflation❷ 成長還是通貨膨脹
b The store owner is 店長	b surplus and shortage 產品過剩還是短缺
c Our nation is 我們國家	c investors and protesters 投資者還是抗議人士
d The freshmen are 大一新生	d Korean and Japanese 韓語還是日文
e That pretty girl is 那位漂亮的女孩	e her classmate and the upperclassman❸ 同學還是學長

❶ **emerging** [ɪˋmɝdʒɪŋ] 形 新興的　❷ **inflation** [ɪnˋfleʃən] 名 通貨膨脹

❸ **upperclassman** [ˏʌpɚˋklæsmən] 名 高年級學生

替換時要注意換B的中文意思，de為「選擇」之意，但abc除了選擇之外，還包含「看重哪一項問題、議題」，隱含較強烈的「立場」。

句型換換看 Replace It!

換A [The interviewers❶ are] **stuck between** 換B [two great candidates❷].

翻譯 在兩名優秀的應徵者中，面試官不知該如何選擇。

解構 [主詞] + [BE動詞/get+stuck between] + [名詞(複數)]

換A-主詞　　換B-名詞(複數)

替換詞對應方法：換 A a —對應→ 換 B a ，練習時請按照順序替換喔！

換A-主詞	換B-名詞(複數)
a The graduate is 這名畢業生	a two jobs 兩份工作中
b The immigrant❸ got 那群移民者	b two cultures 兩種文化中
c The man in charge was 負責人	c two options❹ 兩種選項中
d Our CEO got 我們的執行長	d two agents 兩個代理商之間
e The elevator❺ was 電梯	e floors 樓與樓之間
f All the passengers❻ are 所有乘客	f stations❼ 站與站之間
g The child was 這個小孩	g railings❽ for over an hour 卡在欄杆中超過一小時

❶ **interviewer** [ˋɪntɚvjuɚ] 名 面試官

❷ **candidate** [ˋkændədet] 名 應試者

❸ **immigrant** [ˋɪməgrənt] 名 移民 形 移入的

❹ **option** [ˋɑpʃən] 名 選擇

❺ **elevator** [ˋɛlə͵vetɚ] 名 電梯

❻ **passenger** [ˋpæsn̩dʒɚ] 名 乘客

❼ **station** [ˋsteʃən] 名 車站

❽ **railing** [ˋrelɪŋ] 名 欄杆；扶手；柵欄

從換A的b可看出BE動詞可以用get取代；另外要注意換B必須是複數名詞，這是因為between(在⋯之間)本身隱含複數，所以就算後面沒有「...and...」，依然必須注意名詞變化；此外，句型sb. can't decide whether...or...也有「不知道該⋯還是⋯」之意。

be heading to/for...
(某人/某事)要前往⋯。

head為不及物動詞時，有「(向特定方向)出發」之意，由此衍生的句型，就是這裡要介紹的be heading to/for，介系詞to/for基本上可以通用，但語義有些微的不同。

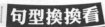

句型換換看 Replace It!

換A 換B
[Steve will **be**] **heading to** [Boston in three days].

翻譯 史帝夫將在三天後前往波士頓。

解構 [主詞] + [(助詞+)be heading to] + [名詞(+補充語)]

替換詞對應方法：換Aa —對應→ 換Ba，練習時請按照順序替換喔！

換A-主詞

- a The high school students are 高中生們
- b The tropical❶ depression❷ is 熱帶低氣壓
- c The deceased's❸ relatives are 死者的親戚
- d The bride-to-be will be 準新娘將會
- e Our cargo❹ ship is 我們的載貨船

換B-名詞(+補充語)

- a class 去上課
- b Taiwan 台灣
- c the graveyard 墓地
- d the church 教堂
- e the space station 太空站

❶ **tropical** [`trɑpɪkḷ] 形 熱帶的；炎熱潮溼的

❷ **depression** [dɪ`prɛʃən] 名 (氣)低氣壓；沮喪

❸ **deceased** [dɪ`sist ] 名 (正式)死者 ❹ **cargo** [ `kɑrgo] 名 (船、飛機裝載的)貨物

本例句的重點在「前往某處」，介詞用to時，主詞會有強烈的意願要抵達「某個定點」；另外，主詞並不侷限於人，能移動的物體也可以(例如換A中的be)。

句型換換看

換A [The actress **is**] **heading to** 換B [the big screen in the movie].

翻譯 那名女演員將要進軍大螢幕了。

解構 [主詞] + [BE動詞+heading to] + [名詞/動名詞(+補充語)]

換A-主詞

換B-名詞/動名詞(+補充語)

替換詞對應方法：換 A a —對應→ 換 B a，練習時請按照順序替換喔！

換A-主詞	換B-名詞/動名詞(+補充語)
a Many MBAs are 很多企業管理碩士	a Wall Street (到)華爾街(上班)
b The former❶ mayor's❷ wife is 前市長的太太	b Congress❸ (進入)美國國會
c The politician's case is 那名政客的案子	c the Supreme❹ Court (送到)最高法院
d Bonnie and Dylan are 邦妮與狄倫	d Broadway❺ (進軍)百老匯
e Mrs. Hill's children are 希爾太太的小孩	e college next year 明年(上)大學
f The government's crackdown❻ is 政府鎮壓	f a riot❼ (引起)暴動
g The football team won and is 橄欖球隊贏了	g the finals (晉級)決賽

❶ **former** [ˋfɔrmɚ] 形 前任的

❷ **mayor** [ˋmeɚ] 名 市長

❸ **Congress** [ˋkɑŋgrəs] 名 美國國會

❹ **supreme** [səˋprim] 形 最高的

❺ **Broadway** [ˋbrɔd͵we] 名 百老匯(大寫)

❻ **crackdown** [ˋkræk͵daʊn] 名 壓迫

❼ **riot** [ˋraɪət] 名 暴亂；騷動

同樣是be heading to的句型，這裡的例句衍伸其義至「晉級、進軍、導致…」，但並未偏離head「(向特定方向)出發」的核心意義。例如換換看例句的「進軍大螢幕」，女演員的確是向某個方向前進，只是這裡的地方不再是具體的地點，而是踏入的另一個領域而已。

句型換換看

換A ... 換B

[I am] heading for [the city hall, too].

翻譯 我正好也要去市政廳。

解構 [主詞] + [BE動詞+heading for] + [名詞(+補充語)]

換A-主詞 / 換B-名詞(+補充語)

替換詞對應方法：換 A a —對應→ 換 B a，練習時請按照順序替換喔！

換A-主詞	換B-名詞(+補充語)
a The world seems to be 世界似乎	a disaster❶ 災難
b Developing❷ countries are 發展中國家	b a civil war 文明的戰爭
c The enterpriser❸ is 那名企業家	c bankruptcy❹ 破產
d A big storm is 一場大暴風雪	d the East Coast 東海岸
e The government is 政府	e financial trouble 財政困難
f The freshmen are 大一新生們	f their classroom 他們的教室
g Mr. Anderson was 安德森先生	g home after leaving the theater 離開劇院後就回家
h That party is 那個政黨	h victory in next year's general❺ election❻ 明年普選的勝利

❶ **disaster** [dɪ`zæstɚ ] 名 災害；災難　❷ **developing** [ dɪ`vɛləpɪŋ] 形 發展中的

❸ **enterpriser** [`ɛntɚ͵praɪzɚ ] 名 企業家　❹ **bankruptcy** [ `bæŋkrəptsɪ] 名 破產

❺ **general** [`dʒɛnərəl ] 形 普遍的　❻ **election** [ ɪ`lɛkʃən] 名 選舉

be heading後面用for時，意思和to稍有不同，以g為例，安德森先生向著回家的路線走，但有可能最後沒有回家，也許會在回家路線上的某個店家停留，但同樣的句子若寫成be heading to，則代表安德森先生一離開劇院就直接回家，沒有在中途逗留。除此之外，be heading for也可以用來表示抽象的「面臨、向著目標」(如abceh)。

If..., (sb./sth.) will/may/can...
如果…，(某人/某事)會/也許/可以…。

假設語氣的用法，利用從屬連接詞if就可以表示對「未來」、「現在」、「過去」的不同假設，動詞各有不同的變化，請多加注意。

If [I buy three books]^換A, [I **can** get a free mug[1]]^換B.

翻譯 如果我買三本書，就可以免費獲得一個馬克杯。

解構 [If] + [主詞+動詞(現在式),] + [子句]

換A-主詞+動詞　　換B-子句

替換詞對應方法：換 A a —對應→ 換 B a，練習時請按照順序替換喔！

換A-主詞+動詞	換B-子句
a you eat rotten[2] food 你吃腐壞食物	a you may get sick 你會生病
b you add that much salt 加那麼多鹽	b it will be too salty[3] 可能會太鹹
c I get a low grade 我考不好	c I may fail this course 可能會被當
d you get up early 你早起	d you can exercise[4] more 就可以多運動
e I do well on the exam 這次考好	e dad will buy me a gift 爸爸會買禮物給我

❶ **mug** [mʌg] 名 馬克杯　❷ **rotten** [`rɑtn̩] 形 腐壞的；腐敗的

❸ **salty** [`sɔltɪ ] 形 鹹的　❹ **exercise** [ `ɛksɚˏsaɪz] 動 運動

簡單來說，if針對「未來」做假設時，if子句的動詞用「現在式」。當「說話者認為未來可能實現」，就能用這個結構。另外，從替換詞中可以發現，if子句與主要子句的主詞不一定相同(如be兩組)。

句型換換看 Replace It!

If [換A I realized the significance❶], [換B **I would** understand her nervousness❷].

翻譯 若我明白重要性，我就能理解她為何緊張。

解構 [If] + [主詞+動詞(過去式),] + [子句]

換A-主詞+動詞 ／ 換B-子句

替換詞對應方法：換 A a 對應→ 換 B a ，練習時請按照順序替換喔！

換A-主詞+動詞	換B-子句
a I were a millionaire❸ 我是百萬富翁	a I would make a donation❹ 我會捐款
b I were you 我是你	b I would take a day off and rest 我會請一天假休息
c I ate more vegetables 吃更多蔬菜	c I could be healthier 我能更健康
d he lived here 他住在這裡	d we could go hiking❺ together 我們能一起健行
e I had a back yard 我有後院	e I would hold a barbecue❻ 我會舉辦烤肉野餐
f I had surplus cash 我有多餘現金	f I might buy the cell phone 我也許會買那台手機
g I won the lottery 中了樂透	g I would travel around the world 我會環遊世界

❶ **significance** [sɪgˋnɪfəkəns] 名 重要性

❷ **nervousness** [ˋnɝvəsnɪs] 名 焦躁

❸ **millionaire** [ˌmɪljənˋɛr] 名 百萬富翁

❹ **donation** [doˋneʃən] 名 捐獻

❺ **hiking** [ˋhaɪkɪŋ] 名 健行；遠足

❻ **barbecue** [ˋbɑrbɪkju] 名 烤肉

簡單來說，if針對「現在」做相反的假設時，if子句的動詞用「過去式」，表示「原本認為能做到，但卻沒能實現」或「與現在事實相反」的意思。

句型換換看 Replace It!

換A 換B

If [I had taken out the books], [**I would** have lightened❶ my luggage❷].

翻譯 如果我那時候把書拿出來，行李就會變輕。

解構 [If] + [主詞 + 動詞(過去分詞),] + [子句]

換A-主詞+動詞 ／ 換B-子句

替換詞對應方法：換 A a —對應→ 換 B a，練習時請按照順序替換喔！

換A	換B
a I had passed the ordeal❸ 我熬過苦難	a I could have succeeded❹ 我就能夠成功了
b I hadn't fallen down 我沒有跌倒	b we could have won the race 我們就贏了比賽
c I had studied hard 以前有用功	c I would have passed the exam 我就通過考試了
d you had gotten wet in the rain 你那時候淋到雨	d you might have caught a cold 你也許會感冒
e you hadn't gone out 你沒有出門	e you could have finished❺ the homework❻ 就能完成作業
f If Kyle had been here yesterday 凱爾昨天在這裡	f I would have discussed❼ the case with him 我就會和他討論這件事

❶ **lighten** [`laɪtn̩ ] 動 減輕(重量)　　❷ **luggage** [ `lʌgɪdʒ] 名 行李

❸ **ordeal** [ɔr`diəl ] 名 嚴峻考驗　　❹ **succeed** [ sək`sid] 動 成功

❺ **finish** [`fɪnɪʃ ] 動 完成；結束　　❻ **homework** [ `hom͵wɝk] 名 家庭作業

❼ **discuss** [dɪ`skʌs] 動 討論

if針對「過去」做相反的假設時，if子句的動詞用「過去分詞」，表示「與過去事實相反」；翻譯時要注意if子句的假設並沒有發生過。

句型換換看 Replace It!

If [I want to be an architect❶], [taking classes for design is essential❷].

翻譯 假如我想要成為建築師，必須修習設計學。

解構 [If] + [主詞+動詞(現在簡單式),] + [子句]

換A-主詞+動詞　換B-子句

替換詞對應方法：換 A a 對應→ 換 B a，練習時請按照順序替換喔！

換A	換B
a you heat water to 100 degrees 水加熱到100度	a it boils❸ 就會沸騰
b you pour oil on water 你把油倒入水中	b it floats 油會浮起來
c there is no air 沒有空氣	c things don't burn 東西不會燃燒
d you work hard enough 你夠努力	d there's no limitation❹ 任何事都沒有極限
e you add in the liquid❺ 你加入這個液體	e the solution❻ becomes golden 溶液會變金色
f Julia has time 茱莉亞有時間	f she reads a novel every weekend 她每週末讀一本小說

❶ **architect** [`ɑrkə,tɛkt] 名 建築師
❷ **essential** [ɪ`sɛnʃəl] 形 必要的
❸ **boil** [bɔɪl] 動 沸騰；煮沸
❹ **limitation** [,lɪmə`teʃən] 名 限制
❺ **liquid** [`lɪkwɪd] 名 液體
❻ **solution** [sə`luʃən] 名 溶液

最後介紹一個同樣是使用if從屬子句，但卻「並非假設語氣」的用法，這個句型是用來表達「一般的事實或科學真理」，不是特定條件才會發生的事，前後兩個子句中的動詞都用現在簡單式即可；一般事實的例子如df，其中f表達茱莉亞的生活習慣；科學真理的例子則有abce。

PART 3

抒發心情與感想的句型

～輕鬆談喜怒哀樂的必備英文用法

動 動詞

名 名詞

片 片語

副 副詞

形 形容詞

EXPRESS YOURSELF VIA THESE PATTERNS!

have/has/had a crush on...

(某人)喜歡上/迷戀上⋯。

本句型on後面接「人」表示迷戀之意，通常用在不熟的對象身上，類似我們常說的「第一眼煞到某人」，語氣上會比like/love更活潑。

換A 換B

[The chancellor **has**] **a crush**❶ **on** [you].

翻譯 總理喜歡上你了。

解構 [主詞] + [have/has/had a crush on] + [名詞]

換A-主詞 **換B-名詞**

替換詞對應方法：換Ａa —對應→ 換Ｂa，練習時請按照順序替換喔！

換A-主詞	換B-名詞
a The journalist❷ has got 那名記者	a that famous critic 那位有名的評論家
b That charming❸ man has 那位迷人的男士	b one of my good friends 我的一位好朋友
c He indeed has 他實際上	c Lynn instead of her sister 琳，而非她妹妹
d The celebrity❹ has 那位名人	d that columnist❺ she met 她遇到的專欄作家
e My best friend has 我最好的朋友	e a married man and cries 一位已婚男士並哭泣
f The chemist❻ had 那名化學家	f his neighbor as a teenager❼ 年輕時(迷戀)他鄰居

❶ **crush** [krʌʃ] 名 (口)迷戀的對象
❷ **journalist** [ˋdʒɝnəlɪst] 名 記者
❸ **charming** [ˋtʃɑrmɪŋ] 形 迷人的
❹ **celebrity** [sɪˋlɛbrətɪ] 名 名人
❺ **columnist** [ˋkɑləmɪst] 名 專欄作家
❻ **chemist** [ˋkɛmɪst] 名 化學家
❼ **teenager** [ˋtin͵edʒɚ] 名 青少年

在替換時請注意此句型可調整為have got a crush on(如換A的a)，強調「喜歡上」的轉變；另外，注意可以用harbor取代have/has/had，其相關延伸句型為harbor a secret crush on(暗自迷戀)。

句型換換看

換A 換B

[He got a girl] to **have a crush on** [him].

翻譯 他讓一個女性迷戀上他。

解構 [子句] + [to have/has/had a crush on] + [名詞]

換A-子句 **換B-名詞**

替換詞對應方法：換A a —對應→ 換B a，練習時請按照順序替換喔！

換A-子句	換B-名詞
a It only takes a minute 只花一分鐘	a someone 某人
b It is tough (某件事)很困難	b someone at first sight 一見鍾情
c It makes no sense (某件事)沒道理	c a fictional❶ character❷ 虛構角色
d I feel embarrassed❸ 我感到很尷尬	d someone I don't know well 我不熟的人
e She found it normal 她發現(某事)普通	e her attractive❹ boss 她那位富有魅力的老闆

❶ **fictional** [`fɪkʃənḷ] 形 虛構的；小說的
❷ **character** [`kærɪktɚ] 名 角色
❸ **embarrassed** [ɪm`bærəst] 形 尷尬的
❹ **attractive** [ə`træktɪv] 形 有吸引力的

have a crush on的變化句型，於前面放子句，後面再描寫之所以會造成子句描述的內容；拿e來說，其意等同於Having a crush on her boss is normal.但將順序調換後，會更強調「迷戀上她老闆」這件事。

句型換換看 Replace It!

換A 換B

[I went to meet the boy] [that I have] a crush on.

翻譯 我去見那名讓我迷戀上的男孩。

解構 [子句] + [(that+)主詞] + [have/has a crush on]

換A-子句	換B-(that+)主詞
替換詞對應方法：換 A a 對應 換 B a，練習時請按照順序替換喔！	
a There comes the dreamboat❶ 夢中情人走過來了	a that Suzy has 蘇西
b That is the female 這是那名女性	b Jake is having 杰克正(在)
c I showed them the girl 我向他們指出那名女孩	c that Tommy has 湯米
d It'll be okay to chat with the one 可以和那個人聊天	d you're having 你正(在)
e I'll acquaint❷ you with the participant❸ 我將介紹你認識參加者	e that I'm having 我正(在)
f She can't talk to her colleague 她無法和那位同事對話	f that she's having 她正(在)
g I can introduce❹ her to the man 我可以把她介紹給那個男人	g that she has 她
h You should approach❺ the one 你應該接近那個人	h that you have 你

❶ **dreamboat** [`drimbot] 名 理想的人

❷ **acquaint** [ə`kwent] 動 使認識

❸ **participant** [pɑr`tɪsəpənt] 名 參與者

❹ **introduce** [ˌɪntrə`djus] 動 介紹

❺ **approach** [ə`protʃ] 動 接近

基本句型是在have a crush on後方接上迷戀的對象，此變化句將對象搬到前面，成為that的先行詞，再補充這個先行詞的內涵；舉例來說，替換詞a裡面，that子句補充the man具備什麼樣的特質。

sb. can't help...

某人情不自禁/忍不住…。

本句型的help後面接動名詞，要注意這個句型中的主詞sb.原本並沒有預料或打算要做某事，而是由情緒引發，才導致後面所描述的情況。

句型換換看 Replace It!

I can't help [biting my fingernails❶ when I am nervous❷].

翻譯 當我緊張的時候，我會忍不住咬指甲。

解構 [主詞] + [can't help] + [動名詞]

換A-動名詞

- a being concerned❸ about the emphasis❹ on testing. 擔憂太著重考試的現象
- b falling in love with that gorgeous❺ lady 愛上那位極為吸引人的女士
- c exclaiming❻ in delight at the scene 看到這情景，(我忍不住)高興得大叫
- d laughing when I see his funny face 看到他滑稽的表情，(我忍不住)大笑
- e buying a lot when there's an annual sale 週年慶時，(我忍不住)買很多東西

❶ **fingernail** [`fɪŋgɚ,nel] 名 手指甲
❷ **nervous** [`nɝvəs] 形 緊張的
❸ **concern** [kən`sɝn] 動 使擔心
❹ **emphasis** [`ɛmfəsɪs] 名 強調
❺ **gorgeous** [`gɔrdʒəs] 形 極好的
❻ **exclaim** [ɪks`klem] 動 驚叫

口語表達中有一句超實用短句I can't help it.(我沒辦法。)當聊天話題明確，又想向對方表示你控制不了自己時，可以用這個短句取代完整的長句描述喔！

句型換換看 Replace It!

[We] can't help but [be impressed❶ by that interviewee❷].

翻譯 我們不禁對那名面談者留下深刻的印象。

解構 [主詞] + [can't help but] + [原形動詞]

換A-主詞	換B-原形動詞
替換詞對應方法：換Aa —對應→ 換Ba，練習時請按照順序替換喔！	
a The merchant❸ 商人	a say sorry to his investors❹ 向投資者道歉
b Ms. Hill 希爾小姐	b be angry at one of her co-workers 對她同事生氣
c That heir❺ 那名繼承人	c think about her after she left 她離開後，(忍不住)想她
d Some viewers 部分觀眾	d sob after watching that touching movie 看完那部感人的電影後，(忍不住)啜泣
e Charlotte 夏綠蒂	e keep crying after breaking up with him 和他分手後，(忍不住)哭泣
f The cook 廚師	f smile when thinking about those delicious❻ pies 想到美味的派，(忍不住)微笑
g They 他們	g wonder why the time seems to fly by in the city 思考在城市的時間過得特別快之因

❶ **impress** [ɪm`prɛs] 動 使銘記
❷ **interviewee** [ˌɪntɚvju`i] 名 被面試者
❸ **merchant** [`mɝtʃənt] 名 商人
❹ **investor** [ɪn`vɛstɚ] 名 投資者
❺ **heir** [ɛr] 名 繼承人；嗣子
❻ **delicious** [dɪ`lɪʃəs] 形 美味的

在can't help後面加入but後，就必須接原形動詞，意思與上一組句型相同，這句變化能省略help(即cannot but...的形式)；另外，can't無須按照主詞做變化，所以換A當中的所有詞彙都可以和換B交錯運用。

sb. like...better (because)...
某人比較喜歡…，(因為)…。

表達喜好的實用句型，注意此句使用了比較級better，所以隱含與其他事物的比較；和better than不同的是，這個句型不需要將比較的對象提出來。

Replace It!

換A 換B

I like [this room] **better because** [it gets plenty of sunlight❶].

翻譯 我比較喜歡這個房間，因為它的日照充足。

解構 [主詞] + [like+名詞+better] + [because+子句]

換A-名詞　換B-子句

替換詞對應方法：換 A a —對應→ 換 B a，練習時請按照順序替換喔！

換A-名詞	換B-子句
a warm weather 溫暖的天氣	a I am weak in the cold 我怕冷
b this apartment❷ 這間公寓	b the rent is reasonable❸ 房租合理
c the cocktail❹ 這杯雞尾酒	c it tastes pretty smooth 喝起來很順口
d eggs and cheese 蛋和起司	d they contain protein❺ 它們含有蛋白質
e the suburbs❻ 郊區	e the air there is really fresh 那裡的空氣很清新
f Taipei 台北	f the mass transportation❼ is convenient❽ 大眾運輸系統方便

❶ **sunlight** [ˋsʌn͵laɪt] 名 日光
❷ **apartment** [əˋpɑrtmənt] 名 公寓
❸ **reasonable** [ˋriznəbl̩] 形 合理的
❹ **cocktail** [ˋkɑk͵tel] 名 雞尾酒
❺ **protein** [ˋprotiɪn] 名 蛋白質
❻ **suburb** [ˋsʌbɝb] 名 郊區
❼ **transportation** [͵trænspɚˋteʃən] 名 運輸
❽ **convenient** [kənˋvinjənt] 形 便利的

注意because子句描述的原因必須搭得上前面的名詞。另外補充喜歡的程度差別(越來越強)：like sth./like sth. very much/like sth. better/like sth. the best。

句型換換看 Replace It!

換A 換B

[Most students like] [cool and windy days] better.

翻譯 大部分的學生比較喜歡涼爽有風的天氣。

解構 [主詞] + [like+名詞+better]

換B-名詞

替換詞對應方法：換 A a —對應→ 換 B a，練習時請按照順序替換喔！

換A-主詞	換B-名詞
a My relatives❶ like 我的親戚們	a independent❷ travel 自由行
b That model likes 那位模特兒	b humorous and reliable guys 風趣又有責任感的人
c People nowadays like 現代人	c organic❸ and additive❹-free foods 有機跟無添加物的食品
d Our manager likes 我們的經理	d the lower quotations❺ for air-conditioners❻ 報價較低的冷氣

❶ **relative** [ˋrɛlətɪv] 名 親戚
❷ **independent** [ˏɪndɪˋpɛndənt] 形 獨立的
❸ **organic** [ɔrˋgænɪk] 形 有機的
❹ **additive** [ˋædətɪv] 名 添加物
❺ **quotation** [kwoˋteʃən] 名 報價單
❻ **air-conditioner** 名 冷氣機

要注意此句型中含有比較級better，所以隱含被拿來比較的對象；舉例來說，換換看中的例句，就隱含「學生較不喜歡悶熱無風的天氣。」

句型換換看 Replace It!

換A

[My foreign friends liked Peitou and Jiufen**] the best.**

翻譯 我的外國朋友們最喜歡北投跟九份。

解構 [主詞] + [like] + [名詞/to+動詞] + [(the) best]

換A-主詞+like+名詞/to+動詞

a I like detective❶ novels 我(最)喜歡偵探推理小說

b My brother likes hang gliding 我哥哥喜歡滑翔翼

c Most of the natives like winter 大部分本地人(最)喜歡冬天

d Those athletes❷ like team sports 那群運動員(最)喜歡團體運動

e Many couples like Valentine's❸ Day 許多情侶都(最)喜歡情人節

f The millionaire likes to stay at five-star❹ hotels 那位富翁(最)喜歡住五星級的旅館

g The curator❺ likes moon cakes with green bean paste❻ 館長(最)喜歡包綠豆沙的月餅

h I like the English teacher who has lots of creative❼ teaching methods 我(最)喜歡英文老師，他有許多獨具創意的教學法

Key Words

❶ **detective** [dɪ`tɛktɪv] 形 偵探的

❷ **athlete** [`æθlit] 名 運動員；體育家

❸ **valentine** [`væləntaɪn] 名 情人節禮物

❹ **five-star** 形 五星的；第一流的

❺ **curator** [kjʊ`retɚ] 名 館長；管理者

❻ **paste** [pest] 名 (做糕點用的)麵糰

❼ **creative** [krɪ`etɪv] 形 創造性的

Tip 活用句型

本句型為基本型的變化，將原來的比較級better改成最高級the best，即能表示「最喜歡」之意，like...the best可以替換成like...the most，且兩者的the都可省略，對語意無影響。

...be one's favorite.

…是某人的最愛。

句型的主詞可以放名詞或動名詞；唯一要注意的是，favorite意指同種類當中最喜愛的人或物，一般會指向特定事物，BE動詞用is/was。

句型換換看 Replace It!

換A 換B

[Green chicken curry❶ is] **my favorite** [since it tastes really great].

翻譯 綠咖哩雞是我的最愛，因為它真的很好吃。

解構 [名詞/動名詞] + [is/was one's favorite] + [(補充語)]

換A-名詞/動名詞　　換B-補充語

替換詞對應方法：換 A a —對應→ 換 B a ，練習時請按照順序替換喔！

換A	換B
a Getting married in a church is 在教堂結婚	a since childhood❷ 從小時候開始
b Being with someone I know well is 和我熟知的人一起	b after work 下班後
c Bamboo❸ shoots with mayonnaise❹ are 竹筍沙拉	c in summer 夏天
d The balcony❺ with potted plants is 充滿盆栽的陽台	d after the redecoration❻ 重新裝修之後
e Setting off firecrackers❼ is 放鞭炮	e on Chinese New Year's eve 在除夕夜

❶ **curry** [`kɝɪ] 名 咖哩(粉)

❷ **childhood** [`tʃaɪld͵hʊd] 名 幼年時期

❸ **bamboo** [bæm`bu] 名 竹子

❹ **mayonnaise** [͵meə`nez] 名 美乃滋

❺ **balcony** [`bælkənɪ] 名 陽台；露台

❻ **redecoration** [ri͵dɛkə`reʃən] 名 重新裝飾

❼ **firecracker** [`faɪr͵krækɚ] 名 鞭炮

基本型當中的補充語是額外的資訊，讓聽者了解主詞所提及的內容，因此，就算刪除換B的內容也可以。同義表達還有sb. like sth. the most，但是就口語會話而言，只用be one's favorite給人更加簡潔的俐落感。

句型換換看

換A 換B

[Gardening **is**] one of **my favorites** [in my leisure❶ time].

翻譯 園藝是我空閒時最愛的活動之一。

解構 [名詞/動名詞] + [be one of one's favorites] + [(補充語)]

換A-名詞/動名詞 換B-補充語

替換詞對應方法：換 A a —對應→ 換 B a，練習時請按照順序替換喔！

換A	換B
a Gossiping❷ with coworkers is 跟同事聊八卦	a at work 上班
b Her latest novel is 她最新的小說	b of the year 一整年當中
c Seeing her smile was 看到她的笑容	c back in school 求學時期
d That reality show was 那個實境秀	d while I studied abroad❸ 我出國唸書時
e That online store is 那個購物網站	e for its surprisingly❹ low prices 以其驚人的低價

❶ **leisure** [`lidʒɚ] 名 閒暇

❷ **gossip** [`gɑsəp] 動 閒聊；聊天

❸ **abroad** [ə`brɔd] 副 在國外

❹ **surprisingly** [sɚ`praɪzɪŋlɪ] 副 驚人地

本句為基本句型的延伸，表示「最愛的…之一」，要注意one of...意指「其中之一」，所以後面my favorites必須採用複數型。

句型換換看 Replace It!

換A [Papaya❶] is my least favorite [fruit]. 換B

翻譯 木瓜是我最不喜愛的水果。

解構 [名詞/動名詞] + [is/was one's least favorite] + [補語]

替換詞對應方法：換 A a —對應→ 換 B a，練習時請按照順序替換喔！

換A-名詞/動名詞	換B-補語
a Thanksgiving 感恩節	a holiday 節日
b Mathematics❷ 數學	b school subject 學校科目
c The man caught in scandals❸ 有醜聞的人	c official❹ 政治官員
d Dusting the furniture❺ 拭去傢俱上的灰塵	d household❻ chore❼ 家事
e Digging out of privacy❽ 挖掘隱私	e behavior❾ 舉止行為
f That supporting role 那名配角	f character in the play 戲裡的角色
g Ironing clothes 燙衣服	g thing to do on the list 清單上的待辦事項
h ABC's House ABC之家	h restaurant in LA 在洛杉磯的餐廳

❶ **papaya** [pə`paiə] 名 木瓜

❷ **mathematics** [͵mæθə`mætɪks] 名 數學

❸ **scandal** [`skændḷ] 名 醜聞

❹ **official** [ə`fɪʃəl] 名 公務員；官員

❺ **furniture** [`fɝnɪtʃɚ] 名 傢俱

❻ **household** [`haʊs͵hold] 形 家庭的

❼ **chore** [tʃor] 名 家庭雜務

❽ **privacy** [`praɪvəsɪ] 名 隱私

❾ **behavior** [bɪ`hevjɚ] 名 行為

要表示反義的「最不喜歡…」，只需要在原本的be one's favorite當中，插入least(最少的；地位最低的)，就能立即將基本句型轉變為反義，注意此變化型的favorite為形容詞，修飾後面的補語。

sb. can't...more!

某人十分、非常⋯！

同樣是在表達情緒，本句型在「強調程度感」的表現上更為出色，按照字面翻譯為「某人不能再⋯更多了！」強調已經達到百分之百的程度，無法再往上增加。

句型換換看

換A 換B

[I] **can't** [love traveling with my family] **more**!

翻譯 我非常喜愛和家人去旅行！

解構 [主詞] + [can't+動詞] + [more]

換A-主詞	換B-動詞
a The charity❶ 那個慈善機構	a help those refugees❷ 幫助那群難民
b Her tenants❸ 她的房客們	b love their new suites❹ 喜愛他們的新套房
c Those delegates❺ 那群會議代表	c agree with his conception❻ 贊同他的概念
d The photographer❼ 那名攝影師	d enlarge the picture of this vision❽ 放大這張美景照
e The conductor❾ 那名領導者	e support every member in his team 支持團隊的每個人

替換詞對應方法：換A a —對應→ 換B a，練習時請按照順序替換喔！

❶ **charity** [`tʃærətɪ] 名 慈善團體

❷ **refugee** [ˌrɛfjʊ`dʒi] 名 難民

❸ **tenant** [`tɛnənt] 名 房客；住戶

❹ **suite** [swit] 名 套房；系列

❺ **delegate** [`dɛləgɪt] 名 會議代表

❻ **conception** [kən`sɛpʃən] 名 概念

❼ **photographer** [fə`tagrəfɚ] 名 攝影師

❽ **vision** [`vɪʒən] 名 美景；看見

❾ **conductor** [kən`dʌktɚ] 名 領導者

雖然可以用「不能再…更多了！」這個概念去理解本句型的意思，但翻譯的時候請以「非常、十分…」去翻譯，比方說替換詞中的a要翻成「那個慈善機構非常幫助那群難民。」比較好。

句型換換看

換A 換B

[Those enthusiastic❶ fans] can't [like that singer] any **more**!

翻譯 那群狂熱的粉絲們極度喜愛那位歌手！

解構 [主詞] + [can't+動詞] + [any more]

換A-主詞 **換B-動詞**

替換詞對應方法：換 A a —對應→ 換 B a，練習時請按照順序替換喔！

換A-主詞	換B-動詞
a The examiner❷ 審查員	a be careful about the details 重視細節
b The runner 跑者	b improve❸ his own record 刷新自身的紀錄
c The executive❹ 業務主管	c be tolerant❺ of your weirdness❻ 容忍你的怪異
d The gourmet❼ 美食家	d love Mrs. Hoover's recipes 喜愛胡佛太太的食譜
e All guests 所有客人	e appreciate❽ the host's kindness 對主人的好意表示感謝
f The graduate 研究生	f thank his advisor for the guidance❾ 感謝教授的指導

Key Words

❶ **enthusiastic** [ɪn͵θjuzɪ`æstɪk] 形 熱情的

❷ **examiner** [ɪg`zæmɪnə] 名 審查員

❸ **improve** [ɪm`pruv] 動 改善

❹ **executive** [ɪg`zɛkjutɪv] 名 業務主管

❺ **tolerant** [`tɑlərənt] 形 容忍的

❻ **weirdness** [`wɪrdnɪs] 名 怪異；怪誕

❼ **gourmet** [`gurme] 名 美食家

❽ **appreciate** [ə`priʃɪ͵et] 動 感謝

❾ **guidance** [`gaɪdn̩s] 名 指導

本句型的意思和基本型相同，只是句尾以any more強調口吻。這裡要特別注意的是，有些人會錯把本句型寫成can't...anymore.這句話的意思是「無法再⋯。」和any more的意思完全不同，千萬不要搞混喔！

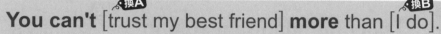

句型換換看

You can't [trust my best friend]（換A） **more** than [I do]（換B）.

翻譯 你不會比我更相信我最好的朋友。

解構 [主詞] + [can't+動詞] + [more than] + [補語]

換A-動詞

換B-補語

替換詞對應方法：換 A a —對應→ 換 B a，練習時請按照順序替換喔！

換A：

- a explain this enactment❶ 解釋法令
- b be popular❷ 更加受人歡迎
- c give an excellent❸ speech 傑出演說
- d miss the deceased❹ 思念死者
- e have one's love 擁有某人的愛

換B：

- a the judge does 法官
- b this 現在(的情況)
- c this one 這一場(演說)
- d his wife does 他的太太
- e that your parents give you 你父母給你的

❶ **enactment** [ɪn`æktmənt] 名 法令
❷ **popular** [`pɑpjələ˞] 形 流行的
❸ **excellent** [`ɛksḷənt] 形 出色的
❹ **deceased** [dɪ`sist] 名 死者

雖然本句型在結構上看起來只是在more後方加入比較的對象，但意思已經改變，重點在more than的「比較」意義。以替換詞a句來說，翻譯為「你無法將法令解釋得比法官更清楚。」意即「法官解釋的更清楚。」

...play an important role in...

在…方面扮演重要的角色。

在描述重要的因素、成因時，這個句型非常實用，若拿掉 important，句子意思會轉變成「(某事/某人)是…的因素。」失去強調的口吻。

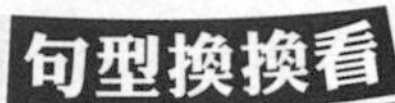

換A 換B

[Exports] **play an important role in** [our country's economy❶].

翻譯 出口物在我們國家的經濟上扮演重要的角色。

解構 [主詞] + [play an important role in] + [名詞/動名詞]

換A-主詞

換B-名詞/動名詞

替換詞對應方法：換 A a —對應→ 換 B a，練習時請按照順序替換喔！

換A-主詞	換B-名詞/動名詞
a Social aspects may 社會觀感也許會	a ramification❷ 分歧
b My university days 我的大學生活	b my life 我的生命中
c These new bills can 這些新法案能	c healthcare reform 醫療改革
d Departmental characteristics❸ 部門特質	d determining❹ the productivity❺ 決定生產力
e These samples can 這些樣本能夠	e genetic association❻ studies 基因關聯性的研究
f Cultural factors 文化因素	f creating resistance❼ to social change 抗拒社會變遷

❶ **economy** [ɪ`kɑnəmɪ] 名 經濟

❷ **ramification** [ˌræməfə`keʃən] 名 分枝；分派

❸ **characteristic** [ˌkærəktə`rɪstɪk] 名 特性

❹ **determine** [dɪ`tɝmɪn] 動 決定

❺ **productivity** [ˌprodʌk`tɪvətɪ] 名 生產力

❻ **association** [əˌsosɪ`eʃən] 名 聯合

❼ **resistance** [rɪ`zɪstəns] 名 抵抗

基本句中，介系詞後方接名詞或動名詞，此外，自行替換主詞時，請注意play會隨著第三人稱的主詞變化(plays)。

句型換換看 Replace It!

換A [Do women] **play an important role in** [today's society]? 換B

翻譯 女性在現代社會中扮演重要的角色嗎？

解構 [助動詞] + [主詞] + [play an important role in] + [名詞/動名詞]

換A-助動詞+主詞

替換詞對應方法：換Aa 對應→ 換Ba，練習時請按照順序替換喔！

a Do parents 家長們
b Does optical❷ illusion❸ 視覺上的錯覺
c Does popular culture 大眾文化
d Does business networking❹ 商業聯網

換B-名詞/動名詞

a education❶ 教育
b film industry 電影業
c our daily life 我們的日常生活
d business success 企業成功

❶ **education** [ˌɛdʒʊˋkeʃən] 名 教育
❷ **optical** [ˋɑptɪkḷ] 形 視覺的
❸ **illusion** [ɪˋljuʒən] 名 錯覺
❹ **networking** [ˋnɛtˌwɝkɪŋ] 名 聯網(技術)

在句首放入助動詞後，就可以將基本句轉為疑問句，詢問「某樣東西在…中是否扮演重要的角色/是重要的因素？」；另外，助動詞還可以用would或will/could或can替換，變化句義。

sb. can't live without...

某人的生活中不能缺少…。

本句型字面上翻譯是「某人沒有…就活不下去。」除了描述客觀事實之外，還能表達強烈的需求，略為誇張的口吻能強調某人有多麼需要某物。

換A [Johnny] can't live without 換B [his tablet accessories❶].

翻譯 強尼的生活中不能缺少平板電腦的周邊產品。

解構 [主詞] + [can't live without] + [名詞]

換A-主詞

換B-名詞

替換詞對應方法：換 A a 對應→ 換 B a，練習時請按照順序替換喔！

換A-主詞	換B-名詞
a All creatures❷ in the world 世上的生物	a oxygen❸ 氧氣
b Security 防護和安全(的體現)	b compliance❹ 服從與遵守的行為
c People with computer addiction❺ 電腦上癮者	c their high-tech products 他們的科技產品
d Most employees 大部分的雇員	d holidays of a year 一年當中的假期
e The handicapped❻ mother 那位殘障的母親	e her daughter's company❼ 她女兒的陪伴
f More and more people 越來越多的人	f the convenience❽ of technology❾ 科技的便利性

❶ **accessory** [æk`sɛsərɪ] 名 配件

❷ **creature** [`kritʃə] 名 生物；動物

❸ **oxygen** [`ɑksədʒən] 名 氧氣

❹ **compliance** [kəm`plaɪəns] 名 順從

❺ **addiction** [ə`dɪkʃən] 名 上癮

❻ **handicapped** [`hændɪ͵kæpt] 形 殘障的

❼ **company** [`kʌmpənɪ] 名 陪伴

❽ **convenience** [kən`vinjəns] 名 便利

❾ **technology** [tɛk`nɑlədʒɪ] 名 科技

介系詞without後面接名詞或動名詞，注意本句型的主詞也可以是無生命的物件(如b的security)，只是在翻譯時要以「某物要存在，不能缺少…」的概念去理解。

句型換換看

換A 換B

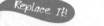

[Cycling is one recreation❶] [I] can't live without.

翻譯 騎腳踏車兜風是我生活中不能缺少的休閒活動。

解構 [子句] + [(that+)主詞+can't live without]

換A-子句 / 換B-主詞

替換詞對應方法：換 A a 對應→ 換 B a ，練習時請按照順序替換喔！

換A-子句	換B-主詞
a The director mentioned❷ the play 導演提到戲	a she 她
b They listed five websites 他們列出五個網站	b techies❸ 電子迷們
c Here are the secret recipes 這是秘密食譜	c my family 我的家人
d There are certain things 有特定的事情	d Americans 美國人
e Here come the twenty tools 這些是二十種工具	e freelancers❹ 自由作家
f The following is the financial lesson 下面是某堂財金課	f many experts 許多專家

❶ **recreation** [ˌrɛkrɪˋeʃən] 名 娛樂
❷ **mention** [ˋmɛnʃən] 動 提到；說起
❸ **techie** [ˋtɛki] 名 熱衷的電子迷
❹ **freelancer** [ˋfriˏlænsɚ] 名 自由作家

本句為基本型的變化，將原本接在can't live without後面的名詞放到前面的子句中，再用that sb. can't live without去補充其特性；和基本句相比，這個句型更強調子句中的名詞，例如a中的「play(戲劇)」會變成例句中的資訊焦點。

sb. have/has/had never...

某人從來沒有…。

表示「過去從來沒有經驗」的句型，因為要講的是過去一段時間，所以使用完成式的結構；特別要注意如果講到的是比過去某個時間點更早的一段時間，則用had。

句型換換看 Replace It!

I have never [seen such a pretty bride].

翻譯 我從沒見過這麼美麗的新娘。

解構 [主詞] + [have/has never+動詞(過去分詞)]

換A-動詞(過去分詞)

a seen a mailbox's design like this 看過像這樣的信箱設計

b been affected by other people's opinions❶ 被其他人的意見左右

c had such delicious roast❷ beef before 吃過這麼美味的烤牛肉

d heard of this custom❸ in our country 聽過我們國家的這項習俗

e fallen in love with anyone except❹ him 愛過除了他以外的任何人

f met one who shares so many common interests with me 碰過和我興趣這麼相近的人

❶ **opinion** [ə`pɪnjən] 名 意見

❷ **roast** [rost] 形 烘烤的

❸ **custom** [`kʌstəm] 名 習俗

❹ **except** [ɪk`sɛpt] 介 除…之外

基本的完成式概念中，動詞後方加上-en/-n(如ae)，但也有動詞的過去分詞和過去式相同(如bcdf)，替換時請多加留意。

句型換換看 Replace It!

換A 換B

[My father] had never [gone abroad❶ until he got a promotion❷].

翻譯 在升職以前，我父親從來沒有出過國。

解構 [主詞] + [had never+動詞(過去分詞)]

換A-主詞 **換B-動詞(過去分詞)**

替換詞對應方法：換 A a —對應→ 換 B a ，練習時請按照順序替換喔！

換A-主詞	換B-動詞(過去分詞)
a That autistic❸ child 那名自閉兒	a been to any parties 以前(不曾)參加派對
b This juvenile❹ 這名青少年	b done things like this 以前(從未)做過類似的事
c Peter's wife 彼特的太太	c cried in front of people 以前(從不)在他人面前哭泣
d That performer❺ 那名演奏家	d played the piano concerto❻ 以前(從未)演奏過這首鋼琴協奏曲
e Most colleagues 大部分同事	e been invited❼ by Jimmy to his place 以前(從未)受邀到吉米家作客

❶ **abroad** [əˋbrɔd] 副 到國外
❷ **promotion** [prəˋmoʃən] 名 升職
❸ **autistic** [ɔˋtɪstɪk] 形 孤僻的；自閉的
❹ **juvenile** [ˋdʒuvənḷ] 名 青少年
❺ **performer** [pɚˋfɔrmɚ] 名 演奏家
❻ **concerto** [kənˋtʃɛrto] 名 (音)協奏曲
❼ **invite** [ɪnˋvaɪt] 動 邀請；招待

使用「had never+過去分詞」時，所表示的是「過去某個時間點之前的一段時間」。拿換換看的例句來說，有「現在的時間點x—過去某時間點y(父親取得升職的時間)」，而had never所講的，是「比過去時間點y要更早的一段時間」，換句話說就是「我父親在升職之後才有了出國的經驗，但在升職以前從來沒有去過。」

...be the ~est sb. have/has ever...

…是某人…過最…的。

結合「最高級the ~est」與「完成式have ever」的句型，所要強調的是「經驗當中最…的」，在給予某人/某事評價時非常實用，建議多搭配例句練習，以熟悉最高級的架構。

句型換換看

換A 換B

[He **is the toughest** boss] **I have ever** [worked for].

翻譯 他絕對是我所共事過，最難搞的老闆。

解構 [主詞1+BE動詞+形容詞(最高級)] + [主詞2+have/has ever+動詞(過去分詞)]

換A-主詞1+BE動詞+形容詞 .... 換B-動詞

替換詞對應方法：換 A a 對應→ 換 B a ，練習時請按照順序替換喔！

換A	換B
a She is the humblest❶ luminary❷ 她是最謙虛的名人	a met 遇過
b Her hairdresser❸ is the most professional❹ one 她的美髮師最專業	b seen 見過
c My mother is the strictest coach 我母親是最嚴厲的教練	c known 知道
d That hijack❺ is the most frightening❻ event 那件劫持案是最嚇人的事件	d heard of 聽說過
e The scholar is the most erudite❼ man 那名學者是最博學的人	e talked to 談過話

❶ **humble** [ˋhʌmbḷ] 形 謙遜的；謙恭的
❷ **luminary** [ˋluməˌnɛrɪ] 名 名人
❸ **hairdresser** [ˋhɛrˌdrɛsɚ] 名 美髮師
❹ **professional** [prəˋfɛʃənḷ] 形 職業性的
❺ **hijack** [ˋhaɪˌdʒæk] 名 劫持事件
❻ **frightening** [ˋfraɪtṇɪŋ] 形 嚇人的
❼ **erudite** [ˋɛrʊˌdaɪt] 形 博學的

子句「the+形容詞(最高級)」的基本變化為單字字尾加-est，遇到長音節的形容詞(一般為三個音節以上)則在前面加上most。

句型換換看

換A

[The crystal❶ bracelet❷ **is the best** gift] **I've ever** [received]. 換B

翻譯 這個水晶手鍊是我收過最棒的禮物。

解構 [主詞1+BE動詞+best/worst] + [主詞2+have/has ever +動詞(過去分詞)]

換A-主詞1+BE動詞+best/worst …… **換B-動詞**

替換詞對應方法：換Aa —對應→ 換Ba，練習時請按照順序替換喔！

換A	換B
a This is the worst holiday 這是最差的假日	a had 度過
b This is the best project 最棒的企劃	b done 做過
c It's the best compliment❸ 最好的讚美	c heard 聽過
d It's the worst product 這是最差的產品	d bought 買過
e This machine is the best equipment❹ 這台機器是最棒的設備	e seen 見過

❶ **crystal** [`krɪstḷ ] 形 水晶製的　❷ **bracelet** [ `breslɪt] 名 手環

❸ **compliment** [`kɑmpləmənt ] 名 讚美　❹ **equipment** [ ɪ`kwɪpmənt] 名 設備

best/worst分別為good/bad的最高級的變化，若在表達意見或評論時，無法確定形容詞的變化時，不妨簡單地用「best最棒/worst最差勁」的意思去替代原來的單字。

句型換換看 Replace It!

What **is the** [**most impressive**❶ thing] [**anyone has ever** done for you]?

翻譯 他人為你做過的事中，什麼是讓你印象最深刻的？

解構 [What+BE動詞+形容詞(最高級)] + [主詞+have/has ever+動詞(過去分詞)]

換A-形容詞(最高級)　換B-主詞+have/has ever+動詞

替換詞對應方法：換 A a ─對應→ 換 B a ，練習時請按照順序替換喔！

換A

- a corniest❷ joke 陳腐的笑話
- b weirdest❸ movie 最怪的電影
- c funniest thing 最好笑的事
- d highest price 最高的價格
- e most romantic❺ thing 最浪漫的事
- f most illogical❻ thing 最沒邏輯的事

換B

- a you have ever heard 你聽過的
- b Julie has ever watched 茱莉所曾經看過的
- c your child has ever said 你小孩講過的
- d gold has ever been in history❹ 黃金在歷史上
- e your lover has ever done for you 你情人為你做過的
- f that has ever happened in your life 你生活中曾發生的

❶ **impressive** [ɪm`prɛsɪv] 形 令人印象深刻的

❷ **corny** [`kɔrnɪ] 形 陳腐的

❸ **weird** [wɪrd] 形 奇特的

❹ **history** [`hɪstərɪ] 名 歷史；過去的事

❺ **romantic** [rə`mæntɪk] 形 羅曼蒂克的

❻ **illogical** [ɪ`lɑdʒɪkl̩] 形 不合邏輯的

疑問句的變化，意在詢問「經歷過最…的是什麼？」比較特別的是替換詞中的f，後方子句的主詞和前面子句相同(都指最沒邏輯的某事)，所以用「先行詞+that」的形式，但如果前後的主詞不同，就必須如a~e那樣寫出來才行。

sb. be getting used to...

某人漸漸習慣…。

本句型強調的是「正在轉變」的動態變化；另外一個相似的句型用法為sb. be used to，這個句型所描述的是靜態(習慣後的狀態)，兩者稍有不同。

Replace It!

換A 換B

[I am] getting used to [my repetitive❶ job].

翻譯 我已經漸漸習慣這種重複性很高的工作了。

解構 [主詞] + [BE動詞+getting used to] + [名詞/動名詞]

換A-主詞 / 換B-名詞/動名詞

替換詞對應方法：換Aa 對應→ 換Ba，練習時請按照順序替換喔！

換A-主詞	換B-名詞/動名詞
a My mother is 我的母親	a working again 二度就業
b The basketball❷ player is 籃球員	b signing autographs❸ 簽名
c That divorced❹ man is 那位已離婚的男子	c being alone again 再次獨自一人
d The villagers❺ are 村民們	d the heat of this island❻ 這座島上炎熱的高溫
e My elder sister is 我的姐姐	e her new job as a secretary❼ 秘書的新工作
f The graduate is 那名研究生	f academic❽ public speaking 公眾的學術演講

❶ **repetitive** [rɪ`pɛtɪtɪv] 形 反覆的
❷ **basketball** [`bæskɪt͵bɔl] 名 籃球
❸ **autograph** [`ɔtə͵græf] 名 親筆簽名
❹ **divorce** [də`vors] 動 與…離婚
❺ **villager** [`vɪlɪdʒɚ] 名 村民
❻ **island** [`aɪlənd] 名 島嶼
❼ **secretary** [`sɛkrə͵tɛrɪ] 名 秘書
❽ **academic** [͵ækə`dɛmɪk] 形 學術的

基本型be getting used to後方必須接上名詞或動名詞，除此之外，在意思上必須注意這個句型強調的是「漸進的過程」，表達「慢慢在習慣(但目前尚未完全習慣)」之意。

句型換換看 Replace It!

換A 換B

[Most readers are] not **getting used to** [audio❶ books].

翻譯 大部分的讀者還沒習慣有聲書。

解構 [主詞] + [BE動詞+not+getting used to] + [名詞/動名詞]

換A-主詞 / 換B-名詞/動名詞

替換詞對應方法：換Aa —對應→ 換Ba，練習時請按照順序替換喔！

換A-主詞	換B-名詞/動名詞
a The actress❷ is 那名女演員	a being remarkable❸ 被注意
b The newlyweds❹ are 那對新婚夫妻	b married life 結婚後的生活
c My father is 我的父親	c wearing his new dentures❺ 戴他的新假牙
d My roommate❻ is 我的室友	d life without her family 少了家人的生活
e Many elder❼ people are 許多年長者	e the sudden❽ change of this world 世界的快速變化

❶ **audio** [ˋɔdɪˏo] 形 聽覺的；聲音的
❷ **actress** [ˋæktrɪs] 名 女演員
❸ **remarkable** [rɪˋmɑrkəbḷ] 形 值得注意的
❹ **newlyweds** [ˋnjulɪˏwɛdz] 名 新婚夫婦
❺ **dentures** [ˋdɛntʃɚz] 名 (一副)假牙
❻ **roommate** [ˋrumˏmet] 名 室友
❼ **elder** [ˋɛldɚ] 形 年齡較大的
❽ **sudden** [ˋsʌdṇ] 形 迅速的

此為基本型的否定句變化，在翻譯上，要注意not所強調的是「現階段沒有習慣」，並未否決日後習慣的可能性。

句型換換看

換A 換B

[Are you] getting used to [wearing the contact❶ lenses❷]?

翻譯 你習慣戴隱形眼鏡了嗎？

解構 [BE動詞] + [主詞] + [getting used to] + [名詞/動名詞]

換A-BE動詞+主詞

換B-名詞/動名詞

替換詞對應方法：換 A a —對應→ 換 B a，練習時請按照順序替換喔！

換A	換B
a Is your customer 你的顧客	a her new haircut❸ 她的新髮型
b Is your boyfriend 你男朋友	b road biking with you 和你一起路騎
c Are the freshmen 大一新生們	c their university❹ life 他們的大學生活
d Is your wife 你的太太	d being pregnant❺ with a baby 懷孕的事情
e Is the intern❻ 那名實習醫師	e dealing with all kinds of problems 處理各種問題

Key Words

❶ **contact** [`kɑntækt] 形 接觸的
❷ **lens** [lɛnz] 名 透鏡；鏡片
❸ **haircut** [`hɛr͵kʌt] 名 理髮
❹ **university** [͵junə`vɝsətɪ] 名 大學
❺ **pregnant** [`prɛgnənt] 形 懷孕的
❻ **intern** [ɪn`tɝn] 名 實習醫師；實習生

另外補充非進行式的get used to，同樣表示習慣，但不再強調「變化的過程」一般會以過去式got used to表示「已經習慣某事」。

sb. be lucky to...

某人很幸運…。

表達「某人能做某事很幸運」的實用句型，要注意BE動詞必須跟著主詞變化；be lucky後面接不定詞to，使用時請記得後面接原形動詞。

句型換換看 Replace It!

I am lucky to [get the lion's share].

翻譯 我很幸運，得到最大的配額。

解構 [主詞] + [BE動詞+lucky to] + [動詞]

換A-動詞

a marry a mild❶ man like Marvin 能和像馬文這麼溫柔的男人結婚

b have met those amazingly❷ supportive❸ people 遇見能那樣支持我的人

c have won the gold medal❹ in the international❺ game 贏得國際比賽的金牌

d work with artists from all over the country 和從全國各地來的藝術家工作

e read the novelist's❻ early chapters in the manuscript❼ 能閱讀這位小說家的前幾章手稿

f see the aboriginal❽ dance festival❾ held at that night 看到那天晚上舉辦的原住民舞蹈節

❶ **mild** [maɪld] 形 溫和的；溫柔的

❷ **amazingly** [əˋmezɪŋlɪ] 副 令人驚奇地

❸ **supportive** [səˋportɪv] 形 支持的

❹ **medal** [ˋmɛdḷ] 名 獎章；勳章

❺ **international** [ˏɪntəˋnæʃənḷ] 形 國際性的

❻ **novelist** [ˋnɑvḷɪst] 名 小說家

❼ **manuscript** [ˋmænjəˏskrɪpt] 名 手稿

❽ **aboriginal** [ˏæbəˋrɪdʒənḷ] 形 原住民的

❾ **festival** [ˋfɛstəvḷ] 名 節日；喜慶

表示自己很幸運的用法，除了BE動詞的用法之外，也可以用feel取代；其他相關的變化還有「It is a bit of good luck to+原形動詞」。

換A

One is lucky to [have a job these days].

翻譯 這年頭有工作就算是很幸運的事了。

解構 [It is lucky to] + [動詞]

換A-動詞

a visit Venice❶ in person like this 像這樣親身遊歷威尼斯

b get tickets❷ for that singer's concert❸ 拿到那位歌手演唱會的門票

c have an agency❹ that could help out 擁有一位能幫忙解決問題的代理

d see the village is growing into a town 看著這座村莊逐漸發展成一個城鎮

e know that he wasn't seriously❺ injured❻ in the accident❼ 得知他在意外當中沒受什麼大傷

❶ **Venice** [`vɛnɪs] 名 威尼斯

❷ **ticket** [`tɪkɪt] 名 門票；入場券

❸ **concert** [`kɑnsɚt] 名 音樂會

❹ **agency** [`edʒənsɪ] 名 代理

❺ **seriously** [`sɪrɪəslɪ] 副 嚴重地

❻ **injure** [`ɪndʒɚ] 動 傷害；損害

❼ **accident** [`æksədənt] 名 意外

此句的變化在將基本型的主詞sb.替換成虛主詞it，其內容放在to後面的動詞描述。在理解的時候要注意此時lucky不再只是描述某人的好運而已，而是用來形容「某件事的發生很幸運」，屬於描述事件的實用句型。

句型換換看 Replace It!

換A 換B

[Is the old lady] lucky to [have survived❶ after her stroke❷]?

翻譯 那名老婦人中風後存活下來是幸運的事嗎？

解構 [BE動詞] + [主詞] + [lucky to] + [動詞]

換A-BE動詞+主詞　　換B-動詞

替換詞對應方法：換 A a —對應→ 換 B a，練習時請按照順序替換喔！

換A	換B
a Is the attorney❸ 律師	a learn from his failures❹ 從他的失敗經驗中學習
b Are the researchers❺ 研究者	b have a biological❻ laboratory❼ 有一間生物實驗室
c Are your peers 你的同儕	c work under that capitalist❽ 在那名資本家底下工作
d Is your cousin 你的堂哥	d live in New York after all these years 在紐約生活這麼多年
e Are the students 學生們	e have so many different experiences 有那麼多不同的經歷

❶ **survive** [sɚˋvaɪv] 動 活下來；倖存

❷ **stroke** [strok] 名 中風

❸ **attorney** [əˋtɝnɪ] 名 律師

❹ **failure** [ˋfeljɚ] 名 失敗

❺ **researcher** [riˋsɝtʃɚ] 名 研究者

❻ **biological** [ˌbaɪəˋlɑdʒɪkḷ] 形 生物學的

❼ **laboratory** [ˋlæbrəˌtorɪ] 名 實驗室

❽ **capitalist** [ˋkæpətḷɪst] 名 資本家

疑問句的變化，一樣只要調換BE動詞的位置即可；在此可以發現，因為be lucky to當中的to為不定詞，後面接的原形動詞不受主詞的影響，因此，本處的換A跟換B可以互相搭配，請務必在練習完基本的「換A a → 換B a」後，自己替換順序，創造更多的句子喔！

sb. had a great time...

某人度過了一段很棒的時光。

本句型用以表示「度過愉快的時光」，注意動詞為過去式had，表示讓某人愉快的事情已經結束。這個句型在口語會話中很常見，尤其常用以表達感謝。

換A 換B

[Mr. Watson] had a great time [talking to his business partner].

翻譯 華生先生和他的事業夥伴聊得很愉快。

解構 [主詞] + [had a great time] + [動名詞]

換A-主詞 換B-動名詞

替換詞對應方法：換 A a —對應→ 換 B a，練習時請按照順序替換喔！

換A-主詞	換B-動名詞
a My siblings 我的兄弟姐妹	a playing video games last night 昨晚打電動
b The reporters 記者們	b interviewing❶ that entrepreneur❷ 訪問那名企業家
c The whole crew 全體工作人員	c celebrating the success of the play 慶祝演出成功
d My wife and I 我太太和我	d camping and hunting last week 上星期露營與打獵
e The apprentice❸ 那名學徒	e working with that talented sculptor❹ 和那名天才雕刻家工作
f The hosts 主持人們	f speaking to the audience in the auditorium❺ 和講堂的觀眾聊天

❶ **interview** [ˋɪntɚˏvju] 動 面談
❷ **entrepreneur** [ˏɑntrəprəˋnɜ] 名 企業家
❸ **apprentice** [əˋprɛntɪs] 名 學徒
❹ **sculptor** [ˋskʌlptɚ] 名 雕刻家
❺ **auditorium** [ˏɔdəˋtorɪəm] 名 禮堂

本句型的作用在「與人分享心得」，針對過去的某事件做評價，所以會用過去式had；若是針對未來的事情做推測，也可以用will have a great time。

句型換換看 Replace It!

換A　換B

[The Christians❶] had a great time [at church this morning].

翻譯 那些基督徒今天早上在教堂度過了很棒的一段時光。

解構 [主詞] + [had a great time] + [介系詞補語]

換A-主詞

a The high school students 高校生
b My date and I 我的約會對象和我
c Those stars 那些明星們
d The boy scouts❸ 童子軍
e My family 我的家人

換B-介系詞補語

a at the athletic meet 在運動會
b at the party on Tuesday 星期二在派對
c at the Music Awards❷ 在音樂頒獎典禮
d up in the mountains❹ this weekend 這個週末在山上
e in Las Vegas during our vacation 假期時在拉斯維加斯

替換詞對應方法：換Aa 對應→ 換Ba，練習時請按照順序替換喔！

❶ **Christian** [`krɪstʃən] 名 基督徒
❷ **award** [ə`wɔrd] 名 獎；獎品
❸ **scout** [skaʊt] 名 童子軍(一員)
❹ **mountain** [`maʊntn̩] 名 山；山脈

當had a great time接的不是動作，而是地點或場合的話，意指「該場合所涉及的一切活動」。比如宴會結束後，你想跟朋友說你在宴會上玩得很愉快(不管是用餐或社交活動)，就可以用這個句型(如b)。

Pattern 13 ...go perfectly with...

…和…是絕配。

這個句型表示「A與B很配、很搭」之意，表示想法時很實用，注意這個句型不僅能用來表示兩個物件很搭，還能用來形容兩個人很配喔！

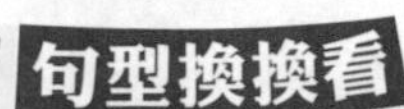

換A 換B

[Our new threads❶ go] **perfectly with** [navy❷ blue pants].

翻譯 我們最新的絲線和深藍色長褲很配。

解構 [主詞] + [go/goes perfectly with] + [名詞]

換A-主詞 / 換B-名詞

替換詞對應方法：換 A a —對應→ 換 B a，練習時請按照順序替換喔！

換A-主詞	換B-名詞
a Marinated❸ cucumber❹ salads go 醃黃瓜沙拉	a barbecue❺ ribs 烤肋排
b Black gloves go 黑色手套	b dark colored leather❻ 深色皮件
c This dress goes 這件洋裝	c the boots you bought 你買的靴子
d A wine shelf goes 一個酒櫃	d wine glass holders 酒杯架
e This appetizer❼ goes 這個開胃菜	e the aperitif❽ you ordered 你點的餐前酒
f The bedroom goes 臥房	f a wardrobe❾ of the same design 同款設計的衣櫥

Key Words

❶ **thread** [θrɛd] 名 線狀物；絲線

❷ **navy** [ˋnevɪ] 名 海軍

❸ **marinate** [ˋmærəˏnet] 動 醃漬

❹ **cucumber** [ˋkjukəmbɚ] 名 小黃瓜

❺ **barbecue** [ˋbɑrbɪkju] 名 烤肉

❻ **leather** [ˋlɛðɚ] 名 皮革製品

❼ **appetizer** [ˋæpəˏtaɪzɚ] 名 開胃菜

❽ **aperitif** [əˏpɛrəˋtif] 名 餐前酒

❾ **wardrobe** [ˋwɔrdˏrob] 名 衣櫃

go with除了有「和…一起去」之外，還有「搭配」的意思，此句型採用的正是後者，另外也可以用go well with表示「很搭」，但語氣會減弱。

句型換換看 Replace It!

換A

[Pot roast❶ and potatoes] **go perfectly** together.

翻譯 燉肉和馬鈴薯很搭。

解構 [主詞(A and B)] + [go perfectly together]

換A-主詞

- a Yoga and aerobics❷ 瑜珈和有氧運動
- b Holidays and home theater❸ 假期和家庭劇院
- c Strawberries❹ and whipped❺ cream always 草莓和生奶油總是
- d The chorus❻ and the vocalist's❼ voice 合唱團和那名聲樂家的聲音
- e The pumpkin❽ cake and cheesecake pudding❾ 南瓜蛋糕和乳酪蛋糕布丁

❶ **roast** [rost] 動 烤；炙；烘
❷ **aerobics** [ˌeəˋrobɪks] 名 有氧運動
❸ **theater** [ˋθɪətɚ] 名 電影院
❹ **strawberry** [ˋstrɔbɛrɪ] 名 草莓
❺ **whip** [hwɪp] 動 攪打(蛋、奶油)
❻ **chorus** [ˋkorəs] 名 合唱團
❼ **vocalist** [ˋvokəlɪst] 名 聲樂家
❽ **pumpkin** [ˋpʌmpkɪn] 名 南瓜
❾ **pudding** [ˋpʊdɪŋ] 名 布丁

在基本型加上變化的A and B go perfectly together，意思同樣是「A與B很配」，只是在架構上，把A and B放在一起成為主詞，因為主詞是複數，所以本句型中的動詞go不須變化。

句型換換看 Replace It!

換A 換B

[Which food **goes**] **perfectly with** [pasta❶]?

翻譯 什麼食物和義大利麵很配？

解構 [疑問詞] + [go/goes perfectly with] + [名詞]

換A-疑問詞 **換B-名詞**

替換詞對應方法：換 A a —對應→ 換 B a，練習時請按照順序替換喔！

換A-疑問詞	換B-名詞
a Which belt goes 哪一條皮帶	a this pair of trousers 這條長褲
b What activities go 哪些活動	b this summer camp 這次的夏令營
c Which dessert goes 哪一道甜點	c your new recipe 你的新食譜
d What kind of wine goes 哪種酒	d your lobster❷ 你的龍蝦
e Which color would go 什麼顏色會	e her yellow outfit❸ 她的黃色套裝
f What kind of songs would go 什麼歌曲會	f their wedding 他們的婚禮
g What kind of accessories❹ go 什麼配飾	g your trench❺ coat 你的軍用大衣
h Which system❻ goes 哪一個系統	h the newly developed❼ technique❽ 新興的技術

❶ **pasta** [ˋpastə] 名 義大利麵

❷ **lobster** [ˋlɑbstɚ] 名 龍蝦

❸ **outfit** [ˋaʊt͵fɪt] 名 套裝

❹ **accessory** [ækˋsɛsərɪ] 名 配件

❺ **trench** [trɛntʃ] 名 戰壕

❻ **system** [ˋsɪstəm] 名 系統

❼ **develop** [dɪˋvɛləp] 動 發展

❽ **technique** [tɛkˋnik] 名 技術

當疑問詞與go perfectly with搭配在一起時，就能用以表達「詢問意見」，翻譯時請抓緊「哪種/什麼…和某物最搭」的核心去理解；從替換詞中可以看到換A所使用的皆是明確的物品(ex. which哪一個/what kind of哪一種)；除此之外，請注意動詞go/goes的變化，雖然是疑問句，但因為沒有助動詞，所以動詞go必須隨著主詞做變化(如acdh遇到單數名詞會轉變為goes)。

sb. be proud of...

某人為…感到驕傲。

本句型用於肯定某件事/某人的情境下。使用時必須注意BE動詞的變化；另外，也可以採用「助動詞(would/could/might)+be」。

句型換換看 Replace It!

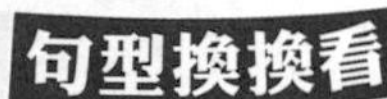

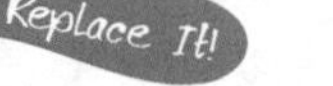

[Andy was] **proud of** [himself for the integration❶ of the task].

翻譯 安迪對於自己完成這項工作頗感自豪。

解構 [主詞] + [be proud of] + [名詞/動名詞(+補充語)]

換A-主詞　　換B-名詞/動名詞(+補充語)

替換詞對應方法：換 A a —對應→ 換 B a，練習時請按照順序替換喔！

換A-主詞	換B-名詞/動名詞(+補充語)
a The director❷ is 導演	a the movie's box-office❸ hit 電影的票房
b The inventor is 發明家	b his invention❹ which took out a patent❺ 取得專利的發明
c Those volunteers❻ are 義工	c themselves for having passions in life 對生命有熱情的自己
d Her father is 她父親	d her accomplishments❼ in the real estate❽ business 她在房地產業的成就

❶ **integration** [ˌɪntəˋgreʃən] 名 完成　　❷ **director** [dəˋrɛktɚ] 名 導演；主管

❸ **box-office** [ˋbɑksˌɑfɪs] 名 票房　　❹ **invention** [ɪnˋvɛnʃən] 名 發明

❺ **patent** [ˋpætn̩t] 名 專利(權)　　❻ **volunteer** [ˌvɑlənˋtɪr] 名 義工

❼ **accomplishment** [əˋkɑmplɪʃmənt] 名 成就

❽ **estate** [ɪsˋtet] 名 地產；財產

基本句型be proud of後方的名詞可以是某件事/某人(也可以是動名詞)；替換詞中要注意c，其換B使用反身代名詞themselves，所以主詞必須為複數。

句型換換看 Replace It!

換A 換B

[My spokesman is] not **proud of** [his address at the press conference].

翻譯 我的發言人並不為他在記者會上的演說感到驕傲。

解構 [主詞] + [be not proud of] + [名詞/動名詞(+補充語)]

換A-主詞 **換B-名詞/動名詞(+補充語)**

替換詞對應方法：換 A a —對應→ 換 B a ，練習時請按照順序替換喔！

換A-主詞	換B-名詞/動名詞(+補充語)
a That lady was 那位女性	a having an abortion❶ 墮胎
b The postman was 郵差	b his wrong delivery 送錯包裹
c The chief editor is 主編	c the errors in the report 報導的缺失
d All citizens are 所有民眾	d their prime minister's scandal❷ 他們總理的醜聞
e Those natives are 那群本國人	e the phenomenon❸ of racism❹ 種族歧視的現象

❶ **abortion** [ə`bɔrʃən] 名 墮胎
❷ **scandal** [`skændḷ] 名 醜聞
❸ **phenomenon** [fə`nɑmə͵nɑn] 名 現象
❹ **racism** [`resɪzəm] 名 種族歧視

否定句的變化，除了在BE動詞後方加not之外，其他用法並無差別。從替換詞a當中就可看出be (not) proud of後面也可接動名詞。

句型換換看 Replace It!

換A 換B

[My sister's experiences❶] make me **proud of** [her].

翻譯 我姐姐的經歷讓我為她感到驕傲。

解構 [主詞(名詞/動名詞)] + [make sb. proud of] + [名詞]

換A-主詞

替換詞對應方法：換 A a —對應→ 換 B a，練習時請按照順序替換喔！

a The none-profit activities I do 我做的公益活動
b The courageous❷ actions 那些勇敢的作為
c Our achievements last year 我們去年的成就
d My parents try to 我父母試著
e This project might 這件企劃也許
f All of my dancers' performances 我們舞者的表演
g All the efforts and improvements 所有的努力與改善
h Those participants' attitudes towards the competition 參加者對於比賽的態度

換B-名詞

a myself 我自己
b those people 那群人
c our team 我們的團隊
d my hometown❸ 我的家鄉
e our rural❹ heritage❺ 我們的農村傳統
f them 他們
g the staff 全體人員
h each of them 每一位參賽者

❶ **experience** [ɪk`spɪrɪəns] 名 經驗
❷ **courageous** [kə`redʒəs] 形 勇敢的
❸ **hometown** [`hom`taʊn] 名 家鄉
❹ **rural** [`rʊrəl] 形 農村的；田園的
❺ **heritage** [`hɛrətɪdʒ] 名 傳統；遺產

本句變化的核心為「...make sb. proud of」，重點在「造成某人感到驕傲」，造成影響的主詞可以是名詞或動名詞。

It's too bad that...

…真遺憾/真可惜。

本句型意在「表達感嘆」，不管是為了某件事而感到可惜、遺憾，還是朋友間以戲謔的口氣調侃別人，都可以用同一個句型，如果擔心自己用錯場合的話，就請掌握「表達遺憾」這個意思。

Replace It!

It's too bad that [tattoos❶ are so permanent❷].

翻譯 刺青一旦刺上就無法清除真遺憾。

解構 [It's too bad] + [that子句]

換A-子句

- a your favorite team lost the game 你最愛的隊伍輸了比賽
- b we can't impeach❸ our president again 我們無法再次彈劾總統
- c your theory❹ couldn't work out this time 你的理論這次沒能解決事情
- d they cannot send any feedback to this website 他們無法給網站任何意見
- e my best friend can't attend our wedding 我最好的朋友無法參加我們的婚禮
- f all these wonderful things can only happen in my dreams 這些好事只能出現在夢裡

❶ **tattoo** [tæ`tu ] 名 刺青　❷ **permanent** [ `pɜmənənt] 形 永久的

❸ **impeach** [ɪm`pitʃ ] 動 彈劾　❹ **theory** [ `θiərɪ] 名 理論；學說

想要表達「唉，真可惜」的無奈感時，這個句型非常實用，另一個相似句型It's a pity that...使用上與本句型相同，但更強調「感到遺憾」的情緒。

句型換換看 Replace It!

It's too bad for [換A the specialist[1]] **that** [換B nobody here gets his point].

翻譯 在場的沒人能理解那位專家的話，真遺憾。

解構 [It's too bad] + [for sb.] + [that子句]

換A-sb.	換B-子句
替換詞對應方法：換 A a —對應→ 換 B a，練習時請按照順序替換喔！	
a the guy 那位男性	a the girl he likes isn't available[2] that day 他喜歡的女生那天沒空
b Leo 里歐	b he got injured[3] the day before that competition[4] 他在比賽的前一天受傷
c these players 這些球員	c they can't take part in next game 他們下場比賽無法出場
d this country 這個國家	d we don't have some patriots[5] at the helm[6] 我們的領導階層中沒有愛國者
e the couple 這對情侶	e their flight to Bali has been canceled[7] 他們飛往峇里島的班機被取消了
f your dancers 你的舞者們	f the performance has been canceled 那場表演被取消了

❶ **specialist** [`spɛʃəlɪst] 名 專家

❷ **available** [ə`veləbl̩] 形 有空的

❸ **injure** [`ɪndʒɚ] 動 傷害；損害

❹ **competition** [ˌkɑmpə`tɪʃən] 名 比賽

❺ **patriot** [`petrɪət] 名 愛國者

❻ **helm** [hɛlm] 名 (政府等的)領導地位

❼ **cancel** [`kænsl̩] 動 取消；中止

在基本型的架構之下，加入for sb.表達「對誰來說很可惜、遺憾」，for後面所接的「某人」和之後「子句當中的主詞」不一定要指向同一個人或物。

It's really hard to...

…真的很困難。

以虛主詞it開頭，以便將重點資訊放到最後，一般來說，若重點資訊很長時，說話者會習慣將它從原本主詞的位置調到句尾，方便聽者獲取資訊。

句型換換看 Replace It!

It's really hard to [tell cancer❶ patients the true story].

翻譯 告訴癌症病患真相真的很困難。

解構 [It's really hard to] + [動詞]

換A-動詞

- a make up my mind whether❷ I should go or not 決定要不要去
- b copy another actor and be successful❸ 模仿另一個演員並成功
- c start my second novel at this moment 在這種時刻撰寫我的第二本小說
- d convince❹ her husband to retire by May this year 說服她丈夫今年五月退休
- e say that I've got a new position at another company 說我已經在另一家公司找到職位
- f talk about the same idea without seeming instantly❺ corny 談相同的想法，但不會立刻顯得陳腐
- g imagine❻ how hard they've been working on the solar❼ energy project 想像他們為了太陽能計畫付出多少

❶ **cancer** [`kænsɚ] 名 癌症
❷ **whether** [`hwɛðɚ] 連 是否
❸ **successful** [sək`sɛsfəl] 形 成功的
❹ **convince** [kən`vɪns] 動 說服
❺ **instantly** [`ɪnstəntlɪ] 副 立即
❻ **imagine** [ɪ`mædʒɪn] 動 想像
❼ **solar** [`solɚ] 形 太陽的

在使用本句型時，首先要注意的是不定詞to後面接原形動詞；除此之外，句型當中的really表示強調「真的」，所以如果讀者在掌握了基礎的替換規律之後，不妨用其他適當的副詞替換副詞really(例如so/definitely/incredibly等等)，就能以類似的句型表達更多種意思。

句型換換看 Replace It!

It's really hard for [him]換A **to** [explain everything in the title]換B.

翻譯 要從標題解釋所有事情對他來說真的很困難。

解構 [It's really hard] + [for sb.] + [to] + [動詞]

換A-sb. **換B-動詞**

替換詞對應方法：換 A a 對應→ 換 B a，練習時請按照順序替換喔！

換A-sb.	換B-動詞
a the lawyer 律師	a prove her innocence❶ 證明她無罪
b all delegates 所有代表	b accept❷ your proposition❸ 接受你的提議
c a teenager 青少年	c get a job without a diploma❹ 沒有文憑而找到工作
d that kid 那個小孩	d stay focused during the class 上課專注
e a celebrity 名人	e run all of his accounts❺ by himself 自己處理所有帳戶
f that addict❻ 那名狂熱者	f choose a favorite cult❼ 選擇一個他最喜愛的膜拜儀式

❶ **innocence** [`ɪnəsn̩s] 名 無罪
❷ **accept** [ək`sɛpt] 動 接受
❸ **proposition** [ˌprɑpə`zɪʃən] 名 提議
❹ **diploma** [dɪ`plomə] 名 文憑
❺ **account** [ə`kaʊnt] 名 帳戶
❻ **addict** [`ædɪkt] 名 入迷的人
❼ **cult** [kʌlt] 名 膜拜儀式

在基本型當中放入「for sb.」的內容表示「對誰而言」，需要注意的是，「不定詞to+原形動詞」所描述的，正是由前面的sb.所做出的動作，兩者在意思上有連結。

句型換換看 Replace It!

換A

Is it really hard to [get a relationship going]?

翻譯 要維持一段感情真的很困難嗎？

解構 [Is it really hard] + [to] + [動詞]

換A-動詞

- a understand microeconomics❶ 理解個體經濟學
- b cheer a pessimistic❷ person up 鼓勵一個悲觀的人
- c get into a prestigious❸ private❹ school 進入私立名校就讀
- d score three goals in ninety minutes 在九十分鐘內得三分
- e persuade❺ a stubborn person like Amy 說服像艾咪這樣頑固的人
- f reach the million-dollar goal within five year 在五年內達成賺一百萬的目標

❶ **microeconomics** [ˌmaɪkrəˌikəˋnɑmɪks] 名 個體經濟學

❷ **pessimistic** [ˌpɛsəˋmɪstɪk] 形 悲觀的

❸ **prestigious** [prɛsˋtɪdʒɪəs] 形 有名望的

❹ **private** [ˋpraɪvɪt] 形 私立的；私營的

❺ **persuade** [pɚˋswed] 動 說服

虛主詞it所替代的是不定詞to後面接的「某件事」(拿a來說，指的是「理解個體經濟學這件事」)，要看作單數，因此，句首的BE動詞必須用is。

No matter what/who/how/where...

無論…。

本句型的用法相當於「疑問詞+-ever」，用來引導表讓步的副詞子句，理解時的重點要放在第二個子句；使用時要依句意選擇適當的疑問詞。

句型換換看 Replace It!

換A 換B

No matter [what Tony says], [don't believe him easily].

翻譯 不管東尼說了什麼，不要輕易相信他。

解構 [No matter+疑問詞], [子句(現在式)]

換A-疑問詞

換B-子句

替換詞對應方法：換 A a —對應→ 換 B a，練習時請按照順序替換喔！

換A-疑問詞	換B-子句
a what may come 接下來發生什麼	a we have to overcome❶ it 我們都要戰勝它
b how bad your day is 你度過多糟的一天	b there's always something good 總會有好事發生
c how good your recall❷ is 你記憶多好	c you still have false memories❸ 你依然會記錯
d which DVD she takes 她拿什麼DVD	d she should ask the librarian❹ first 必須先問館員
e what you do 你做什麼事情	e you need to do it with confidence❺ 必須帶著自信完成
f what channel❻ we flip to 我們轉到什麼頻道	f we're bound to see a Christmas movie 全都是聖誕節電影

❶ **overcome** [ˏovɚˋkʌm] 動 戰勝

❷ **recall** [rɪˋkɔl] 名 記憶(力)

❸ **memory** [ˋmɛmərɪ] 名 回憶

❹ **librarian** [laɪˋbrɛrɪən] 名 圖書館員

❺ **confidence** [ˋkɑnfədəns] 名 信心

❻ **channel** [ˋtʃænl̩] 名 頻道；波段

「no matter+疑問詞」的句型屬於連接詞，可置於句首或句中，另外，「no matter+疑問詞」可以用「疑問詞+-ever」，依照這兩點改寫換換看的例句，就能寫出Don't believe Tony easily whatever he says.

句型換換看 Replace It!

No matter [what he says], [I will leave].

翻譯 不管他怎麼說，我都要離開。

解構 [No matter+疑問詞], [子句(未來式)]

換A-疑問詞 / **換B-子句**

替換詞對應方法：換 A a —對應→ 換 B a ，練習時請按照順序替換喔！

換A-疑問詞	換B-子句
a how much the house costs 房子多貴	a we will buy it 我們都會買下來
b how cold the weather is 天氣多冷	b we'll go jogging 我們會去慢跑
c when we arrive there 我們什麼時候抵達	c I'll give you a phone call 我都會打給你
d who's the next president 下任總統是誰	d economic❶ growth❷ will be steady❸ 經濟會穩定成長
e what you do 你做什麼	e you'll succeed❹ if you don't give up 不放棄就會成功
f how fast you drive 你開得多快	f it'll take you two hours to get to the capital❺ 到首都要兩小時
g how hard you try 你多努力	g you'll never close the case in a week 不可能一個星期內結案

❶ **economic** [ˌikəˋnamɪk] 形 經濟上的　❷ **growth** [groθ] 名 成長；發展

❸ **steady** [ˋstɛdɪ] 形 平穩的　❹ **succeed** [səkˋsid] 動 成功

❺ **capital** [ˋkæpətl̩] 名 首都

若主要子句所接的時間是「未來」時，「no matter+疑問詞」子句當中的動詞必須用現在簡單式，表示「無論如何，之後/將來都會…」。

句型換換看 Replace It!

換A 換B

[I often feel exhausted❶] no matter [how much rest I get].

翻譯 不論休息多久，我往往還是會感到極為疲累。

解構 [子句1] + [no matter+疑問詞] + [子句2]

換A-子句1 / 換B-疑問詞+子句2

替換詞對應方法：換 A a —對應→ 換 B a，練習時請按照順序替換喔！

換A-子句1	換B-疑問詞+子句2
a The computer keeps restarting❷ itself 電腦一直重開機	a what I do 我怎麼做
b I'll take the matter❸ to court 我決心告上法庭	b how much it costs 多少錢
c All people must stay calm❹ 所有人必須冷靜	c what happens 發生什麼
d He maintained❺ his notion❻ 他堅持想法	d what we said 我們怎麼說

❶ **exhausted** [ɪgˋzɔstɪd] 形 精疲力竭的
❷ **restart** [riˋstɑrt] 動 重新啟動
❸ **matter** [ˋmætɚ] 名 事情；問題
❹ **calm** [kɑm] 形 鎮靜的；沈著的
❺ **maintain** [menˋten] 動 維持；堅持
❻ **notion** [ˋnoʃən] 名 想法；概念

只要記得「no matter+疑問詞」為連接詞，就能理解它之所以能調換到句中連接兩個子句的原因；除此之外，請記得前一組變化所提示的重點「主要子句所接的時間是未來時，no matter+疑問詞中的動詞須用現在簡單式」(如b)。

Pattern 18 not only...but (also)...

不僅…，而且…。

文法上，此句型為對等連接詞，前後所連接的內容，其詞性必須相同；意思上，本句型的意思與and相同，但是，口氣略有差異，and偏向普通敘述，本句型則強調了資訊。

句型換換看 Replace It!

換A 換B

[This lamp is] **not only** [functional **but also** decorative].

翻譯 這盞燈不但具備功能性，而且也有裝飾性的效果。

解構 [主詞(名詞/動名詞)] + [BE動詞+not only...but also...]

換A-主詞

換B-...but also...

替換詞對應方法：換 A a —對應→ 換 B a ，練習時請按照順序替換喔！

換A-主詞	換B-...but also...
a Getting kickbacks❶ is 收取回扣	a immoral❷ but also illegal❸ 不道德且違法
b The pesticides❹ affect 殺蟲劑影響	b pests but also wildlife 害蟲和野生動植物
c The projector is 這台投影機	c environment-friendly but also cheap 環保且價格低廉
d Adam is in pursuit of 亞當追求	d wealth but also a sense of achievement 財富和成就感
e My partner, Jean is 我的夥伴琴	e a pretty girl but also a devoted❺ worker 美女和認真的員工
f The newcomer is 那名新人	f a trouble maker but also a nuisance❻ 麻煩製造者和討厭鬼

Key Words

❶ **kickback** [ˋkɪk͵bæk] 名 回扣
❷ **immoral** [ɪˋmɔrəl] 形 不道德的
❸ **illegal** [ɪˋligḷ] 形 不合法的
❹ **pesticide** [ˋpɛstɪ͵saɪd] 名 殺蟲劑
❺ **devoted** [dɪˋvotɪd] 形 專心致志的
❻ **nuisance** [ˋnjusṇs] 名 討厭的人或事

對等連接詞須連接兩個詞性相同的英文，本處所舉的例子為名詞和形容詞，但重點在於「前後兩者詞性相同，而非什麼詞性」。

句型換換看

換A 換B

Not only [protons❶ **but also** other substances❷] [are bound together in the nucleus❸].

翻譯 在原子核中不僅有質子，還有其他物質被束縛在一起。

解構 [Not only 主詞1] + [but also 主詞2] + [動詞]

換A-主詞1+but also+主詞2 / 換B-動詞

替換詞對應方法：換 A a —對應→ 換 B a，練習時請按照順序替換喔！

換A-主詞1+but also+主詞2

- a we but also our dog 我們和我們的狗
- b Lisa but also Mary 莉莎和瑪莉
- c you but also Mr. Chen 你和陳先生
- d you but also my sister 你和我妹妹
- e adults❻ but also teenagers 成人與青少年

換B-動詞

- a likes eating hamburgers❹ 喜歡吃漢堡
- b is fond of watching television 愛看電視
- c will retire this summer 將於今年夏天退休
- d looks forward to the next episode❺ 期待下一集
- e love the cocktail❼ you made 喜歡你調的雞尾酒

Key Words

❶ **proton** [ˋprotɑn] 名 (物)質子
❷ **substance** [ˋsʌbstəns] 名 物質
❸ **nucleus** [ˋnjuklɪəs] 名 (原子)核
❹ **hamburger** [ˋhæmbɝgɚ] 名 漢堡
❺ **episode** [ˋɛpə͵sod] 名 連續劇的一集
❻ **adult** [əˋdʌlt] 名 成年人
❼ **cocktail** [ˋkɑk͵tel] 名 雞尾酒

not only...but also...作為主詞的連接詞時，動詞變化須視主詞2(即靠近動詞的主詞)而定，如替換詞的abd後面的動詞皆跟著主詞2變動。

句型換換看

Not only [換A is this hotel open to pets], **but** [換B it **also** provides pet grooming❶ service].

翻譯 這間旅館不僅開放讓寵物進入，還提供寵物美容服務。

解構 [Not only 倒裝句], [but+主詞+also+動詞]

換A-倒裝句 | **換B-but+主詞+also+動詞**

替換詞對應方法：換Aa 對應→ 換Ba，練習時請按照順序替換喔！

換A	換B
a does the cake smell great 蛋糕味道很香	a it also tastes good 也很好吃
b is Bob a statesman❷ 鮑伯是政治家	b he also is a scholar 也是學者
c does Joan speak Spanish 瓊說西班牙語	c she also knows its culture❸ well 也了解文化
d can it reduce❹ your anxiety❺ 消除焦慮	d it also improves circulation❻ 增進血液循環

❶ **grooming** [`grumɪŋ] 名 打扮

❷ **statesman** [`stetsmən] 名 政治家

❸ **culture** [`kʌltʃɚ] 名 文化

❹ **reduce** [rɪ`djus] 動 減少

❺ **anxiety** [æŋ`zaɪətɪ] 名 焦慮

❻ **circulation** [ˏsɝkjə`leʃən] 名 循環

當not only...but also...連接兩個子句時，第一個子句須改為倒裝句「助詞+名詞+動詞」；第二個子句可寫成「but+主詞+also」或「but also+主詞」。

sb. apologize for...

某人為…道歉。

「為了…而道歉」的實用句型，意思和sb. be sorry for沒什麼不同，但apologize偏向「致歉」的意思，所以較適合用在「鄭重道歉」的場合。

句型換換看

換A 換B

[I must **apologize**❶] **for** [disturbing❷ you like this].

翻譯 我必須為了打擾您而致歉。

解構 [主詞] + [apologize for] + [動名詞]

換A-主詞

換B-動名詞

替換詞對應方法：換 A a —對應→ 換 B a，練習時請按照順序替換喔！

換A-主詞	換B-動名詞
a That politician apologized 政客道歉	a being an alcoholic❸ 酗酒者
b The administrator❹ apologized 行政官員道歉	b passing that protocol❺ 通過那個草案
c The counselor❻ apologized 顧問道歉	c postponing our appointment❼ 延後會面
d Her client apologized 她的客戶道歉	d lying to her about the truth 沒有和她說實話
e They apologized 他們道歉	e bothering❽ her with that issue again 又問她同一個問題

Key Words

❶ **apologize** [əˋpɑlə͵dʒaɪz] 動 道歉

❷ **disturb** [dɪsˋtɝb] 動 打擾

❸ **alcoholic** [͵ælkəˋhɔlɪk] 名 酗酒者

❹ **administrator** [ədˋmɪnə͵stretɚ] 名 行政官員

❺ **protocol** [ˋprotə͵kɑl] 名 草案；議定書

❻ **counselor** [ˋkaʊnsl̩ɚ] 名 顧問

❼ **appointment** [əˋpɔɪntmənt] 名 會面

❽ **bother** [ˋbɑðɚ] 動 打攪；煩擾

本句型須注意apologize的動詞變化與介系詞for後面接動名詞這兩個文法重點；apologize和sorry在「道歉」的意思上沒有太大的差別，唯一要注意的是sorry的意涵較廣泛，還能用來表示「遺憾、不好意思」，但apologize只有因錯誤而道歉之意。

句型換換看 Replace It!

換A 換B

[I apologize] for [any inconvenience❶ my comments❷ may have caused].

翻譯 我為自己的評論可能造成的不便道歉。

解構 [主詞] + [apologize for] + [名詞(+補充語)]

換A-主詞 **換B-名詞(+補充語)**

替換詞對應方法：換 A a —對應→ 換 B a ，練習時請按照順序替換喔！

換A-主詞	換B-名詞(+補充語)
a The commissioner❸ apologized 專員道歉	a the mistake 這個錯誤
b The leader apologized 領導人道歉	b his ineptitude❹ 他的笨拙
c The engineers❺ apologized 工程師們道歉	c the bad connection❻ 通訊不良
d We apologize 我們道歉	d the brief interruption❼ 短暫的打斷
e The chairman apologized 主席道歉	e the delay of the convention❽ 會議延遲

❶ **inconvenience** [ˌɪnkənˋvinjəns] 名 不便；麻煩

❷ **comment** [ˋkɑmɛnt] 名 評論

❸ **commissioner** [kəˋmɪʃənɚ] 名 專員

❹ **ineptitude** [ɪnˋɛptəˌtjud] 名 笨拙

❺ **engineer** [ˌɛndʒəˋnɪr] 名 工程師

❻ **connection** [kəˋnɛkʃən] 名 連接

❼ **interruption** [ˌɪntəˋrʌpʃən] 名 阻礙

❽ **convention** [kənˋvɛnʃən] 名 會議

此為基本型當中的另外一種型態，與上一組的差別在apologize for後面接名詞，提及某人因為某件事而感到抱歉。

句型換換看 Replace It!

換A 換B

[The avenger❶ doesn't] apologize for [taking back the life he deserves❷].

翻譯 那名復仇者不會為了拿回自己應得的生活道歉。

解構 [主詞] + [助詞+not] + [apologize for] + [名詞/動名詞]

換A-主詞+助詞+not **換B-名詞/動名詞**

替換詞對應方法：換 A a 對應 換 B a，練習時請按照順序替換喔！

換A	換B
a He doesn't need to 他不需要	a being a nerd 身為一個書呆子
b I'm not going to 我不會	b telling others the truth 告訴大家真相
c The mayor didn't 市長沒有	c calling his opponent❸ a liar 叫他的對手騙子
d The woman won't 那女人不會	d reconnecting❹ with Chris 和克里斯重新聯繫
e Mike doesn't 麥克	e the way he dealt with this problem 他處理問題的方法

❶ **avenger** [əˋvɛndʒɚ] 名 復仇者
❷ **deserve** [dɪˋzɝv] 動 應受；該得
❸ **opponent** [əˋponənt] 名 對手
❹ **reconnect** [ˏrikəˋnɛkt] 動 重新聯繫

基本型的否定句變化，須要代入一個助動詞，再接not，助動詞的使用沒有一定的規範，請依意思去選擇即可(do/will/can...皆可)。

If you don't mind,...

如果你不介意的話，…。

本句型可在「你想要採取某行動，卻又不確定對方是否會介意時」使用，重點在後面接的子句(即你將採取的行動)，以If you don't mind開頭，能給聽話者一種尊重他的印象。

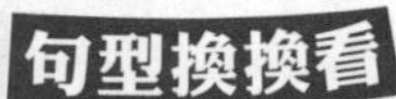

Replace It!

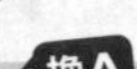

If you don't mind, [I've got another appointment].

翻譯 如果你不介意的話，我另外還有約。

解構 [If you don't mind,] + [子句]

換A-子句

a I have a lot more problems to deal with 我還有更多問題要處理

b I would arrange❶ a brief interview for them 我會幫他們安排一場簡短的訪談

c Jenny and I would like to join you 珍妮和我願意站在你這一邊

d please help me check sentences❷ for errors 請幫我檢查句子有沒有錯誤

e please share❸ your story about your eating disorder❹ 請分享你飲食失調的經歷

❶ **arrange** [əˋrendʒ] 動 安排

❷ **sentence** [ˋsɛntəns] 名 句子

❸ **share** [ʃɛr] 動 分享；分擔

❹ **disorder** [dɪsˋɔrdɚ] 名 失調

本句型在不宜失禮的場合中很實用。請注意換換看的例句與a，這兩句表面上看起來只是在陳述一項事實，沒有提及自己要採取什麼行動，但在生活中兩者皆隱含著「我要先走了」之意。

句型換換看 Replace It!

If you don't mind [driving for ten minutes], [you'll find a bigger bookstore].

翻譯 如果你不介意開車開十分鐘，就可以找到一家更大的書店。

解構 [If you don't mind+名詞/動名詞,] + [子句]

換A-名詞/動名詞　**換B-子句**

替換詞對應方法：換 A a —對應→ 換 B a，練習時請按照順序替換喔！

換A	換B
a me saying so 我這樣說	a that beauty is way above your level 你配不上那個美女
b sharing 分享	b I've wondered❶ how you got that idea 我好奇你的點子從何而來
c working on weekends❷ 週末工作	c this is very good extra money 這是很好賺的外快
d going a bit over $100 花一百多元	d this pot would be perfect❸ 這個鍋子很理想
e waiting 等待	e I will answer❹ your question later 晚點再回答你的問題
f the crowds❺ 人潮	f there're places serving free dinners 有提供免費晚餐的地方

❶ **wonder** [`wʌndɚ] 動 想知道
❷ **weekend** [`wik`ɛnd] 名 週末
❸ **perfect** [`pɝfɪkt] 形 完美的
❹ **answer** [`ænsɚ] 動 回答
❺ **crowd** [kraʊd] 名 人群；大眾

除了基本型的用法之外，還可以像此處以「If you don't mind+名詞/動名詞」的方式，點出某項前提(如果你不在意某事的話，…)。特別注意換A當中的a句，當介意的人(you)與從事後面行為的人(me)不同時，皆不能省略。

句型換換看 Replace It!

換A

[We want to make a few alterations❶ to the house] **if you don't mind.**

翻譯 如果你不介意的話，我們想對房子做一些改修。

解構 [子句] + [if you don't mind]

換A-子句

- a I'd like to leave him a message❷ 我想留言給他
- b I have some news to announce❸ 我有一些事情要宣佈
- c She wants you to reply as soon as possible❹ 她希望你儘早回覆
- d I'll pass on this party and stay home 我會待在家，不去參加派對
- e The employee feels sick and prefers❺ to go home 那名員工不舒服想回家
- f This would be the best opportunity❻ ever for him 這對他來說是最棒的機會
- g We will have to report this case to your manager 我們必須將這個事件呈報給你的經理
- h One of the students would like to take a day off 其中一位學生想要請一天假
- i We will send your letters and presents back 我們之後會將你的信件與禮物寄回去

❶ **alteration** [ˌɔltəˋreʃən] 名 修改	❷ **message** [ˋmɛsɪdʒ] 名 口信；消息
❸ **announce** [əˋnaʊns] 動 宣佈	❹ **possible** [ˋpɑsəbl̩] 形 可能的
❺ **prefer** [prɪˋfɝ] 動 寧可；寧願	❻ **opportunity** [ˌɑpəˋtjunətɪ] 名 機會

原本置於句首的子句If you don't mind也可以調到句尾，完全不影響原本的結構，這是因為if是連接詞，只要前後兩個子句的架構完整即可。

sb. have/has a feeling that...

某人覺得/感覺…。

要表達「有一種感覺，但不確定」時，使用這個句型最貼切，這個句型帶有「推測、推敲」之意，所以sb.(某人)並沒有查證，只是內心的感受而已。

句型換換看 Replace It!

I have a feeling that [I did well on the exam].

翻譯 我覺得我考得很好。

解構 [主詞] + [have/has a feeling that] + [子句]

換A-子句

a something is missing at the scene 現場少了些什麼

b my associate❶ is in favor❷ of the plan 我的合夥人支持這個計畫

c the witness❸ has something important to say 目擊者有重要的話要說

d he has a taste for the finer❹ things in life 他在生活中喜歡出色的事物

e Lily is not as close to Joe as she used to be 莉莉和喬沒有以前那麼親密

f this guy likes me but he hasn't asked me out 這位男性喜歡我，但他沒約我出去過

❶ **associate** [ə`soʃɪɪt] 名 合夥人

❷ **favor** [`fevɚ] 名 贊成；贊同

❸ **witness** [`wɪtnɪs] 名 目擊者

❹ **finer** [`faɪnɚ] 形 好的；出色的

其實，sb. have/has a feeling that這個句型和sb. feel that的意思並無多大差別，幾乎是可以通用的，只是本句型更強調「內心隱約的感受」而已。

句型換換看 Replace It!

換A

I have a feeling that [what the inspector❶ is looking for is a connection❷ to these victims].

翻譯 我覺得巡官在尋找的是事件和受害者們間的關連。

解構 [主詞] + [have/has a feeling that] + [關代子句]

換A-關代子句

a what we missed is the last bus 我們錯過的是末班車

b what's in store is going to be delicious❸ 儲存起來的肯定會很美味

c what he's doing is not making any sense 他在做的事情毫無道理

d what you're wondering about is the contradiction❹ 讓你感到疑惑的地方是產生矛盾之處

e what we can do is to be patient with the suspect❺ 我們能做的是對嫌疑犯有耐心點

f what visitors are seeing has to do with her artistry❻ 來訪者要看的和她的藝術才能有關

g what was stolen must be critical❼ to the owner 被偷的東西對物主肯定很重要

❶ **inspector** [ɪn`spɛktɚ ] 名 巡官　❷ **connection** [ kə`nɛkʃən] 名 關聯

❸ **delicious** [dɪ`lɪʃəs ] 形 美味的　❹ **contradiction** [ ˌkɑntrə`dɪkʃən] 名 矛盾

❺ **suspect** [`səspɛkt ] 名 嫌疑犯　❻ **artistry** [ `ɑrtɪstrɪ] 名 藝術才能

❼ **critical** [`krɪtɪkḷ] 形 必不可少的

本句的變化在have/has a feeling that後面接的子句，用關係代名詞what將「什麼」抓出來放在子句最前面，再於句尾補充what究竟是什麼(說話者強調的重點在此)，舉e來說，前面所提的「我們能做的事」就在is後方(即對嫌疑犯有耐心點)。

句型換換看 Replace It!

I have a feeling that [it's going to be a long day].（換A）

翻譯 我感覺這將會是很漫長的一天。

解構 [主詞] + [have/has a feeling that] + [子句(未來式)]

換A-子句

a they might run into each other on that day 他們那天也許會碰到面

b the pregnant❶ woman's baby is going to come early 這名懷孕的女人將早產

c I might regret❷ voting for him as our councilman❸ 我也許會後悔選他作為市議員

d his presentation❹ is going to arouse❺ their curiosity❻ 他的報告將會引起他們的興趣

e Mr. Watson's deputy❼ will succeed him as an executive 華生先生的副手將接替主管的位子

f these naughty❽ kids will ruin my Christmas party 這群頑皮的小孩將會毀了我的聖誕派對

g the Federal❾ Reserve❿ will face an issue of appreciation⓫ 聯準會將面臨美元升值的問題

❶ **pregnant** [`prɛgnənt] 形 懷孕的

❷ **regret** [rɪ`grɛt] 動 後悔；遺憾

❸ **councilman** [`kaʊnsḷmən] 名 市議員

❹ **presentation** [ˌprizɛn`teʃən] 名 呈現

❺ **arouse** [ə`raʊz] 動 引起；喚起

❻ **curiosity** [ˌkjʊrɪ`ɑsətɪ] 名 好奇心

❼ **deputy** [`dɛpjətɪ] 名 副手；副職

❽ **naughty** [`nɔtɪ] 形 頑皮的

❾ **Federal** [`fɛdərəl] 形 (大寫)美國聯邦政府的

❿ **reserve** [rɪ`zɝv] 名 儲備金

⓫ **appreciation** [əˌpriʃɪ`eʃən] 名 增值

當have/has a feeling that後面的子句所接的時態為未來式時，會隱含一種「推敲、推測」的心理狀態，而不再單單只是「隱約的感受」而已。

sb. find (sth./sb.)...

某人發覺(某事/某人)…。

這個句型中的find並非「找到」之意，而是指「發現處於某種狀態」，此時只是加上(sth./sb.)，句子依然不完整，必須要加上補語才能表示「狀態」。

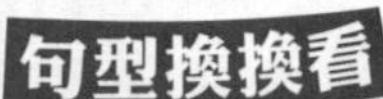

換A 換B

[Susan] found [herself trembling❶ with anger].

翻譯 蘇珊發現自己憤怒到全身發抖。

解構 [主詞] + [find+受詞] + [補語]

換A-主詞　**換B-受詞+補語**

替換詞對應方法：換 A a —對應→ 換 B a，練習時請按照順序替換喔！

換A-主詞	換B-受詞+補語
a Those recruits❷ 那群新兵	a themselves bored with the training 厭倦訓練
b My stylist 我的造型師	b my new hairstyle strange 我的新髮型很怪
c The jury 陪審團	c the witness's words too vague❸ 證人的證詞很模糊
d The operator 接線生	d his voice charming on the phone 他電話裡的聲音很有磁性

❶ **tremble** [`trɛmbḷ ] 動 發抖　❷ **recruit** [ rɪ`krut] 名 新兵

❸ **vague** [veg] 形 不明確的

從解構的內容解釋，「某種狀態」會放在「補語」的位置，用來形容受詞；另外，主要動詞find並沒有限定時態。

句型換換看 Replace It!

換A 換B

[I] found it [unfair to judge people by their appearance].

翻譯 我發覺以貌取人是不公平的。

解構 [主詞] + [find+it+補語] + [to+動詞]

換A-主詞 / 換B-補語+to+動詞

替換詞對應方法：換 A a —對應→ 換 B a，練習時請按照順序替換喔！

換A-主詞	換B-補語+to+動詞
a Most users 許多使用者	a annoying❶ to receive❷ junk mail 收到垃圾信件很惱人
b The beginners❸ 初學者	b difficult to remember the vocabulary❹ 記單字很困難
c My brother 我的哥哥	c important to make good use of time 善用時間很重要
d Teachers 教師們	d helpful to know their students' parents 認識學生的家長有幫助
e My nephew 我的姪子	e interesting to see John's cat sleeping 看到約翰的貓睡覺很有趣
f My roommate 我的室友	f strange to see me come home earlier than usual 看到我比平常早回家很奇怪

❶ **annoying** [əˋnɔɪɪŋ] 形 惱人的
❷ **receive** [rɪˋsiv] 動 收到；接到
❸ **beginner** [bɪˋgɪnɚ] 名 初學者
❹ **vocabulary** [vəˋkæbjə͵lɛrɪ] 名 字彙

若遇到太過冗長的內容，便會以虛受詞it替代真正的受詞與補語，把重要的資訊調到最後(即例句中「不定詞to+動詞」的部分)，方便聽者理解說話者的重點。

Pattern 23 sb. be about to...

某人差不多/即將要⋯。

本句型用以表示「即將發生的事情(在時間上指最近的將來)」，和be going to(打算要從事的行為)意思不同，請務必分清楚兩個句型的差別。

換A [I am] about to 換B [catch a cold].

翻譯 我覺得我快要感冒了。

解構 [主詞(名詞/動名詞)] + [be about to] + [動詞]

換A-主詞	換B-動詞
a The government is 政府	a ban gambling❶ 禁止賭博
b The new regulation is 新規章	b create a big mess 製造大混亂
c Mailing a letter is 寄信	c get a little more expensive 變得更貴一點
d The author is 那名作家	d adapt his novel for the cinema 把小說改編成電影
e Our troops❷ are 我們的軍隊	e launch❸ a major aggression❹ 發動大規模的侵略行動

替換詞對應方法：換 A a —對應→ 換 B a，練習時請按照順序替換喔！

❶ **gambling** [`gæmblɪŋ] 名 賭博
❷ **troop** [trup] 名 軍隊；部隊
❸ **launch** [lɔntʃ] 動 發動(戰爭等)
❹ **aggression** [ə`grɛʃən] 名 侵略行動

同樣是表達「將要發生的事」，be about to所強調的是「將要發生，但並非某人預定要做的事」，be going to(將要)則指某人有意識地要去做的事。

句型換換看 Replace It!

Is [the country's economy❶] about to [grow]?

翻譯 這個國家的經濟即將成長了嗎？

解構 [BE動詞] + [主詞] + [about to] + [動詞]

換A-主詞

替換詞對應方法：換 A a ─對應→ 換 B a ，練習時請按照順序替換喔！

a the advertising❷ industry❸ 廣告業

b this new invention 這個新發明

c the scientists'❺ experiment❻ 科學家的實驗

d that famous billionaire❼ 那位知名的億萬富翁

e your brother 你的弟弟

f our proposal 我們的提案

換B-動詞

a transform❹ 轉型

b change the world 改變世界

c succeed 成功

d eliminate❽ celibacy❾ 告別單身

e propose❿ to his girlfriend 向他女友求婚

f bring in a lot of benefits 帶進許多收益

❶ **economy** [ɪˋkɑnəmɪ] 名 經濟情況

❷ **advertising** [ˋædvəˏtaɪzɪŋ] 名 廣告

❸ **industry** [ˋɪndəstrɪ] 名 工業；行業

❹ **transform** [trænsˋfɔrm] 動 使改變

❺ **scientist** [ˋsaɪəntɪst] 名 科學家

❻ **experiment** [ɪkˋspɛrəmənt] 名 實驗

❼ **billionaire** [ˏbɪljəˋnɛr] 名 億萬富翁

❽ **eliminate** [ɪˋlɪməˏnet] 動 消除

❾ **celibacy** [ˋsɛləbəsɪ] 名 獨身生活

❿ **propose** [prəˋpoz] 動 求婚

此為疑問句變化，同樣提醒句首BE動詞必須隨著主詞(換A)做變化，遇到複數名詞請記得使用are；在前面已經提到be about to(即將發生，但非預定)與be going to(預定要做的事)的不同，在此補充像go/come/leave/return/arrive等被稱為「來去動詞」的英文，都可以用現在進行式表達未來將發生的事情。

Pattern 24 ...look..., especially...

…看起來…，尤其是…。

本句型乍看之下似乎很複雜，要填入許多內容，但使用時其實非常容易，前面先放入子句表示「某物看起來如何」，後面再以especially補足資訊就可以了。

句型換換看 Replace It!

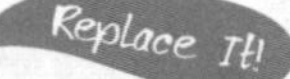

換A 換B

[Email **looks** popular❶], **especially**❷ [as many devices❸ make it easy to check messages].

翻譯 電子郵件看起來很受歡迎，尤其是許多設備讓查看訊息變得容易。

解構 [主詞] + [look+形容詞], [especially+補語]

換A-主詞+look+形容詞　換B-補語

替換詞對應方法：換Aa —對應→ 換Ba，練習時請按照順序替換喔！

換A	換B
a The room looks modern❹ 房間看起來現代化	a the wardrobe❺ 衣櫥
b This costume❻ looks cute 這套服裝看起來可愛	b the vest and the hat 背心和帽子
c Sketching❼ looks fun 素描看起來有趣	c when doing it without pressure❽ 無壓力地畫
d Judy looks graceful 茱蒂看起來優雅	d her style of dress 她的穿著打扮
e The boots look great 靴子看起來很棒	e when paired with Chanel purses 搭配香奈兒皮包時

Key Words

❶ **popular** [ˋpɑpjələ] 形 流行的

❷ **especially** [əˋspɛʃəlɪ] 副 尤其

❸ **device** [dɪˋvaɪs] 名 設備

❹ **modern** [ˋmɑdən] 形 現代的

❺ **wardrobe** [ˋwɔrd͵rob] 名 衣櫃

❻ **costume** [ˋkɑstjum] 名 服裝

❼ **sketching** [ˋskɛtʃɪŋ] 名 畫草圖

❽ **pressure** [ˋprɛʃə] 名 壓力

從基本型的替換詞中可以發現，逗號之前放子句，especially後面的補語(換B的內容)則能接名詞(如abd)或子句(如ce)，替換時自由度很高，且especially後方所提到的內容，在句型中會成為說話者的強調重點。

句型換換看 Replace It!

換A

[The performer doesn't **look** calm], **especially** [around other competitors❶]. 換B

翻譯 表演者看起來不沉著，尤其是和其他參賽者一起時。

解構 [主詞] + [do/does not look+形容詞], [especially+補語]

換A-主詞　換B-補語

替換詞對應方法：換A a —對應→ 換B a，練習時請按照順序替換喔！

換A-主詞	換B-補語
a The weather❷ doesn't look good 天氣看起來不好	a in Taipei 在台北
b The dining❸ room doesn't look clean 餐廳看起來不整潔	b the dining table 餐桌
c The font of this file doesn't look right 這份檔案的字型看起來不對	c on computers 在電腦上
d The gift doesn't look precious❹ 禮物看起來不珍貴	d with lousy❺ packing 糟糕的包裝方式
e This vase doesn't look valuable❻ 花瓶看起來不貴重	e with its rough❼ design 粗糙的設計

Key Words

❶ **competitor** [kəmˋpɛtətɚ] 名 競爭者
❷ **weather** [ˋwɛðɚ] 名 天氣
❸ **dining** [ˋdaɪnɪŋ] 名 進餐
❹ **precious** [ˋprɛʃəs] 形 貴重的
❺ **lousy** [ˋlaʊzɪ] 形 (口)非常糟糕的
❻ **valuable** [ˋvaljʊəbḷ] 形 值錢的
❼ **rough** [rʌf] 形 粗糙的；粗製的

在此補充especially的三種意思：(1)「尤其」，後面通常接名詞/介系詞片語/副詞子句；(2)「專門」，後面通常接for；(3)「非常」，通常接形容詞/動詞。

句型換換看 Replace It!

換A 換B

[Croissants❶] **look especially** [delicious with bacon and syrup❷ on top].

翻譯 可頌麵包上面有培根和糖漿看起來特別美味。

解構 [主詞] + [look especially+形容詞(+補語)]

換A-主詞	換B-形容詞+補語
a Musicians 音樂家	a adorable while performing 表演時很有魅力
b The spring rolls 春捲	b tasty with the side dishes 和小菜一起很美味
c Magazines 雜誌	c tidy stacked on the table 堆在桌上很整齊
d Blunt❸ bangs❹ 直瀏海	d gorgeous❺ under a brimmed❻ cap 戴有帽簷的帽子很好看
e Electric wires 電線	e attractive to puppies and kittens 對小狗小貓來說有吸引力

替換詞對應方法：換A a —對應→ 換B a，練習時請按照順序替換喔！

❶ **croissant** [krwɑ`sɑn] 名 可頌麵包
❷ **syrup** [`sɪrəp] 名 糖漿
❸ **blunt** [blʌnt] 形 鈍的；直率的
❹ **bang** [bæŋ] 名 前瀏海
❺ **gorgeous** [`gɔrdʒəs] 形 極好的
❻ **brimmed** [brɪmd] 形 有邊的

此句為基本型的變化，所表達的核心是「某物看起來特別…」，雖然補語也提供了額外的資訊，但強調的程度沒有基本型那麼明顯。

...be just too much for sb.

…對某人而言太超過了。

much雖然有「價格多少」之意，但要像標題句型這樣表達自己的意見時，請取much抽象的意思(超過某人的承受範圍)，並配合整個句子理解才準確。

句型換換看

換A

[The abductor's❶ demand❷] **is too much for** [**the boy's guardian❸**]. 換B

翻譯 綁架犯的要求對那名男孩的監護人來說太超過了。

解構 [主詞(名詞/動名詞)] + [BE動詞+too much for] + [名詞]

換A-主詞	換B-名詞

替換詞對應方法：換 A a —對應→ 換 B a，練習時請按照順序替換喔！

換A-主詞	換B-名詞
a The overwhelming❹ alcohol❺ flavor 薰人酒味	a the visitors 來訪者
b The roller coaster❻ ride 坐雲霄飛車	b my boyfriend 我的男友
c The lady's perfume❼ 那名婦人的香水味	c poor George 可憐的喬治
d Raising a baby 扶養嬰兒長大	d the single mom 單親媽媽
e Blaming❽ one like that 像那樣責備人	e your subordinates❾ 你的部屬
f The opponents' offense 對手的攻勢	f our team's defense❿ 我們隊的防守

❶ **abductor** [æb`dʌktɚ] 名 綁架犯
❷ **demand** [dɪ`mænd] 名 要求
❸ **guardian** [`gɑrdɪən] 名 (律)監護人
❹ **overwhelming** [ˏovɚ`hwɛlmɪŋ] 形 壓倒的
❺ **alcohol** [`ælkəˏhɔl] 名 含酒精飲料
❻ **coaster** [`kostɚ] 名 (滑坡用的)橇
❼ **perfume** [`pɝfjum] 名 香水
❽ **blame** [blem] 動 責備；指責
❾ **subordinate** [sə`bɔrdnɪt] 名 部屬
❿ **defense** [dɪ`fɛns] 名 防禦

much有修飾「數量」的作用，後面會接不可數名詞(ex. much water/much money…等等)，但在這個句型中，much所強調的是抽象的意思，表示某人或某事超過能承受的範圍(例如：行為踰矩，因而冒犯他人)。

句型換換看 Replace It!

換A

It is just too much for [people living around an airstrip❶ to bear❷ the noise].

翻譯 要住在小型機場附近的人們忍受噪音實在太困難了。

解構 [It is too much] + [for+名詞] + [to+動詞]

換A-名詞+to+動詞

a children to handle your rebuke❸ 孩子們承擔你的苛責

b the cart to carry our freight❹ 這台貨運車運載我們的貨物

c the aged man to make the jump 那名上了年紀的人跳躍

d me to tell Maggie the truth in person 我當面告訴瑪姬實情

e a person to handle so many problems 一個人處理這麼多問題

❶ **airstrip** [`ɛr͵strɪp] 名 小型機場

❷ **bear** [bɛr] 動 承受；承擔

❸ **rebuke** [rɪ`bjuk] 名 苛責

❹ **freight** [fret] 名 (運輸的)貨物

「It is too much for sb./sth.+動名詞」這個變化型真正的主詞在for的後面，所以for之後所接的動詞，必須轉為動名詞的形式；本句型之所以會使用虛主詞，是因為「for sb.+動名詞」的內容偏長，所以將重點資訊移到最後，加強聽者的印象。

句型換換看 Replace It!

換A 換B

[Is the education❶ reform❷] **too much for** [the committee❸]?

翻譯 教育改革對那個委員會來說是否太難了？

解構 [BE動詞] + [主詞] + [too much for] + [名詞]

換A-BE動詞+主詞

換B-名詞

替換詞對應方法：換 A a —對應→ 換 B a，練習時請按照順序替換喔！

換A:
- a Is the flood of paparazzi❹ 大量狗仔隊
- b Is the fast-paced life 快步調的生活
- c Is liquor❺ like whiskey❻ 像威士忌的烈酒
- d Is stinky❼ tofu 臭豆腐
- e Are Terry's jokes 泰瑞的笑話
- f Are Jim's scandals 吉姆的醜聞
- g Is a daily shower 每天洗澡
- h Is the amount of sugar 糖的份量

換B:
- a celebrities 名人
- b your relatives 你的親戚
- c your partner 你的合夥人
- d most foreigners 大多數外國人
- e those who are serious 那些個性嚴肅的人
- f his supporters 他的支持者
- g the patient's skin 病人的皮膚
- h that diabetic❽ person 糖尿病的患者

❶ **education** [ˌɛdʒʊˋkeʃən] 名 教育
❷ **reform** [rɪˋfɔrm] 名 改革；革新
❸ **committee** [kəˋmɪtɪ] 名 委員會
❹ **paparazzi** [ˌpɑpəˋrɑtsɪ] 名 狗仔隊(複數)
❺ **liquor** [ˋlɪkɚ] 名 烈酒
❻ **whiskey** [ˋhwɪskɪ] 名 威士忌
❼ **stinky** [ˋstɪŋkɪ] 形 發惡臭的
❽ **diabetic** [ˌdaɪəˋbɛtɪk] 形 糖尿病的

此為疑問句的變化。談到much，通常會與many做對照，後者會搭配可數名詞使用，若是談到數量上的「一些」，則會用a few(可數名詞)與a little(不可數名詞)，若講述「數量不多，只有一點點」，則分別使用few與little。

What a surprise to...!

…太讓人驚訝了！

這個句型的感嘆意味濃厚(表示驚訝的心情)，所以一般會在句尾加上驚嘆號；如果沒有特別在句中點出是「誰感到驚訝」的話，主詞就是說話者。

What a surprise to [meet you here]!

翻譯 在這裡碰到你真令人驚訝！

解構 [What a surprise to] + [動詞]

換A-動詞

- a get more bonus than you expected 拿到比你當初所預期更多的紅利
- b be selected❶ as the winner of the contest❷ 在比賽中被選為優勝者
- c know that Linda speaks excellent❸ French 知道琳達的法語說得很流利
- d find a suit that fits my interview perfectly❹ 找到超適合我去面試的套裝
- e hear my favorite idol singing at our year-end party 聽到我最愛的偶像在尾牙上演唱

❶ **select** [sə`lɛkt ] 動 選擇 ❷ **contest** [ `kɑntɛst] 名 競賽

❸ **excellent** [`ɛksḷənt ] 形 出色的 ❹ **perfectly** [ `pɝfɪktlɪ] 副 完美地

本句型在文法上要注意的一點是不定詞to後面接原形動詞；另外需要注意的是，這個感嘆句型比較適合用在對話的情境中，如果是用在書信中的敘述，建議使用句型It is surprise to+原形動詞。

句型換換看 Replace It!

What a surprise for [Kelly] **to** [read a comment❶ on an article she posted years ago].

翻譯 看到自己多年前的文章有留言對凱莉來說很驚奇。

解構 [What a surprise] + [for+名詞] + [to+動詞]

換A-名詞 / 換B-動詞

替換詞對應方法：換 A a —對應→ 換 B a，練習時請按照順序替換喔！

換A-名詞	換B-動詞
a the parents 那對父母	a see the toddler❷ walking 看到那個幼兒走路
b the painter 那名畫家	b see his creation in an exhibition❸ 在展覽中看到自己的作品
c shoppers 顧客	c find delightful❹ ambiance❺ in a modest❻ mall 氣氛良好的小商城
d my niece❼ 我的姪女	d discover❽ the fortune cookies in her drawer 在她抽屜發現幸運餅乾
e the competitor 參賽者	e win first prize at last 最後贏得冠軍

❶ **comment** [\`kɑmɛnt] 名 意見
❷ **toddler** [\`tɑdlɚ] 名 學步的幼兒
❸ **exhibition** [ˏɛksə\`bɪʃən] 名 展覽
❹ **delightful** [dɪ\`laɪtfəl] 形 令人愉快的
❺ **ambiance** [\`æmbɪəns] 名 氣氛；格調
❻ **modest** [\`mɑdɪst] 形 不太大的
❼ **niece** [nis] 名 姪女
❽ **discover** [dɪs\`kʌvɚ] 動 發現

要注意此時做出「to+動詞」的動作者，是前面「for+名詞」中的名詞，而非說話者本人，當說話者本人就是行為者的時候，可以用What a surprise (for me) to...這個句型，但一般並不須要將for me點出來。

句型換換看 Replace It!

換A 換B

What a surprise for [everyone] [that I would be leaving in three days]!

翻譯 我三天後要離開的事情讓每個人都感到驚訝！

解構 [What a surprise] + [for+名詞] + [子句]

換A-名詞 / 換B-子句

替換詞對應方法：換 A a —對應→ 換 B a，練習時請按照順序替換喔！

換A-名詞	換B-子句
a Nicole 妮可	a when I showed up at her door 當我出現在她家門口
b the widower[1] 鰥夫	b when he received a letter from the pope[2] 當他收到教區牧師的來信
c the analyst[3] 分析員	c that I send approximately[4] 1,500 emails each year 我每年寄大約1,500封信
d the host[5] 主人	d that he was the one who had robbed us 他以前曾搶過我們
e many people 許多人	e that her memoir[6] became one of the best-sellers 她的回憶錄成了暢銷書之一

Key Words

❶ **widower** [ˋwɪdoɚ] 名 鰥夫

❷ **pope** [pop] 名 教區牧師

❸ **analyst** [ˋænḷɪst] 名 分析員

❹ **approximately** [əˋprɑksəmɪtlɪ] 副 大概

❺ **host** [host] 名 主人；主持人

❻ **memoir** [ˋmɛmwɑr] 名 回憶錄

Tip 活用句型

在上一組句型換換看的架構上，改變了最後「to+動詞」的結構，以子句描述的情境取代，這裡的子句不再是前面名詞的行為，而是「進一步解說讓人驚訝的事」，舉例來說，ab兩組所強調的是「感到驚訝的某時刻」，cde則是講解「讓人驚訝的事是什麼」。

sb. can hardly believe...
某人幾乎無法相信⋯。

本句型用在表達「難以置信」之感，其中助詞can的位置能用could取代，不影響句意；句型後面能接的內容，則與believe後面能放的受詞有關，以下將分別舉例。

換A [We] **can hardly[1] believe** 換B [the accident[2] that happened last week].

翻譯 我們幾乎無法相信上星期所發生的那件意外。

解構 [主詞] + [can hardly believe] + [名詞]

換A-主詞 **換B-名詞**

替換詞對應方法：換Aa —對應→ 換Ba，練習時請按照順序替換喔！

換A-主詞	換B-名詞
a The protesters[3] 抗議者	a their eyes when he arrived 看到他抵達
b The readers 讀者們	b the report about bullying[4] 關於霸凌的報導
c The defendant[5] 被告	c what he heard in court 法庭上聽到的事
d The woman 那名女性	d it when she read the letter 在信上看到的事
e The idol's lover 偶像的情人	e her ears as she listened to the show 節目中聽到的
f The multitude[6] 民眾	f the excessive[7] force[8] of education[9] 教育的極大影響力

❶ **hardly** [`hɑrdlɪ] 副 幾乎不
❷ **accident** [`æksədənt] 名 意外
❸ **protester** [pro`tɛstɚ] 名 抗議者
❹ **bullying** [`bʊlɪɪŋ] 名 霸凌行為
❺ **defendant** [dɪ`fɛndənt] 名 (律)被告
❻ **multitude** [`mʌltə͵tjud] 名 民眾
❼ **excessive** [ɪk`sɛsɪv] 形 極度的
❽ **force** [fors] 名 影響力
❾ **education** [͵ɛdʒʊ`keʃən] 名 教育

換A的性質主要是「能相信的人」，換B的性質則是「一件事情或人」，hardly為「幾乎不」之意，與否定的概念連用，意思等同於scarcely(幾乎不)，其他類似的英文還有seldom(不常；很少)。

句型換換看 Replace It!

I can hardly believe that [the price has gone down within three days].

翻譯 我幾乎無法相信價格在三天內就下跌了。

解構 [主詞] + [can hardly believe] + [(that+)子句]

換A-子句

a it's already the end of December 已經十二月底了

b she quit❶ the job without telling me 她沒告訴我就離職了

c you went to the dancing❷ club with my brother 你和我哥去舞廳

d he performed❸ on the same stage last year 他去年在同樣的舞臺上表演

e the couple broke up after the engagement❹ 那對情侶在訂婚之後分手了

f she has turned into such a beautiful woman 她變成一位這麼美麗的女性

❶ **quit** [kwɪt] 動 離開；退出

❷ **dancing** [ˋdænsɪŋ] 名 跳舞

❸ **perform** [pɚˋfɔrm] 動 表演；履行

❹ **engagement** [ɪnˋgedʒmənt] 名 訂婚

can hardly believe後面也能接that子句，子句內的時態不一定，看所描述的事情而定；和上一組換換看不同的地方在於，不再侷限於名詞，而能描述難以相信的「某個行為」。

句型換換看 Replace It!

換A　　換B

[The plague❶ spread❷ so rapidly❸] that [people] could hardly believe it.

翻譯 人們幾乎不敢相信瘟疫蔓延的如此迅速。

解構 [主要子句] + [that+主詞+can hardly believe]

換A-主要子句　　換B-主詞

替換詞對應方法：換 A a —對應→ 換 B a ，練習時請按照順序替換喔！

換A	換B
a They said such nasty things 他們說出的骯髒事	a we 我們
b The president fell out of power so fast 總統下台	b many people 許多人
c The party was like a dream such 那場派對就像夢一樣	c most guests 大部分客人
d The manager set so many goals 經理設立了數個目標	d our team 我們團隊
e What I discovered was so obvious❹ 我發現的事很明顯	e the man 那個男人
f It was such a wonderful journey❺ 那真是美好的旅行	f the couple 那對情侶

❶ **plague** [pleg] 名 瘟疫；鼠疫
❷ **spread** [sprɛd] 動 蔓延
❸ **rapidly** [`ræpɪdlɪ] 副 迅速地
❹ **obvious** [`ɑbvɪəs] 形 明顯的
❺ **journey** [`dʒɝnɪ] 名 旅行

活用句型

本句和基本型不同的地方在於，can hardly believe後方所接的受詞放到前面強調，that子句的內容變成補充的資訊。以替換詞的a來說，後面的that we can hardly believe是在補充主要子句內things的內涵(即「我們難以相信的事情」)。

Pattern 28 (sb./sth.)...for sure.

(某人/某事)確定…。

for sure可以用來修飾子句或動詞，表示「再次確認、肯定」之意，使用時沒有特別需要注意的事項，按照一般副詞的修飾規則即可。

句型換換看 Replace It!

換A

[Christmas and Easter are the main Christian festivals] **for sure.**

翻譯 聖誕節和復活節無疑是基督教的主要節日。

解構 [主要子句] + [for sure]

換A-主要子句

- a I am not going to take this course 我不會修這門課
- b A good diet is beneficial❶ to health 良好的飲食有益於健康
- c There will be another alternative❷ scheme❸ 還會有另外的替代方案
- d He is able to recite❹ the whole poem from memory 他能背誦出整首詩
- e The prisoner will spend the rest of his life in jail 犯人將在監獄裡度過餘生

Key Words

❶ **beneficial** [ˌbɛnəˋfɪʃəl] 形 有益的
❷ **alternative** [ɔlˋtɝnətɪv] 形 替代的
❸ **scheme** [skim] 名 計畫；方案
❹ **recite** [riˋsaɪt] 動 背誦

Tip 活用句型

for sure可以用來修飾動詞或子句，作用在強調(肯定；無疑)，...for sure還可以與...for certain互換，意思不變；另外補充sure的衍生用法make sure that+子句/of+名詞，這個用法同樣可以用make certain that...的句型替換。

句型換換看 Replace It!

換A [She couldn't tell] **for sure** 換B [from a distance❶ whether❷ it was Bill or Tom].

翻譯 她從遠方看不出那個人是比爾還是湯姆。

解構 [主詞+動詞] + [for sure] + [(補充語+)子句]

換A-主詞+動詞　換B-子句

替換詞對應方法：換 A a —對應→ 換 B a，練習時請按照順序替換喔！

換A	換B
a No one knows 沒有人知道	a what happened to Henry 亨利出了什麼事
b You can't say 你無法判別	b that it won't rain tomorrow 明天不會下雨
c He will call 他會打電話	c since he made a promise❸ 既然他都已經做了約定
d We know 我們知道	d that Daisy isn't a Coke addict❹ 黛西並非可樂上癮者
e She will cry 她會哭	e when you give this present❺ to her 當你把禮物給她時
f You can know 你能知道	f that the object❻ has no intrinsic❼ value❽ 這東西本身沒什麼價值

❶ **distance** [ˋdɪstəns] 名 距離　❷ **whether** [ˋhwɛðɚ] 連 是否

❸ **promise** [ˋprɑmɪs] 名 承諾　❹ **addict** [ˋædɪkt] 名 上癮的人

❺ **present** [ˋprɛzn̩t] 名 禮物　❻ **object** [ˋɑbdʒɪkt] 名 物體

❼ **intrinsic** [ɪnˋtrɪnsɪk] 形 本身的　❽ **value** [ˋvælju] 名 價值

此句的for sure修飾前面動詞，此時用法和一般副詞無異；再於句末補充子句，描述前面動詞所涉及的事情是什麼；有些學習者常被for sure的用法搞混，建議大家用「副詞」的概念去記憶，較容易理解。

(sb.)...for no reason.

某人毫無理由地/莫名奇妙地…。

同樣可用來修飾動詞或子句的句型，意思等同於on no account/in no case(絕對不要；無論如何，不要…)。

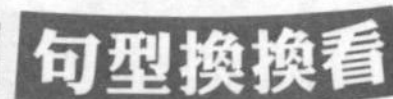

換A

[Over forty workers were made compulsively❶ redundant❷] **for no reason**.

翻譯 四十多名員工毫無理由地遭到強制性裁員。

解構 [主要子句] + [for no reason]

換A-主要子句

a Kelly's new laptop shuts off 凱莉的新手提電腦關機
b His cat streaked across the street 他的貓飛奔過街
c The idol keeps gaining weight 那名偶像的體重持續增加
d My opponent gave me another clue 我的對手提供我其他的線索
e Most users' accounts got suspended❸ 大多數使用者的帳號都被停權

❶ **compulsively** [kəm`pʌlsɪvlɪ] 副 強制地

❷ **redundant** [ərˋdʌndənt] 形 被解雇的 ❸ **suspend** [səˋspɛnd] 動 暫時取消

此為for no reason形容一整個子句的例句，在使用時只須注意子句架構的完整性，再於最後加上for no reason表示「毫無理由地…」即可，子句內的時態須視說話者所提的事情何時發生而定。

句型換換看 Replace It!

換A

Have you ever [spent hours daydreaming❶ about unrealistic❷ things] **for no reason**?

翻譯 你曾經毫無理由地花了好幾個小時的時間做白日夢嗎？

解構 [Have/Has] + [主詞] + [動詞] + [for no reason]

換A-動詞

- a felt down after meetings 在會議過後感到沮喪
- b been sore❸ while being alone 獨處時感到傷心
- c been attracted❹ by a girl 被一個女孩吸引過
- d taken a class and regretted❺ it 修了一堂課又後悔
- e been confident❻ about something 對一些事情有信心
- f felt mentally tired 在心理層面上感到疲倦
- g questioned one's sincerity❼ 質疑某人的誠意
- h been annoyed all of a sudden 突然感到氣惱
- i been eager to visit someone 急切地想拜訪某人

❶ **daydream** [\`de͵drim] 動 做白日夢

❷ **unrealistic** [͵ʌnrɪə\`lɪstɪk] 形 不切實際的

❸ **sore** [sor] 形 傷心的；悲痛的

❹ **attract** [ə\`trækt] 動 吸引

❺ **regret** [rɪ\`grɛt] 動 感到後悔

❻ **confident** [\`kɑnfədənt] 形 有信心的

❼ **sincerity** [sɪn\`sɛrətɪ] 名 誠意

基本型與完成式的Have you ever...結合之後，可用來詢問對方「是否曾經毫無理由地…嗎？」此處的for no reason修飾的是換A裡面的內容，翻譯時請以「毫無理由地…(換A)」去理解。另外，for no reason還可以用without any reason替換，意思不變。

句型換換看 Replace It!

換A　換B

[Complaining❶] **for no reason** [won't be helpful for the situation❷].

翻譯 毫無理由地抱怨不會對事情有任何幫助。

解構 [主詞(動名詞)] + [for no reason] + [(助)動詞]

換A-主詞　換B-(助)動詞

替換詞對應方法：換 A a —對應→ 換 B a，練習時請按照順序替換喔！

換A	換B
a Criticizing❸ others 批評他人	a is unwise❹ 是不明智的
b Concealing❺ the paintings 藏畫	b made me wonder 讓我感到懷疑
c Doubting❻ his words 懷疑他的話	c doesn't make any sense 不合常理
d Making a decision❼ 做決定	d might be dangerous❽ 也許會很危險
e Being afraid of dentists❾ 害怕牙醫	e is normal❿ for kids 對小孩來說很正常
f Keeping silent⓫ 保持沉默	f won't help the suspect 無法幫助嫌疑犯

Key Words

❶ **complain** [kəm`plen] 動 抱怨

❷ **situation** [ˏsɪtʃʊ`eʃən] 名 情況

❸ **criticize** [`krɪtɪˏsaɪz] 動 批評

❹ **unwise** [ʌn`waɪz] 形 不明智的

❺ **conceal** [kən`sil] 動 隱藏

❻ **doubt** [daʊt] 動 懷疑；不相信

❼ **decision** [dɪ`sɪʒən] 名 決定

❽ **dangerous** [`dendʒərəs] 形 危險的

❾ **dentist** [`dɛntɪst] 名 牙醫

❿ **normal** [`nɔrmḷ] 形 正常的

⓫ **silent** [`saɪlənt] 形 沉默的

本句變化型的for no reason所修飾的變成主詞位置的動名詞，翻譯時請以「毫無理由地…(主詞內容)是…的」概念去理解；此句真正的主詞落在for no reason後面出現的動詞身上(以句型換換看中的主要例句來說，就是助動詞won't)，請特別注意助動詞對句義的影響。

sb. be familiar with...

某人對…熟悉。

使用本句型時首先要注意BE動詞的變化(am/is/are，看前面的主詞而定)，另外就是be familiar with後面要接名詞，此名詞可以是sth.(熟悉某件事物)，也可以是sb.(熟悉某人)。

句型換換看

換A 換B

[I am] familiar[1] with [the feeling of being displaced[2] by flood[3]-water].

翻譯 我很熟悉因洪水而流離失所的感覺。

解構 [主詞] + [BE動詞] + [familiar with] + [名詞]

換A-主詞+BE動詞 **換B-名詞**

替換詞對應方法：換 A a —對應→ 換 B a ，練習時請按照順序替換喔！

換A	換B
a The cook is 廚師	a German food 德國菜餚
b That therapist[4] is 治療專家	b domestic[5] violence[6] cases 家庭暴力的案件
c Scholars must be 學者一定	c the history of science[7] 科學的歷史
d Few people are 很少人民	d the health care system[8] 醫療系統
e Sales people must be 業務必須	e their products beforehand[9] 預先(熟悉)他們的產品
f The technician[10] is 技師	f all the machines in the factory 工廠所有機械

❶ **familiar** [fəˋmɪljə] 形 熟悉的
❷ **displace** [dɪsˋples] 動 迫使(人)離開
❸ **flood** [flʌd] 名 洪水；水災
❹ **therapist** [ˋθɛrəpɪst] 名 治療學家
❺ **domestic** [dəˋmɛstɪk] 形 家庭的
❻ **violence** [ˋvaɪələns] 名 暴力
❼ **science** [ˋsaɪəns] 名 科學
❽ **system** [ˋsɪstəm] 名 系統
❾ **beforehand** [bɪˋfor͵hænd] 副 預先
❿ **technician** [tɛkˋnɪʃən] 名 技師

此處的例句皆為be familiar with sth.(某物)的例子，但sth.其實也可以替換成sb.(某人)，比如當你想要表達你和某人從小就認識，你很熟悉他，就可以用I'm familiar with sb.的句型。

句型換換看

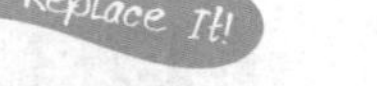

換A 換B

[Are you] familiar with [this area]?

翻譯 你熟悉這個地方嗎？

解構 [BE動詞] + [主詞] + [familiar with] + [名詞]

換A-BE動詞+主詞 / 換B-名詞

替換詞對應方法：換 A a 對應→ 換 B a，練習時請按照順序替換喔！

換A-BE動詞+主詞
- a Are dermatologists❶ 皮膚科醫生
- b Is our boss 我們的老闆
- c Is the intern 這名實習醫師
- d Are young people 年輕人

換B-名詞
- a liposuction❷ as well 也(熟悉)抽脂
- b equitable❸ employment❹ 公平雇用原則
- c the patient's diagnosis❺ 患者的診斷書
- d the basic idea of legislation 立法的基本概念

❶ **dermatologist** [ˌdɝmə`tɑlədʒɪst] 名 皮膚科醫師

❷ **liposuction** [`lɪpoˌsʌkʃən] 名 抽脂

❸ **equitable** [`ɛkwɪtəbḷ] 形 公平的

❹ **employment** [ɪm`plɔɪmənt] 名 雇用

❺ **diagnosis** [ˌdaɪəg`nosɪs] 名 診斷

familiar(熟悉的)修飾名詞，在這個句型當中，則表示「某人對…熟悉」，在維持同樣的意思之下，sb. be familiar with sth.可以改寫成sth. be familiar to sb.。

句型換換看 Replace It!

換A

[The function❶ of this button❷ is] **familiar to** [smartphone owners]. 換B

翻譯 這個按鍵的功能對智慧型手機的擁有者來說很熟悉。

解構 [主詞(sth.)] + [BE動詞] + [familiar to] + [名詞(sb.)]

換A-主詞(sth.)+BE動詞

a The website❸ navigation❹ is 網站導航

b The traditional❺ food is 傳統食物

c All articles❻ in his will are 他遺囑中的條款

d The minister's signature❽ is 部長的簽名

e Those issues are 那些議題

f My teaching methods are 我的教學法

g This kind of design is 這類設計

換B-名詞(sb.)

替換詞對應方法：換 A a —對應→ 換 B a，練習時請按照順序替換喔！

a visitors 拜訪者

b the natives 當地人

c his attorney❼ 他的律師

d his advisors 他的幕僚

e many students 許多學生

f one of my precursors❾ 我的其中一位前輩

g that architect❿ 那位建築師

Key Words

❶ **function** [ˋfʌŋkʃən] 名 功能

❷ **button** [ˋbʌtn̩] 名 按鍵

❸ **website** [ˋwɛb͵saɪt] 名 網站

❹ **navigation** [͵nævəˋgeʃən] 名 導航

❺ **traditional** [trəˋdɪʃənl̩] 形 傳統的

❻ **article** [ˋɑrtɪkl̩] 名 條款；條文

❼ **attorney** [əˋtɝnɪ] 名 律師

❽ **signature** [ˋsɪgnətʃɚ] 名 簽名

❾ **precursor** [priˋkɝsɚ] 名 前輩

❿ **architect** [ˋɑrkə͵tɛkt] 名 建築師

Tip 活用句型

基本型sb. be familiar with sth.有一個意思相同，但結構不同的變化，即此處的sth. be familiar to sb.，注意除了主詞變成熟悉的事物以外，介系詞也改成to，須注意的是，雖然表面的結構改變，但意思和基本型是一樣的。

Pattern 31

(can't) tell the difference (between)...

(無法)區別…與…不同的地方。

between後面所接的名詞必須有複數的概念；另外一個同義的句型表達為distinguish between...and...(distinguish表區別之意)。

換A

[Many people] **can't tell the difference between** [an interior❶ designer❷ and a decorator❸]. 換B

翻譯 許多人無法區分室內設計師與室內裝潢師。

解構 [主詞] + [can't tell the difference between] + [名詞1 and 名詞2]

換A-主詞 **換B-名詞1 and 名詞2**

替換詞對應方法：換 A a —對應→ 換 B a ，練習時請按照順序替換喔！

換A	換B
a The poor man 那可憐的男人	a right and wrong 對與錯
b Those tourists 那群觀光客	b a wolf and a coyote❹ 狼與土狼
c My daughter 我的女兒	c cabbage❺ and lettuce❻ 包心菜和萵苣
d That buyer 那名買主	d natural and synthetic❼ supplements❽ 天然與人造補給品
e That camper 那名露營者	e poisonous❾ and edible❿ mushrooms 毒的與可食用香菇

❶ **interior** [ɪnˋtɪrɪɚ] 形 內部的

❷ **designer** [dɪˋzaɪnɚ] 名 設計師

❸ **decorator** [ˋdɛkəˌretɚ] 名 室內裝潢師

❹ **coyote** [kaɪˋot] 名 土狼；郊狼

❺ **cabbage** [ˋkæbɪdʒ] 名 包心菜

❻ **lettuce** [ˋlɛtɪs] 名 萵苣

❼ **synthetic** [sɪnˋθɛtɪk] 形 人造的

❽ **supplement** [ˋsʌpləmənt] 名 補給品

❾ **poisonous** [ˋpɔɪzn̩əs] 形 有毒的

❿ **edible** [ˋɛdəbl̩] 形 可食用的

tell the difference between...and...表示區別兩件事物的不同，意思等同於distinguish...from...；另外，請認清這個句型與be different from(…與…不同)，後者是在陳述事實，與「區別的能力」無關。

句型換換看 Replace It!

換A [The master could] **tell the difference between** [the kittens]. 換B

翻譯 那個主人能區別小貓們的不同。

解構 [主詞(+助詞)] + [tell the difference between] + [名詞(複數)]

換A-主詞(+助詞)　　換B-名詞

替換詞對應方法：換Aa —對應→ 換Ba，練習時請按照順序替換喔！

換A	換B
a Only the mother can 只有媽媽能	a the twins 這對雙胞胎
b Not everyone can 不是所有人都能	b European❶ languages❷ 歐洲的語言
c The connoisseur❸ will 鑑賞家將	c these two sculptures❹ 這兩個雕刻品
d A doctor is able to 醫生有能力	d common skin rashes 常見的皮膚疹

❶ **European** [ˏjʊrəˋpiən] 形 歐洲的
❷ **language** [ˋlæŋgwɪdʒ] 名 語言
❸ **connoisseur** [ˏkɑnəˋsɝ] 名 鑑賞家
❹ **sculpture** [ˋskʌlptʃɚ] 名 雕刻品

當between後面所指的兩個名詞是同質的東西(例如：同為人、貓咪、語言…等等)，又很相似時，可以將基本型裡面的and拿掉，直接放上同質的複數名詞。

句型換換看 Replace It!

How can [換A you] **tell the difference between** [換B a cold and allergies❶]?

翻譯 你如何分辨感冒和過敏？

解構 [How can] + [主詞] + [tell the difference between] + [名詞1 and 名詞2]

換A-主詞　　換B-名詞1 and 名詞2

替換詞對應方法：換 A a —對應→ 換 B a，練習時請按照順序替換喔！

換A-主詞	換B-名詞1 and 名詞2
a deaf❷ people 聽障者	a a yawn and a scream 呵欠與尖叫
b one 一個人	b male and female butterflies 雄蝶與雌蝶
c a scientist❸ 科學家	c the statistic❹ and a parameter❺ 統計數值與參數
d buyers 買家	d genuine❻ gold and its counterfeit❼ 真金與其仿冒品
e viewers 觀看者	e a digital❽ picture and a frame 數位相片與影片畫面
f your doctor 你的醫生	f regular depression and bipolar❾ disorder❿ 普通的沮喪與躁鬱症

❶ **allergy** [`ælədʒɪ] 名 過敏症　❷ **deaf** [dɛf] 形 聾的

❸ **scientist** [`saɪəntɪst ] 名 科學家　❹ **statistic** [ stə`tɪstɪk] 名 統計數值

❺ **parameter** [pə`ræmətə ] 名 參數　❻ **genuine** [ `dʒɛnjʊɪn] 形 真的

❼ **counterfeit** [`kaʊntə͵fɪt ] 名 偽造品　❽ **digital** [ `dɪdʒɪtḷ] 形 數字的

❾ **bipolar** [baɪ`polə ] 形 有兩極的　❿ **disorder** [ dɪs`ɔrdə] 名 不適；混亂

本句重點在於融合「如何(How)」和「分辨」兩個元素，除了疑問句變化而在前面加入助詞can之外，請注意between後面所接的名詞，若同質性高的話，也可以用複數名詞取代「名詞1 and 名詞2」的形式。

sb. be wondering if...(or not)

某人在思考是否…。

此為委婉的詢問句型，強調已經想了一段時間(時間可長可短)，本句型若以sb. wonder if也沒有問題，只是不再強調「一段時間」而已。

句型換換看 Replace It!

換A

I was wondering if [we could put off the appointment❶ until this afternoon].

翻譯 我在想我們是不是可以把約會延到今天下午呢？

解構 [主詞] + [BE動詞+wondering if] + [子句]

換A-子句

- a we can have lunch tomorrow 你明天要不要一起吃午餐
- b Evelyn and her client are around 伊芙琳和她的客戶在不在
- c you feel like going to a movie tonight 你晚上想不想去看電影
- d you'd like to go out with me this weekend 這個週末你願不願意跟我出去
- e you have time to discuss our new proposal❷ 你有沒有空討論我們的新企劃
- f you can tell me her alternative❸ number 你可不可以告訴我她另一個電話號碼

❶ **appointment** [əˋpɔɪntmənt] 名 (會面的)約定

❷ **proposal** [prəˋpozḷ] 名 提議

❸ **alternative** [ɔlˋtɝnətɪv] 形 替代的

在翻譯時，請以「我想知道…」的意義著手，表示主詞的「好奇」心態，這個句型也經常用於請人幫忙的情境ex. ...wonder if you could help me。

句型換換看 Replace It!

換A

I wonder if [fructose❶ is healthier❷ than sugar].

翻譯 我想知道果糖是不是比方糖健康？

解構 [主詞] + [wonder if] + [子句]

換A-子句

a I got the answer wrong on the exam 考試的答案寫錯了

b launch❸ will be easier than thought 著手發行會不會比想的容易

c the quality❹ is better than the products they sell 品質會不會比他們賣的好

d the withering❺ plant is bigger than my shovel❻ 枯萎的植物是不是比我的鏟子還大

e this game is better than the one we watched last time 這場比賽會不會比我們上次看的精采

f this pattern❼ has a better fit than the one I found 這種花樣是不是有比我找到的更適合的搭配

g this chimpanzee❽ is smarter than others of the same kind 這隻黑猩猩是不是比同類聰明

Key Words

❶ **fructose** [ˋfrʌktos] 名 果糖

❷ **healthy** [ˋhɛlθɪ] 形 健康的

❸ **launch** [ˋlɔntʃ] 名 發行

❹ **quality** [ˋkwɑlətɪ] 名 品質

❺ **withering** [ˋwɪðərɪŋ] 形 使凋謝的

❻ **shovel** [ˋʃʌvḷ] 名 鏟子

❼ **pattern** [ˋpætən] 名 圖案；花樣

❽ **chimpanzee** [ˏtʃɪmpænˋzi] 名 黑猩猩

Tip 活用句型

以現在簡單式取代進行式之後，就不再強調感到好奇了「一段時間」，而是簡單地提出自己的疑問，句尾可以接or not；使用這個句型時，會給人「委婉地詢問或請求」的感覺，有時可以用May I...?的句型去改寫，ex. I wonder if I can cancel my reservation.(我在想是否可以取消預約)可以改寫成May I cancel my reservation?。

句型換換看 Replace It!

換A 換B

[**Economists**❶ **wonder**] whether [the economy can ever grow like it used to].

翻譯 經濟學家不知道經濟情況是否能回復到以前的水平。

解構 [主詞] + [wonder whether] + [子句]

換A-主詞 / 換B-子句

替換詞對應方法：換 A a 對應→ 換 B a，練習時請按照順序替換喔！

換A-主詞	換B-子句
a The chef❷ wonders 主廚思考	a he should serve fish or beef 他該準備魚或牛肉
b The advocate❸ wonders 律師思考	b there is a reason behind this 這件事背後有原因
c The director❹ wondered 導演思考	c some of the reviews are for real 部分評論是真的
d The tutor wondered 家教思考	d Mike has his head screwed on right 麥克的頭腦清醒
e The parents wonder 那對父母	e it was wise to let her travel alone 讓她獨自旅遊很明智
f The scholar wonders 學者思考	f she can develop a further❺ resolution❻ 她能發展進一步的解答

❶ **economist** [ɪ`kɑnəmɪst] 名 經濟學家
❷ **chef** [ʃɛf] 名 (餐館等的)主廚
❸ **advocate** [`ædvəkɪt] 名 律師
❹ **director** [də`rɛktɚ] 名 導演
❺ **further** [`fɝðɚ] 形 進一步的
❻ **resolution** [ˌrɛzə`luʃən] 名 解決

sb. wonder if...的基本型，可以用whether取代if，意思完全相同，唯一要注意的是當or not出現時的變化，搭配whether時可寫成sb. wonder whether or not.../whether...or not，但基本句只能寫成if...or not，不能接在if後面。

sb. have/has no idea...
某人不知道…。

本句型的意思和sb. don't/doesn't know其實是一樣的，如果一定要分，have/has no idea比較強調「不知道的事情」，但這只是非常細微的差別，無須太過介意。

Replace It!

I have no idea [where I left my purse].

翻譯 我不知道我把皮包掉在哪裡。

解構 [主詞] + [have/has no idea] + [子句]

換A-子句

- a how the accident❶ happened 這個事故是怎麼發生的
- b where we are on this map 我們在地圖上的什麼地方
- c why depression has struck❷ her 為什麼憂鬱症會找上她
- d how to react to his offensive❸ words 該如何回應他無禮的詞彙
- e how much this will impact your life 這對你的生活會有多大影響
- f why Daniel insists on ratifying❹ this agreement 為什麼丹尼爾堅持批准這項協議

❶ **accident** [`æksədənt] 名 意外
❷ **strike** [straɪk] 動 (疾病)侵襲
❸ **offensive** [ə`fɛnsɪv] 形 冒犯的
❹ **ratify** [`rætə͵faɪ] 動 (正式)批准

雖然一般學習者比較早接觸的講法是don't/doesn't know(不知道)，但have/has no idea在使用頻率上其實相當高，當你講述一件對方不清楚的事，有時候甚至會聽到他們回應No idea，表示自己不知道。

句型換換看 Replace It!

換A 換B

[I had] no idea of [the breadth of programs that benefit❶ youth].

翻譯 我不知道能讓年輕人受益的計畫，其廣泛性為何。

解構 [主詞] + [have/has no idea of] + [名詞]

換A-主詞

換B-名詞

替換詞對應方法：換 A a —對應→ 換 B a，練習時請按照順序替換喔！

換A-主詞	換B-名詞
a The governor has 州長	a the terrorists'❷ motivation❸ 恐怖份子的動機
b Selfish❹ players have 自私球員	b the importance of teamwork❺ 團隊合作的重要性
c Certain elders have 某些長輩	c the potential❻ teenagers have 青少年擁有的潛能
d The man had 那名男子	d the danger those adventurers❼ were in 那群冒險者的危機
e My parents had 我的父母	e the damage their values did to me 他們價值觀對我的傷害
f The foundation❽ has 基金會	f the financial risks that are being loaded on it 其背負的財政危機

❶ **benefit** [`bɛnəfɪt] 動 有益於

❷ **terrorist** [`tɛrərɪst] 名 恐怖份子

❸ **motivation** [ˌmotəˋveʃən] 名 動機

❹ **selfish** [`sɛlfɪʃ] 形 自私的

❺ **teamwork** [`tim`wɝk] 名 協力

❻ **potential** [pəˋtɛnʃəl] 名 潛能

❼ **adventurer** [ədˋvɛntʃərɚ] 名 冒險家

❽ **foundation** [faʊnˋdeʃən] 名 基金會

文法上，此句和基本型不同的地方在have/has no idea後面所接的「of+名詞」，但意思並無差別，只是因為of的補語是名詞，所以翻譯上會強調名詞所帶出的「事」而已。

Pattern 34 be much alike in...

在…方面很相似。

much alike in前面放BE動詞或一般動詞，其差別在BE動詞表「狀態」，一般動詞則突顯「某個行為」；意思上，much alike表「高度相似，但非完全相同」的人事物，比similar的程度更高。

換A 換B

[These two countries **are**] **much alike in** [social and economic terms].

翻譯 這兩國在社會與經濟情勢方面很相似。

解構 [主詞] + [be much alike in] + [名詞]

換A-主詞+be **換B-名詞**

替換詞對應方法：換 A a —對應→ 換 B a，練習時請按照順序替換喔！

換A-主詞+be	換B-名詞
a The twins were 這對雙胞胎	a ideas and temperament❶ 想法與性格
b The villains❷ are 那些壞人	b their line of thinking 他們的思考模式
c Revolutionists❸ are 革命家	c their shared enthusiasms❹ 他們共享的熱情
d The councilors❺ are 議會議員	d terms of how determined they are 在決心這方面
e Those girls are 那群女孩	e the styles of their clothes and hair 衣服類型與髮型
f All members are 所有成員	f their striving for success and beliefs 為成功奮鬥與信念
g Many of them are 他們許多人	g appearance and emotional responses 外貌與情緒反應

❶ **temperament** [`tɛmprəmənt] 名 性格
❷ **villain** [`vɪlən] 名 壞人；反派角色
❸ **revolutionist** [ˌrɛvə`luʃənɪst] 名 革命者
❹ **enthusiasm** [ɪn`θjuzɪˌæzəm] 名 熱情
❺ **councilor** [`kaʊnsḷɚ] 名 議會議員

基本句型be much alike in...前方放入「相似的人事物」，後面則放「哪部分相似」，若想更加強調相似的程度，可以在much alike前面加副詞強調。(ex. be pretty/very/so much alike in...)

句型換換看 Replace It!

換A

[Fishing and benching **are** so] **much alike**.

翻譯 釣魚和坐冷板凳很相似。

解構 [主詞] + [be/動詞+(副詞+)much alike]

換A-主詞

- a A hostage❶ and a prisoner❷ are too 人質和囚犯太(相似)
- b His handwriting❸ and mine are pretty 他的筆跡和我的頗為(相似)
- c Indifference❹ and pride look very 漠不關心和傲慢看起來非常(相似)
- d People of the same race and religion❺ are 同種族和宗教的人很(相似)
- e Conservatives❻ and liberals❼ are actually 保守人士和自由主義者其實很(相似)

❶ **hostage** [`hɑstɪdʒ] 名 人質
❷ **prisoner** [`prɪzn̩ɚ] 名 囚犯
❸ **handwriting** [`hænd͵raɪtɪŋ] 名 筆跡
❹ **indifference** [ɪn`dɪfərəns] 名 漠不關心
❺ **religion** [rɪ`lɪdʒən] 名 宗教
❻ **conservative** [kən`sɝvətɪv] 名 守舊者
❼ **liberal** [`lɪbərəl] 名 自由主義者

想表達「兩件事物很像，卻不提出哪部份相似」時，只要把基本型後面的「in+名詞」拿掉即可，因為本句型有將事物放在一起比較之意，所以主詞必須含有複數的概念，請大家自行替換時注意這一點。

There's a relationship between...and...

…與…有關聯。

以虛主詞There is開頭，並將真正重要的資訊放到句尾，以方便聽者獲取你想強調的內容；此句型的真主詞為a relationship，所以BE動詞會是單數型的is。

句型換換看 Replace It!

換A

There's a relationship between [star signs **and** personalities❶].

翻譯 星座與個性有關聯。

解構 [There is a relationship between] + [名詞1 and 名詞2]

換A-名詞1 and 名詞2

- a depression and gluttony❷ 情緒沮喪與暴食
- b religion and the birth rate 宗教信仰與出生率
- c diet and blood cholesterol❸ 飲食和血液中的膽固醇
- d stress and individual❹ efficiency❺ 壓力和個人效率
- e brand awareness❻ and buying intentions 品牌辨識度與購買意願
- f tension❼-type headache❽ and sleep 壓力型頭痛與睡眠
- g expected❾ risk and stock returns 預期風險與股票報酬
- h money spent on gambling and winnings 賭博投下的成本與勝率

❶ **personality** [ˌpɝsn̩ˋælətɪ] 名 人格
❷ **gluttony** [ˋglʌtn̩ɪ] 名 暴食
❸ **cholesterol** [kəˋlɛstəˌrol] 名 膽固醇
❹ **individual** [ˌɪndəˋvɪdʒʊəl] 形 個人的
❺ **efficiency** [ɪˋfɪʃənsɪ] 名 效率
❻ **awareness** [əˋwɛrnɪs] 名 察覺
❼ **tension** [ˋtɛnʃən] 名 (精神上的)緊張
❽ **headache** [ˋhɛdˌek] 名 頭痛
❾ **expected** [ɪkˋspɛktɪd] 形 期待中的

本句型所舉的例句中，between後面都是接名詞，但其實也可以替換成動名詞，表達「某兩個動作或行為」；在意思上，可以由例句與替換詞中看出，本句型可以用來表達兩件事有「因果關係」，在説明情況時不妨多加使用。

句型換換看 Replace It!

換A 換B

[Style **is**] **a relationship between** [form **and** content❶].

翻譯 文風是體裁與內容的結合(關聯性)。

解構 [主詞] + [be/動詞+a relationship between] + [名詞1 and 名詞2]

換A-主詞　　換B-名詞1 and 名詞2

替換詞對應方法：換 A a 對應→ 換 B a，練習時請按照順序替換喔！

換A	換B
a Commensalism❷ is 共生	a two kinds of organisms❸ 兩類物種
b Understanding is 理解	b the knower and an object 理解者和客體
c A preposition❹ shows 介詞顯示	c a noun and another word 名詞和另一字
d Statistics❺ show 統計學顯示	d actual examples and numerals❻ 實例和數字
e Relevance❼ is 關聯性	e a proposition❽ and the contextual❾ assumptions 主題和上下文脈設定

❶ **content** [`kɑntɛnt] 名 內容；要旨

❷ **commensalism** [kə`mɛnsəlɪzəm] 名 共生

❸ **organism** [`ɔrgən͵ɪzəm] 名 生物

❹ **preposition** [͵prɛpə`zɪʃən] 名 介系詞

❺ **statistics** [stə`tɪstɪks] 名 統計學

❻ **numeral** [`njumərəl] 名 數字

❼ **relevance** [`rɛləvəns] 名 關聯

❽ **proposition** [͵prɑpə`zɪʃən] 名 主題

❾ **contextual** [kən`tɛkstʃuəl] 形 上下文的

本句將談論的主題(即主詞)明確地點出來，意指「某物是/顯示…與…的關聯」。注意換B必須是複數名詞，或兩者以上的單數名詞才行。

句型換換看 Replace It!

換A

He [created❶ **a relationship between** this project and sales].

翻譯 他創造了這份企劃與銷售額的關聯。

解構 [主詞] + [動詞+a/the/all relationship] + [介詞補語]

換A-動詞+a/the/all relationship+介詞補語

a broke off all relationships with his relatives❷ 與他的所有親戚絕交

b carries on a Platonic❸ relationship with his pen-pal 與筆友保持柏拉圖式的關係

c built up commercial❹ relationships with foreign companies 與國外公司建立商業關係

d consolidated❺ the business relationship with ABC Company 鞏固與ABC公司的業務關係

❶ **create** [krɪ`et] 動 創造；創設

❷ **relative** [`rɛlətɪv] 名 親戚

❸ **Platonic** [ple`tɑnɪk] 形 柏拉圖式的

❹ **commercial** [kə`mɝʃəl] 形 商業的

❺ **consolidate** [kən`sɑlə͵det] 動 鞏固

請注意介系詞的變化，換換看的主要例句結構依然與基本句相同(between+複數名詞)，而abcd則採用with強調「與…的關係」。

(There's) no doubt (that)...
…是毫無疑問的。

完整的句型如標題，但虛主詞There is與that可省略，以No doubt+子句的形式存在；另外要注意的是，採用本句型時，所講述的會是說話者相當確定的內容。

Replace It!

換A

There's no doubt that [Chinese are superstitious[1]].

翻譯 中國人確實很迷信。

解構 [(There is) no doubt] + [that子句]

換A-子句

a I enjoy kindergarten the most 我最喜歡上幼稚園的時候

b we live in times of great change 我們身處於一個變化很大的時代

c the injuries will be compensated[2] for in due time 損害將可在期限內獲得賠償

d most people dislike the traffic congestion[3] in big cities 大多數人不喜歡大城市的交通堵塞現象

e globalization[4] affects the world's economies in a positive way 全球化對全球經濟有正面影響

❶ **superstitious** [ˌsupɚ`stɪʃəs] 形 迷信的

❷ **compensate** [`kɑmpənˌset ] 動 補償 ❸ **congestion** [ kən`dʒɛstʃən] 名 擁塞

❹ **globalization** [ˌglobl̩aɪ`zeʃən] 名 全球化

本句型中的doubt為名詞，其意思等同於I don't doubt that...(doubt當動詞用)，也等同I am certain that...，後面子句內容不須變動。

句型換換看 Replace It!

換A [We have] **no doubt** 換B [**that** the hard-working man will succeed].

翻譯 我們確信那名努力的男子將會成功。

解構 [主詞] + [have/has no doubt] + [that子句]

換A-主詞　　換B-子句

替換詞對應方法：換 A a —對應→ 換 B a，練習時請按照順序替換喔！

換A-主詞	換B-子句
a The delegates❶ have 會議代表	a that it's a delaying tactic❷ 這是拖延戰術
b The supporters have 擁護者	b that he will return from his setback❸ 他會從挫折中振作
c My sister-in-law has 我嫂嫂	c that she'll work through pregnancy❹ 懷孕期間也會工作
d William has 威廉	d that he's good enough to play against the team 他足以對抗那個隊伍
e The auditor❺ had 稽核員	e as to the correctness❻ of her own estimate 對她所做估計的正確性
f The counselor has 諮商師	f that she repented❼ of her unfortunate❽ marriage 她後悔自己不幸的婚姻

❶ **delegate** [`dɛləgɪt ] 名 會議代表　❷ **tactic** [ `tæktɪk] 名 戰術

❸ **setback** [`sɛt͵bæk ] 名 挫折　❹ **pregnancy** [ `prɛgnənsɪ] 名 懷孕

❺ **auditor** [`ɔdɪtɚ ] 名 稽核員　❻ **correctness** [ kə`rɛktnɪs] 名 正確性

❼ **repent** [rɪ`pɛnt ] 動 後悔　❽ **unfortunate** [ ʌn`fɔrtʃənɪt] 形 不幸的

本句改變了虛主詞開頭的基本型，以sb. have/has no doubt that...的架構替換英文。這樣的變化句可以提示主詞的「某人」，而不像虛主詞There is，相關行為者必須固定為說話者。

...be essential for...

對…來說，…是必要的。

表達「必不可少/基本」概念的實用句，在理解本句型時，請以for...(對…而言)開始翻譯；句型在文法上的變化主要在主詞後於for+名詞或不定詞to，以下將分別說明。

句型換換看

換A 換B

[Free media] **is essential**❶ **for** [democracy❷].

翻譯 媒體自由對民主來說是必要的。

解構 [主詞] + [be essential for] + [名詞]

換A-主詞 / 換B-名詞

替換詞對應方法：換 A a —對應→ 換 B a ，練習時請按照順序替換喔！

換A-主詞	換B-名詞
a Adequate❸ exercise 適當的運動	a modern people 現代人
b Dry storage 乾貨的貯存	b cigars❹ and fur 雪茄和皮草
c Your signature❺ 你的簽名	c the package claim 領取包裹
d A delivery date 送貨日期	d the commercial transactions❻ 貿易往來

❶ **essential** [ɪ`sɛnʃəl] 形 必要的
❷ **democracy** [dɪ`mɑkrəsɪ] 名 民主
❸ **adequate** [`ædəkwɪt] 形 適當的
❹ **cigar** [sɪ`gɑr] 名 雪茄
❺ **signature** [`sɪgnətʃɚ] 名 簽名
❻ **transaction** [træn`zækʃən] 名 交易

有些人會搞不清楚介詞for與不定詞to的選擇，請記得，想表達「對…而言」時，用for sb./sth.，只有在後面接著一個動作時，才用to。(ex. Studying is essential to do well in school. 課業表現要好，唸書是必要的。)

句型換換看 Replace It!

It is essential for [us]換A to [include protein❶ in our diet]換B.

翻譯 飲食中含有蛋白質對我們來說是必要的。

解構 [It is essential] + [for+名詞] + [to+動詞]

換A-名詞　換B-動詞

替換詞對應方法：換 A a —對應→ 換 B a ，練習時請按照順序替換喔！

換A-名詞	換B-動詞
a every kid 每個孩子	a receive❷ education 能受教育
b investors❸ 投資者	b read marketing documents❹ 閱讀交易文件
c candidates❺ 候選人	c be conversant❻ with the procedures❼ 熟悉程序
d students 學生們	d identify❽ majors and career paths 確認主修與職業
e residents❾ 住院醫生	e know about their patients' doses❿ 知道病人藥物的劑量
f hospitals⓫ 醫院	f define cost differences between suppliers 確定各供應商的價格差異

❶ **protein** [`protiɪn] 名 蛋白質
❷ **receive** [rɪ`siv] 動 收到；得到
❸ **investor** [ɪn`vɛstɚ] 名 投資者
❹ **document** [`dɑkjəmənt] 名 文件
❺ **candidate** [`kændədet] 名 候選人
❻ **conversant** [`kɑnvəsn̩t] 形 熟悉的
❼ **procedure** [prə`sidʒɚ] 名 程序
❽ **identify** [aɪ`dɛntə͵faɪ] 動 確認
❾ **resident** [`rɛzədənt] 名 住院醫師
❿ **dose** [dos] 名 (藥物等的)一劑
⓫ **hospital** [`hɑspɪtl̩] 名 醫院

基本型的變化，以虛主詞開頭，後面接不定詞子句for sb. to+原形動詞，真主詞(即動作者)為sb.，類似的句型還有「It is+心理形容詞(ex. kind/nice)+of sb. to+原形動詞」。

(It is) no wonder (that)...

難怪…。

完整句型如標題，但在口語用法上，常常省略It is與that，直接以No wonder+子句的形式呈現；另外要注意no wonder為慣用英文，意指「難怪」，不要分開理解這兩個單字。

句型換換看 Replace It!

No wonder [it went to your head.]

翻譯 難怪你一直放不下這件事。

解構 [(It's) no wonder] + [(that+)子句]

換A-子句

- a he doesn't have a girlfriend now. 他現在沒有女朋友。
- b my cell phone didn't ring today. 我的手機今天沒有響。
- c camera sales keep on falling. 傳統相機的的銷量持續下降。
- d the working man despises❶ the elites❷. 那位工人鄙視精英人士。
- e toy catalogues❸ induce❹ anxiety❺ in mothers. 玩具目錄讓母親焦慮。
- f people hate politicians❻ when they break promises. 人們討厭政客食言。

- ❶ **despise** [dɪˋspaɪz] 動 鄙視
- ❷ **elite** [eˋlit] 名 精英
- ❸ **catalogue** [ˋkætəlɔg] 名 目錄
- ❹ **induce** [ɪnˋdjus] 動 引起
- ❺ **anxiety** [æŋˋzaɪətɪ] 名 焦慮
- ❻ **politician** [ˏpɑləˋtɪʃən] 名 政客

本句型的同義表達還有Little/Small wonder (that)+子句，不過最常見的還是標題所介紹的no wonder，甚至在對話中，也常聽到人直接用「No wonder!(難怪！)」來回應對方所描述的事情。

句型換換看

換A [She always gives our teachers gifts;] **no wonder** [She's a teacher's pet]. 換B

翻譯 她總是送老師們禮物，難怪很得老師們的歡心。

解構 [子句1] + [no wonder] + [子句2]

換A-子句1 / 換B-子句2

替換詞對應方法：換 A a —對應→ 換 B a ，練習時請按照順序替換喔！

換A-子句1	換B-子句2
a He started working out; 他開始運動	a he looks great 他的狀態看起來很好
b The kid is starving; 小孩餓了	b she keeps crying 她一直哭
c With the company's potential❶, 因為公司有潛力	c he signed the contract 他簽了約
d With the previous❷ experience❸, 有之前的經驗	d the lawyer rejected❹ you 律師拒絕你
e With fierce❺ opposition❻, 有強烈的反對	e the general❼ stopped the attack 將軍中止攻擊
f If you think about it, it's 如果你思考一下	f they slandered❽ her so much 他們這樣誹謗她

❶ **potential** [pə`tɛnʃəl] 名 潛力
❷ **previous** [`priviəs] 形 以前的
❸ **experience** [ɪk`spɪrɪəns] 名 經驗
❹ **reject** [rɪ`dʒɛkt] 動 拒絕
❺ **fierce** [fɪrs] 形 猛烈的
❻ **opposition** [ˌɑpə`zɪʃən] 名 反對
❼ **general** [`dʒɛnərəl] 名 將軍
❽ **slander** [`slændɚ] 動 誹謗

wonder當名詞時有「驚奇」之意，no wonder則意指「一點都不驚訝」即這裡介紹的「難怪；怪不得」；這組變化型將no wonder的位置調整至句中，皆省略了that(完整的句型為「...no wonder that...」)。

Pattern 39 sb. need a hand with...

某人需要他人幫忙…。

介系詞with後方接名詞/動名詞，表示需要「什麼樣的幫助」；這個句型的意思和sb. need help相同，且在口語中使用的頻率非常高。

句型換換看 Replace It!

換A 換B

[I need] a hand with [my luggage[1], please].

翻譯 我需要人幫我搬行李，謝謝。

解構 [主詞] + [need a hand with] + [名詞]

換A-主詞 **換B-名詞**

替換詞對應方法：換 A a —對應→ 換 B a ，練習時請按照順序替換喔！

換A-主詞	換B-名詞
a She might need 她也許需要	a fundraising[2] 募款
b My mother needs 母親需要	b the groceries[3] 食品雜貨
c Megan needs 梅根需要	c her homework 她的作業
d His client needs 他客戶需要	d the financial[4] plan 財務規劃
e The host needs 主人需要	e her holiday feast[5] 她的假期盛宴

Key Words

❶ **luggage** [`lʌgɪdʒ] 名 行李

❷ **fundraising** [`fʌnd͵rezɪŋ] 名 募款

❸ **grocery** [`grosərɪ] 名 食品雜貨

❹ **financial** [faɪ`nænʃəl] 形 財政的

❺ **feast** [fist] 名 盛宴；筵席

Tip 活用句型

句型「need a hand with+名詞」的用法，在翻譯的時候要注意with後方名詞的特性，再理解應該搭配什麼樣的動詞，例如換B中b的groceries(食品雜貨)要理解為「幫忙拿」，c的homework(作業)則意味「指導她完成」。

句型換換看 Replace It!

換A　　　　　　　　　　　　　　換B

[Mr. Watson needs] a hand with [getting an agent❶ to do what he wants].

翻譯 華生先生需要一名代理人，幫他處理他想做的事情。

解構 [主詞] + [need a hand with] + [動名詞]

換A-主詞　　　　　　換B-動名詞

替換詞對應方法：換 A a —對應→ 換 B a ，練習時請按照順序替換喔！

換A-主詞	換B-動名詞
a The founder needs 創立者需要	a running the league❷ 經營聯盟
b The pianist doesn't need 鋼琴家不需	b identifying❸ chords❹ 辨別音樂的和弦
c The repairman❺ needs 修理工需要	c changing the tire on the car 換車輪胎
d Most beginners need 大部分初學者	d learning how to use the Internet 學習用網路
e The customer needs 顧客需要	e selecting❻ the proper❼ laptop❽ 選適合的手提電腦
f That cook needs 那名廚師需要	f preparing meals and doing the dishes 準備餐點和洗碗

❶ **agent** [`edʒənt] 名 代理人

❷ **league** [lig] 名 聯盟

❸ **identify** [aɪ`dɛntə͵faɪ] 動 識別

❹ **chord** [kɔrd] 名 和弦；和音

❺ **repairman** [rɪ`pɛrmən] 名 修理工

❻ **select** [sə`lɛkt] 動 選擇

❼ **proper** [`prɑpɚ] 形 適當的

❽ **laptop** [`læptɑp] 名 筆記型電腦

同個句型的另一種用法(with+動名詞)，這裡直接點出動作，理解時緊扣動詞的意義即可；另外，當別人需要幫助時，可以give sb. a hand with sth.(幫助某人做某事)，以give替換主要的動詞。

...be worth + (N/V-ing)

…值得…(名詞/動名詞)。

句型「be worth+名詞/動名詞」有兩個意思，其一指「價格值多少錢」，另外一個則如標題翻譯，指「值得(做的事情)」，其中worth為形容詞。

句型換換看

換A　換B

[Jessica's devotion[1] to the job] **is worth** [the high pay].

翻譯 潔西卡對工作全心奉獻，當然值得獲得高薪。

解構 [主詞] + [be worth] + [名詞/動名詞]

換A-主詞　換B-名詞/動名詞

替換詞對應方法：換 A a —對應→ 換 B a，練習時請按照順序替換喔！

換A-主詞	換B-名詞/動名詞
a The waterfall[2] 這個瀑布	a seeing 觀看
b The content of this book 書的內容	b reading 閱讀
c The Baroque[3] station 巴洛克式車站	c a visit 造訪/拜訪
d No man or woman 沒有人	d your tears 你流淚
e An ounce[4] of prevention[5] 預防	e a pound[6] of cure 治療
f This resort[7] 這個度假勝地	f a lot of money 很多錢
g This camera[8] 這台照相機	g five thousand[9] dollars 五千元

❶ **devotion** [dɪ`voʃən] 名 奉獻

❷ **waterfall** [`wɔtɚ͵fɔl] 名 瀑布

❸ **Baroque** [bə`rok] 形 巴洛克式的

❹ **ounce** [aʊns] 名 盎司

❺ **prevention** [prɪ`vɛnʃən] 名 預防

❻ **pound** [paʊnd] 名 磅(重量單位)

❼ **resort** [rɪ`zɔrt] 名 度假勝地

❽ **camera** [`kæmərə] 名 照相機

❾ **thousand** [`θaʊzn̩d] 形 一千的

除了基本型的表達之外，還可採用另一個相關形容詞worthy(有價值的；值得的)，但文法會有變化，必須改為...be worthy of+Ving/to+V(原形)，worthy後面一定要接介詞of才行。

句型換換看 Replace It!

Is it worth [doing plastic❶ surgery❷]?

翻譯 做整形手術值得嗎？

解構 [Is it worth] + [名詞/動名詞]

換A-名詞/動名詞

- a renting out my apartment❸ 將我的公寓出租
- b the price for those luxuries❹ 花那麼多錢買奢侈品
- c it to wait in line to buy the limited edition 排隊買限量品
- d the effort to maintain❺ a relationship❻ 努力維持一段感情
- e applying for a PhD after Masters 碩士畢業後申請博士學位
- f the cost to host the Olympic Games 主辦奧運會所花的成本
- g splashing❼ out on computer accessories❽ 把錢揮霍在電腦週邊產品上
- h giving up the opportunity❾ for your family 為了你家人放棄這個機會
- i paying extra for a balcony❿ cabin on a cruise⓫ 花錢取得郵輪上靠露臺的客艙

Key Words

❶ **plastic** [`plæstɪk] 形 (貶)人造的
❷ **surgery** [`sɝdʒərɪ] 名 手術
❸ **apartment** [ə`partmənt] 名 公寓
❹ **luxury** [`lʌkʃərɪ] 名 奢侈品
❺ **maintain** [men`ten] 動 維持；保持
❻ **relationship** [rɪ`leʃən`ʃɪp] 名 關係
❼ **splash** [splæʃ] 動 (口)揮霍錢財
❽ **accessory** [æk`sɛsərɪ] 名 配件
❾ **opportunity** [ˌapɚ`tjunətɪ] 名 機會
❿ **balcony** [`bælkənɪ] 名 露台；陽台
⓫ **cruise** [kruz] 名 航遊；(坐船)旅行

改為疑問句的用法，要注意的是，這個變化型加入了虛主詞it，以Is it worth...?開頭，再將偏長的內容補在worth後方(同樣使用動名詞的形式)。

句型換換看 Replace It!

換A

It's worthwhile❶ [booking a table in advance❷].

翻譯 事先訂位很值得。

解構 [It is] + [worthwhile] + [動名詞/to+原形動詞]

換A-動名詞/to+原形動詞

a to examine❸ your answers closely 仔細檢查你的答案
b to help the boy rebuild❹ his home 幫助這個男孩重建家園
c to make an effort to learn about other people 用心認識其他人
d pulling an all-nighter❺ to meet the deadline 熬夜完成工作以遵守期限
e paying our attention❻ to the matter in dispute❼ 注意正處於爭議中的議題
f taking the trouble to explain a job to new employees❽ 扛起向新員工說明工作內容的責任

❶ **worthwhile** [`wɜθ`hwaɪl] 形 值得做的
❷ **advance** [əd`væns] 名 預付
❸ **examine** [ɪg`zæmɪn] 動 檢查；細查
❹ **rebuild** [ri`bɪld] 動 重建；改建
❺ **all-nighter** [`ɔl`naɪtɚ] 名 通宵的活動
❻ **attention** [ə`tɛnʃən] 名 注意
❼ **dispute** [dɪ`spjut] 名 爭論；爭執
❽ **employee** [ˌɛmplɔɪ`i] 名 雇員

此句為較複雜的變化型，以形容詞worthwhile(值得做的)為核心，要注意文法會有變化，結構為...be worthwile+V-ing/to V(原形)，常與虛主詞it合用。

PART 4

提出勸告或提議的句型

~促進溝通效率的必備英文用法

動 動詞
名 名詞
片 片語
副 副詞
形 形容詞

EXPRESS YOURSELF VIA THESE PATTERNS!

...is a great way to...

…是…的好方法。

BE動詞之前可以用名詞/動名詞作主詞，不定詞to後接原形動詞當受詞；另外，形容詞great也可替換成useful(有用的)、suitable(合適的)...等英文字。

句型換換看

換A [Exercise] **is a great way to** [reduce stress]. 換B

翻譯 運動是減壓的好方法。

解構 [主詞(名詞)] + [is a great way to] + [動詞]

換A-主詞(名詞)

替換詞對應方法：換 A a —對應→ 換 B a ，練習時請按照順序替換喔！

a Swimming 游泳
b Keeping a budget❶ 維持預算
c A community college❸ 社區大學
d The eco-friendly❺ product 環保產品
e The nutritional❼ supplement❽ 營養補充品
f The volunteer activity 志工活動

換B-動詞

a stay in good shape 保持好身材
b cut down expense❷ 減少開支
c provide education opportunities❹ 提供教育機會
d solve environmental❻ problems 解決環境問題
e give your body energy and vitality❾ 給你的身體能量和活力
f communicate and socialize with others 與其他人溝通和互動

❶ **budget** [`bʌdʒɪt] 名 預算
❷ **expense** [ɪk`spɛns] 名 支出
❸ **community college** 片 社區大學
❹ **opportunity** [ˌɑpɚ`tjunətɪ] 名 機會
❺ **eco-friendly** [`ikoˌfrɛndlɪ] 形 不損害環境的
❻ **environmental** [ɪnˌvaɪrən`mɛntḷ] 形 環境的
❼ **nutritional** [nju`trɪʃənḷ] 形 營養的
❽ **supplement** [`sʌpləmənt] 名 補給品
❾ **vitality** [vaɪ`tælətɪ] 名 活力

當主詞並非單純的名詞時，可以用動名詞(V-ing)當主詞，以表達某件事；其句型為「動名詞(V-ing)+is a great way to+原形動詞」；意思同樣是「某事(行為)是好方法」之意，其詳細內容如下一組句型換換看。

句型換換看 Replace It!

換A 換B

[Interviewing] **is a great way to** [improve your communication skills].

翻譯 面談是一個提升你溝通技巧的好方法。

解構 [主詞(動名詞)] + [is a great way to] + [動詞]

換A-主詞(動名詞) **換B-動詞**

替換詞對應方法：換 A a —對應→ 換 B a，練習時請按照順序替換喔！

換A-主詞(動名詞)	換B-動詞
a Studying history 讀歷史	a learn about ancient❶ civilization❷ 學習古文明
b Studying abroad 留學	b experience different customs❸ and traditions❹ 體驗不同的風俗民情
c Using these materials 使用這些材料	c reduce the pollution❺ of the atmosphere❻ 減少大氣污染
d Staying in the resort 待在度假聖地	d calm the mind and lift the spirit 舒展緊張的心情和緩和壓力
e Utilizing❼ solar energy 善用太陽能	e conserve❽ energy and solve our problem 節約能源並解決問題

❶ **ancient** [`enʃənt] 形 古代的

❷ **civilization** [ˌsɪvḷə`zeʃən] 名 文明

❸ **custom** [`kʌstəm] 名 習俗

❹ **tradition** [trə`dɪʃən] 名 傳統

❺ **pollution** [pə`luʃən] 名 污染

❻ **atmosphere** [`ætməsˌfɪr] 名 大氣

❼ **utilize** [`jutḷˌaɪz] 動 利用

❽ **conserve** [kən`sɝv] 動 節省

動名詞當主詞的例句，也可以用「to+原形動詞」的形式來代替主詞；但是，當主詞的不定詞太冗長時，通常會以虛主詞It置於句首的方式改寫，用以代替真主詞，以本句型來說，會改為It is a great way (for sb.) to+動詞。

句型換換看 Replace It!

A great way to [lose weight] is to [exercise].（換A：lose weight；換B：exercise）

翻譯 運動是減肥的好方法。

解構 [A great way to] + [動詞1] + [be+to+動詞2]

換A-動詞1 ／ 換B-動詞2

替換詞對應方法：換 A a —對應→ 換 B a，練習時請按照順序替換喔！

換A-動詞1	換B-動詞2
a regain❶ your confidence❷ 重新取回你的自信心	a show your strength 展現你的長處
b start your business 創辦你的事業	b find more sponsors first 先找到更多的贊助者
c lower the crime rate 降低犯罪率	c execute the law 實施這個法律
d avoid car accidents 避免車禍的發生	d drive more carefully in a big windstorm❸ 在大雪中更加小心地開車
e prevent causing more tempests❹ 避免引起更多風暴	e tell them the truth 告訴他們真相

❶ **regain** [rɪˋgen] 動 取回；收回；收復
❷ **confidence** [ˋkɑnfədəns] 名 自信心
❸ **windstorm** [ˋwɪnd͵stɔrm] 名 暴風雪
❹ **tempest** [ˋtɛmpɪst] 名 騷動

依照原本的寫法，換換看的例句會變成Exercising is a great to lose weight.(偏單純的敘述)，以A great way to...is to...改寫之後，語氣上會更強調動詞。

Pattern 02 It is good (for sb.) to...

…(對某人)很好。

for後面要加所要描述的人(受格)，不定詞to後面則接原形動詞；這個句型中的形容詞good同樣也可以替換，改成essential(必要的)、difficult(困難的)...等英文。

句型換換看 Replace It!

It is good for [you]換A to [keep early hours]換B.

翻譯 早睡早起對你來說是好的。

解構 [It] + [is good for+人(受格)] + [to+動詞]

換A-人(受格) 換B-動詞

替換詞對應方法：換 A a 對應→ 換 B a，練習時請按照順序替換喔！

換A-人(受格)	換B-動詞
a a student 學生	a live within his budget 在一定的預算內過生活
b children 小孩	b read books with lots of illustrations❶ 閱讀插畫讀本
c illiterates❷ 文盲	c go to night schools to get knowledge❸ 到夜校上課以獲取知識
d salesmen 業務員	d provide❹ good service to their customers 提供好服務給顧客
e learners 學習者	e go abroad❺ to have an English environment 出國擁有全英語環境
f fresh graduates 社會新鮮人	f learn more by practicing❻ vocational❼ skills 在練習職業技能的過程中學習更多

Key Words

❶ **illustration** [ɪˏlʌsˋtreʃən] 名 插畫
❷ **illiterate** [ɪˋlɪtərɪt] 名 文盲
❸ **knowledge** [ˋnɑlɪdʒ] 名 知識；學問
❹ **provide** [prəˋvaɪd] 動 提供
❺ **abroad** [əˋbrɔd] 副 到國外；在國外
❻ **practice** [ˋpræktɪs] 動 練習
❼ **vocational** [voˋkeʃənḷ] 形 職業的

從替換詞可以看出換B的內容都偏長，因此，在實際使用句型時，往往會以虛主詞的形式，避免句子出現「頭重腳輕」的現象，若不以虛主詞的句型呈現，則句型換換看的句子會變成To keep early hours is good for you.，文法上沒有錯誤，但若說話者想強調「早睡早起」這件事，建議將想強調的事情放到句尾。

換A 換B

It is [good] of you to [say so].

翻譯 說出這樣的話，你人真好。

解構 [It] + [is+形容詞+of+人(受格)] + [to+動詞]

換A-形容詞	換B-動詞
a wise 明智的	a talk less and listen more 少說多聽
b great 很棒的	b help the blind to cross the road 幫助盲人過馬路
c shameful❶ 可恥的	c swindle❷ the young man out of his salary 詐騙那個年輕人的薪水
d polite 有禮貌的	d follow table manners at the banquet❸ 在筵席上遵守餐桌禮儀
e stupid 愚昧的	e to give such a big deposit❹ to strangers❺ 把這麼大一筆錢匯給陌生人
f kind 仁慈的	f help the stray dog❻ centers and the sanatoriums❼ 幫助流浪狗中心跟療養院

替換詞對應方法：換A a —對應→ 換B a，練習時請按照順序替換喔！

❶ **shameful** [`ʃemfəl] 形 可恥的
❷ **swindle** [`swɪndḷ] 動 詐騙
❸ **banquet** [`bæŋkwɪt] 名 宴會
❹ **deposit** [dɪ`pɑzɪt] 名 保證金
❺ **stranger** [strendʒɚ] 名 陌生人
❻ **stray dog** 片 流浪狗
❼ **sanatorium** [͵sænə`torɪəm] 名 療養院

It is good of you to...常與能展現人格特質的動作連用，可替換good的形容詞有nice(好的)、polite(有禮貌的)…等等。

換A　換B

[The dress] **looks good** on [**you**].

翻譯 你穿這件洋裝很好看。

解構 [主詞] + [look good on] + [名詞(受格)]

換A-主詞　**換B-名詞(受格)**

替換詞對應方法：換 A a —對應→ 換 B a，練習時請按照順序替換喔！

換A-主詞	換B-名詞(受格)
a This waist chain 這條腰鍊	a the dynamo❶ designer 具獨特風格的設計師
b The cheongsam❷ 這件旗袍	b my favorite movie star 我最愛的電影明星
c The golden bracelet 金手環	c the elegant bride in the picture 照片中優雅的新娘
d The black tuxedo 黑色燕尾服	d that gentle and decent❸ man 那位風度翩翩的男子
e The luxurious❹ kimono❺ 華麗的和服	e the famous Japanese geisha❻ 那位有名的日本藝妓

❶ **dynamo** [`daɪnə,mo] 形 具獨特風格的
❷ **cheongsam** [`tʃiaŋ`sɑm] 名 旗袍
❸ **decent** [`disn̩t] 形 體面的
❹ **luxuriant** [lʌg`ʒurɪənt] 形 奢華的
❺ **kimono** [kə`mono] 名 日本和服
❻ **geisha** [`geʃə] 名 日本藝妓

本句型表達「…在某人身上很好看」；形容詞片語「in+服裝」(The girl in a red dress)與「with+配件」(The boy with a hat)也能用來形容著裝的狀態。

...should always come before...

…永遠都應該比…重要。

此句型用來表達兩件事當中，前者的重要程度勝於後者，助動詞should能表示說話者的決定，或藉以帶出義務與責任；另外，come before後面可以接事物/人，表示其優先順序。

換A 換B

[Your family] **should always come before** [your job].

翻譯 家人永遠都應該比你的工作重要。

解構 [主詞] + [should always come before] + [名詞/動名詞]

換A-主詞

換B-名詞/動名詞

替換詞對應方法：換 A a —對應→ 換 B a，練習時請按照順序替換喔！

換A-主詞	換B-名詞/動名詞
a Family education 家庭教育	a school education 學校教育
b Regular exercise 規律運動	b a weight-lose diet 節食
c Team spirit 團隊精神	c the interest of individuals❶ 個人利益
d Integrity❷ 正直與誠實	d all kinds of ideologies❸ 各種意識形態
e The welfare of people 人民福利	e political infighting❹ 政治內鬥
f Maintaining world peace 維護世界和平	f racial discrimination❺ 種族歧視
g Reducing energy consumption❻ 節約能源	g building nuclear power plants 興建核電廠

❶ **individual** [ˌɪndəˋvɪdʒʊəl] 形 個人的

❷ **integrity** [ɪnˋtɛgrətɪ] 名 正直

❸ **ideology** [ˌaɪdɪˋɑlədʒɪ] 名 意識形態

❹ **infighting** [ˋɪnˌfaɪtɪŋ] 名 內部鬥爭

❺ **discrimination** [dɪˌskrɪməˋneʃən] 名 歧視

❻ **consumption** [kənˋsʌmpʃən] 名 消耗

before可以當連接詞直接承接另一個子句，但如果子句中省略了主詞，就必須用動名詞改寫，舉例來說，I wash hands before I have soup.可改寫成I wash hands before having soup.(我在喝湯前洗手)。

句型換換看

換A 換B

[Your notebooks are] more important than [your textbooks❶].

翻譯 你的筆記本總是比教科書重要。

解構 [主詞] + [be more important than] + [名詞/動名詞]

換A-主詞　　換B-名詞/動名詞

替換詞對應方法：換 A a —對應→ 換 B a ，練習時請按照順序替換喔！

換A-主詞	換B-名詞/動名詞
a How you instruct❷ her is 你怎麼教她	a the grades 成績
b Staying healthy is 維持身體的健康	b being rich 成為富翁
c An artist's creativity❸ is 藝術家的創造力	c his skills 他的技藝
d Perceptional❹ ability is 察覺的能力	d the fact itself 事實本身
e The quality of the products is 產品的品質	e our profits 我們的利潤

❶ **textbook** [`tɛkst͵bʊk ] 名 教科書　❷ **instruct** [ ɪn`strʌkt] 動 指導

❸ **creativity** [͵krie`tɪvətɪ ] 名 創造力　❹ **perceptional** [ pɚ`sɛpʃənəl] 形 知覺作用的

be more important than為基本型的同義句，採用比較級來比較兩個對象間的程度差異。注意比較級的變化，一般來說，單一音節的字在字尾加-er，兩個音節以上的字則在單字前補more。

句型換換看 Replace It!

換A [My parents think] highly of 換B [my younger sister].

翻譯 我父母總是比較看重我妹妹。

解構 [主詞] + [think highly of] + [名詞]

換A-主詞 / 換B-名詞

替換詞對應方法：換 A a —對應→ 換 B a，練習時請按照順序替換喔！

換A-主詞	換B-名詞
a Those critics think 那些評論家	a the logical concept 邏輯概念
b These audience think 這些觀眾	b their performances 他們的演出
c Many businessmen❶ thinks 許多實業家	c your discrimination❷ 你的眼光
d Our government think 我們政府	d small businesses 小本生意
e The belligerents❸ think 交戰國	e strategic materials 戰略物資
f Some instructors think 部分講師	f the efforts we make 我們所付出的努力
g Most superiors❹ think 大部分上司	g capable❺ workers 能力強的員工
h Many investors think 很多投資客	h your company's commercial❻ integrity 你們公司的商譽
i The editors here think 這裡的編輯	i that writer's latest novel 那名作家最新的小說

❶ **businessman** [`bɪznɪsmən] 名 實業家

❷ **discrimination** [dɪˏskrɪmə`neʃən] 名 識別力

❸ **belligerent** [bə`lɪdʒərənt] 名 交戰國

❹ **superior** [sə`pɪrɪɚ] 名 上司

❺ **capable** [`kepəbḷ] 形 有能力的

❻ **commercial** [kə`mɝʃəl] 形 商業的

think highly of為should come before的近義句，為「看重」的意思；相關變化還有speak highly of (讚賞)；更進一步還能用value/treasure...highly表示「把…看得極為重要」。

sb. had better...

某人最好…。

had better可用於「對現在或未來的事做勸告」的情境(含有些許威脅意味)，後接原形動詞；雖然had是have的過去分詞，但是絕對不能把had better當成是過去完成式來使用。

Replace It!

You had better [give a few particulars❶ about yourself].

翻譯 你最好還是詳細地說明一下你的情況。

解構 [主詞] + [had better] + [動詞]

換A-動詞

a put your heads together about this matter 好好商量這個問題

b gather all the pupils in the auditorium❷ 在禮堂聚集所有小學生

c settle yourself down and review the lesson 靜下心來複習功課

d get professional❸ advice before investing 在投資之前取得專業建議

e inspect❹ the scene first and examine the evidence 先到現場實地勘查並檢查物證

f disguise❺ yourself as a merchant❻ and report the intelligence❼ 佯裝成商人再傳達情報

g make sure that all guests on tonight's TV show will be on time 確定今晚節目的來賓們都會準時抵達

❶ **particular** [pəˋtɪkjələ] 名 詳細情況

❷ **auditorium** [ˌɔdəˋtorɪəm] 名 禮堂

❸ **professional** [prəˋfɛʃənḷ] 形 職業的

❹ **inspect** [ɪnˋspɛkt] 動 審查

❺ **disguise** [dɪsˋgaɪz] 動 偽裝；假扮

❻ **merchant** [ˋmɜtʃənt] 名 商人

❼ **intelligence** [ɪnˋtɛlədʒəns] 名 情報

無論主詞為第幾人稱都是用had better來構句，不可改成have/has；此外，通常「提出建議」才會用had better，否則會用should，其他相關句型還有It is advisable/better for sb. to...。

句型換換看

換A 換B

[They] had better not [go to bed].

翻譯 他們最好不要上床睡覺。

解構 [主詞] + [had better not] + [動詞]

換A-主詞　換B-動詞

替換詞對應方法：換 A a —對應→ 換 B a，練習時請按照順序替換喔！

換A-主詞	換B-動詞
a The smoker 那個吸菸者	a have cigarettes❶ between meals 每餐之間都抽煙
b A parent 家長	b obtrude❷ their view upon their kids 強迫小孩接受他的意見
c The ex-manager 前經理	c interfere❸ in the commercial operation❹ 干預商業運作
d The prisoner❺ 那位犯人	d explain this problem with emotion❻ 帶著情緒解釋這個問題
e An investor 投資人	e invest too much money at his peril❼ 冒險做太多投資
f All the staff 全體員工	f count on an increase❽ on their annual bonus 指望年終獎金增加

❶ **cigarette** [ˌsɪgəˋrɛt] 名 香煙　❷ **obtrude** [əbˋtrud] 動 強迫

❸ **interfere** [ˌɪntəˋfɪr] 動 干涉　❹ **operation** [ˌɑpəˋreʃən] 名 營運

❺ **prisoner** [ˋprɪzn̩ə] 名 囚犯　❻ **emotion** [ɪˋmoʃən] 名 情緒

❼ **peril** [ˋpɛrəl] 名 危險的事情　❽ **increase** [ˋɪnkris] 名 增加

若要改為否定句，只要改成had better not即可，表示「最好不要…」，類似改否定的句型還有像「decide to+原形動詞」的句型(sb. decide not to...)。

換A

We had better [stay], hadn't we?

翻譯 我們最好留下來，不是嗎？

解構 [主詞] + [had better] + [動詞], [hadn't] + [主詞]

換A-動詞

a look over our specifications❶ 把說明書仔細看一遍

b regain our composure❷ 讓自己恢復以往平靜的日子

c drop the idea to embezzle❸ the funds 打消盜用基金的念頭

d refrigerate❹ the white wine before drinking it 喝白酒前先冰鎮一下

e measure❺ the dimensions❻ of the house before refurnishing❼ 在裝修前測量房屋尺寸

❶ **specification** [ˌspɛsəfə`keʃən] 名 (產品)說明書

❷ **composure** [kəm`poʒɚ] 名 平靜

❸ **embezzle** [ɪm`bɛzḷ] 動 盜用

❹ **refrigerate** [rɪ`frɪdʒəˌret] 動 冷藏

❺ **measure** [`mɛʒɚ] 動 測量

❻ **dimension** [dɪ`mɛnʃən] 名 尺寸

❼ **refurnish** [ri`fɜnɪʃ] 動 重新裝潢

此為在句尾加上hadn't we?反問對方「不是嗎？」的變化；和should相比，had better的口氣較具命令性，給人強制(甚至於威脅)的感覺，使用時須視對象而定；另外補充幾個強制語的排序(口氣愈來愈強)：ought to/should/had better/must。

sb. recommend...to sb.

某人推薦…給某人。

recommend和suggest都有建議的意思，但suggest含有暗示或提醒的意味；相比之下，recommend則偏向「推薦他人某選項/建議是最好的」，被建議者通常會接受。

Replace It!

You can **recommend** [this sample]換A **to** [**the boss**]換B.

翻譯 你可以跟老闆推薦這個樣品。

解構 [主詞] + [(can) recommend+名詞(物/人)] + [to+名詞(人)]

換A-名詞(物/人)　　換B-名詞(人)

替換詞對應方法：換 A a 對應→ 換 B a，練習時請按照順序替換喔！

換A	換B
a Chinese brush painting 中國水墨畫	a the antiquarian❶ 古董收藏家
b the differential gear❷ 差速器	b the automakers❸ 汽車製造商
c a boutique❹ 流行女裝商店	c those young ladies 那些年輕女性
d this nature reserve 自然保護區	d those nature lovers 大自然愛好者
e The House of Dancing Water 水舞間	e devotees❺ of operas 歌劇愛好者
f the tourist attraction 觀光勝地	f people who love trails 喜歡步道的人
g this special offer 這個優惠方案	g those who ask for discounts 要求打折的人
h stinky tofu❻ 臭豆腐	h those gluttons❼ from other countries 那些從國外來的老饕

❶ **antiquarian** [ˌæntɪˋkwɛrɪən] 名 古董收藏家
❷ **gear** [gɪr] 名 工具；設備
❸ **automaker** [ˋɔtəˌmekɚ] 名 汽車製造商
❹ **boutique** [buˋtik] 名 精品店
❺ **devotee** [ˌdɛvəˋti] 名 愛好者；熱心之士
❻ **stinky tofu** 片 臭豆腐
❼ **glutton** [ˋglʌtn̩] 名 老饕；貪吃的人

recommend與introduce都有介紹之意，但解釋不相同，ex. I introduce you to him.(我介紹你給他認識。)；I recommend myself to him.(我向他毛遂自薦。)前者意指認識，後者則含推薦；另外，若是介紹書本時，則一定要用recommend。

句型換換看 Replace It!

換A

Susan recommended him as [the class leader].

翻譯 蘇珊推薦他當班長。

解構 [主詞] + [recommend+名詞(人)] + [as+名詞(職務)]

換A-名詞(職務)

a the chief comptroller❶ 主管會計
b our new chairperson 我們的新主席
c the commander❷ of this attack 這次進攻的指揮官
d the assistant of that illustrator❸ 那位插畫家的助手
e our major domestic❹ supplier❺ 我們在國內的主要供應商

❶ **comptroller** [kən`trolɚ ] 名 主管會計 ❷ **commander** [ kə`mændɚ] 名 指揮官
❸ **illustrator** [`ɪləs,tretɚ ] 名 插畫家 ❹ **domestic** [ də`mɛstɪk] 形 國內的
❺ **supplier** [sə`plaɪɚ] 名 供應商

recommend sb. as...意指「推薦某人為…/任某職」，另一個相似用法為recommend sb. for...意指「推薦某人…」(用途較廣，不專指職位)；若是推薦事物用於某用途，則可用recommend sth. for...。

句型換換看 Replace It!

換A 換B

[I] **recommended** that Mike should [get some professional❶ advice].

翻譯 我建議麥克獲得一些專業的建議。

解構 [主詞] + [recommend] + [that+子句]

換A-主詞　換B-子句動詞

替換詞對應方法：換 A a —對應→ 換 B a，練習時請按照順序替換喔！

換A-主詞	換B-子句動詞
a My teacher 我的老師	a apologize❷ to his classmate immediately❸ 立刻向他的同學道歉
b Those veterans❹ 老兵們	b not disobey❺ his officer 不應該反抗他的長官
c The one in charge 負責人	c comply with safety regulations❻ 遵守安全規則
d The flight attendant❼ 空服人員	d deal with this problem right away 馬上處理這個問題
e Our supervisor 我們主管	e dispatch❽ a crew to repair the damage 派遣組員去修理損壞之處
f One of the managers 其中一位經理	f adopt another way to do performance rating 採用別的方式做績效評核

❶ **professional** [prəˋfɛʃənḷ] 形 專業的
❷ **apologize** [əˋpɑlə͵dʒaɪz] 動 道歉
❸ **immediately** [ɪˋmidɪɪtlɪ] 副 立即
❹ **veteran** [ˋvɛtərən] 名 老兵
❺ **disobey** [͵dɪsəˋbe] 動 不服從
❻ **regulation** [͵rɛgjəˋleʃən] 名 規章
❼ **attendant** [əˋtɛndənt] 名 服務員
❽ **dispatch** [dɪˋspætʃ] 動 派遣

變化句recommend that sb. should...的意思為「推薦某人做某事」，子句中的should常被省略，也可以用recommend doing sth.表示(ex. I recommend going by airplane. 我建議搭飛機去。)

Why don't/doesn't sb...

為什麼某人不…呢？

本句型雖然使用否定形的don't/doesn't，但並沒有否定的意思，而是用來表示「建議做某事」；文法上，因為有助動詞do/does，所以後面接原形動詞。

句型換換看

Why don't [you]換A [bring your umbrella]換B?

翻譯 你為什麼不帶傘呢？

解構 [Why don't/doesn't] + [主詞] + [動詞]

換A-主詞	換B-動詞

替換詞對應方法：換 A a —對應→ 換 B a，練習時請按照順序替換喔！

換A-主詞	換B-動詞
a the peddlers[1] 小販	a sell their wares at lower price 以廉價銷售他們的產品
b the merchants 商人	b reduce the price for cash down 給付現的人減價優惠
c the retail[2] dealers 零售商	c exhibit[3] the paintings in the art gallery[4] 在藝廊展覽畫作
d your parents 你父母	d take a little stroll and do some exercise 出去散步，做點運動
e these seniors[5] 年長者	e take a pleasure[6] trip to some resort 找景點來展開令人愉悅的旅行
f those students 那些學生	f spend more time on meaningful things 把時間花在有意義的事上

❶ **peddler** [ˋpɛdlɚ] 名 小販
❷ **retail** [ˋritel] 名 零售
❸ **exhibit** [ɪgˋzɪbɪt] 動 展示
❹ **gallery** [ˋgælərɪ] 名 畫廊
❺ **senior** [ˋsinjɚ] 名 年長者
❻ **pleasure** [ˋplɛʒɚ] 名 愉快

Why don't/doesn't sb...這個句型中的助詞會跟著後面的主詞變化，此處之所以沒有替換助詞，是因為主詞sb.剛好都是複數名詞，如果自行替換第三人稱單數的名詞，請務必注意助詞的變化。

換A

Why not [take the language course at school]?

翻譯 為什麼不在學校修語言課程呢？

解構 [Why not] + [動詞]

換A-動詞

a decline❶ his offer absolutely❷ 斷然拒絕他的提議
b announce this momentous❸ decision right now 立刻宣佈這個重大的決定
c put an advertisement❹ in the local newspaper 在地方報紙上刊登一則廣告
d ask for donations to the AIDS Children's Hospital 為愛滋病兒童醫院的募款
e provide a one-month training course 提供為期一個月的訓練計畫
f hold a game for athletes with mental disabilities❺ 為心智不足的運動員舉辦一場比賽
g design an especially equipped car for handicapped❻ people 為身障者設計有特殊裝置的車

❶ **decline** [dɪ`klaɪn] 動 拒絕；謝絕
❷ **absolutely** [`æbsə͵lutlɪ] 副 絕對地
❸ **momentous** [mo`mɛntəs] 形 重大的
❹ **advertisement** [͵ædvɚ`taɪzmənt] 名 廣告
❺ **disability** [dɪsə`bɪlətɪ] 名 殘疾
❻ **handicapped** [`hændɪ͵kæpt] 形 有生理缺陷的

Why not以「為何不…？」解釋，表示「某人做某事的意願」，本句型是由基本型的「Why don't you/we/they+原形動詞?」轉變而來(省略主詞並拿掉助詞)，所以Why not後面依然接原形動詞。

句型換換看 Replace It!

換A

How about [taking a taxi]?

翻譯 搭計程車怎麼樣？

解構 [How about] + [名詞/動名詞]

- a participating❶ in a clinical❷ trial 參與臨床測試
- b joining the civilian❸ rescue❹ team 加入民間救難隊
- c going check out the discount section 去看看折扣區
- d taking part in extracurricular❺ activities 參加課外活動
- e holding a big farewell party for Linda 為琳達舉辦歡送會

❶ **participate** [pɑrˋtɪsə͵pet] 動 參加
❷ **clinical** [ˋklɪnɪkḷ] 形 臨床的
❸ **civilian** [sɪˋvɪljən] 形 平民的
❹ **rescue** [ˋrɛskju] 名 援救
❺ **extracurricular** [͵ɛkstrəkəˋrɪkjələ] 形 課外的

「How about+名詞/動名詞?」可用來提議，並徵求對方同意；另外有一個句型「What about+名詞/動名詞?」則多用在反問或追加詢問的情境中，例如What about him?多用在對方完全沒有提及對他的安排，所以補問「那他怎麼辦？」

Have/Has sb. considered...?

某人有考慮過…嗎？

此為完成式句型，動詞considered必須用過去分詞的形式，用以詢問某人於過去某個時間點起至今是否有思考過某個問題；consider後面可接名詞/動名詞/that子句。

句型換換看 Replace It!

換A 換B

[Have you] considered [your decision]?

翻譯 你有思考過你的決定嗎？

解構 [Have/Has] + [主詞] + [considered] + [名詞/動名詞]

換A-Have/Has+主詞 **換B-名詞/動名詞**

替換詞對應方法：換Aa  換Ba，練習時請按照順序替換喔！

換A	換B
a Has the economist❶ 經濟學家	a the foreign trade issues 外貿議題
b Has your analyst❷ 你的分析師	b his suggestion about the issue 對這個問題的建議
c Has the loan department 放款部門	c the clients' financial situation 客戶的財務情況
d Has the foundation director 基金負責人	d the proposal about the charity auction❸ 有關義賣的提案
e Have the campaigners❹ 從事社會活動者	e this environmental statute❺ in detail 環境規章的細節
f Has our department 我們部門	f offering the copy documents to them 提供他們文件的影本

❶ **economist** [iˋkɑnəmɪst] 名 經濟學家 ❷ **analyst** [ˋænḷɪst] 名 分析者

❸ **auction** [ˋɔkʃən] 名 拍賣 動 把…拍賣掉

❹ **campaigner** [kæmˋpenɚ] 名 從事社會運動的人

❺ **statute** [ˋstætʃʊt] 名 規章；法規；條例

表主動的句型為consider+V-ing(動名詞)；被動句型則是be considered to be...，be considered為不完全及物的用法，後面必須接補語(形容詞/副詞/名詞…等)，ex. The watch is considered to be fake.(手錶被認為是假貨。)

句型換換看 Replace It!

換A

All things **considered**, [we are doing quite excellent.]

翻譯 就各方面的情況看來，我們目前做得相當好。

解構 [All things considered,] + [子句]

換A-子句

a your article is of a great value. 你的文章很有價值。
b the retail price is quite reasonable. 售價相當合理。
c her condition has greatly improved. 她的情況大大地改善。
d the entrepreneur❶ has been a great success. 那位企業家非常成功。
e the future looks grim❷ and without hope. 未來似乎很渺茫，沒有希望。
f the CEO decided to give that mission❸ to him. 執行長決定把那個任務交給他。

❶ **entrepreneur** [ˌɑntrəprəˋnɝ] 名 企業家　❷ **grim** [ɡrɪm] 形 (口)糟糕的
❸ **mission** [ˋmɪʃən] 名 任務

片語all things considered通常置於句首，有「全面考慮」之意，後面接子句補述；其他在文法上有類似結構的片語還有all in all(總體來說)/as the whole(就整體而言)/in the whole(大致上)。

句型換換看 Replace It!

換A 換B

[**Have you**] thought about [having your own business]?

翻譯 你有想過自己創業嗎？

解構 [Have/Has] + [主詞] + [thought about] + [名詞/動名詞]

換A-Have/Has+主詞　　換B-名詞/動名詞

替換詞對應方法：換 A a —對應→ 換 B a，練習時請按照順序替換喔！

換A	換B
a Has her counselor❶ 她指導老師	a analyzing the matter first 先分析問題
b Has the senior 那名大四生	b a career in social care 關懷社會的職業
c Have your family 你家人	c visiting Rome next year 明年造訪羅馬
d Have the experimenters❷ 實驗人員	d selecting a better assay❸ method 選擇較好的分析模式
e Have the councilors 議會議員	e the effect on local population❹ 對當地居民的影響
f Has the new minister 新部長	f making plans to increase taxation❺ 擬定增稅的方案
g Has your principal 你的社長	g giving an award for your leadership❻ 為你的領導給予獎勵

❶ **counselor** [`kaUnsḷɚ] 名 指導老師

❷ **experimenter** [ɪk`spɛrə,mɛntɚ] 名 實驗者

❸ **assay** [ə`se] 名 分析；試驗

❹ **population** [,pɑpjə`leʃən] 名 居民

❺ **taxation** [tæks`eʃən] 名 徵稅

❻ **leadership** [`lidɚʃɪp] 名 領導

think about的意思為「考慮；思量」，可以用think over取代，(意思基本是相同的，只是think over更強調「仔細或重新思考」之意)；其他衍生用法還有think twice about sth.(三思而後行)。

...as soon as possible.

…越快越好。

這個片語的第一個as是副詞，表「一樣地」，後面接形容詞/副詞修飾；第二個as是連接詞，表「和」，所以as...as possible就翻譯為「盡可能和…一樣」。

句型換換看

[You]（換A） should [finish your assignment]（換B） **as soon as possible.**

翻譯 你應該要盡快完成你的作業。

解構 [主詞] + [(should+)動詞] + [as soon as possible]

換A-主詞 / **換B-動詞**

替換詞對應方法：換 A a —對應→ 換 B a ，練習時請按照順序替換喔！

換A-主詞	換B-動詞
a My child 我的孩子	a finish his daily routine❶ 完成他的日常工作
b The inspectors❷ 檢測員	b confirm❸ the problems above 確定以上的問題
c A negotiator❹ 交涉者	c turn down unreasonable requests 拒絕不合理的要求
d The programmer 節目編排者	d have the schedule settled 讓行程定案
e The researchers 調查人員	e get that questionnaire❺ report done 完成問卷報告
f The educational inspector 督學	f make adjustments❻ and corrections 做調整和修正

❶ **routine** [ru`tin] 名 日常工作
❷ **inspector** [ɪn`spɛktɚ] 名 檢查員
❸ **confirm** [kən`fɝm] 動 確定
❹ **negotiator** [nɪ`goʃɪˌetɚ] 名 交涉者
❺ **questionnaire** [ˌkwɛstʃən`ɛr] 名 問卷
❻ **adjustment** [ə`dʒʌstmənt] 名 調節

本句型還可以用as fast as sb. can來改寫，以換換看的例句來說，可改為You should...as fast as you can.，同樣是請對方盡快完成作業。

As soon as [I saw my father], [I cried.]

換A　換B

翻譯 我一看到我父親就哭了。

解構 [As soon as+主詞+動詞,] + [子句]

換A-主詞+動詞　**換B-子句**

替換詞對應方法：換 A a —對應→ 換 B a ，練習時請按照順序替換喔！

換A	換B
a I arrived there 我抵達那裡	a I unpacked my bag 我打開皮包
b the ship reached the harbor 船靠岸	b all the passengers got off 所有乘客下船
c the time and venue❶ were decided 確定時間和地點	c they sent out the invitations❷ 他們寄出邀請函
d I entered the room 我走進房間	d I sensed the joyful atmosphere❸ 我感受到愉悅的氣氛
e the tidal wave came 海嘯來	e it formed a terrifying❹ wall of water 形成一堵令人害怕的水牆

❶ **venue** [ˋvɛnju] 名 發生地　❷ **invitation** [ˌɪnvəˋteʃən] 名 邀請

❸ **atmosphere** [ˋætməsˌfɪr] 名 氣氛　❹ **terrifying** [ˋtɛrəˌfaɪɪŋ] 形 極其可怕的

As soon as個句型可以用「On/Upon+V-ing(動名詞)」改寫，同樣表示「一…就…」，舉換換看的例句來說，可寫成On/Upon seeing my father, I cried.

句型換換看 Replace It!

No **sooner** had [I arrived at the station] than [the train came in].

翻譯 我一抵達車站，火車就進站了。

解構 [No sooner] + [had+主詞+動詞] + [than] + [子句]

換A-主詞+動詞 / 換B-子句

替換詞對應方法：換 A a 對應→ 換 B a，練習時請按照順序替換喔！

換A	換B
a we set the aim 確定目標	a they started production 生產線就開始運作
b a tsunami❶ hit 當海嘯發生	b the coral❷ reefs❸ started to suffer damage 珊瑚礁可能受到損害
c he assigned the tasks 他分配任務	c the rescue teams started working 救難隊就開始工作
d I bought the envelopes❹ 我買到信封	d I mailed the invoice❺ to headquarters❻ 把發票寄到總公司
e the ceremony❼ started 儀式開始	e everyone in the lobby became silent 在大廳的人都安靜下來

❶ **tsunami** [tsuˋnɑmi] 名 海嘯

❷ **coral** [ˋkɔrəl] 形 珊瑚的；珊瑚色的

❸ **reef** [rif] 名 礁脈；暗礁

❹ **envelope** [ˋɛnvə͵lop] 名 信封；封套

❺ **invoice** [ˋɪnvɔɪs] 名 發票

❻ **headquarters** [ˋhɛdˋkwɔrtəz] 名 總公司

❼ **ceremony** [ˋsɛrə͵monɪ] 名 儀式

no sooner...than...為表時間的連接詞，意指「一…就…」，即某件事完成後緊接著做另一件事，意思和as soon as相同；不同的是，no sooner後要接完成式的倒裝，所以換換看的例句必須使用No sooner had I...。其他否定副詞放在句首，而有相同構句的單字還有hardly(幾乎不)、rarely(很少)、not until...(直到…才…)等等，ex. Hardly did we expect her to help us.(我們幾乎不期待她會幫忙。)

sb. can try to...
某人可以試試…。

指某人可以嘗試進行某些事情，由於助動詞can的關係，主詞不論人稱為何，後面的動詞一律用原形動詞。

句型換換看 Replace It!

You can try to [adjust your detail settings on the machine].

翻譯 你可以試著調整機器的細部設定。

解構 [主詞] + [can try to] + [動詞]

換A-動詞

a express❶ your opinion attentively❷ 仔細陳述你的觀點

b impose❸ foreign exchange control 強行實施外滙管制

c persuade him into accepting your opinion 說服他接受你的意見

d write down your objectives on the list 在清單上寫下你的目標

e walk around the corridor❹ if you feel bored 無聊的話可以到走廊逛逛

f answer the question as simply as you can 用最簡單的方式回答這個問題

❶ **express** [ɪk`sprɛs ] 動 陳述 ❷ **attentively** [ ə`tɛntɪvlɪ] 副 周到地

❸ **impose** [ɪm`poz ] 動 實施禁令 ❹ **corridor** [ `kɔrɪdɚ] 名 走廊

try基本上可以分三個用法，除了基本型try to+原形動詞(有盡我所能的意味)之外，還有try+V-ing(試試看)與try+名詞(嘗試)某物。

句型換換看 Replace It!

換A 換B

[I tried my] hand at [making a speech in front of those students].

翻譯 我試著在那群學生面前演講。

解構 [主詞] + [try one's hand at] + [名詞/動名詞]

換A-主詞 換B-名詞/動名詞

替換詞對應方法：換 A a 對應→ 換 B a，練習時請按照順序替換喔！

換A-主詞	換B-名詞/動名詞
a The guide❶ tries his 那位導遊	a showing us the scenic❷ spots 帶我們參觀一些觀光景點
b The scholar tries his 那位學者	b relating his theory❸ with practice 結合理論與實務
c The woman tries her 那女性	c sponging❹ out the memory of the tragedy❺ 抹去那件慘案的記憶
d The lobbyist❻ tried her 說客	d bringing the man around to your views 說服那個人同意你的看法
e The doctor tried his 那位醫生	e developing empathy❼ between the patient and us 為病人和我們建立心理溝通

Key Words

❶ **guide** [gaɪd] 名 導遊；嚮導

❷ **scenic** [`sinɪk] 形 風景的

❸ **theory** [`θiərɪ] 名 學說；理論

❹ **sponge** [spʌndʒ] 動 抹掉

❺ **tragedy** [`trædʒədɪ] 名 慘案

❻ **lobbyist** [`lɑbɪɪst] 名 遊說者

❼ **empathy** [`ɛmpəθɪ] 名 同感

Tip 活用句型

try one's hand at意指「嘗試一下；試試身手」，介系詞at後面接名詞或動名詞；除此之外，與hand相關的用法還有give sb. a hand，表「伸出援手」之意，提供協助時可用。

句型換換看 Replace It!

換A

Give it a **try** [and you will like the new washing machine].

翻譯 試試看，你會喜歡這台新洗碗機的。

解構 [Give it a try] + [連接詞] + [子句]

換A-連接詞+子句

a if you have a blood pressure monitor❶ at home 如果你家裡有血壓計

b if you want to know how useful this new brush is 如果你想知道這個新刷子有多實用

c if you don't want to use the clothes dryer 如果你不想使用烘衣機

d and you will know how interesting traveling by yourself can be 你就知道自由行有多有趣

e and you can decide which scheme is more feasible❷ 你就能決定哪一個方案更可行

f and you will see how efficient❸ the vacuum❹ cleaner is 你就知道這個真空吸塵器多有效率

g and you will know which wireless❺ apparatus❻ is better 你就會知道哪個無線電裝置比較好

Key Words

❶ **monitor** [ˋmɑnətɚ] 名 監控器　❷ **feasible** [ˋfizəbḷ] 形 可行的

❸ **efficient** [ɪˋfɪʃənt] 形 效率高的　❹ **vacuum** [ˋvækjʊəm] 名 真空

❺ **wireless** [ˋwaɪrlɪs] 形 無線的　❻ **apparatus** [ˌæpəˋretəs] 名 儀器

Tip 活用句型

give it a try為慣用英文用法，try(嘗試)在這個句型中為名詞，必須與動詞give連用，表「試試看」之意，it為虛受詞，表示「要嘗試的事情或嘗試使用的物品」，另一個同義的用法為give it a shot；使用本句型時，也可以先將換A的子句提出來，最後再說Give it a try!以鼓勵他人嘗試。

All sb. need is...

某人需要的是…。

這裡的all指的是the thing that，而the thing that又可以用what一個字代替，所以同樣的句型可改成What sb. need is...，後面再接名詞或子句。

Replace It!

All you need is [enough sleep and a balanced❶ diet].

翻譯 你們需要的是足夠的睡眠和均衡的飲食。

解構 [All+主詞+need is] + [名詞/to+動詞]

換A-名詞/to+動詞

- a to accept my resignation❷ immediately 立刻接受我的辭呈
- b to arrange a new organizational structure 安排一個新的組織架構
- c a little instruction and a lot of practice 一點指導和大量的練習
- d an interesting topic and some imagination❸ 一個有趣的主題和想像力
- e to associate❹ the documents❺ with your research purpose 把文件與研究目的做聯結

❶ **balanced** [`bælənst ] 形 平衡的　❷ **resignation** [ ˌrɛzɪg`neʃən] 名 辭呈

❸ **imagination** [ɪˌmædʒə`neʃən] 名 想像力

❹ **associate** [ə`soʃɪˌet ] 動 使結合　❺ **document** [ `dakjəmənt] 名 文件

若用what取代all，因what本身就有先行詞與關係代名詞的作用，因此前面不用再加先行詞。(先行詞：關代前的名詞，ex. The girl who...前的the girl。)

句型換換看 Replace It!

換A / 換B

The only thing [**you need**] **is** [love].

翻譯 你唯一需要的事是愛。

解構 [The only thing] + [名詞(人)+動詞] + [is] + [名詞/to+動詞]

換A-名詞(人)+動詞　　換B-名詞/to+動詞

替換詞對應方法：換Aa —對應→ 換Ba，練習時請按照順序替換喔！

換A	換B
a I worry about 我擔心的	a his weakness 他的軟弱
b we can't figure out 我們無法預知的	b its inscrutability❶ 不可預測性
c we can't control 我們無法控制的	c the impermanence❷ of life 人生的短暫
d I can contribute❸ 我能貢獻的	d my support to you 我對你們的支持
e I try to overcome❹ 我試著克服	e the problems of inattention❺ 粗心的問題
f he likes in the dormitory❻ 他在宿舍喜愛的	f convenient cafeteria food 便利的自助餐
g I could never change 我永遠不會改變	g my love towards my family 我對我家人的愛

❶ **inscrutability** [ɪn`skrutə`bɪlətɪ] 名 不可理解

❷ **impermanence** [ɪm`pɝmənəns] 名 短暫性

❸ **contribute** [kən`trɪbjut] 動 貢獻

❹ **overcome** [ˏovɚ`kʌm] 動 克服

❺ **inattention** [ˏɪnə`tɛnʃən] 名 粗心

❻ **dormitory** [`dɔrməˏtorɪ] 名 宿舍

此句的完整結構為The only thing (that) you need is...，此處關代只能用that，類似情況有當先行詞含「人+事物/最高級形容詞/序數」時，例如all/any/the only等的關係代名詞都只能用that。

句型換換看 Replace It!

The first thing [**you need**] **is** [to take a rest].

翻譯 你首先需要做的事是好好休息。

解構 [The first thing] + [名詞(人)+動詞] + [is] +
[名詞/to+動詞]

換A-名詞(人)+動詞

a I can be sure of 我能確定的

b the defendant admitted 那名被告所承認的

c she regrets 她感到遺憾的

d we admire 我們敬佩的

e you can't ignore 你不能忽視的

f she might do 她可能做的

g that student must improve 那名學生一定要改善的

換B-名詞/to+動詞

替換詞對應方法：換Aa —對應→ 換Ba，練習時請按照順序替換喔！

a our friendship❶ 我們的友誼

b the crimes he actually did 他實際犯下的罪行

c those inconsiderate❷ remarks she made 她所做的輕率評論

d her courage and constancy❸ 她的勇氣和堅定

e the strength❹ of a collective❺ 團隊的力量

f to tear pages out of her diary 撕日記的內頁

g his habit of being late 他遲到的習慣

❶ **friendship** [`frɛndʃɪp] 名 友誼

❷ **inconsiderate** [ˏɪnkən`sɪdərɪt] 形 欠考慮的

❸ **constancy** [`kɑnstənsɪ] 名 堅定 ❹ **strength** [strɛŋθ] 名 力量；效力

❺ **collective** [kə`lɛktɪv] 名 集團

活用句型

換換看的原句為The first thing (that) you need is...，表示「你必須…的第一件事」，注意說話者想要說的其實不只一件。在此補充關代不可用that的時機：(1)介系詞後(ex. in which) (2)逗點後(ex. The man, who is a teacher, …) (3)先行詞為people/those時。

...be supposed to...

…應該要…。

be supposed to屬於被動語態，不定詞to後面接原形動詞；句型後如果接have+動詞(過去分詞)，會有「本來應該做某事，但卻沒有做」的意思。

句型換換看 Replace It!

換A 換B

[Everybody **is**] **supposed to** [be equal before the law].

翻譯 法律之前，人人平等。

解構 [主詞] + [be supposed to] + [動詞]

換A-主詞 換B-動詞

替換詞對應方法：換 A a —對應→ 換 B a，練習時請按照順序替換喔！

換A-主詞	換B-動詞
a Vitamin❶ C is 維他命C	a enhance❷ our immunity❸ 提升免疫力
b The criminal❹ law is 刑法	b reduce the crime rate 降低犯罪率
c Publicists❺ are 政論家	c be politically neutral❻ 保持政治中立
d Our class is 我們的課程	d begin at nine o'clock this morning 今早九點上課
e The visitors are 拜訪者	e bring souvenirs❼ for the hostess 帶伴手禮給女主人
f Journalists❽ are 記者	f take the trouble to check the facts 不厭其煩地查明真相

Key Words

❶ **vitamin** [ˋvaɪtəmɪn] 名 維他命
❷ **enhance** [ɪnˋhæns] 動 提高
❸ **immunity** [ɪˋmjunətɪ] 名 免疫力
❹ **criminal** [ˋkrɪmən̩l] 形 刑事的
❺ **publicist** [ˋpʌblɪsɪst] 名 政論家
❻ **neutral** [ˋnjutrəl] 形 中立的
❼ **souvenir** [ˋsuvə͵nɪr] 名 紀念品
❽ **journalist** [ˋdʒɜnəlɪst] 名 記者

此句型可以用來表示「現在或未來通常有的狀況」、「做某事的方法」或「預期中會發生的事」；另外還能在句型後以「have+動詞(過去分詞)」的形式來表達「本來預期會有，但最後沒有發生的事」。

句型換換看 Replace It!

I **suppose** that [he is still interested in music].

翻譯 我想他還是對音樂很感興趣。

解構 [主詞] + [suppose+(that+)子句]

換A-子句

a rumor❶ sounds absurd❷ to them 他們聽到那個謠言會覺得很荒謬

b his presence is not entirely coincidental❸ 他的出席並不全然是巧合

c the secretary knows the particulars of the plan 秘書知道詳細的計畫

d Chris had better look for an occupation❹ first 克里斯最好先找一份工作

e the great way to communicate with others is to listen 和他人溝通的好方法是聆聽

f every species❺ has a caste❻ system in its society 每個物種都有屬於自己的等級制度

g he will launch a novel serial about a scientific❼ detective❽ 他將出版科幻偵探的連載小說

❶ **rumor** [`rumɚ] 名 謠言；謠傳

❷ **absurd** [əb`sɝd] 形 荒謬的

❸ **coincidental** [ko͵ɪnsə`dɛntḷ] 形 巧合的

❹ **occupation** [͵ɑkjə`peʃən] 名 工作

❺ **species** [`spiʃiz] 名 (生)種

❻ **caste** [kæst] 名 等級制度

❼ **scientific** [͵saɪən`tɪfɪk] 形 科學的

❽ **detective** [dɪ`tɛktɪv] 名 私家偵探

I suppose...(我認為)隱含説話者的臆測，可以用來表示勸告、建議、義務、責任…等，相當於should(應該)，但should的命令感比較強，所以比較建議用suppose取代。

句型換換看 Replace It!

How **am I supposed to** [get to Taipei at this time]? 換A

翻譯 這種時候，我應該怎麼樣去台北？

解構 [How] + [BE動詞+主詞] + [supposed to] + [動詞]

a pay the excess❶ train fare 坐火車補票
b deal with these documents 處理這些文件
c apply for the full scholarship❷ 申請全額獎學金
d feel more confident about myself 對我自己更有自信
e strike a bargain❸ with that company 與那間公司完成交易
f sell the products at competitive❹ price 用有競爭性的價格販賣產品

❶ **excess** [ɪk`sɛs] 形 額外的
❷ **scholarship** [`skɑlə͵ʃɪp] 名 獎學金
❸ **bargain** [`bɑrgɪn] 名 買賣
❹ **competitive** [kəm`pɛtətɪv] 形 競爭的

有一個相似句型「How do I suppose to/that+子句」，這句不管在意思或文法上的意思都和be supposed to不同。文法上，How do I suppose...為主動語態；意思上，表達的是「我的意念」(如何認定某件事)，而非被建議要怎麼做。

...be (not) allowed to...

…(不)能/(不)被允許…。

allow(准許)著重於消極的不反對，有聽任或默許之意；本處句型使用被動語態，不定詞to後面接原形動詞；主詞可以為人或物，但語義會不同。

換A 換B

[Women **are**] **not allowed to** [attend school].

翻譯 女人不被允許求學。

解構 [主詞(人)] + [be not allowed to] + [動詞]

換A-主詞(人) **換B-動詞**

替換詞對應方法：換Aa —對應→ 換Ba，練習時請按照順序替換喔！

換A-主詞(人)	換B-動詞
a Models are 模特兒	a cheat in a beauty contest❶ 在選美比賽中作弊
b My sister is 我妹妹	b go out with friends this late 這麼晚和朋友出門
c Children are 小孩們	c fly kites near the factory❷ 在工廠附近放風箏
d The intern is 實習醫師	d give her an injection❸ without guidance❹ 沒有指導就幫她注射

❶ **contest** [ˋkɑntɛst] 名 競賽　❷ **factory** [ˋfæktərɪ] 名 工廠

❸ **injection** [ɪnˋdʒɛkʃən] 名 注射　❹ **guidance** [ˋɡaɪdn̩s] 名 指導

主詞若為人，解釋為「某人不被允許從事/進行某事」；另外，allow還有容許(The party allows of no delay. 這個派對不容許任何的延誤。)、考慮(We may allow for their ability. 我們要考慮到他們的能力。)等意思。

句型換換看 Replace It!

換A [Some chemicals **are**] **not allowed to** be [used on vegetables]. 換B

翻譯 有些化學農藥不能用在蔬菜上。

解構 [主詞(物)] + [be not allowed to] + [be+動詞(過去分詞)]

換A-主詞　　換B-動詞(過去分詞)

替換詞對應方法：換 A a —對應→ 換 B a，練習時請按照順序替換喔！

換A	換B
a Motorcycles❶ are 機車	a driven along the pavement❷ 在人行道上行駛
b Emergency❸ calls are 緊急電話	b dialed for fun 拿來撥著玩
c The boiler is 燒水壺	c put in your children's room 放在你們孩子的房間
d Flash lights are 閃光燈	d used in museums❹ and cinemas❺ 在博物館和戲院內使用
e An incinerator❻ is 焚化爐	e located near residential❼ areas 設置在住宅區附近
f Cell-phones are 手機	f used when the plane is taking off 當飛機起飛時使用

❶ **motorcycle** [ˋmotɚ͵saɪkḷ] 名 機車　❷ **pavement** [ˋpevmənt] 名 人行道

❸ **emergency** [ɪˋmɝdʒənsɪ] 名 緊急情況　❹ **museum** [mjuˋzɪəm] 名 博物館

❺ **cinema** [ˋsɪnəmə] 名 電影院　❻ **incinerator** [ɪnˋsɪnə͵retɚ] 名 焚化爐

❼ **residential** [͵rɛzəˋdɛnʃəl] 形 住宅的

若主詞為物，則表示「某物被禁止或不被允許使用」，此時不定詞to後面必須用「BE動詞+動詞(過去分詞)」，以表示物品「被使用」的被動語態。

句型換換看 Replace It!

換A [You will **be**] permitted❶ **to** 換B [use all the facilities❷ after checking in].

翻譯 在登記入住後，你就能使用所有的設備。

解構 [主詞] + [be permitted to] + [動詞]

換A-主詞 ／ 換B-動詞

替換詞對應方法：換 A a —對應→ 換 B a，練習時請按照順序替換喔！

換A-主詞	換B-動詞
a Those students are 學生	a wear casual❸ clothes to school 穿便服去上學
b That man is 那個男人	b negotiate with the terrorists❹ 與恐怖份子協商
c All staff are 全體工作人員	c participate in the celebratory❺ dinner 參加慶功宴
d My assistant is 我的助手	d be in charge of the case this time 負責這次的案子
e All members are 所有會員	e enjoy the buffet with coupons❻ 用優惠券享用自助餐
f The musician is 音樂家	f play the violin near the station 在車站附近演奏小提琴
g The administrator is 管理員	g disable the software if necessary 必要的話可以關掉電腦軟體

❶ **permit** [pɚ`mɪt] 動 允許；准許
❷ **facility** [fə`sɪlətɪ] 名 設備
❸ **casual** [`kæʒuəl] 形 非正式的
❹ **terrorist** [`tɛrərɪst] 名 恐怖份子
❺ **celebratory** [`sɛləbrətorɪ] 形 為慶祝的
❻ **coupon** [`kupɑn] 名 優惠券

permit比allow的語氣更強烈，強調「正式許可或批准」，通常指當局規定或法令等的「准許」，但兩者的文法相同，後面都接「to+原形動詞」。

Pattern 13 sb. should try one's best to...

某人應該盡最大的努力去…。

意指「應在自己能力許可範圍內去完成某項任務」，此處的one's所有格已經代替定冠詞the來承接後面最高級的best，所以不用再加the；另外，這裡的to為不定詞，後接原形動詞。

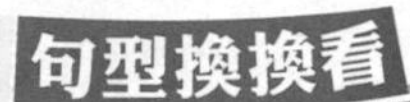

句型換換看 Replace It!

換A [People] should try their best to 換B [get rid of bad habits].

翻譯 人們應該盡最大的努力戒除壞習慣。

解構 [主詞] + [should try one's best to] + [動詞]

換A-主詞 **換B-動詞**

替換詞對應方法：換 A a  對應 換 B a ，練習時請按照順序替換喔！

換A-主詞	換B-動詞
a Parents 父母	a communicate❶ with their children 與孩子溝通
b Teachers 老師們	b innovate❷ new teaching methods 創立新的教學模式
c Pharmacists❸ 藥劑師	c explain the use of this ointment❹ 解釋這款藥膏的用途
d All inhabitants 所有居民	d build a more harmonious❺ society 建立一個更祥和的社會
e Governors 州長	e support the national economic reforms 支持國家的經濟改革
f Researchers 研究員	f provide new medicine against disease 提供新藥去對抗病症

Key Words

❶ **communicate** [kəˋmjunə͵ket] 動 溝通
❷ **innovate** [ˋɪnə͵vet] 動 革新
❸ **pharmacist** [ˋfɑrməsɪst] 名 藥劑師
❹ **ointment** [ˋɔɪntmənt] 名 藥膏
❺ **harmonious** [hɑrˋmonɪəs] 形 和諧的

當某人能力可能還不足，但仍想試著去做某件事時，我們可用try one's best來鼓勵對方；但若你知道對方一定可以做到，就可以用do one's best.，這種情況常會用在上場參賽時(ex. 用Do your best.為他人加油打氣)。

句型換換看 Replace It!

換A

We should do **our best to** [develop adult education].

翻譯 我們應該盡我們所能來發展成人教育。

解構 [主詞] + [should do one's best to] + [動詞]

換A-動詞

a fulfill❶ our duty at present 完成我們目前的義務
b protect our clients' privacy 保護我們客戶的穩私
c provide security❷ detail for the president 保護國家元首的安全
d improve our ability in reading comprehension❸ 提升我們的閱讀理解能力
e face the difficulties in our studies 面對我們研究過程中會遇到的問題
f achieve❹ the goals we set several months ago 完成我們幾個月前定的目標

❶ **fulfill** [fʊlˋfɪl] 動 達到目的；完成任務；實現
❷ **security** [sɪˋkjʊrətɪ] 名 安全
❸ **comprehension** [ˏkɑmprɪˋhɛnʃən] 名 理解力
❹ **achieve** [əˋtʃiv] 動 完成

另外補充意思相近的用法devote to(將身心/精力等獻出)，表示致力於某一事業或目標，要注意to在此處為介系詞，後接名詞/動名詞(devote...to+N/V-ing)。

句型換換看 Replace It!

換A [We] **should** spare no effort **to** [beautify❶ our environment]. 換B

翻譯 我們應該盡最大的力量來美化環境。

解構 [主詞] + [spare no effort to] + [動詞]

換A-主詞 / 換B-動詞

替換詞對應方法：換 A a —對應→ 換 B a，練習時請按照順序替換喔！

換A-主詞	換B-動詞
a The delegates 會議代表	a come up with a resolution❷ of this issue 想出一個能解決爭議的方法
b Statisticians❸ 統計人員	b collect the data and analyze❹ it 蒐集資料並分析
c The government 政府	c deal with the problem of unemployment❺ 處理失業問題
d Social workers 社工	d assist❻ people in filling in these forms 協助大眾填寫這些表格
e The doctor 那名醫生	e remove the obstruction❼ from her throat 除去她喉嚨中的異物

❶ **beautify** [\`bjutə͵faɪ ] 動 美化；使美麗　❷ **resolution** [ ͵rɛzə\`luʃən] 名 解決

❸ **statistician** [͵stætəs\`tɪʃən ] 名 統計員　❹ **analyze** [ \`ænḷ͵aɪz] 動 分析

❺ **unemployment** [͵ʌnɪm\`plɔɪmənt] 名 失業

❻ **assist** [ə\`sɪst ] 動 協助；幫助；促進　❼ **obstruction** [ əb\`strʌkʃən] 名 阻塞

此句型和try one's best to的意思相同，不定詞to後面接原形動詞；相關變化還有spare no effort in+動名詞；除此之外的同義句型還有make an effort to/make every effort to…等等。

Pattern 14 Let sb. see if...

讓某人確認/看看…。

Let後面可以加me或us，為祈使句(即命令句)的句型，所以let後面會接原形動詞see；另外，此處的if翻譯成「是否」，為名詞子句的用法。

句型換換看 Replace It!

換A

Let me see if [there are available❶ seats on Sunday].

翻譯 我查一查星期日是否有空位。

解構 [Let sb. see if] + [子句]

換A-子句

a they completely understood my viewpoint❷ 他們(是否)完全了解我的觀點
b you have made a reservation❸ for the VIP box 你們(是否)有預約VIP包廂
c he has filled out the application❹ for the position 他(是否)填好職務申請書
d there is any chance to make up for our mistakes (是否)有彌補我們錯誤的機會
e local artists can display their work at the fair 當地藝術家(是否)能在市集展示作品

❶ **available** [ə`veləbl̩] 形 可得到的
❷ **viewpoint** [`vju͵pɔɪnt] 名 觀點
❸ **reservation** [͵rɛzə`veʃən] 名 預約
❹ **application** [͵æplə`keʃən] 名 應用

if的用法很廣，可以拿來當假設語氣，也可以引導副詞子句，另外就是這個句型，用來引導名詞子句(意為「是否」)；此時if為引導從屬子句的連接詞。

句型換換看 Replace It!

換A

Let me make sure **if** [your proposal is practical].

翻譯 讓我確定你的提議是否可行。

解構 [Let sb. make sure if] + [子句]

換A-子句

a there is a chance for us to start afresh❶ 我們(是否)有機會重新開始

b you are qualified to attend the conference 你(是否)有資格參加會議

c the automobiles❷ on sale are up to date 上市的汽車(是否)為最新款式

d the patient has his health insurance❸ card with him 那位病人(是否)有隨身攜帶健保卡

e the police can expose❹ the criminal's❺ plot 警方(是否)能偵破那名罪犯的陰謀

f your captain❻ will be able to see us immediately 你們的機長(是否)會立刻見我們

g they will repair❼ your scooter❽ as soon as possible 他們(是否)會盡快修理你的機車

h Ms. Lee knows she's getting charged for a membership 李小姐知道自己被扣繳會員費用

❶ **afresh** [ə`frɛʃ] 副 重新；再度

❷ **automobile** [`ɔtəmə,bɪl] 名 汽車

❸ **insurance** [ɪn`ʃurəns] 名 保險

❹ **expose** [ɪk`spoz] 動 揭露；揭發

❺ **criminal** [`krɪmənḷ] 名 罪犯

❻ **captain** [`kæptɪn] 名 機長；艦長

❼ **repair** [rɪ`pɛr] 動 修理

❽ **scooter** [`skutɚ] 名 機車

在名詞子句中，表達「是否」的詞還有whether，兩者皆可於句末接or not (if/whether...or not)；與if相較的話，whether的語氣比較正式，而if則較為口語化，語氣較弱。

句型換換看 Replace It!

換A

Let's confirm❶ whether [your employer will be there on time].

翻譯 我們來確認你的老闆是否會準時抵達。

解構 [Let sb. confirm whether] + [子句]

換A-子句

a we can change failure❷ into winning 我們(是否)能反敗為勝

b he will attend the stockholder's❸ meeting 他(是否)會出席股東大會

c my grandmother's illness took a favorable❹ turn 我奶奶的病情(是否)有好轉的跡象

d they will offer classes for advanced❺ study 他們(是否)會提供進修課程

e those kids are playing in the daycare center 那些孩子(是否)在托育中心玩

f it is a statutory❻ requirement to report the case 回報這個事件(是否)是法定要求

g the results are due to differences in the parameters 結果(是否)是被不同參數影響

h the master will give them a chance to learn from him 大師(是否)會給他們向他學習的機會

❶ **confirm** [kən`fɝm] 動 證實；確定

❷ **failure** [`feljɚ] 名 失敗

❸ **stockholder** [`stɑk͵holdɚ] 名 股東

❹ **favorable** [`fevərəbl̩] 形 順利的

❺ **advanced** [əd`vænst] 形 高等的

❻ **statutory** [`stætʃʊ͵torɪ] 形 法定的

confirm大多用於「面對你不確定的事情，用事實或證據來進一步證明其真實性。」與上一組變化句的make sure的不同之處在於，confirm後面提及的事情，是你心中認定的事實，只是進一步確定它。

...would like/love sb. to...

…想要某人…。

would like/love的句型有「想要」之意，同義的單字還有want，兩者後面都要接不定詞to；相較之下，want的口吻較直接，would like/love則較委婉。

句型換換看 Replace It!

I **would like** [**you**] **to** [be the most popular singer in the world].

翻譯 我想要你成為世界上最受歡迎的歌手。

解構 [主詞] + [would like/love+名詞] + [to+動詞]

換A-名詞　換B-動詞

替換詞對應方法：換 A a  對應 換 B a，練習時請按照順序替換喔！

換A-名詞	換B-動詞
a my assistant 我助理	a pass me some envelopes❶ 給我一些信封
b my daughter 我女兒	b be optimistic❷ no matter what happens 不管遇到什麼事情，都樂觀面對，成為一個樂觀的人
c my agent 我的代理人	c express❸ my appreciation❹ to her 表達我對她的感謝
d the developer 開發者	d take the responsibility❺ for this project 負責本次的企劃
e all staff 所有員工	e share their verdicts❻ on this matter 分享對這件事的看法

❶ **envelope** [`ɛnvə,lop] 名 信封
❷ **optimistic** [,ɑptə`mɪstɪk] 形 樂觀的
❸ **express** [ɪk`sprɛs] 動 表達；陳述
❹ **appreciation** [ə,priʃɪ`eʃən] 名 感謝
❺ **responsibility** [rɪ,spɑnsə`bɪlətɪ] 名 責任
❻ **verdict** [`vɜdɪkt] 名 (口)意見；判斷；定論

和want相較，would like/love to...表客氣的希望，語氣較有禮貌，多用在正式場合或與長輩談話的情境中。

句型換換看 Replace It!

換A

I hope [he will follow my order].

翻譯 我希望他會遵從我的指令。

解構 [主詞] + [hope] + [子句]

換A-子句

a everyone here can learn to be tolerant❶ 在這裡的每一個人都能學習寬容

b you will pardon❷ me for the misunderstanding 你能夠原諒我的誤解

c this cup of coffee will sober❸ the drunk up 這杯咖啡能讓那個酒鬼醒醒酒

d they will drive a good bargain with each other 他們彼此能談出一筆好買賣

e the doctor can explain the disadvantages❹ of smoking 醫生解釋抽菸的壞處

f she can come up with a more cogent❺ idea 她提出更有說服力的論點

❶ **tolerant** [ˋtɑlərənt] 形 忍受的；寬恕的

❷ **pardon** [ˋpɑrdn̩] 動 原諒；寬恕；饒恕

❸ **sober** [ˋsobɚ] 動 使醒酒

❹ **disadvantage** [ˌdɪsədˋvæntɪdʒ] 名 不利

❺ **cogent** [ˋkodʒənt] 形 使人信服的

維持would like的委婉語氣，還可以用hope(希望)，但要求的口吻會更減弱；hope和wish都是「希望」，但hope是希望某件事會發生(且可能發生)；而wish常用在不太可能實現的願望，動詞用過去式。

sb. have/has to...

某人必須要⋯。

have to和must在肯定句表示「義務」、「應當要做」，若要區別的話，must在語氣上帶有強調意味或正式的感覺；文法上，have to跟must一樣，後面都接原形動詞。

換A 換B

[The woman has] to [be the leader of the club].

翻譯 這位女性必須是這個俱樂部的會長。

解構 [主詞] + [have/has to] + [動詞]

換A-主詞 / **換B-動詞**

替換詞對應方法：換 A a —對應→ 換 B a，練習時請按照順序替換喔！

換A-主詞	換B-動詞
a My son has 我的兒子	a wear braces[1] on his teeth for at least one year 至少戴一年的牙齒矯正器
b A surgeon[2] has 外科醫生	b sew up the wound[3] carefully 小心地將傷口縫合起來
c Police officers have 警員	c confront[4] danger courageously[5] 勇敢地面對危險
d The team has 這個團隊	d complete the project within this month 這個月內完成企劃
e The couple has 那對情侶	e invite all their relatives to the wedding 邀請所有親戚來參加婚禮
f The worker has 那個工人	f support the family on his meager[6] income 用微薄的薪水來支撐家裡

❶ **brace** [bres] 名 (牙齒)矯正器；(醫)支架

❷ **surgeon** [\`sɝdʒən] 名 外科醫生

❸ **wound** [wund] 名 傷口；傷疤；創傷

❹ **confront** [kən\`frʌnt] 動 面臨

❺ **courageously** [kə\`redʒəslɪ] 副 勇敢地

❻ **meager** [\`migɚ] 形 不足的

注意have/has/had to在此處並非用來表達完成式，所以要改成否定句或疑問句時，需要在句首加上「助動詞(Do/Does/Did)」(ex. Do you have to...)。

換A 換B

[**They** do] not **have to** [insist upon their opinions].

翻譯 他們不必堅持己見。

解構 [主詞] + [do/does not] + [have to] + [動詞]

換A-主詞 **換B-動詞**

替換詞對應方法：換 A a 對應→ 換 B a ，練習時請按照順序替換喔！

換A-主詞	換B-動詞
a Some teenagers do 一些青少年	a wear uniforms to school 穿制服去上學
b Innocent❶ people do 無辜者	b apologize❷ for the case 為這件事道歉
c The importer❸ does 那位進口商	c import the cotton goods 進口棉製品
d Our children do 我們的孩子	d go to an elite❹ school for education 去貴族學校上學
e The traveler does 那名旅客	e pay any duty on these belongings❺ 對這些物品付稅

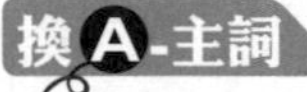

❶ **innocent** [`ɪnəsn̩t] 形 無罪的
❷ **apologize** [ə`pɑlə͵dʒaɪz] 動 道歉
❸ **importer** [ɪm`portɚ] 名 進口商
❹ **elite** [e`lit] 名 精英；優秀分子
❺ **belongings** [bə`lɔŋɪŋz] 名 攜帶物品

have to和must在肯定句中表示義務時差異不大，但在否定句中，mustn't指「不容許做」，而do/does not have to為「不須要做」，此時區別就很明顯了。

句型換換看 Replace It!

We have got **to** [cut back on our expenses❶].

翻譯 我們必須減少花費。

解構 [主詞] + [have/has got to] + [動詞]

換A-動詞

- a figure out what happened recently 了解最近發生了什麼事
- b ordain❷ the man the priest of our church 委任那個男人為我們教會的牧師
- c contest❸ those unreasonable regulations❹ 對那些不合理的規定提出質疑
- d have some refreshments❺ during the break time 在休息時間享用一些點心零食
- e pay attention to personal grooming❻ when going on stage 在舞台上多注意儀容
- f check her mistakes and report them to Mr. Watson 確認她的錯誤並回報給華生先生
- g memorize all the vocabulary and phrases before the exam 在考試前背起所有的單字和片語
- h tolerate❼ their foibles❽ and focus on their strengths 包容他們的缺點並把焦點放在優點上

Key Words

❶ **expense** [ɪk`spɛns] 名 支出

❷ **ordain** [ɔə`den] 動 任命…為牧師

❸ **contest** [kən`tɛst] 動 對…提出質疑

❹ **regulation** [ˌrɛgjə`leʃən] 名 規章

❺ **refreshment** [rɪ`frɛʃmənt] 名 茶點

❻ **grooming** [`grumɪŋ] 名 打扮

❼ **tolerate** [`tɑləˌret] 動 寬容；寬恕

❽ **foible** [`fɔɪbl̩] 名 小缺點；弱點

sb. have got to為表「義務」的句型，在美式英文中為口語用法，與have to同義，後面一樣接原形動詞；在日常對話中，用have to/have got to的機會比較多(因為口吻比較普通，不像must那樣強烈)。

sb. have/has no choice but to...
某人只能夠…了。

句中的動詞have/has可以用get替換，形成sb. get no choice but to...的句型，no否定了名詞choice，表達「別無選擇」之意；注意不定詞to後面接原形動詞。

句型換換看 Replace It!

換A [**We have**] **no choice but to** 換B [obey the rules of the competition].

翻譯 我們除了遵守競賽規則外，別無選擇。

解構 [主詞] + [have/has no choice but to] + [動詞]

換A-主詞	換B-動詞
替換詞對應方法：換 A a —對應→ 換 B a，練習時請按照順序替換喔！	
a The staff has 全體員工	a submit❶ the dispute to arbitration❷ 把爭議訴諸仲裁
b The tour guide has 導遊	b postpone all the tourist itineraries❸ 延遲旅遊行程
c All visitors have 所有參觀者	c abide by❹ the rules and directions 遵守規則和指揮
d The litigant❺ has 訴訟當事人	d refer the case to the committee❻ 把案件提交委員會
e All countries have 所有國家	e fight against terrorism❼ cooperatively❽ 合作對抗恐怖主義

❶ **submit** [səbˋmɪt] 動 呈遞；提交
❷ **arbitration** [ˌɑrbəˋtreʃən] 名 仲裁
❸ **itinerary** [aɪˋtɪnəˌrɛrɪ] 名 旅程
❹ **abide by** 片 遵守；遵從
❺ **litigant** [ˋlɪtəgənt] 名 訴訟當事人
❻ **committee** [kəˋmɪtɪ] 名 委員會
❼ **terrorism** [ˋtɛrəˌrɪzəm] 名 恐怖主義
❽ **cooperatively** [koˋɑpərətɪvlɪ] 副 合作地

have no choice but to句型中的choice可以換成alternative或option，兩個單字皆為「選擇」之意，不會改變原來的意思。

換A 換B

[I have] no choice except [leaving my family].

翻譯 除了離開家人之外，我別無選擇。

解構 [主詞] + [have/has no choice except] + [動名詞]

換A-主詞 **換B-動名詞**

替換詞對應方法：換 A a —對應→ 換 B a，練習時請按照順序替換喔！

換A	換B
a The public has 民眾	a demonstrating❶ against inflation❷ 抗議通貨膨脹
b Diabetics❸ have 糖尿病患者	b having a severely restricted diet 做嚴格的飲食控制
c The teachers have 老師們	c punishing those vicious❹ students 處罰那些凶惡的學生
d All enterprises have 所有企業	d abiding by local laws and restrictions 遵守當地法規和限制

❶ **demonstrate** [`dɛmən͵stret ] 動 表露 ❷ **inflation** [ ɪn`fleʃən] 名 通貨膨脹

❸ **diabetic** [͵daɪə`bɛtɪk ] 名 糖尿病患者 ❹ **vicious** [ `vɪʃəs] 形 凶惡的；墮落的

本句型中的except為介系詞，後面接動名詞；另外還有一種變化是將except當連接詞用，此時後面可接「to+原形動詞」，即have no choice except to+原形動詞，大家不妨自行改寫上述的例句。

句型換換看 Replace It!

換A　換B

[John's assistant] cannot **choose but** [follow❶ his instructions].

翻譯 約翰的助理不得不聽從他的指示。

解構 [主詞] + [cannot choose but] + [動詞]

換A-主詞　換B-動詞

替換詞對應方法：換 A a —對應→ 換 B a，練習時請按照順序替換喔！

換A-主詞	換B-動詞
a The advisor 指導教授	a take the morning off 早上請半天假
b The team 團隊	b concentrate❷ on the case study 專心於個案的研究上
c Many people 許多人	c admire those protestors' courage 佩服那些抗議者的勇氣
d The inspectors 巡官們	d ascertain❸ the truth of this matter 查明這件事情的真相
e The manager 經理	e admit that their requirement❹ is reasonable 承認他們的要求合理
f The residents 居民們	f attach importance to the impact❺ of radiation❻ 重視輻射的影響
g That lawyer 那名律師	g rearrange his schedule to meet the client 重新安排日程以和客戶見面

❶ **follow** [`fɑlo ] 動 聽從；採用　❷ **concentrate** [ `kɑnsɛn͵tret] 動 集中

❸ **ascertain** [͵æsɚ`ten ] 動 查明　❹ **requirement** [ rɪ`kwaɪrmənt] 名 要求

❺ **impact** [`ɪmpækt ] 名 影響；作用　❻ **radiation** [ ͵redɪ`eʃən] 名 輻射

choose為「選擇」之意，cannot表示否定，即「不能/不可以」，整句的解釋為「無法做其他選擇，轉譯為「不得不；必須」之意；cannot choose but後接原形動詞，意思與基本型相同，另外的相關變化還有sb. can't but+原形動詞。

sb. be afraid that...

某人想…恐怕得…。

sb. be afraid that...有表示「遺憾、擔心或恐怕」之意，注意形容詞afraid須與BE動詞連用(不管在普通陳述或祈使句當中都一樣)；連接詞that用來承接後面的子句，可以省略。

句型換換看 Replace It!

換A 換B

[I was] afraid that [the nurse might lose her job].

翻譯 我想那位護士恐怕會丟了工作。

解構 [主詞] + [be afraid that] + [子句]

換A-主詞	換B-子句

替換詞對應方法：換 A a —對應→ 換 B a，練習時請按照順序替換喔！

換A-主詞	換B-子句
a The analyst❶ is 分析師	a this is an unsound❷ investment❸ 這是項靠不住的投資
b The professor is 教授	b his concept❹ isn't reasonable enough 他的概念不夠合理
c My director❺ is 我的主任	c Bill underrated❻ the difficulty of the task 比爾低估了任務的困難度
d Your colleague was 你同事	d William may quarrel with your boss 威廉可能會跟你老闆吵架
e His mother is 他的母親	e the scar on his cheek may be permanent 他臉上的傷疤是永久性的
f That doctor is 那名醫生	f there will be a fatal❼ outbreak of the disease 致命性疾病會流行

❶ **analyst** [`ænḷɪst] 名 股票分析師
❷ **unsound** [ʌn`saʊnd] 形 靠不住的
❸ **investment** [ɪn`vɛstmənt] 名 投資
❹ **concept** [`kɑnsɛpt] 名 概念
❺ **director** [də`rɛktɚ] 名 主任；主事者
❻ **underrate** [ˌʌndɚ`ret] 動 低估
❼ **fatal** [`fetḷ] 形 致命的；生死攸關的

改否定時，會將not放到後面的子句當中，例如換換看的例句會變成...that the nurse might not lose her job.(那位護士可能不會丟了工作)；如果not放到前面否定afraid，句型的意思將完全改變，I am not afraid that...(我不擔心…)。

句型換換看

換A　換B

[She is] afraid of [losing her own child].

翻譯 她很擔心失去自己的孩子。

解構 [主詞] + [be afraid of] + [名詞/動名詞]

換A-主詞	換B-名詞/動名詞
a The defendant is 被告	a a verdict❶ of murder 謀殺罪的判決
b Investors are 投資者	b the new economic policy 新的經濟政策
c The employee is 那名員工	c being scolded❷ by his boss 被他老闆責罵
d Parents are 父母們	d an unsafe neighborhood❸ 不安全的社區治安
e The coward❹ is 懦夫	e making a stand against the authorities 與當局抗爭

替換詞對應方法：換Aa —對應→ 換Ba，練習時請按照順序替換喔！

❶ **verdict** [ˋvɝdɪkt] 名 (陪審團的)裁決　❷ **scold** [skold] 動 責罵

❸ **neighborhood** [ˋnebɚ͵hʊd] 名 近鄰　❹ **coward** [ˋkaʊɚd] 名 懦夫

be afraid of用來表達「某人害怕去做某事/害怕某物」，介系詞of後面接名詞或動名詞；另外，還可以用「be afraid to+原形動詞」的句型替換，ex. I am afraid to walk along at night. (我害怕一個人走夜路。)

句型換換看 Replace It!

換A

She fears that [her brother drinks too much].

翻譯 她擔心她的弟弟喝太多。

解構 [主詞] + [fear that] + [子句]

換A-子句

a the prisoner might have escaped❶ from the prison❷ 囚犯從監獄逃跑了

b the tickets to the concert are no longer available 演唱會的門票很快就銷售一空

c both of them will not agree to this arrangement 他們兩人都不會同意這樣的安排

d there isn't sufficient❸ evidence to convict❹ the robber 沒有足夠的罪證將強盜定罪

e her brother created a bad impression by arriving late 她的弟弟因為遲到而留給人不好的印象

f the exhaust❺ from the cars may pollute❻ the atmospheric❼ layer 汽車排放的廢氣會汙染大氣層

g the client might not sign this contract due to several clauses 客戶可能會因為一些條款的內容而不簽約

❶ **escape** [ə`skep] 動 逃脫；逃跑

❷ **prison** [`prɪzn̩] 名 監獄

❸ **sufficient** [sə`fɪʃənt] 形 足夠的

❹ **convict** [kən`vɪkt] 動 判…有罪

❺ **exhaust** [ɪg`zɔst] 名 排氣(或水等)

❻ **pollute** [pə`lut] 動 汙染

❼ **atmospheric** [ˌætməs`fɛrɪk] 形 大氣的

本句型中的fear為及物動詞，指「因某事引起的恐懼」，是一種情緒或感覺，用法與I am afraid that...相同；也可以用I fear for+名詞/動名詞，ex. I fear for her safety.(我擔心她的安危。)

It is about time to/for...

該是…的時間了。

本句型用於「提醒與建議」的情況，有兩種結構，其一為It is time to+動詞，不定詞to後接原形動詞；另外一種結構為It is time for+名詞/動名詞。

Replace It!

It is about time [to go to bed].

翻譯 該是睡覺的時間了。

解構 [It is about time] + [to+動詞/for+名詞或動名詞]

換A-to+動詞/for+名詞或動名詞

- a to upgrade❶ your skills 做技術更新的時候了
- b to amend❷ your life style 改善你的生活型態
- c to think about the implementation❸ 思考生產的執行
- d for reforming❹ certain social abuses 革除社會的某些弊端
- e for applying fertilizer❺ to our crops 替我們的農作物施肥
- f for revising our rules and regulations 修正我們的規章制度

❶ **upgrade** [`ʌp`gred] 動 提高品級　❷ **amend** [ə`mɛnd] 動 修改

❸ **implementation** [ˏɪmpləmɛn`teʃən] 名 履行

❹ **reform** [ˏrɪ`fɔrm ] 動 革除(弊端)　❺ **fertilizer** [ `fɝtḷˏaɪzɚ] 名 肥料

特別留意「It is time for+動名詞」的句型有時語意會不流暢，ex. It is time for going.，為了避免這種表達不清的情況發生，若要說明「行為或動作」時，建議用「It is time for sb. to+原形動詞」的句型。

句型換換看 Replace It!

By the **time** [my mom gets home], [I will have finished my homework].

翻譯 在我媽回來之前，我必須完成功課。

解構 [By the time] + [子句1(現在式)], + [子句2]

換A-子句1(現在式)　　換B-子句2

替換詞對應方法：換 A a —對應→ 換 B a，練習時請按照順序替換喔！

換A-子句1(現在式)	換B-子句2
a we get to the scene 我們抵達現場	a the traffic will be snarled up❶ 交通阻塞
b he gets the message 他收到訊息	b I will have been behind the wheel❷ 我在駕駛中
c I get to old 我到了年紀	c I will have saved enough money to take care of myself 將存到足夠的錢來照顧自己
d they arrive 他們抵達之前	d we will have run to the rooftop❸ 我們必須先跑到屋頂
e you come back 你回來	e every detail will have been checked 每件細節都會檢查完畢
f I become depressed 我變得沮喪	f I will have begun to change my attitude❹ 我必須開始改變心態
g she brings the doctor back 她帶醫生回來	g the injured will be unconscious❺ 傷者早就失去意識

❶ **snarl up** 片 (交通)堵塞　❷ **wheel** [hwil] 名 (汽車的)方向盤

❸ **rooftop** [`ruf,tap ] 名 屋頂　❹ **attitude** [ `ætətjud] 名 態度

❺ **unconscious** [ʌn`kanʃəs] 形 無意識的

by the time是引導時間副詞子句的連接詞，表示「在某個時間前」，後面子句必須用「未來完成式(will have+過去分詞)」；若為過去式，則須使用「By the time+子句1(過去式), 子句2(過去完成式：had+過去分詞)。

句型換換看 Replace It!

換A

[You can not do your homework and watch TV] at the same **time**.

翻譯 你不能同時看電視又做功課。

解構 [子句(sb...and...)] + [at the same time]

換A-子句

a You must have sympathy❶ and enthusiasm 你必須擁有同理心和熱情

b Tom can talk and surf❷ on his smart phone 湯姆能講電話與上網瀏覽

c I can't grasp both economics and chemistry 我無法領會經濟學和化學

d The couple having the affair❸ arrived at the film premier❹ 那對緋聞情侶抵達電影首映會

e They know the geography and wilderness❺ survival❻ skills 他們通曉地形與求生技能

f A wide bridge allows many people and cars to pass 寬大的橋能容納許多人和車通過

g Amanda enjoys listening to music and reading a novel 亞曼達喜歡聽音樂與閱讀小說

h That movie is going to launch in theaters and online 那部電影將在電影院及網路上放映

❶ **sympathy** [ˋsɪmpəθɪ] 名 同情心

❷ **surf** [sɝf] 動 瀏覽網路

❸ **affair** [əˋfɛr] 名 戀愛事件

❹ **premier** [ˋprimɪɚ] 名 首映會

❺ **wilderness** [ˋwɪldɚnɪs] 名 荒野

❻ **survival** [sɚˋvaɪvl̩] 名 生存

at the same time強調事情在同時間發生，另外有連接詞meanwhile能和at the same time交替使用；還有一個片語in the meantime也有「同時」之意，只是in the meantime用在有事無法達成，因此在同時間做了另一個選擇。

Don't be late for...
…不要遲到。

此為命令句，意指「請人不要延誤做某事的時間」，注意形容詞late(遲的；晚的)放在助動詞(do/will...等)後時，要加入BE動詞來構成完整的句子。

句型換換看 Replace It!

換A

Don't be late for [school this semester].

翻譯 這學期上學不要遲到。

解構 [Don't be late for] + [名詞]

換A-名詞

a the university entrance❶ examination 大學聯考
b the season of cherry blossoms❷ 櫻花盛開的季節
c the test of English proficiency❸ 英文程度測驗考試
d your son's graduation ceremony❹ 你兒子的畢業典禮
e the medical qualification❺ examination 醫師資格考試
f the casting audition❻ next Saturday 下星期六的演員試演會

❶ **entrance** [`ɛntrəns] 名 入學；進入
❷ **blossom** [`blɑsəm] 名 花
❸ **proficiency** [prə`fɪʃənsɪ] 名 精通
❹ **ceremony** [`sɛrə͵monɪ] 名 典禮
❺ **qualification** [͵kwɑləfə`keʃən] 名 資格
❻ **audition** [ɔ`dɪʃən] 名 試演

「Don't be late for+名詞」的句型，也可以改為「Don't be late to+原形動詞」，表示「不要遲了去做某件事情」。句型為，以換換看的例子來說，可以改寫成Don't be late to go to school this semester.。

句型換換看 Replace It!

Never **be late for** [the school bus]. (換A)

翻譯 絕對不要錯過校車。

解構 [Never be late for] + [名詞]

換A-名詞

a an appointment with a doctor 和醫生約好的看診時間

b your next flight to London again 再次(錯過)下一班飛往倫敦的班機

c a meeting with that irascible❶ professor 和那個性格易怒教授的會面

d the opening ceremony of an international game 國際比賽的開幕儀式

e an arranged appointment❷ on your schedule 你日程上安排好的會議行程

f our tutorial❸ after class which starts next week 我們下星期開始的課後輔導

g a reservation of a restaurant, or they might cancel❹ your reservation 餐廳的預約時間，否則他們可能會取消你的預約

h anyone's funeral❺ since it's quite impolite❻ 參加任何人的喪禮(絕對不要遲到)，因為這樣相當失禮

i our annual meeting if you want to leave a good impression 如果想留下好印象，我們的年會(不要遲到)

❶ **irascible** [ɪˋræsəbḷ] 形 易怒的

❷ **appointment** [əˋpɔɪntmənt] 名 約定

❸ **tutorial** [tjuˋtorɪəl] 名 輔導(時間)

❹ **cancel** [ˋkænsḷ] 動 取消；刪去

❺ **funeral** [ˋfjunərəl] 名 喪禮

❻ **impolite** [ˏɪmpəˋlaɪt] 形 無禮的

never可以代替否定祈使句的don't，但語氣更加強烈，表示「從來不；絕對不要」的意思；另一方面，在肯定句當中，如果也想強調程度，可以使用頻率副詞always，ex. He promised to always be a good student.(他承諾要一直做個好學生。)

句型換換看 Replace It!

Please be on time [to the party].

翻譯 請準時出席派對。

解構 [Please be on time] + [to/for+名詞]

換A-to/for+名詞

a to the awards❶ ceremony on Wednesday 星期三的頒獎典禮

b to the epidemic❷ prevention❸ station 防疫中心

c to international financial center 國際金融中心

d to your first job interview 你的第一個工作面試機會

e for school after your soccer practice 足球練習結束後，(準時)上學

f for every appointment with our sponsors 與我們贊助者的會面

g for the date I arranged for you yesterday 我昨天替你安排的約會

h to that international automobile❹ exhibition❺ 那場國際汽車展覽會

i to the departure❻ gate, or you might miss the flight 登機門，不然你可能會錯過班機

j to this international symposium❼ on population❽ 這場有關人口議題的國際研討會

Key Words

❶ **award** [əˋwɔrd] 名 獎；獎品；獎狀

❷ **epidemic** [ˏɛpɪˋdɛmɪk] 名 流行病

❸ **prevention** [prɪˋvɛnʃən] 名 預防

❹ **automobile** [ˋɔtəməˏbɪl] 名 汽車

❺ **exhibition** [ˏɛksəˋbɪʃən] 名 展覽

❻ **departure** [dɪˋpɑrtʃɚ] 名 離開

❼ **symposium** [sɪmˋpozɪəm] 名 座談會

❽ **population** [ˏpɑpjəˋleʃən] 名 人口

Tip 活用句型

用來表示準時的用法有on time(準時)與in time(及時)；其中on time(準時)是指在規定的某個時間點上，意即約好上午12點見面，就準時12點出現；但in time(及時)則是說在時間許可的範圍內到達。

Pattern 21 Let's keep on...

我們繼續…。

描述「繼續完成某事」的句型；keep後面加名詞時，有「保存某物」之意；接形容詞時，有「維持在某種狀態」的意思；另外也可以接動名詞(keep+V-ing)，意指「持續」。

句型換換看 Replace It!

Let's keep on [working our math assignment❶]. (換A)

翻譯 我們繼續做數學作業吧！

解構 [Let's keep on] + [動名詞]

換A-動名詞

a developing new technologies 研發新的科技

b exercising until we feel tired 運動直到我們感覺累了

c calculating❷ the yields on our shares 計算我們的股票紅利

d explaining the importance of teamwork 強調團隊的重要性

e working on our program for tomorrow 進行我們明天的計畫

f improving the quality of our machine❸ 提升我們機器的品質

g focusing on protecting❹ cultural❺ heritage❻ 把焦點放在保護文化遺產上

h modifying❼ those questionable❽ ideas in this essay 修改這份論文裡不確定的想法

Key Words

❶ **assignment** [ə`saɪnmənt] 名 作業

❷ **calculate** [`kælkjə͵let] 動 計算

❸ **machine** [mə`ʃin] 名 機器；機械

❹ **protect** [prə`tɛkt] 動 保護

❺ **cultural** [`kʌltʃərəl] 形 文化的

❻ **heritage** [`hɛrətɪdʒ] 名 遺產

❼ **modify** [`mɑdə͵faɪ] 動 修改

❽ **questionable** [`kwɛstʃənəbḷ] 形 可疑的

「keep on+動名詞」在此表示「重複繼續某動作」；「keep+動名詞」同樣有持續的意思，但強調「動作或狀態之持續」ex. Just keep going. (就繼續走下去。)

句型換換看 Replace It!

換A

Let's keep [protecting our country].

翻譯 讓我們堅持下去維護我們的國家。

解構 [Let's keep] + [動名詞]

換A-動名詞

a solving this conflict❶ objectively❷ 客觀地解決這次的衝突

b memorizing the scripts repeatedly 重覆地背誦腳本

c pursuing❸ a new political orientation❹ 追求全新的政治方向

d fighting against poverty❺ and injustice❻ 為貧窮和不公義而戰

e obeying discipline❼ and being good citizens❽ 遵守紀律並成為好公民

❶ **conflict** [`kɑnflɪkt] 名 衝突

❷ **objectively** [əb`dʒɛktɪvlɪ] 副 客觀地

❸ **pursue** [pɚ`su] 動 追求；進行

❹ **orientation** [ˌorɪɛn`teʃən] 名 方向

❺ **poverty** [`pɑvətɪ] 名 貧窮；貧困

❻ **injustice** [ɪn`dʒʌstɪs] 名 不公正

❼ **discipline** [`dɪsəplɪn] 名 紀律

❽ **citizen** [`sɪtəzn̩] 名 公民；市民

「keep+動名詞」為常用的表達，表示「維持做…(某件事)」的樣子，另外類似的單字還有continue(繼續從事…)，但後面接不定詞to或動名詞皆可(ex. continue protecting our country/continue to protect our country)

句型換換看 Replace It!

換A

Let's go on to [discuss the issue of insurance❶].

翻譯 讓我們接著談論保險的議題吧！

解構 [Let's go on to] + [動詞]

換A-動詞

a develop lifelong❷ education 完善終身教育

b achieve❸ our ultimate❹ goals 完成我們最終的目標

c finish our industrialization❺ plans 完成我們工業化的計畫

d discuss the issue of language barrier❻ 討論語言障礙的議題

e take economic construction❼ as our next goal 將經濟建設為我們的下一個目標

f tell them of our experience while visiting 拜訪時將我們的經驗告訴他們

g improve the quality of this batch of motherboards❽ as soon as possible 盡快改善這批主機板的品質

h discuss everyone's opinion on these questionnaires 討論問卷中每個人所留下的意見

❶ **insurance** [ɪn`ʃurəns] 名 保險

❷ **lifelong** [`laɪf͵lɔŋ] 形 終身的

❸ **achieve** [ə`tʃiv] 動 完成；實現

❹ **ultimate** [`ʌltəmɪt] 形 最終的

❺ **industrialization** [ɪn͵dʌstrɪələ`zeʃən] 名 工業化

❻ **barrier** [`bærɪr] 名 障礙；阻礙

❼ **construction** [kən`strʌkʃən] 名 建設

❽ **motherboard** [`mʌðɚ͵bord] 名 主機板

Let's go on to後接原形動詞，意指「結束一件事情後，接著做另一件事」(共有兩件事情)，相較之下，「go on+動名詞」的意思卻是「繼續做一件事」(只涉及一件事情)。此外，若是在與人談話時，還能用move on to...結束目前的話題，以帶進新話題討論。

sb. keep...in mind.

某人記得/別忘了…。

keep in mind為固定用法，其中keep與in mind中間要放名詞的某事；in mind直接翻譯為「在心上」，而keep指「維持」，整個句型為「一直把…放在心上」，強調「牢記」之意。

句型換換看 Replace It!

[My brother] keeps [the advice] in mind.

翻譯 我弟弟把那個建議銘記在心裡。

解構 [主詞] + [keep+名詞+in mind]

換A-主詞	換B-名詞

替換詞對應方法：換Aa —對應→ 換Ba，練習時請按照順序替換喔！

換A-主詞	換B-名詞
a The philosopher❶ 那名哲學家	a the life aphorism❷ 人生箴言
b The young man 那位年輕人	b his past failures 他過去的失敗
c The businessman 那名商人	c the bitter lessons 慘痛的教訓
d The apprentice❸ 那位學徒	d the valuable experiences 寶貴經驗
e My student 我的學生	e the mathematical❹ formulas❺ 數學公式
f His partner 他的合夥人	f the inspiring❻ mottos❼ 激勵人心的座右銘
g The customer 那名顧客	g her account and password 她的帳戶與密碼
h Every participant 每位參加者	h his sincere and moving speech 他真誠感人的演講

Key Words

❶ **philosopher** [fə`lɑsəfɚ] 名 哲學家

❷ **aphorism** [`æfə͵rɪzəm] 名 箴言

❸ **apprentice** [ə`prɛntɪs] 名 學徒

❹ **mathematical** [͵mæθə`mætɪkḷ] 形 數學的

❺ **formula** [`fɔrmjələ] 名 方程式

❻ **inspiring** [ɪn`spaɪrɪŋ] 形 激勵人心的

❼ **motto** [`mɑto] 名 座右銘；格言

注意keep須跟著主詞變化(此處例句的主詞剛好都是單數型，所以keeps的形式不變)；如果在對話中已經談過「要記得的事情」，就可以把it放在中間當受詞，ex. Keep it in mind.(記得這件事。)

句型換換看 Replace It!

換A

Keep in mind that [you have to come home before 10 p.m.]

翻譯 記得你必須在晚上十點前到家。

解構 [Keep in mind that] + [子句]

換A-子句

a there's no shortcut❶ to success. 要成功沒有捷徑。

b you need exercise to stay healthy. 你需要運動來維持健康。

c you should never rely on your domination❷ to bully❸ others. 不要仗勢欺人。

d you promised to call the manufacturer❹ today. 你答應今天要打電話給廠商。

e the natural resources❺ are inadequate❻ to meet the demand. 天然資源供不應求。

❶ **shortcut** [`ʃɔrt,kʌt] 名 捷徑
❷ **domination** [,dɑmə`neʃən] 名 優勢
❸ **bully** [`bʊlɪ] 動 脅迫；威嚇
❹ **manufacturer** [,mænjə`fæktʃərɚ] 名 廠商
❺ **resource** [rɪ`sors] 名 資源
❻ **inadequate** [ɪn`ædəkwɪt] 形 不充分的

若拿掉基本型中的主詞，則能成為祈使句(命令句)，要特別注意的是，keep in mind that...中間不可以像基本型那樣放虛受詞it。

句型換換看 Replace It!

換A

Don't forget to [pass me that newspaper].

翻譯 別忘了把那份報紙遞給我。

解構 [Don't forget to] + [動詞]

換A-動詞

a put the cap back on the gas tank 關上油箱的蓋子

b keep a tally❶ and make a budget❷ 仔細記帳和編列預算

c unplug❸ the device before leaving 離開前要關閉電源

d praise❹ your teachers and parents 尊重你的老師和雙親

e check the documents before meeting the client 在見客戶前確認文件

f show hospitality to your parents' friends 對你父母的朋友展現你的好客

g clean my flash drive before returning it to me 把我的隨身碟還回來之前清理裡面存的內容

h cradle❺ the telephone receiver❻ when you finish 和別人講完電話之後，把電話掛好

i write down your phone number and address here 在這裡留下你的電話號碼與地址

Key Words

❶ **tally** [ˋtælɪ] 名 記帳；記錄

❷ **budget** [ˋbʌdʒɪt] 名 預算

❸ **unplug** [ˏʌnˋplʌg] 動 拔掉插頭

❹ **praise** [prez] 動 讚揚

❺ **cradle** [ˋkredḷ] 動 擱於支架上

❻ **receiver** [rɪˋsivɚ] 名 電話聽筒

Don't forget to...有另外一個同義句型Remember to...；不過，forget與remember後接不定詞還是動名詞，意思會有所不同，forget/remember to分別為「忘記去/記得去做某事」；forget/remember+動名詞的意思則分別為「忘記曾做過/記得曾做過」。

In case of sth., ...

如果發生…，…。

In case of是短語介系詞，後面接「名詞/動名詞」，其擺放位置會影響意思；置於句尾會做「以免」解釋；若置於句首，則為條件語句，以「如果；萬一」解釋，表示可能性不大。

句型換換看

換A 換B

In case of [fire], [open this safety door and dial 911 at once].

翻譯 一旦發生火災時，請打開這扇安全門並立即撥打911。

解構 [In case of] + [名詞], + [子句]

換A-名詞　換B-子句

替換詞對應方法：換 A a 對應→ 換 B a，練習時請按照順序替換喔！

換A-名詞	換B-子句
a a drought❶ 旱災	a we need to conserve water 我們必須要節約用水
b an outage 跳電	b they set up backup generator❷ 他們設置備用的發電機
c diabetes❸ 糖尿病	c the dietician❹ advised us to exercise 營養師建議我們運動
d urgency❺ 緊急情況	d the sentries❻ kept an extra careful watch 哨兵加強戒備
e an explosion❼ 爆炸	e they monitor the warship by helicopter❽ 他們搭直昇機查看軍艦的情況

❶ **drought** [draʊt] 名 乾旱
❷ **generator** [`dʒɛnə͵retɚ] 名 發電機
❸ **diabetes** [͵daɪə`bitiz] 名 糖尿病
❹ **dietician** [͵daɪə`tɪʃən] 名 營養師
❺ **urgency** [`ɝdʒənsɪ] 名 緊急
❻ **sentry** [`sɛntrɪ] 名 (軍)哨兵；步哨
❼ **explosion** [ɪk`sploʒən] 名 爆炸
❽ **helicopter** [`hɛlɪkɑptɚ] 名 直昇機

in case of 所表示所描述的事情，其可能性通常不大，有「以防萬一」的意思。補充幾個與in case of形式很像的句型，in the case of表示「就…來說」後接名詞或動名詞，ex. In the case of those citizens, caring about politics is something important to them.(就那群公民來說，關心政治是很重要的一件事)；in case that+子句則表「如果」(相當於if，子句用現在示。)

句型換換看 Replace It!

換A 換B

In the event **of** [**rain**], [the baseball match will be postponed].

翻譯 如果下雨，棒球比賽將會延期。

解構 [In the event of] + [名詞], + [子句]

換A-名詞 **換B-子句**

替換詞對應方法：換 A a —對應→ 換 B a ，練習時請按照順序替換喔！

換A-名詞	換B-子句
a any conflicts 分歧	a he'll report every provision❶ in detail 他將詳細報告每條規定
b a gas leak 漏油	b they'll overhaul❷ the car for the problem 他們會徹底檢查車子
c injury 受傷	c the coach will assign a sub as a replacement❸ 教練會指定後補
d a serious error 嚴重錯誤	d you'll have to follow the procedures❹ to fix it 必須按照程序修正
e an accident 意外	e this will reduce the chance of serious injury 這能減少重傷的機率

❶ **provision** [prə`vɪʒən ] 名 條款；規定　❷ **overhaul** [ ˌovɚ`hɔl] 動 檢修

❸ **replacement** [rɪ`plesmənt ] 名 代替　❹ **procedure** [ prə`sidʒɚ] 名 程序

in the event of做「如果；萬一」解釋，後面接名詞或動名詞，可以改成in the event that...接子句內容；否定時加入unless改寫即可，ex. Unless in the event of heavy rain, it won't be called off.(除非下大雨，否則不會取消。)

句型換換看

換A 換B

[I will join the party] on condition❶ that [Jane is invited, too].

翻譯 如果珍也受到邀請，那我就會去參加派對。

解構 [子句1] + [on condition that] + [子句2]

換A-子句1

a You can see the doctor 你可以看醫生

b I would provide services 我會提供服務

c They may buy this sofa 他們也許會買這個沙發

d You can go scuba❸ diving❹ 你們可以去潛水

換B-子句2

替換詞對應方法：換 A a —對應→ 換 B a ，練習時請按照順序替換喔！

a you come this morning 你今天早上過來

b nobody objects❷ to it 沒人反對

c you sell it at lower price 你便宜賣

d there's a coach with you 有教練陪

❶ **condition** [kən`dɪʃən] 名 條件

❷ **object** [əb`dʒɛkt] 動 反對

❸ **scuba** [`skjubə] 名 水中呼吸器

❹ **diving** [`daɪvɪŋ] 名 潛水

on condition that指「在…條件下；若…則…」，文法上屬於條件子句，這個用法比較正式，是在限定條件下(子句2)，某事才能怎麼樣(子句1)。

stop sb. from...
使某人無法⋯。

本句型蘊含「奪取」的意味，意即「某事件或某人使得誰無法進行某事」。stop有「停止；阻止；阻擋」之意；使用時，介系詞from後接名詞或動名詞。

句型換換看

換A [The heavy rain] **stopped me from** [going to school on time]. 換B

翻譯 這場大雨使得我無法準時抵達學校。

解構 [主詞] + [stop+名詞(人)+from] + [名詞/動名詞]

換A-主詞	換B-名詞/動名詞

替換詞對應方法：換 A a —對應→ 換 B a，練習時請按照順序替換喔！

換A-主詞	換B-名詞/動名詞
a My ex-husband 我前夫	a seeing my children 看我的孩子
b The illness 這場疾病	b becoming a musician 成為音樂家
c Being lazy 懶惰的習慣	c staying in good shape 保持好身材
d Vaccination❶ 接種疫苗	d influenza❷ infection❸ 感染流行性感冒
e Washing my hands 洗手	e virus and bacterial❹ infections 病毒以及細菌感染
f This repellent❺ 這罐驅蟲劑	f being badly bitten by mosquitoes❻ 被蚊子叮咬得很嚴重
g English classes 英文課	g being mute in front of foreigners 在外國人面前沉默

❶ **vaccination** [ˌvæksn̩`eʃən] 名 接種
❷ **influenza** [ˌɪnflʊ`ɛnzə] 名 流行性感冒
❸ **infection** [ɪn`fɛkʃən] 名 傳染病
❹ **bacterial** [bæk`tɪrɪəl] 形 細菌的
❺ **repellent** [rɪ`pɛlənt] 名 驅蟲劑
❻ **mosquito** [məs`kito] 名 蚊子

與本句型同義的還有prevent from+動名詞(防止某人做某事)，這個句型表達的是「主動積極的策略」(亦即知道事情可能會發生，於是事先做準備)，其他類似的句型還有keep/hinder from+動名詞(防礙/阻止某人做某事)。

句型換換看 Replace It!

換A 換B

[All of us] should **stop** [polluting the river].

翻譯 我們所有人都應該停止汙染河川。

解構 [主詞] + [(助詞+)stop] + [動名詞]

換A-主詞 **換B-動名詞**

替換詞對應方法：換 A a  對應 換 B a，練習時請按照順序替換喔！

換A-主詞	換B-動名詞
a The drug addict 吸毒者	a taking drugs completely 完全(戒除)毒品
b The paparazzi❶ 狗仔隊	b prying❷ and prowling❸ 到處窺探他人的生活
c Mr. Jackson 傑克森先生	c working at noon everyday 每天中午都還工作
d Your employee 你員工	d whining about trifles 為了雞毛蒜皮的小事發牢騷
e My nephews 我的姪子	e quarreling❹ about trivial❺ matters 為瑣事爭吵
f The journalist 那個記者	f questioning me about my privacy 質問我的私生活
g The boy scouts 男童子軍	g trailing❻ the thieves to their hidout❼ 跟蹤小偷到藏匿點
h Foreign visitors 外國觀光客	h spitting on the street and littering❽ around 亂吐痰和丟垃圾

❶ **paparazzi** [ˌpɑpəˋrɑtsɪ] 名 狗仔隊
❷ **pry** [praɪ] 動 窺探；窺視
❸ **prowl** [praʊl] 動 潛行；徘徊
❹ **quarrel** [ˋkwɔrəl] 動 爭吵
❺ **trivial** [ˋtrɪvɪəl] 形 瑣細的
❻ **trail** [trel] 動 跟蹤；追獵
❼ **hideout** [ˋhaɪdaʊt] 名 隱匿處
❽ **litter** [ˋlɪtɚ] 動 亂扔廢棄物

stop後面可以接「動名詞或不定詞to+原形動詞」，但兩者語意不同，stop+動名詞表示「停止動作」；但stop to+原形動詞表示「停止手邊的事，去做…」，ex. He stopped smoking.(他停止抽菸。)；He stopped to smoking.(他停下來去抽菸。)

換A 換B

[Many people] abstained❶ from [drinking alcohol❷].

翻譯 許多人戒酒了。

解構 [主詞] + [abstain from] + [名詞/動名詞]

換A-主詞 **換B-名詞/動名詞**

替換詞對應方法：換 A a —對應→ 換 B a，練習時請按照順序替換喔！

換A	換B
a The candidate 候選人	a rushing into the campaign 貿然參加競選
b That girl 那個女孩	b the bad habit of snitching 打小報告的壞習慣
c Humanists❸ 人道主義者	c voting to make abortion❹ legal 墮胎合法化的投票
d Mr. Baker 貝克先生	d bragging about his great victory 自誇豐功偉業
e The patient 那名患者	e having food with too much sugar or fat 攝取含太多糖分或油脂的食物

❶ **abstain** [əb`sten] 動 避免；避開

❷ **alcohol** [`ælkə͵hɔl] 名 酒

❸ **humanist** [`hjumənɪst] 名 人道主義者

❹ **abortion** [ə`bɔrʃən] 名 墮胎

abstain from有「戒絕；放棄」之意，後接名詞或動名詞；與基本型stop…from…不同的是，基本句型為「被阻止或被阻擋」，而abstain from卻有「主動放棄不進行某事」的意思。

Please let me know when...

…的時候，請讓我知道。

Please let me...為祈使句的用法，表「向對方請求或建議」，改成否定時的句型為Please don't let me...；若為「讓我們…」的句型時，則為Please let's...，否定句為Please let's not...。

換A

Please let me know when [they will arrive tomorrow].

翻譯 請讓我知道他們明天何時抵達。

解構 [Please let me know] + [when+子句]

換A-子句

a your driver's license expires❶ 你的駕照到期

b the Roman Empire began to wane❷ 羅馬帝國開始衰落

c you go meet our prospective❸ buyers 你和我們的潛在買家碰面

d you last paid your annual subscription❹ 你最後一次繳納年費

e the delegation❺ arrives at the conference hall 代表團抵達會場

f the new pension❻ fund system takes effect 新的退休基金制度開始生效

❶ **expire** [ɪk`spaɪr] 動 屆期；滿期

❷ **wane** [wen] 動 衰落；沒落；消逝

❸ **prospective** [prə`spɛktɪv] 形 未來的

❹ **subscription** [səb`skrɪpʃən] 名 會費

❺ **delegation** [ˌdɛlə`geʃən] 名 代表團

❻ **pension** [`pɛnʃən] 名 退休金

Please let me know後面接間接問句(間接問句：指一個問句併入另一個句子中)，間接問句的特色在於後面接的句子一定是直述句，不會像普通問句那樣，將助動詞等放到句首(請看替換詞中的形式，皆為普通陳述句)。

句型換換看 Replace It!

Please let me know what time [our first class begins]. 換A

翻譯 請讓我知道我們的第一堂課幾點開始。

解構 [Please let me know] + [what time+子句]

換A-子句

- a the train reaches the destination❶ 火車抵達目的地
- b the opening ceremony commences❷ 開幕儀式開始
- c her flight arrives at the terminal❸ station 她的班機抵達機場
- d we should come over on Sunday 星期日我們應該幾點到
- e breakfast is served and I'll be there 早餐準備好的時間，我會到
- f the artist will show us her portfolio❹ 那個藝術家展示她的代表作給我們看
- g the baby will get his last vaccination❺ today 那個寶寶今天打最後一劑的預防針
- h you can finish your experiment in the laboratory❻ 你可以在實驗室完成你的實驗
- i he will be online for our videoconference❼ 他為了我們的視訊會議上線
- j your grocery store opens after the holidays 在假期過後，你們雜貨店開張的時間

❶ **destination** [ˌdɛstəˋneʃən] 名 目的地　❷ **commence** [kəˋmɛns] 動 開始

❸ **terminal** [ˋtɝmənḷ] 形 終點的　❹ **portfolio** [portˋfolɪˌo] 名 代表作選輯

❺ **vaccination** [ˌvæksṇˋeʃən] 名 接種　❻ **laboratory** [ˋlæbrəˌtorɪ] 名 實驗室

❼ **videoconference** [ˋvɪdɪoˌkɑnfərəns] 名 視訊會議

間接問句中標點符號的選擇，要看主要子句而定，如果主要子句為肯定句或否定句，使用句點；但若主要子句為疑問句或否定疑問句時，則改用問號，ex. Do you know what time the fist class begins?(你知道第一堂課幾點開始嗎？)

句型換換看 Replace It!

Please let me know how [to get the MRT station]. 換A

翻譯 請讓我知道該如何到捷運站。

解構 [Please let me know] + [how] + [to+原形動詞/子句]

換A-to+動詞/子句

- a to register the birth of a baby 為新生兒做出生登記
- b to handle the unsatisfactory products 處理讓人不滿的產品
- c to prevail❶ on him to attend the opera 說服他去看歌劇
- d to determine the favorable market price 決定有利的市場價格
- e the police found the burglar's❷ hideout 警察找到那名竊賊的躲藏處
- f the pharmaceuticals❸ affect cancer treatment 這些藥物影響癌症治療
- g the cross talk speakers converse with such wit 相聲家展現機智對話
- h to activate❹ my account and make a purchase online 啟動我的帳號並線上購物
- i these materials are relevant❺ to the fireproof❻ performance 這些材料與防火性能有關

❶ **prevail** [prɪˋvel] 動 勝過；戰勝　❷ **burglar** [ˋbɝglɚ] 名 夜賊

❸ **pharmaceuticals** [ˏfɑrməˋsjutɪkl̩z] 名 藥物

❹ **activate** [ˋæktəˏvet] 名 啟動　❺ **relevant** [ˋrɛləvənt] 形 有關的

❻ **fireproof** [ˋfaɪrˋpruf] 形 防火的

在此介紹關係副詞(介系詞+關係代名詞)的概念，它是構成間接問句的重要條件；以此處為例，表「方法」的關係副詞為in/by+which，簡化後用how，ex. Please let me know the way in which you did it.=Please let me know (the way) how you did it.(告訴我你做這件事的方式。)

In one's opinion, ...

在某人看來，…。

基本上，opinion是指個人的想法、見解及主張，一般像是在報章雜誌上讀者投稿的文章，都可以算是一種opinion；若是出版人或編輯的意見，我們稱之為editorial。

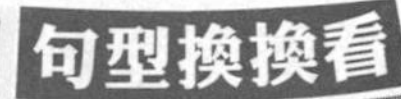

換A

In my opinion, [the movie lacks content.]

翻譯 在我看來，這部電影缺乏實質性的內容。

解構 [In one's opinion,] + [子句]

換A-子句

a a wise man doesn't glory in his wisdom❶. 智者不會誇耀自己的智慧。

b Japanese are generally modest❷ and healthy. 日本人通常都滿穩重健康的。

c global warming is becoming a more and more serious issue. 全球暖化的議題變得愈來愈嚴重。

d it might be better for my neighbor to stay single. 維持單身也許對我鄰居比較好。

e this transaction is certainly not a square deal. 這場買賣顯然不是一場公平交易。

f yoga is a good exercise and means of relaxation❸. 瑜珈是好運動，也是很棒的放鬆方式。

g Tomb Sweeping Day is a holiday❹ to pay respect❺ to our ancestors❻. 清明節是憑弔祖先的節日。

❶ **wisdom** [ˋwɪzdəm] 名 才智；智慧

❷ **modest** [ˋmɑdɪst] 形 謙虛的

❸ **relaxation** [ˏrilæksˋeʃən] 名 放鬆

❹ **holiday** [ˋhɑləˏde] 名 節日

❺ **respect** [rɪˋspɛkt] 名 尊重；敬重

❻ **ancestor** [ˋænsɛstɚ] 名 祖先

In one's opinion的位置，除了可以放在句首外，也可以置於句尾使用；同義的表達還有sb. think (that)+子句；另外，與opinion相關的延伸用法還有I have no opinion to offer.(我沒有意見要提供)；take one's opinion(採納某人的意見)。

句型換換看 Replace It!

換A

My opinion is that [her project should be practical❶.]

翻譯 我認為她的企劃應該可行。

解構 [one's opinion is that] + [子句]

換A-子句

a those ideas are unattainable❷ and unrealistic❸. 那些想法做不到也不實際。

b the critic's comments are not that professional 評論家的意見並非那麼專業。

c vulgar❹ TV programs would be bad to those children. 內容粗俗的電視節目對孩子是有害的。

d there is nothing particular❺ worth sharing with you. 沒什麼特別的東西值得與你分享。

e students should not burn the midnight❻ oil too often. 學生熬夜的次數不應該太過頻繁。

f anyone who wants to support him is kicking against the pricks❼. 任何想支持他的人都是在自討苦吃。

❶ **practical** [`præktɪkḷ] 形 實際的；實踐的

❷ **unattainable** [ˌʌnə`tenəbḷ] 形 做不到的

❸ **unrealistic** [ˌʌnrɪə`lɪstɪk] 形 不切實際的

❹ **vulgar** [`vʌlgɚ] 形 粗俗的；下流的

❺ **particular** [pɚ`tɪkjəlɚ] 形 特別的

❻ **midnight** [`mɪdˌnaɪt] 形 半夜的

❼ **prick** [prɪk] 名 尖形器具(或武器)

My opinion is that...可以寫成It is my opinion that+子句；較為複雜的同義句型還有I am of the opinion that...(+子句)。

句型換換看 Replace It!

換A

In my book, [there is no better solution to the problem.]

翻譯 在我看來，這個問題沒有更好的解決方法了。

解構 [In my book,] + [子句]

換A-子句

a this won't accord the controversy❶ over the plan. 這無法調解計畫的爭議。

b he can't understand the construction procedure. 他還無法理解施工步驟。

c our tiredness would affect the quality of the performance. 我們的疲累將會影響演出品質。

d there're compelling❷ reasons to reject❸ her request. 有令人信服的理由去拒絕她的要求。

e we should pay more attention to fallout❹ problems. 我們應該更加注意輻射性落塵的問題。

❶ **controversy** [`kɑntrə͵vɝsɪ] 名 爭論

❷ **compelling** [kəm`pɛlɪŋ] 形 令人信服的

❸ **reject** [rɪ`dʒɛkt] 動 拒絕

❹ **fallout** [`fɔl͵aʊt] 名 輻射性落塵

in one's book,...的意思不能直譯為在書裡，而是轉喻為「在我看來」之意，和in one's opinion一樣，可置於句首或句尾。

Pattern 27 have a meeting with...

與…(某人)有會議。

a meeting泛指一般的會面或會議，此處have a meeting意指「有個會議」。介系詞with後接與會的人；若要提及會議的主題，可以加入about/for表達。

換A [The secretary] **has a meeting with** 換B [her manager every morning].

翻譯 那位秘書每天早上都要跟經理開會。

解構 [主詞] + [have/has a meeting with] + [名詞(人)]

換A-主詞 **換B-名詞(人)**

替換詞對應方法：換 A a —對應→ 換 B a，練習時請按照順序替換喔！

換A-主詞	換B-名詞(人)
a My manager 我經理	a my colleagues every afternoon 每天下午與我的同事(開會)
b The mercer❶ 綢布商人	b the fashion❷ designer for the show 為了秀與設計師(開會)
c The decorator❸ 裝潢師	c the owner about the house layout❹ 為了房子的規劃圖與屋主(開會)
d Mr. Watson 華生先生	d the trustee❺ about filing bankruptcy❻ 為了申請破產與託管人(開會)
e The accountant 會計	e the fiscal❼ agent about the cash flow 為了現金流轉與財務代理人(開會)

❶ **mercer** [ˋmɝsɚ] 名 綢布商人

❷ **fashion** [ˋfæʃən] 名 流行；時尚

❸ **decorator** [ˋdɛkə͵retɚ] 名 裝潢者

❹ **layout** [ˋle͵aʊt] 名 規劃圖；布局圖

❺ **trustee** [trʌsˋti] 名 (財產)託管人

❻ **bankruptcy** [ˋbæŋkrəptsɪ] 名 破產

❼ **fiscal** [ˋfɪskḷ] 形 財政的；會計的

本句型可以加入「不定詞to+動詞」來表達會議中要進行的活動為何，ex. have a meeting to discuss about your proposal.(舉行會議討論你的提案。)其他相關變化還有：hold a meeting(召集會議)、call a meeting(主持會議)、attend a meeting(出席會議)。

句型換換看 Replace It!

換A 換B

[I **have**] **an** appointment **with** [my dentist tomorrow afternoon].

翻譯 我明天下午要去看牙醫。

解構 [主詞] + [have/has an appointment with] + [名詞(人)]

換A-主詞 **換B-名詞(人)**

替換詞對應方法：換 A a —對應→ 換 B a ，練習時請按照順序替換喔！

換A-主詞	換B-名詞(人)
a The graduate has 那位研究生	a her advisor this afternoon 今天下午和指導教授(會面)
b The residents❶ have 居民們	b the councilor❷ about the petition 為了陳情書與議員(會面)
c The provost❸ has 教務長	c officers about the curriculum❹ 為了課程表和行政人員(開會)
d A controller❺ has 飛航管制員	d the captains about the airstrip❻ 為了臨時跑道與機長(會面)
e The ambassador❼ has 大使	e the president about the foreign affairs 為了外交事務與總統(會面)

❶ **resident** [`rɛzədənt] 名 居民

❷ **councilor** [`kaʊnsḷɚ] 名 議會議員

❸ **provost** [`prɑvəst] 名 教務長

❹ **curriculum** [kə`rɪkjələm] 名 課程表

❺ **controller** [kən`trolɚ] 名 飛航管制員

❻ **airstrip** [`ɛr͵strɪp] 名 臨時飛機跑道

❼ **ambassador** [æm`bæsədɚ] 名 大使

本句型中的have可以改成get，意思不變(即get a appointment with)。appointment通常用於「預先約好的會面」上，比如預約或醫院掛號時可用make/schedule an appointment for+時間/事。

換A 換B

[My brother **has**] a date **with** [his new girlfriend].

翻譯 我哥哥和他的新女朋友有約會。

解構 [主詞] + [have/has a date with] + [名詞(人)]

換B-名詞(人)

替換詞對應方法：換Aa —對應→ 換Ba，練習時請按照順序替換喔！

換A-主詞	換B-名詞(人)
a Jenny has 珍妮	a the man she met at the party 在派對上遇到的男性
b My uncle has 我叔叔	b someone we don't know well 我們不太認識的對象
c My friend has 我朋友	c that charming bartender❶ 那個迷人的酒保
d My sister had 我姐姐	d the most gorgeous❷ bachelor❸ in town 鎮上最迷人的單身男子
e Peter has 彼德	e his fiancée❹ about their wedding decoration❺ 為了婚禮佈置和未婚妻

❶ **bartender** [ˋbɑr,tɛndɚ] 名 酒保
❷ **gorgeous** [ˋgɔrdʒəs] 形 (口)極好的
❸ **bachelor** [ˋbætʃəlɚ] 名 單身男子
❹ **fiancée** [,fiənˋse] 名 未婚妻
❺ **decoration** [,dɛkəˋreʃən] 名 裝飾

統合以上三組，meeting指一般性的見面；appointment為正式的預約；此處的date則常用於男女之間的約會(也有用來指稱一般性會面的例外)。

sb. end up...
某人最後⋯。

sb. end up後面接動名詞；有些人會以為這個句型帶有負面意思，但它其實可以用來表達正面的結果，使用時掌握「以⋯為結果；最後⋯」的意思即可。

句型換換看 Replace It!

換A [**The culprit**❶] will **end up** [living the rest of his life in jail]. 換B

翻譯 那名罪犯將在監獄度過餘生。

解構 [主詞] + [(助詞+)end up] + [動名詞]

換A-主詞	換B-動名詞
a The accountant 會計師	a working at the automat❷ 自助食堂裡工作
b The stammerer❸ 口吃者	b refusing❹ to speak in public 拒絕在大眾場合說話
c Mr. Watson 華生先生	c being our biggest consumer❺ 成為最大的消費者
d Her boyfriend 她男友	d auditioning❻ for the chief actor 試演男主角的角色
e The couples 那對夫妻	e closing the door of communication❼ 拒絕溝通
f The exile❽ 離鄉背井的人	f becoming a distinguished❾ scholar 成為傑出的學者

替換詞對應方法：換A a —對應→ 換B a，練習時請按照順序替換喔！

❶ **culprit** [`kʌlprɪt] 名 罪犯；刑事被告
❷ **automat** [`ɔtə,mæt] 名 自助餐廳
❸ **stammerer** [`stæmərɚ] 名 口吃的人
❹ **refuse** [rɪ`fjuz] 動 拒絕；拒受
❺ **consumer** [kən`sjumɚ] 名 消費者
❻ **audition** [ɔ`dɪʃən] 動 進行試演
❼ **communication** [kə,mjunə`keʃən] 名 溝通
❽ **exile** [`ɛksaɪl] 名 離鄉背井者；被流放者；流亡者
❾ **distinguished** [dɪ`stɪŋgwɪʃt] 形 卓越的；著名的

end up後面除了動名詞外，還可以加入其他的介系詞來引導名詞，做補充說明。ex. end up like(像…人)/as(成為…身份)；或在end up後面接形容詞，表示狀態。

句型換換看 Replace It!

換A [His company] ended up 換B [going bankrupt].

翻譯 他的公司最後以缺乏資金而收掉。

解構 [主詞(人/事)] + [end up with] + [名詞/動名詞]

換A-主詞(人/事)	換B-名詞/動名詞
替換詞對應方法：換Aa 對應→ 換Ba，練習時請按照順序替換喔！	
a Her dog 她的小狗	a being euthanized❶ 施行安樂死
b My supper❷ 我的晚餐	b being German pork knuckle❸ 德國豬腳
c The detection 檢測	c with a better standard process 較好的標準化過程
d My daughter 我女兒	d with a poor grade on the math test 數學小考成績很差
e The college 這所大學	e making their rules stricter due to the delinquent❹ behavior of so many students 因為學生們的違法行為，加強規定

❶ **euthanize** [\`juθə,naɪz ] 動 使安樂死　❷ **supper** [ \`sʌpɚ] 名 晚餐；晚飯

❸ **knuckle** [\`nʌkl̩ ] 名 (供食用的)肘；蹄　❹ **delinquent** [ dɪ\`lɪŋkwənt] 形 犯法的

「end up with+名詞/動名詞」表達「以某種形式收場」，強調「方式」，ex. The party ended up with a mess.(強調派對以混亂收場。)

句型換換看 Replace It!

換A
[All of my classmates are going home] at the end of [the year]. 換B

翻譯 我所有的同學年底都要回家。

解構 [子句] + [at the end of] + [名詞]

換A-子句 **換B-名詞**

替換詞對應方法：換 A a —對應→ 換 B a，練習時請按照順序替換喔！

換A-子句	換B-名詞
a Nobody raised❶ any objections❷ 沒有人提出反對意見	a the meeting 會議
b The girl emerges❸ from the dilemma❹ 那名女孩從困境中重新出發	b the story 故事
c He retired and wrote his memoirs 他退休並撰寫回憶錄	c his career 他的職業生涯
d The editor used an exclamation❺ mark 編輯用了驚嘆號	d that sentence 句子
e Many people go grocery shopping 許多人都會去買年貨	e the lunar new year 農曆年
f I listed the documentary❻ sources 我列出文獻資料來源	f my paper 我的論文

❶ **raise** [rez] 動 提出；發出
❷ **objection** [əb`dʒɛkʃən] 名 反對
❸ **emerge** [ɪ`mɝdʒ] 動 擺脫
❹ **dilemma** [də`lɛmə] 名 困境
❺ **exclamation** [ˌɛksklə`meʃən] 名 感嘆
❻ **documentary** [ˌdɑkjə`mɛntərɪ] 形 文件的

at the end可以用來表示方位(在…末端)或時間點(在…尾聲；最後)；另外，有一個形式類似，意思卻不同的副詞片語in the end，意同finally(最後)。

PART 5

說明情況的句型

～描述情況不口吃的必備英文用法

動 動詞

名 名詞

片 片語

副 副詞

形 形容詞

EXPRESS YOURSELF VIA THESE PATTERNS!

There is/are...
(某處)有…。

There is/are是用來表達「某處有什麼東西」的實用句型；there is後方接「單數可數名詞/不可數名詞」，there are則與複數可數名詞搭配使用。

Replace It!

換A

There are [trees and birds in the park].

翻譯 公園裡有樹和鳥。

解構 [There is/are] + [名詞+地點]

換A-名詞+地點

a many organs in a human body 人體裡面有很多器官
b secret tunnels❶ in the Pyramids❷ 金字塔裡有很多的秘密通道
c huge problems in our department 我們部門有很大的問題
d rocks and vortexes❸ along the bank 沿著海岸有岩石和漩渦
e excellent facilities❹ for recreation in my mansion❺ 我家大廈有好的休閒設施
f different varieties of plants in the botanical❻ garden 植物園有不同種類的植物

❶ **tunnel** [\`tʌnḷ] 名 隧道；地道
❷ **pyramid** [\`pɪrəmɪd] 名 金字塔
❸ **vortex** [\`vɔrtɛks] 名 漩渦；旋風
❹ **facility** [fə\`sɪlətɪ] 名 設施
❺ **mansion** [\`mænʃən] 名 大廈
❻ **botanical** [bo\`tænɪkḷ] 形 植物的

There are a...and a...是正式用法(ex. There are a dog and a cat on the street. 有一隻狗和一隻貓在街上)；也能寫成There is a dog and a cat on the street.，此時BE動詞是由最靠近它的名詞來決定用單數動詞is，為口語用法。

句型換換看 Replace It!

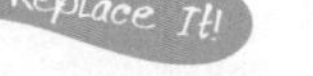

There [are monkeys] [climbing up to the tree].

翻譯 那裡有猴子正在爬樹。

解構 [There is/are] + [主詞] + [動名詞]

換A-主詞　換B-動名詞

替換詞對應方法：換Aa 對應→ 換Ba，練習時請按照順序替換喔！

換A-主詞	換B-動名詞
a are a flock of sheep 一群羊	a eating grass in a prairie❶ 在大草原上面吃草
b is a man 那個男人	b swaggering❷ through the streets 昂首闊步地穿越街道
c are gangsters❸ 流氓	c giving hush money to the witness 給目擊證人封口費
d is an evildoer❹ 做壞事的人	d fishing out a dagger❺ from his bag 從他包包裡掏出一把短劍
e are two firms 兩家公司	e having keen competition at trade fairs 在展售會上有激烈的競爭
f are models 模特兒	f standing on the runway❻ in outlandish❼ clothes 在伸展台上穿著異國風格的服飾

Key Words

❶ **prairie** [`prɛrɪ] 名 大草原
❷ **swagger** [`swægɚ] 動 昂首闊步
❸ **gangster** [`gæŋstɚ] 名 流氓
❹ **evildoer** [`ivḷ`duɚ] 名 做壞事的人
❺ **dagger** [`dægɚ] 名 匕首；短劍
❻ **runway** [`rʌn͵we] 名 伸展台
❼ **outlandish** [aʊt`lændɪʃ] 形 異國風格的

活用句型

there is/are後面如果有別的動詞，須改成動名詞(如上面例句所示)，表「有…正在進行某件事」之意；若要改為否定句型(表示「沒有…在進行某事」)，只要在is/are後面加入not any即可(there is/are not any...)，或在is/are後方加 no否定名詞(ex. There is no book on the desk. 桌上沒有書。)

句型換換看 Replace It!

There is no [knowing] [what will happen].

翻譯 不知道會發生什麼事。

解構 [There is no] + [動名詞] + [名詞子句]

換A-動名詞　換B-名詞子句

替換詞對應方法：換 A a 對應→ 換 B a，練習時請按照順序替換喔！

換A	換B
a knowing 知曉	a how much tenacious❶ memory❷ Bill has 比爾有多強的記憶力
b saying 難說	b whether the patient will relapse❸ again 那個病人是否會復發
c denying 否認	c that destiny is sometimes unintelligible❹ 命運有時難以理解
d telling 難說	d what kind of things will happen tomorrow 明天還會發生什麼事
e knowing 知曉	e whethere doomsday❺ will come or not 世界末日是否會來臨
f fsaying 難說	f whether our CEO will give up this project or not 我們的執行長是否會放棄計畫

❶ **tenacious** [tɪˋneʃəs] 形 強的　❷ **memory** [ˋmɛmərɪ] 名 記憶

❸ **relapse** [rɪˋlæps] 動 復發　❹ **unintelligible** [ˏʌnɪnˋtɛlədʒəbḷ] 形 難理解的

❺ **doomsday** [ˋdumzˏde] 名 世界末日

There is no+動名詞(V-ing)是慣用法，表示「不可能」或「無法」，常見的有there is no saying/telling that 很難說(bd)；there is no knowing 無從知曉(ae)；there is no denying that 無可否認(c)；再於後方加入名詞子句(where/what/who/when...，注意名詞子句要用直述句)。

...is between A and B.

…在A和B之間。

between為表方位的連接詞，承接A與B兩個名詞，between A and B表示「某主體的位置在A與B之間」；至於用來表示在三個以上的人或物中間則是among。

句型換換看 Replace It!

換A [The post office] **is between** 換B [**the breakfast shop and the tea house**].

翻譯 郵局在早餐店和飲料店之間。

解構 [主詞] + [BE動詞] + [between A and B]

換A-主詞 **換B-A and B**

替換詞對應方法：換 A a 對應 換 B a，練習時請按照順序替換喔！

換A	換B
a The midriff❶ 橫隔膜	a our armpit❷ and our bottom 在腋下和臀部
b The faucet❸ 洗手台	b the toliet seat and bathtub 在馬桶座和浴缸
c The fresco❹ 壁畫	c the sculpture❺ and graphic arts 在雕像和版畫
d The parlor 休息室	d the dry sauna and the steam sauna 在烤箱和蒸氣室
e The stream 溪流	e the willows❻ which were planted along the bank 種在河堤兩旁的楊柳樹道
f The lounge❼ 候機室	f the duty-free shop and the transit❽ counter 在免稅商店和過境櫃台

❶ **midriff** [ˋmɪdrɪf] 名 橫隔膜
❷ **armpit** [ˋɑrm͵pɪt] 名 腋下
❸ **faucet** [ˋfɔsɪt] 名 水龍頭
❹ **fresco** [ˋfrɛsko] 名 壁畫
❺ **sculpture** [ˋskʌlptʃɚ] 名 雕像
❻ **willow** [ˋwɪlo] 名 柳樹
❼ **lounge** [laʊndʒ] 名 候機室
❽ **transit** [ˋtrænsɪt] 名 過境

除了between A and B之外，還可以用in between(當介詞用時，用法和between一樣)；但當in between為副詞時，後面不再接任何受詞(ex. She doesn't eat any snacks in between. 她中間不再吃任何點心)。

句型換換看 Replace It!

換A

[The poor man is stuck] **between a rock and a hard place**.

翻譯 那個可憐的男人最近陷入進退兩難的窘境裡。

解構 [主詞] + [動詞] + [stuck between a rock and a hard place]

換A-主詞+動詞

a Those appraisers❶ are stuck 那群鑑定者

b Those students who wanted to cheat are stuck 那些想要作弊的學生

c Joe's failure❷ in the investment❸ has stuck him 喬的投資失敗使得他

d The lady who is forced to marry against her is stuck 那名被逼婚的女性

e An indecisive❹ person usually sticks himself 舉棋不定的人通常會

f The boy who told a white lie to his parents is stuck 那個對父母撒善意謊言的男孩

❶ **appraiser** [ə`prezɚ] 名 鑑定人

❷ **failure** [`feljɚ] 名 失敗；疏忽

❸ **investment** [ɪn`vɛstmənt] 名 投資

❹ **indecisive** [ˏɪndɪ`saɪsɪv] 形 優柔寡斷的

between a rock and a hard place表示「處於進退兩難的情況」，意指「必須做出取捨」；同義片語還有be stuck in a cleft of wood/be in a cleft stick。

句型換換看 Replace It!

換A [He] will bridge the gap **between** 換B [**rich and poor in the country**].

翻譯 他將縮小國家的貧富差距。

解構 [主詞] + [(助詞+)bridge the gap between A and B]

換A-主詞　換B-A and B

替換詞對應方法：換 A a —對應→ 換 B a，練習時請按照順序替換喔！

換A	換B
a The politician 政客	a republicans❶ and democrats❷ 共和黨員與民主黨員
b Tourism❸ 觀光	b coastal❹ areas and inland areas 沿岸地區和內地
c All the tips 所有提示	c system users and the administrator❺ 系統使用者和管理者
d The media 媒體	d conservative❻ and creationary❼ thoughts 守舊和創新的思維
e This surgery 手術	e the visual world and the blind 眼睛看得到的世界與盲人
f The chief 會長	f the student association❽ and the school policies 學生會和學校政策

Key Words

❶ **republican** [rɪ`pʌblɪkən ] 名 共和黨人　❷ **democrat** [ `dɛmə͵kræt] 名 民主黨人

❸ **tourism** [`tʊrɪzəm ] 名 觀光　❹ **coastal** [ `kostḷ] 形 海岸的

❺ **administrator** [əd`mɪnə͵stretɚ] 名 管理人

❻ **conservative** [kən`sɝvətɪv] 形 保守的

❼ **creationary** [krɪ`eʃən͵ɛrɪ ] 形 創造性的　❽ **association** [ ə͵sosɪ`eʃən] 名 社團

Tip 活用句型

bridge the gap between A and B的意思為「克服/縮短A與B之間的差距或距離」，bridge在此有「縮短距離；使渡過」之意；另一個同義用法為bridge the widening/distance between A and B。

sb. can...in the distance.

某人可以從遠處…。

本句型意指某人可從遠方執行某個動作或任務；in the distance表示「在遠處、隔一段距離」；distance(距離；路程)後面通常會與to/from/between這幾個介系詞連用。

[Tourists](換A) **can [see Fuji Mountain]**(換B) **in the distance.**

翻譯 觀光客可以從遠處看到富士山。

解構 [主詞] + [(助詞+)動詞] + [in the distance]

換A-主詞	換B-動詞
替換詞對應方法：換 A a —對應→ 換 B a，練習時請按照順序替換喔！	
a Climbers[1] 登山者	a see the dawn sky 看見黎明的景色
b The sailor on the deck 在甲板上的那名船員	b see icebergs[2] 在船的甲板上看見冰山
c The fishermen 漁民	c see the lighthouse above the island 看見島上的燈塔
d The viewers 觀眾	d see fireworks sparking[3] in the sky 看見煙火在天空綻放
e All villagers 所有村民	e hear a peal[4] of temple bells ringing out 聽見寺廟的鐘聲
f The inhabitants 住戶	f hear the sound of the roadster[5] whizzing[6] away 聽見跑車急駛而過

❶ **climber** [ˋklaɪmɚ] 名 登山者
❷ **iceberg** [ˋaɪs͵bɝg] 名 冰山
❸ **spark** [spɑrk] 動 發出火花
❹ **peal** [pil] 名 持續而宏亮的聲響
❺ **roadster** [ˋrodstɚ] 名 敞篷車
❻ **whiz** [hwɪz] 動 急馳

除了in the distance之外，還能用at a distance替換(同樣有「在遠處」之意)；from the distance則有「從遠方」的意思，特別強調「從…而來」的起始點；反義片語則有near at hand (近在咫尺)，ex. Far from reach but near at hand. 遠在天邊，近在眼前。

句型換換看 Replace It!

換A

[Most people kept her] at a respectful❶ **distance**.

翻譯 大部分人對她敬而遠之。

解構 [主詞] + [keep+受詞+at a respectful distance]

換A-主詞+keep+受詞

a Many onlookers keep those who like to bicker❷ 許多旁觀者對愛吵架的人

b The stern❸ teacher's students always kept him 那名嚴格老師的學生總是對他

c She asked me to keep the notorious❹ man 她要求我跟那個惡名昭彰的人

d The police officer told me to keep the suspect 警察要我離那個嫌疑犯(遠一點)

e I usually keep those who only know beer and skittles❺ 我通常對只知道吃喝玩樂的人

❶ **respectful** [rɪ`spɛktfəl] 形 尊敬的

❷ **bicker** [`bɪkɚ] 動 爭吵；吵嘴

❸ **stern** [stɝn] 形 嚴格的；嚴厲的

❹ **notorious** [no`torɪəs] 形 惡名昭彰的

❺ **skittle** [`skɪtḷ] 名 (英)九柱遊戲

at a respectful distance這個片語表示恭敬地離某人有一段距離，即「敬而遠之」；另一個相關片語know one's distance指有自知之明，或者認清自己的身份，明白自己該維持多少適當的距離，不踰矩。

句型換換看 Replace It!

換A 換B

[Dora keeps her] **distance** from [that hoodlum❶].

翻譯 朵拉遠離那個流氓。

解構 [主詞] + [keep one's distance from] + [名詞]

換A-主詞 **換B-名詞**

替換詞對應方法：換 A a —對應→ 換 B a ，練習時請按照順序替換喔！

換A-主詞	換B-名詞
a All of us keep our 我們所有人	a the man with evil intention 那名意圖不軌的男性
b Many stars keep their 許多明星藝人	b the press and the media 新聞媒體
c The students keep their 學生們	c that fellow across the street 對街的那個傢伙
d The driver keeps his 駕駛員	d other cars in the traffic jam 在塞車中與其他車
e Your child keeps her 你的孩子	e those who come down with measles❷ 患麻疹的人
f Many people keep their 許多人	f patients showing symptoms❸ 有那些症狀的病人
g Everybody keeps his 每個人	g the wildlife❹ in a safari park❺ 野生動物園的動物

❶ **hoodlum** [`hudləm] 名 (口)流氓
❷ **measles** [`mizḷz] 名 麻疹
❸ **symptom** [`sɪmptəm] 名 症狀
❹ **wildlife** [`waɪld͵laɪf] 名 野生動物
❺ **safari park** 片 野生動物園

keep one's distance from有「避開；不接近；疏遠」之意；keep distance表示「保留間距」之意，後面通常與介系詞from連用，ex. You have to keep distance from the hot water. 你必須離熱水遠一點。

sb. run out of...

某人用光…了。

表示「用完」時，run out of 表達的是人「主動…」把東西用完，後面接被使用的東西；of後面可以接抽象意義的名詞(如時間)；也可以是具體的物品(如金錢)。

換A 換B

[Our visitors have] run out of [coffee].

翻譯 客人們的咖啡喝完了。

解構 [主詞] + [(助詞+) out of] + [名詞]

換A-主詞	換B-名詞
替換詞對應方法：換 A a —對應→ 換 B a，練習時請按照順序替換喔！	
a The old engine has 老舊引擎	a fuel in an hour 一個小時內用完燃料
b Domestic❶ animals have 家禽	b the new feed we bought 我們新買的飼料
c The fighter aircraft has 戰鬥機	c ammunition❷ and cartridges❸ 彈藥和子彈
d That prodigal❹ has 那名揮霍者	d his allowance❺ in a month 一個月內花光零用錢
e The playwright❻ 那名劇作家	e ideas for his newest musical 他最新音樂劇的構想
f These victims will 這些災民	f water if the drought❼ continues 若乾旱持續會(缺)水
g Our agent has 我們的代理商	g stock and needs to replenish❽ the reserves 庫存，需要進貨

Key Words

❶ **domestic** [dəˋmɛstɪk] 形 家庭的
❷ **ammunition** [ˏæmjəˋnɪʃən] 名 彈藥
❸ **cartridge** [ˋkɑrtrɪdʒ] 名 子彈
❹ **prodigal** [ˋprɑdɪgḷ] 形 揮霍的
❺ **allowance** [əˋlaʊəns] 名 零用錢
❻ **playwright** [ˋpleˏraɪt] 名 劇作家
❼ **drought** [draʊt] 名 乾旱；旱災
❽ **replenish** [rɪˋplɛnɪʃ] 動 補充

除了run out of之外，run through也有「(很快)用盡」之意，為及物動詞，後面直接加受詞即可；另外補充run out on sb.，此為「拋棄某人」的意思，ex. The man ran out on his family.(那個男人拋棄了家人。)

句型換換看 Replace It!

換A 換B

[I am] **out of the running** for [the Paris tour this time].

翻譯 我這次已經失去參加巴黎之旅的機會了。

解構 [主詞] + [動詞] + [out of the running for] + [名詞/動名詞]

換A-主詞	換B-名詞/動名詞
替換詞對應方法：換 A a —對應→ 換 B a，練習時請按照順序替換喔！	
a One of us is 我們其中一位	a the English scholarship❶ 英文獎學金
b The engineers are 工程師	b the seminar in New York 在紐約的研討會
c The coordinator❷ is 協調者	c working out the overall❸ planning 統籌規劃
d My leader is 我的領導人	d promotion to supervisor 晉升主管的機會
e His team is 他的團隊	e the execution❹ of marine❺ development 實行海洋發展的計畫
f That famous actor is 那位出名的演員	f a major role in the action movie 那部動作片的主要角色
g Our previous❻ supervisor was 我們的前主管	g the director's job due to family reasons 因為家庭因素(放棄)主任的工作

❶ **scholarship** [`skɑlə͵ʃɪp ] 名 獎學金　❷ **coordinator** [ ko`ɔrdn̩͵etə] 名 協調者

❸ **overall** [`ovə͵ɔl ] 形 全面的　❹ **execution** [ ͵ɛksɪ`kjuʃən] 名 執行

❺ **marine** [mə`rin ] 形 海生的　❻ **previous** [ `priviəs] 形 以前的

句型be out of the running for是指「無法達到或實現某目的」，for後面接名詞/動名詞；反義表達則為be in the running for sth.(有實現某目的之機會。)

換A 換B

[I got this stain to come] **out of** [my white shirt].

翻譯 我把這污漬從我的白襯衫上洗掉了。

解構 [主詞] + [動詞] + [come out of] + [名詞]

換A-主詞+動詞 **換B-名詞**

替換詞對應方法：換Ａa —對應→ 換Ｂa，練習時請按照順序替換喔！

換A-主詞+動詞	換B-名詞
a Truth sometimes comes 真理有時候	a the Devil's mouth 惡魔的嘴裡
b I can't get the cork 我拔不出瓶塞	b this bottle of champagne❶ 一瓶香檳
c Several pimples❷ may come 一些青春痘	c the surface of your face 你的臉上
d I got this tack 我取出這個大頭釘	d the bulletin❸ board on the wall 牆上的公佈欄
e Those people should come 那些人應該	e bondage❹ into freedom 從奴役中解放並獲得自由

❶ **champagne** [ʃæm`pen ] 名 香檳 ❷ **pimple** [ `pɪmpḷ] 名 粉刺

❸ **bulletin** [`bʊlətɪn ] 名 公告；公報 ❹ **bondage** [ `bɑndɪdʒ] 名 奴役

out of有幾個意思：(1)出於 (2)脫離；擺脫，在這組變化型中，替換詞ace與come結合(come out of)有「清除標記、污點」和「從…出來」之意，另外，像bd這種get sth. out of...則有「從…取下、拔出來」的意思。

sb. spend...on...

某人把…花在…上。

spend通常會以人當主詞，表示某人花費金錢、時間、精力來做某事；spend的用法比較特別，後面可以接「on+名詞」或「(in+)動名詞」為受詞，皆表「某人花費…在某事上」。

句型換換看

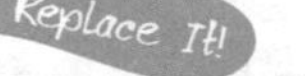

[換A Engineers] spend [換B much time **on** the new solutions❶].

翻譯 工程師們花費很多時間來發展新的解決方案。

解構 [主詞] + [spend sth. on] + [名詞]

換A-主詞	換B-sth. on+名詞
a Emma hates to 艾瑪討厭	a time on a bumpy❷ ride 把時間浪費在顛簸的行程
b The technicians 技師	b much time on maintenance❸ 花很多時間在做維修保養
c Many hikers 許多登山客	c money on the wireless apparatus❹ 花錢在無線電設備上
d I prefer to 我比較贊成	d money on insurance❺ than parties 把錢花在保險而非開派對
e Many women 許多女性	e much money on the cosmetics❻ 花很多錢在化妝品上
f Educators 教育家們	f lots of time and energy on suicide❼ prevention❽ 花很多時間與心力在預防自殺

替換詞對應方法：換Aa —對應→ 換Ba，練習時請按照順序替換喔！

❶ **solution** [sə`luʃən] 名 解決
❷ **bumpy** [`bʌmpɪ] 形 顛簸的
❸ **maintenance** [`mentənəns] 名 維修
❹ **apparatus** [ˌæpə`retəs] 名 儀器
❺ **insurance** [ɪn`ʃurəns] 名 保險
❻ **cosmetics** [kɑz`mɛtɪks] 名 化妝品
❼ **suicide** [`suəˌsaɪd] 名 自殺
❽ **prevention** [prɪ`vɛnʃən] 名 預防

pay for和spend都有「花費」之意，但pay for專指金錢；同樣指花費，pay表示「一定要支付的費用」，spend則為「可選擇是否要支付的款項」。

句型換換看 Replace It!

換A 換B

[The housewife] spent [her Saturday doing her chores❶].

翻譯 那個家庭主婦花星期六一整天做家事。

解構 [主詞] + [spend sth. (in)] + [動名詞]

換A-主詞 **換B-動名詞**

替換詞對應方法：換 A a —對應→ 換 B a，練習時請按照順序替換喔！

換A-主詞	換B-動名詞
a Those hikers 那群登山客	a all day walking 一整天在趕路
b My sister 我的姐姐	b too much money dressing herself 太多錢打扮
c Those women 那群女人	c lots of time gossiping❷ with each other 許多時間聊八卦
d The publisher❸ 出版商	d much money compiling❹ and printing 很多錢匯編和列印
e The single mom 單親媽媽	e several years bringing up her child 幾年的時間把孩子帶大

❶ **chore** [tʃor] 名 家庭雜務
❷ **gossip** [\`gɑsəp] 動 閒聊
❸ **publisher** [\`pʌblɪʃɚ] 名 出版商
❹ **compile** [kəm\`paɪl] 動 匯編

此處為「spend...(in)+動名詞」的例子。若spend與time連用以表達「花費時間」時，可以用take改寫，但要注意take通常會用事物或虛主詞it當主詞。

句型換換看 Replace It!

換A [**The baker**] **spent** all 換B [his life making delicious bread].

翻譯 那個麵包師父花費一生的時間在製作美味的麵包。

解構 [主詞] + [spend all one's life] + [動名詞]

換A-主詞　換B-one's life+動名詞

替換詞對應方法：換 A a —對應→ 換 B a ，練習時請按照順序替換喔！

換A	換B
a The doctor 那個醫生	a her life curing this disease 治療這種疾病
b The teacher 那位老師	b his life teaching those who are illiterate❶ 教文盲識字
c That patient 那名患者	c her life struggling❷ against cancer 與癌症對抗
d That heroine❸ 女英雄	d her life working on the revolution❹ 從事革命
e The admiral❺ 海軍上將	e his life devoting himself to the county 報效國家
f The backpacker 背包客	f all his life exploring various exotic❻ cultures 探索不同的異國文化
g That miser❼ 那名守財奴	g his life pursuing fame and wealth 一生中追求名譽與財富
h The stupid man 蠢男人	h his life dropping buckets into empty wells❽ 做徒勞無功的事

❶ **illiterate** [ɪ`lɪtərɪt ] 形 文盲的　❷ **struggle** [ `strʌgḷ] 動 奮鬥；鬥爭

❸ **heroine** [`hɛro͵ɪn ] 名 女英雄　❹ **revolution** [ ͵rɛvə`luʃən] 名 革命

❺ **admiral** [`ædmərəl ] 名 海軍上將　❻ **exotic** [ ɛg`zɑtɪk] 形 異國的

❼ **miser** [`maɪzɚ] 名 守財奴　❽ **well** [wɛl] 名 水井；油井

spend all one's life表示「某人花一生的時間(從事某件事情)」，後面一樣可以接「on+名詞/(in+)動名詞」，除此之外，還可以接for+人，表示「為某人付出一生」，ex. Our parents spend all their lives for us. 父母為了我們奉獻一生。

It cost sb...to...

某人花了…(錢)去…。

cost當動詞時解釋為「花費；付出」，當名詞時為「費用；成本；開銷」等；當動詞時須用事物或虛主詞It當主詞(It/事物 cost sb.(錢) to...）。

It cost [me NT$10,000] to buy [this overcoat]. (換A: me NT$10,000; 換B: this overcoat)

翻譯 這件大衣花了我一萬元購買。

解構 [It] + [cost] + [名詞(人)] + [錢/花費] + [to+動詞補語]

換A-名詞(人)+錢/花費 | **換B-動詞補語**

替換詞對應方法：換Aa  對應 換Ba，練習時請按照順序替換喔！

換A-名詞(人)+錢/花費	換B-動詞補語
a my mom NT$400 母親四百元台幣	a that ornament❶ 那個裝飾品
b him ten thousand dollars 他一萬元	b the nippy❷ roadster 那台漂亮的跑車
c me twenty thousand dollars 我兩萬元	c a natural silk quilt 純天然的蠶絲被
d me two hundred dollars 我兩百元	d the unique perfume 那瓶特別的香水
e her one billion dollars 她十億元	e the antique pottery❸ and porcelain❹ 陶瓷古玩

❶ **ornament** [ˋɔrnəmənt] 名 裝飾　❷ **nippy** [ˋnɪpɪ] 形 (俚)漂亮的

❸ **pottery** [ˋpɑtərɪ] 名 陶器　❹ **porcelain** [ˋpɔrslɪn] 名 瓷器

若要反問對方，某事物價值多少錢時可以用How much does it cost to...開頭的疑問句；更簡單的表達句還有How much does it cost for sth.?

句型換換看 Replace It!

換A

[Sara's boss sent her to Hong Kong] and paid the **cost** of [her trip]. 換B

翻譯 莎拉的老闆派她去香港，並幫她支付旅行開銷。

解構 [子句] + [and] + [pay the cost of] + [名詞]

換A-子句

替換詞對應方法：換 A a —對應→ 換 B a，練習時請按照順序替換喔！

- a We sent him to the sanatorium❶ 我們把他送到療養院
- b His parents sent him to the U.S.A. 父母把他送到美國
- c She rent an apartment for his son 她替兒子租了公寓
- d The recipient❸ thanked the carrier❹ 收件者謝謝郵差
- e Tommy took the responsibility 湯米承諾負擔責任
- f The driver sent the wounded❺ to the hospital 駕駛把傷者送到醫院
- g He will hold an incentive tour 他將舉辦員工旅遊

換B-名詞

- a nursing 照護
- b his tuition❷ 學費
- c all the fees 所有的費用
- d the delivery 運送
- e maintenance 維修
- f the medical❻ expenses❼ 醫藥費
- g all the airline tickets 所有機票錢

❶ **sanatorium** [ˌsænəˋtorɪəm] 名 療養院

❷ **tuition** [tjuˋɪʃən] 名 學費

❸ **recipient** [rɪˋsɪpɪənt] 名 接受者

❹ **carrier** [ˋkærɪɚ] 名 運送人

❺ **wounded** [ˋwundɪd] 名 受傷者；傷兵

❻ **medical** [ˋmɛdɪkḷ] 形 醫學的

❼ **expense** [ɪkˋspɛns] 名 費用；支出

cost當名詞時是指開銷或成本，表示某樣物品或行為的花費，用法為the cost of+名詞/ 動名詞；expense這個字有消耗、消費等意思，可以與名詞的cost互用，ex. the cost of our trip(我們旅程的花費)可以改寫成the expenses of our trip。

句型換換看 Replace It!

換A 換B

It takes [my student three hours] to [finish the painting].

翻譯 這幅畫花了我學生三個小時的時間才完成。

解構 [(虛)主詞] + [take] + [名詞(人)] + [時間] + [to+動詞]

換A-名詞(人)+時間

換B-動詞

替換詞對應方法：換 A a —對應→ 換 B a，練習時請按照順序替換喔！

換A	換B
a the team six months 這個團隊六個月	a end the epidemic❶ completely 完全結束這場流行病
b me an entire afternoon 我一整個下午	b potter❷ around in the garden 在花園做瑣事
c the ceramist❸ one day 陶瓷藝術家一天	c shape the clay into a vase 把陶土做成花瓶
d the psychologist❹ a year 心理醫生一年	d draw different conclusions❺ 得出不同結論
e the doctor her whole life 醫生的一生	e find out the therapy❻ to that disease 找出疾病的療法

❶ **epidemic** [ˌɛpɪˋdɛmɪk] 名 流行病

❷ **potter** [ˋpɑtɚ] 動 慢條斯理地做瑣事

❸ **ceramist** [səˋræməsəst] 名 陶瓷藝術家

❹ **psychologist** [saɪˋkɑlədʒɪst] 名 心理學家

❺ **conclusion** [kənˋkluʒən] 名 結論

❻ **therapy** [ˋθɛrəpɪ] 名 療法；治療

活用句型

本變化型介紹和cost相似，但專表達「時間上的花費(It takes sb...to...)」之句型，若想詢問「花費多久時間」，則用「How long does it take to+原形動詞」的句型即可。

sb. be engaged in...

某人在忙/從事…。

本句型意指「從事某職業；忙於事務；參加活動」等意，這裡強調的是「狀態」，而非動作；另一個相似句型be engaged with所強調的則是動作上的「正忙於…」。

句型換換看

換A 換B

[**My colleague** wants to **be**] **engaged in** [the challenging work].

翻譯 我同事想從事那個具挑戰性的工作。

解構 [主詞] + [BE動詞+engaged in] + [名詞]

換A-主詞 **換B-名詞**

替換詞對應方法：換 A a —對應→ 換 B a，練習時請按照順序替換喔！

換A	換B
a The secret agent is 特務	a emissary❶ activities 間諜活動
b Our president is 我們總統	b the organization of a new cabinet❷ 組織新內閣
c The officer is 那名公務員	c a serious study of public issues 對公眾議題做深入研究
d The originator❸ is 發起人	d the consultation❹ with our government 與政府協商
e My family have been 我的家人	e animal husbandry❺ for generations 世代(從事)畜牧業
f They have been 他們已經	f the wholesale❻ business for many years 批發業好幾年了

❶ **emissary** [ˋɛmɪˏsɛrɪ] 形 間諜的
❷ **cabinet** [ˋkæbənɪt] 名 內閣；全體閣員
❸ **originator** [əˋrɪdʒəˏnetɚ] 名 發起人
❹ **consultation** [ˏkɑnsəlˋteʃən] 名 商議
❺ **husbandry** [ˋhʌzbəndrɪ] 名 飼養業
❻ **wholesale** [ˋholˏsel] 形 批發的

另一個同義句型為be occupied with+名詞/be occupied (in)+動名詞(in可省略)，解釋為「忙於某事」的意思；occupy當動詞時有「佔領；佔據(時間或空間)」之意，常與oneself連用。

句型換換看 Replace It!

換A 換B

[The professor is] engaged as [an advisor].

翻譯 這位教授被聘請為顧問。

解構 [主詞] + [BE動詞+engaged as] + [名詞]

換A-主詞 / 換B-名詞

替換詞對應方法：換 A a —對應→ 換 B a ，練習時請按照順序替換喔！

換A-主詞	換B-名詞
a Several engineers are 幾位工程師	a our lecturers❶ 我們的講師
b The native speaker is 那個母語人士	b an English interpreter❷ 英文翻譯員
c The champion will be 冠軍選手將會	c her appointed❸ designer 她的指定設計師
d The top salesman is 那個頂尖銷售員	d our marketing manager 我們的行銷經理
e The foreign teacher is 那個外國老師	e their phonetic❹ professor 他們的語音學教授
f Mr. Hudson will be 哈德森先生	f a civil litigation❺ trial attorney 民事訴訟案件的律師
g Certain experts were 某些專家	g consultants❻ to our governor 我們州長的顧問
h The retired tennis player is 退休的網球選手	h an athletic coach in high school 高中運動教練

Key Words

❶ **lecturer** [\`lɛktʃərɚ ] 名 (大學)講師　❷ **interpreter** [ ɪn\`tɝprɪtɚ] 名 翻譯員

❸ **appointed** [ə\`pɔɪntɪd ] 形 指定的　❹ **phonetic** [ fo\`nɛtɪk] 形 語音學的

❺ **litigation** [\`lɪtə\`geʃən] 名 訴訟　❻ **consultant** [kən\`sʌltənt] 名 顧問

as當介系詞，有「做為；成為」某種身分，「擔當」某職業等意，因此，當基本句型中的介詞改為as後，意思會轉變為「受邀聘擔任某職缺或身份」，主詞為人，as後接身份，類似的片語還有hold the post of。

句型換換看

換A　換B

[The millionaire was] engaged to [that pretty woman].

翻譯 那名百萬富翁跟那個美麗的女人訂婚了。

解構 [主詞] + [be engaged to] + [名詞(人)]

換A-主詞　換B-名詞(人)

替換詞對應方法：換 A a 對應→ 換 B a ，練習時請按照順序替換喔！

換A-主詞	換B-名詞(人)
a Our youngest princess is 最小的公主	a that prince 那位王子
b The destitute❶ woman is 那名貧窮的女性	b a capitalist❷ 富翁
c That female star will be 那名女明星將會	c a surgeon 外科醫生
d The heroine in the movie is 電影女主角	d a barrister❸ 一名律師
e The prosecutor❹ is going to be 檢察官將會	e her colleague 她的同事

❶ **destitute** [ˋdɛstə͵tjut] 形 窮困的　❷ **capitalist** [ˋkæpətl̩ɪst] 名 富翁

❸ **barrister** [ˋbærɪstɚ] 名 律師　❹ **prosecutor** [ˋprɑsɪ͵kjutɚ] 名 檢察官

be engage to的意思為「訂婚」，介系詞to後面接訂婚的對象，除此之外，還可以改寫成A and B are engaged，表示A、B兩個人已經訂婚了。

sb. make an excuse...
某人找藉口…。

excuse在此當名詞，意思為「理由；藉口」。為某事找理由的句型為「make an excuse to+原形動詞」或「make an excuse for+名詞/動名詞」；「編造謊言」則用make up an excuse。

換A 換B

[**You** shouldn't **make**] **an excuse** for [your mistake].

翻譯 你不應該為你的失誤找理由。

解構 [主詞] + [(助詞+)make an excuse] + [for+名詞/動名詞]

換A-主詞	換B-名詞/動名詞
替換詞對應方法：換Aa —對應→ 換Ba，練習時請按照順序替換喔！	
a Nobody should make 沒人應該	a the failure this time 這次的失敗
b The learner made 那名學習者	b her lack of preparation 她的準備不足
c The novelist made 那位小說家	c rejecting our invitation 拒絕我們的邀請
d The critic made 那名評論家	d his subjective❶ appraisals❷ 他主觀的評價
e Kevin shouldn't make 凱文不該	e his absence❸ from the conference 研討會缺席
f She shouldn't make 她不應該	f refusing to assist❹ at the meeting 拒絕參加會議

❶ **subjective** [səbˋdʒɛktɪv] 形 主觀的
❷ **appraisal** [əˋprezḷ] 名 評價
❸ **absence** [ˋæbsṇs] 名 缺席；不在
❹ **assist** [əˋsɪst] 動 出席；到場

基本句型若遇到複數情形時，可寫成make excuses for+名詞/動名詞，同義的另外一種句型為offer excuses for+名詞/動名詞。

句型換換看 Replace It!

換A 換B

[My mom] excused [me from attending the boring reunion❶].

翻譯 我媽同意我不用出席那個無聊的聚會。

解構 [主詞] + [excuse+名詞(人)+from] + [動名詞]

換A-主詞　換B-名詞(人)+from+動名詞

替換詞對應方法：換 A a →(對應) 換 B a，練習時請按照順序替換喔！

換A	換B
a My sister 我的妹妹	a herself from attending the party 請求不用讓她參加派對
b His parents 他父母	b him from taking part in the activities❷ 他不參加活動
c My boss 我的老闆	c us from joining this training project 我們不用參加訓練計畫
d The judge 那名法官	d her from hearing testimony❸ on the case 她不用聽取案件的證言
e The authorities❹ 當局	e him from serving on federal❺ jury duty 免除他擔任陪審團的義務

Key Words

❶ **reunion** [ri`junjən] 名 重聚
❷ **activity** [æk`tɪvətɪ] 名 活動
❸ **testimony** [`tɛstə͵monɪ] 名 證言
❹ **authority** [ə`θɔrətɪ] 名 官方
❺ **federal** [`fɛdərəl] 形 聯邦制的

Tip 活用句型

變化句型excuse sb. from...意指「免除某人(做某事)」，介系詞from後面接動名詞；句型的主詞為人(表示有權免除者)；另外，若想表達禁止某人做某事的話，可以用「...forbid sb. to+原形動詞」或「...prohibit sb. from+動名詞」這兩種句型。

句型換換看 Replace It!

換A

[Matt's girlfriend left him] without any reason.

翻譯 麥特的女朋友無端離開他。

解構 [子句] + [without (any) reason]

換A-子句

a Tim decided to achieve his objective❶ 提姆決定達成他的目標

b The leader was criticized❷ and framed 領導者被批評和栽贓

c The diligent❸ technician was booted out 那個辛勤工作的技術員被開除

d Her salary and her merit❹ pay were cut 她的薪水和考績獎金被刪減

e We need to show filial❺ obedience❻ to our parents 我們必須要孝順父母

f That audacious❼ man searched my apartment 那個膽大妄為的男人搜查我的公寓

g Our team leader asked us to accomplish this task 團隊的領導者要求我們完成這次的任務

h Librarians have to provide the information to those policemen instantly 圖書館員必須立刻提供警員資訊

❶ **objective** [əb`dʒɛktɪv] 名 目標

❷ **criticize** [`krɪtɪˏsaɪz] 動 批評

❸ **diligent** [`dɪlədʒənt] 形 勤奮的

❹ **merit** [`mɛrɪt] 名 功績；功勞

❺ **filial** [`fɪljəl] 形 孝道的；子女的

❻ **obedience** [ə`bidjəns] 名 順從

❼ **audacious** [ɔ`deʃəs] 形 膽大妄為的

在此補充「子句+without any reason」的變化，表示「沒有理由；毫無理由」，這裡要注意excuse與reason兩個字的不同，雖然單字都有「理由；原因」之意，但和without any reason相比，寫成without any excuse會有「沒有藉口」，帶入替換詞會造成語句不通的現象，使用時請多加注意。

regarding...

關於…。

regarding原是regard的現在分詞，被當成介系詞使用時相當於about(關於)，有「關於；就…而言；在…方面」的意思；意思雖然和about一樣，但regarding的用法較為正式。

換A [My boss has announced❶ something] **regarding** [his decision]. 換B

翻譯 我老闆已經宣佈一些有關他決定的事項了。

解構 [子句] + [regarding] + [名詞]

換A-子句 **換B-名詞**

替換詞對應方法：換 A a —對應→ 換 B a，練習時請按照順序替換喔！

換A-子句	換B-名詞
a Prof. Lin answered a question 林教授回答問題	a the oil crisis 石油危機
b I brought up a new opinion 我提出新意見	b your request❷ 你的要求
c My boss threw out a hint 我的老闆提出暗示	c our bonuses 我們的獎金
d The scholar proposed a hypothesis❸ 那名學者提出假設	d the origin❹ of wars 戰爭的起源

❶ **announce** [əˋnaʊns] 動 宣布
❷ **request** [rɪˋkwɛst] 名 要求；請求
❸ **hypothesis** [haɪˋpɑθəsɪs] 名 假說
❹ **origin** [ˋɔrədʒɪn] 名 起源；由來

regarding...常用於商業書信中，為正式用語。regarding和concerning稱為「邊緣介系詞」(marginal prepositions)，意即具備介系詞的功能，但型態截然不同；邊緣介系詞大多以現在分詞呈現，少數為過去分詞或原形動詞。

句型換換看 Replace It!

With **regard** to [her attitude❶], [I don't have any complaints❷].

翻譯 關於她的態度，我沒有什麼好抱怨的。

解構 [With regard to] + [名詞], + [子句]

換A-名詞　換B-子句

替換詞對應方法：換 A a 對應→ 換 B a，練習時請按照順序替換喔！

換A-名詞	換B-子句
a the next trial 下場審判	a Betty still feels terrified❸ 貝蒂依然感到害怕
b her intention 她的意願	b there's nothing to be doubted 沒什麼好懷疑的事情
c hardness 物體硬度	c the diamond❹ is unparalleled❺ 鑽石是無可比擬的
d the loan request 貸款要求	d they have already been approved 他們已經被核准了
e the divorce❻ case 離婚官司	e that attorney is the best as far as I know 那名律師是我所知最棒的一個
f her arrogant❼ son 她自大的兒子	f Mrs. Lee decided to teach him a lesson 李太太決定給他上一課

❶ **attitude** [`ætətjud] 名 態度；看法
❷ **complaint** [kəm`plent] 名 抱怨
❸ **terrified** [`tɛrə,faɪd] 形 非常害怕的
❹ **diamond** [`daɪəmənd] 名 鑽石
❺ **unparalleled** [ʌn`pærə,lɛld] 形 無比的
❻ **divorce** [də`vors] 名 離婚
❼ **arrogant** [`ærəgənt] 形 自大的

with regard to與regarding相同，同樣表示「關於」之意，to後面通常接人或事物，其他可以替換的表達方式還有in regard to/in connection with/concerning…等等。

句型換換看 Replace It!

換A 換B

[Our CEO has] a very high **regard** for [my ability].

翻譯 我們的執行長非常看重我的能力。

解構 [主詞] + [have/has a (very) high regard] + [for+名詞]

換A-主詞　　換B-名詞

替換詞對應方法：換 A a —對應→ 換 B a，練習時請按照順序替換喔！

換A-主詞	換B-名詞
a The scholar has 學者	a the historical❶ development 歷史發展
b The banker has 銀行家	b their financial statements❷ 他們的財務狀況
c That appraiser❸ has 那位評審	c his professional qualifications❹ 他的專業能力
d The architect❺ has 一名建築師	d her residential❻ design project 她的住宅設計企劃
e The committee has 委員會	e pertinent❼ comments on the scheme 對這個計畫的中肯評論
f The jeweler has 珠寶商	f this parcel❽ of diamonds from South Africa 這一批南非鑽石

Key Words

❶ **historical** [hɪs`tɔrɪkḷ ] 形 歷史的　❷ **statement** [ `stetmənt] 名 借貸表

❸ **appraiser** [ə`prezɚ ] 名 鑑定人　❹ **qualification** [ ˌkwɑləfə`keʃən] 名 能力

❺ **architect** [`ɑrkəˌtɛkt ] 名 建築師　❻ **residential** [ ˌrɛzə`dɛnʃəl] 形 住宅的

❼ **pertinent** [`pɝtnənt ] 形 貼切的　❽ **parcel** [ `pɑrsḷ] 名 (待售商品的)一批

Tip 活用句型

此變化型已偏離基本句的意思，have a (very) high regard for有「極為尊敬；器重；重視」之意，介系詞for之後可接人或事；其反義的表達句型則為have a low regard for，表「輕視；小看」。

sb. be in a hurry to...

某人急切地…。

be in a hurry表示一個人陷入忙亂的情境，且急切地想要完成某事；haste(催促)這個字則著重「想辦法趕快」，並不像hurry表示倉促或匆忙的動作。

Replace It!

換A 換B

[The movie star is] in a hurry to [leave for Hong Kong].

翻譯 那個電影明星急著要前往香港。

解構 [主詞] + [be in a hurry to] + [動詞]

換A-主詞	換B-動詞
替換詞對應方法：換 A a —對應→ 換 B a，練習時請按照順序替換喔！	
a The merchant[1] is 那位商人	a participate[2] in the auction[3] 參加拍賣會
b All policemen are 所有警察	b hunt a fugitive[4] from justice 搜捕逃犯
c My tenant[5] is 我的房客	c make an extension of renewal[6] 延長租約
d My brother is 我的弟弟	d apologize[7] to those he offended 向他冒犯的人道歉
e All of us are 我們所有人	e move away the bricks and stones 搬開磚塊和石頭
f That man is 那個男人	f get his car started and leave hastily[8] 發動車子並趕緊離開

❶ **merchant** [`mɜtʃənt] 名 商人
❷ **participate** [pɑr`tɪsə͵pet] 動 參加
❸ **auction** [`ɔkʃən] 名 拍賣會
❹ **fugitive** [`fjudʒətɪv] 名 逃犯
❺ **tenant** [`tɛnənt] 名 房客；住戶
❻ **renewal** [rɪ`njuəl] 名 續訂
❼ **apologize** [ə`pɑlə͵dʒaɪz] 動 道歉
❽ **hastily** [`hestɪlɪ] 副 匆忙地

基本句當中的不定詞to後面接原形動詞，表達想趕緊完成的事情；其他與hurry相關的變化還有極短句Hurry up!用來催促他人，通常用於祈使句，ex. Hurry up or we'll miss the bus. (動作快一點，否則我們會趕不上公車)；另一個同義表達句型為make haste，同樣在催促他人，想辦法讓對方迅速完成任務。

句型換換看

換A 換B

[The businessman is] in no **hurry to** [board the plane].

翻譯 那位商人並不急於登機。

解構 [主詞] + [be in no hurry to] + [動詞]

換A-主詞 **換B-動詞**

替換詞對應方法：換 A a —對應→ 換 B a，練習時請按照順序替換喔！

換A-主詞	換B-動詞
a The waiter is 那位服務生	a serve the food 服務餐點
b The wilful❶ man is 倔強的男人	b change his principles❷ 改變他的原則
c Those students are 那群學生	c finish their assignments❸ now 現在完成他們的作業
d These judges are 這群法官	d convict❹ the suspect of a crime 定嫌疑犯的罪
e My manager is 我的經理	e raise❺ the issue at the meeting 在會議中提出那個議題
f That widower❻ is 那名鰥夫	f remarry to someone in the near future 近期內再婚

❶ **wilful** [`wɪlfəl] 形 頑固的；倔強的
❷ **principle** [`prɪnsəpḷ] 名 原則
❸ **assignment** [ə`saɪnmənt] 名 作業
❹ **convict** [kən`vɪkt] 動 判決
❺ **raise** [rez] 動 提出；發出
❻ **widower** [`wɪdoə] 名 鰥夫

in no hurry屬於口語用法，意指「有充分的時間做某事」或「不急於完成某事」。更簡化的用法為no hurry，用於祈使句，表「不急啦！」

換A 換B

[**That officer** promised] to **hurry** on with [my case].

翻譯 那名公務員承諾會趕緊處理我的案子。

解構 [主詞] + [動詞] + [to hurry on with] + [名詞/動名詞]

換A-主詞+動詞 **換B-名詞/動名詞**

替換詞對應方法：換 A a —對應→ 換 B a ，練習時請按照順序替換喔！

換A	換B
a May will do her best 梅會盡她所能	a curing the survivors 治療生還者
b The candidate committed❶ 候選人表態	b those controversial❷ issues 那些有爭議的議題
c That employee is striving❸ 員工正在努力	c the project you assigned❹ to her 你指派給她的企劃
d The resident had 住院醫生必須	d stitching the wound on his head 縫合他頭部的傷口
e Our governor has 我們州長必須	e certain social security problems 某些社會安全問題

❶ **commit** [kə`mɪt] 動 使表態；使作出保證

❷ **controversial** [ˌkɑntrə`vɝʃəl] 形 有爭議的

❸ **strive** [straɪv] 動 努力；奮鬥

❹ **assign** [ə`saɪn] 動 分派

hurry on with有「趕緊辦理好」之意，與「處理」有關的表達還有deal with和cope with，但這兩種只涉及「解決事情」的概念，並不隱含急促感。

...can't...until...

在…之前不能…。

until和till都有「直到…才…」的意思，但until較正式，書面語也較常用；until可以當介系詞或連接詞；當介系詞時，只能與「時間」連用；此外，連接詞until後面要用現在式。

句型換換看 Replace It!

換A [Erin and I **can't** go to L.A.] **until** [next month]. 換B

翻譯 艾琳和我下個月才能去洛杉磯。

解構 [主詞] + [can't+動詞+until] + [名詞]

換A-主詞+can't+動詞	換B-名詞
替換詞對應方法：換Aa 對應→ 換Ba，練習時請按照順序替換喔！	
a My roommate couldn't sleep 我的室友無法入眠	a 2:00 a.m. 凌晨兩點
b Linda won't receive❶ the gifts 琳達不會收到禮物	b her birthday 她生日
c The plumber❷ can't fix the leak❸ 水管工無法修理漏水	c tomorrow 明天
d His team can't finish this project 他的團隊無法完成這份企劃	d December❹ 十二月
e I can't see the point of her decision 我看不出她決定的重點	e then 那時候
f I can't hand in my mathematics❺ paper 我無法交數學報告	f 3:00 p.m. 下午三點
g Most of the seniors aren't available 大部分的大四生都沒有空	g this weekend 這個週末
h I can't open this gate which is locked 我無法打開這扇鎖起的大門	h that day 那一天

❶ **receive** [rɪˋsiv] 動 接受；收到
❷ **plumber** [ˋplʌmɚ] 名 水管工
❸ **leak** [lik] 名 (水、瓦斯等)漏出
❹ **December** [dɪˋsɛmbɚ] 名 十二月
❺ **mathematics** [ˌmæθəˋmætɪks] 名 數學

「can't+動詞+until+名詞(時間)」這個句型所表示的是，「沒到某個時間點，無法進行某件事」；但當子句為肯定句時，until/till引導出來的意思是「直到某個時間點，某動作才停止。」，ex. They spent money happily until they ran out of their property. (他們快樂地揮霍，直到把家產都敗光後才停止)。

句型換換看 Replace It!

換A 換B

Not until [two days ago] [**did** I realize that he did not lie].

翻譯 直到兩天前，我才明白他沒有說謊。

解構 [Not until] + [名詞/子句] + [倒裝句]

換A-名詞/子句	換B-倒裝句
替換詞對應方法：換 A a —對應→ 換 B a，練習時請按照順序替換喔！	
a the baby fell asleep 嬰兒睡著	a did the mother leave the room 母親離開房間
b we got lost 我們迷路	b did she decide to ask for directions❶ 她決定問路
c I saw the comments 看到評論	c did I realize the play was a success 我意識到這齣劇很成功
d he pointed it out 他指出來	d did I realize the seriousness❷ of this problem 我了解問題的嚴重性
e midnight❸ 午夜十二點	e was he pronounced❹ out of danger 他被宣告脫離陷境
f last Monday 上週一	f did the actor agree to play the role 演員同意出演角色

❶ **direction** [dəˋrɛkʃən] 名 方向
❷ **seriousness** [ˋsɪrɪəsnɪs] 名 嚴重性
❸ **midnight** [ˋmɪd͵naɪt] 名 午夜
❹ **pronounce** [prəˋnaʊns] 動 斷言

若將not until放在句首，那麼主要子句必須改為倒裝句，表達「直至某時才做某事」之意，句型結構為「Not until...+BE動詞/助詞+主詞+動詞」。

換A 換B

It was **not until** [2:00 a.m.] that [she went to bed].

翻譯 她到凌晨兩點才上床睡覺。

解構 [It was not until] + [名詞/子句1] + [that+子句2]

換A-名詞/子句1　**換B-子句2**

替換詞對應方法：換 A a —對應→ 換 B a，練習時請按照順序替換喔！

換A	換B
a the professor came 教授來了	a they started the experiment❶ 他們開始做實驗
b he gained❷ power 他掌握權力	b he showed his true colors 露出他原本的真面目
c the artist died 藝術家死了	c his works became popular❸ among people 作品受大眾歡迎
d my father was forty 父親四十歲	d he realized the importance of health 他意識到健康的重要
e yesterday morning 昨天早上	e I noticed Mary's engagement❹ ring 我注意到瑪莉的訂婚戒指

❶ **experiment** [ɪk`spɛrəmənt] 名 實驗　❷ **gain** [ɡen] 動 得到；獲得；贏得

❸ **popular** [`pɑpjələ ] 形 受歡迎的　❹ **engagement** [ ɪn`ɡedʒmənt] 名 訂婚

It is not until...that...為分裂句，用於加強語氣。把要加強的部分(時間/子句1)寫在It is not until之後，其餘資訊放在that子句當中即可。

It takes time to...

…很花時間。

take time是耗費時間的意思，主詞不得為人(sb.)，必須用虛主詞it開頭，take time後面加「不定詞to+原形動詞」，意指「花費多少時間去做某事」。

It takes time to [work on those sentences].

翻譯 我花很多時間在那些句子上。

解構 [It takes time] + [to+動詞]

換A-動詞

- a replenish food and water supply 補足食物和水的數量
- b interpret❶ this strange phenomenon❷ 說明這個奇怪的現象
- c collect and analyze the economic data 蒐集與分析經濟情報
- d become an excellent❸ civil engineer 成為一位傑出的土木工程師
- e acquaint❹ yourself with a new occupation 讓自己熟悉新的工作
- f rebuild his confidence after this failure 在這次的失敗後重建他的信心

❶ **interpret** [ɪn`tɝprɪt ] 動 解釋　❷ **phenomenon** [ fə`nɑmə͵nɑn] 名 現象

❸ **excellent** [`ɛksḷənt ] 形 傑出的　❹ **acquaint** [ ə`kwent] 動 使熟悉

It takes time是指耗費時間(通常指正事)，若想表達「打發時間(休閒)」可以用kill time，後方接動名詞即可；若要表示「挪出時間」則用make time，句型為「sb. make time to+原形動詞」，再進一步描述「善用時間」，只要將well放入即可，句型為「sb. make one's time well to+原形動詞」。

句型換換看 Replace It!

換A　換B

[Grace always **takes** her] **time** [doing her homework].

翻譯 葛瑞絲總是從容地做她的家庭作業。

解構 [主詞] + [take one's time] + [動名詞]

換A-主詞　換B-動名詞

替換詞對應方法：換 A a 對應→ 換 B a ，練習時請按照順序替換喔！

換A-主詞	換B-動名詞
a The student takes her 那名學生	a adapting to her new life 適應她的新生活
b An inspector takes his 一名巡官	b assimilating❶ all the facts 理解所有的真相
c New drivers take their 新駕駛員	c conquering❷ the fear of driving 克服開車的恐懼
d Our manager takes his 我們經理	d carrying out corrective❸ action 實施改善的行動
e The interviewer took his 面試官	e picking out a qualified applicant 挑選適任的申請人
f The lawyer takes her 那名律師	f helping her client understand the situation❹ 幫客戶理解情況

Key Words

❶ **assimilate** [əˋsɪml̩͵et] 動 理解　❷ **conquer** [ˋkɑŋkɚ] 動 克服

❸ **corrective** [kəˋrɛktɪv] 形 矯正的　❹ **situation** [͵sɪtʃʊˋeʃən] 名 情勢

Tip 活用句型

「sb. take one's time+動名詞」表示「某人從容地做…」，ex. I have already taken my time preparing for our dinner. (我已經從容不迫地把晚餐準備好了。)；也可以用「sb. take one's time with+名詞」改寫，ex. I took my time with our dinner.

句型換換看 Replace It!

[My friend **takes**] **time** off for [the trip].
(換A: My friend takes; 換B: the trip)

翻譯 我的朋友休假去旅行。

解構 [主詞] + [take time off] + [for+名詞/動名詞]

換A-主詞 / 換B-名詞/動名詞

替換詞對應方法：換 A a —對應→ 換 B a，練習時請按照順序替換喔！

換A-主詞	換B-名詞/動名詞
a My colleagues took 我的同事	a the incentive❶ tour 員工旅遊
b Our professor takes 我們教授	b the overseas❷ seminar 海外研討會
c A pregnant worker took 懷孕雇員	c the prenatal❸ examination 產前檢查
d Susan's relatives took 蘇珊的親戚	d her daughter's wedding 她女兒的婚禮
e Some nurses took 一些護士	e the spiritual❹ curriculum❺ 心靈成長課程
f The newcomers took 新進員工	f their physical examinations 他們的身體健康檢查
g The caregiver❻ takes 家庭看護	g the anniversary❼ of her son's death 她兒子的忌日
h The journalist takes 那名記者	h figuring out more details of the incident❽ 挖掘更多事件的細節

Key Words

❶ **incentive** [ɪn`sɛntɪv] 形 獎勵的
❷ **overseas** [`ovɚ`siz] 形 海外的
❸ **prenatal** [pri`netḷ] 形 產前的
❹ **spiritual** [`spɪrɪtʃuəl] 形 精神的
❺ **curriculum** [kə`rɪkjələm] 名 課程
❻ **caregiver** [`kɛr͵gɪvɚ] 名 看護者
❼ **anniversary** [͵ænə`vɝsərɪ] 名 週年紀念
❽ **incident** [`ɪnsədn̩t] 名 事件

「sb. take time off for+名詞」表示「休假去做某事」，還可以用take...(時間) out替換，ex. I take three days out.(我休假三天。)；此外，講到「經得起時間考驗」時，可用stand/bear test of time，stand/bear都有忍受、負荷的意思。

Pattern 13 sth. is due...

某物…到期。

due當形容詞時可以解釋為「(車船)預定到的；預期的；到期的」等意；與BE動詞連用時，解釋為「到期」；與to連用，則完全改變原句型的意思，轉變為「由於；因為」之意。

換A [Chad's bank loan is] due 換B [this year].

翻譯 查德的銀行貸款今年到期。

解構 [主詞] + [is due] + [名詞]

換A-主詞 **換B-名詞**

替換詞對應方法：換 A a 對應→ 換 B a ，練習時請按照順序替換喔！

換A-主詞	換B-名詞
a All accounts receivables❶ are 所有應該要收的款項	a next week 下週
b The payable❷ brokerage❸ fee is 應該支付的經紀費用	b this Friday 本週五
c Applications to medical school are 醫學院的資格申請	c tonight 今天晚上
d All students' final grades are 所有學生的期末成績	d by 10 p.m. 晚上十點前
e Nominations❹ for the literary award❺ 這次的文學獎提名	e in early 2014 2014年初
f Summer tuition❻ and fees are 夏季的學費和其他費用	f by the end of❼ May 五月底前

❶ **receivables** [rɪˋsivəbl̩z] 名 應收款項
❷ **payable** [ˋpeəbl̩] 形 應支付的
❸ **brokerage** [ˋbrokərɪdʒ] 名 經紀費
❹ **nomination** [ˏnɑməˋneʃən] 名 提名
❺ **award** [əˋwɔrd] 名 獎品
❻ **tuition** [tjuˋɪʃən] 名 學費
❼ **by the end of** 片 到…結束的時候

在多益測驗中，due最常出現的兩種字義分別為「(錢)應付的」與「(時間)到期的」，請多加注意；此外，因為due本身具備「預定到期」之意，所以due date能用來表示「票據的到期日」、「交通工具的抵達時間」、「預產期」…等等，用途很廣泛。

句型換換看 Replace It!

換A 換B

[Your bill falls] **due** [on September twenty-first].

翻譯 你的票據在九月二十一日到期。

解構 [主詞] + [fall due] + [名詞]

換A-主詞

替換詞對應方法：換 A a —對應→ 換 B a，練習時請按照順序替換喔！

- a Your installments❶ bill falls 你的分期付款帳單
- b My uncle's DWI❷ bill falls 叔叔的酒駕罰款單
- c All of the company's debts fall 公司所有的債務
- d This promissory❸ note will fall 這張本票
- e Her health insurance❹ falls 她的健康保險

換B-名詞

- a this month 這個月
- b on Wednesday 星期三
- c tomorrow 明天
- d next Monday 下週一
- e this year 今年

❶ **installment** [ɪn`stɔlmənt] 名 分期付款

❷ **DWI (driving while intoxicated)** 縮 酒醉駕車

❸ **promissory** [`prɑmə͵sorɪ] 形 約定的

❹ **insurance** [ɪn`ʃurəns] 名 保險

fall due有「到期；期滿」的意思，和become due可以互用；有一個有趣的片語give the devil his due，due在此指的是「應得的報酬」，字面上的解釋為「給魔鬼應得的回報」，實際意指「給某人以應得的評價」。

句型換換看 Replace It!

換A [The senior worker had to retire] **due** to [an injury]. 換B

翻譯 那位資深的工人因為受傷，所以必須退休。

解構 [子句] + [due to] + [名詞]

換A-子句　換B-名詞

替換詞對應方法：換 A a —對應→ 換 B a ，練習時請按照順序替換喔！

換A-子句	換B-名詞
a The climate❶ changes a lot 氣候變遷嚴重	a global warming 全球暖化
b We didn't notice this error 我們沒注意到錯誤	b our carelessness❷ 我們的粗心大意
c His reputation❸ was damaged 他名譽受損	c his extramarital❹ affairs 婚外情
d Our plan has succeeded 我們的計畫成功	d everyone's diligence❺ 大家的勤勉
e The car accident occurred❻ 車禍發生	e the negligence❼ of the driver 駕駛的疏忽
f The event has been postponed 事件延期	f another more pressing❽ case 另外更急的案子

Key Words

❶ **climate** [`klaɪmɪt] 名 氣候
❷ **carelessness** [`kɛrlɪsnɪs] 名 粗心
❸ **reputation** [ˏrɛpjə`teʃən] 名 名聲
❹ **extramarital** [ˏɛkstrə`mærɪtḷ] 形 婚外的
❺ **diligence** [`dɪlədʒəns] 名 勤勉
❻ **occur** [ə`kɝ] 動 發生；出現；浮現
❼ **negligence** [`nɛglɪdʒəns] 名 疏忽
❽ **pressing** [`prɛsɪŋ] 形 緊迫的；迫切的

Tip 活用句型

本句型是由基本句的due衍生，但意思已完全脫離「到期」。due與to連用，具有解釋的「因為；由於」之意，後面接名詞即可；此外，也可以用due to the fact that...(由於…)的形式，在that後面接完整子句。

...as long as...

只要…，…。

as long as為「只要」之意，構成條件句時，從屬子句必須用現在簡單式；此外，as long as也可以當作一般的形容詞片語，意思是「(長度)和…一樣長」或「(時間)和…一樣久」。

句型換換看

As long as [you follow the traffic rules]^{換A}, [you'll be safe]^{換B}.

翻譯 只要遵守交通規則，你就會很安全。

解構 [As long as] + [子句1], + [子句2]

換A-子句1 | **換B-子句2**

替換詞對應方法：換Aa —對應→ 換Ba，練習時請按照順序替換喔！

換A-子句1	換B-子句2
a Janet jogs 珍妮特慢跑	a she will remain healthy 她能維持健康的身體
b my heart beats 我的心跳動	b I will stay here to the end 我就會堅持撐到最後
c we keep silent❶ 我們不出聲	c the evildoer❷ won't find us 歹徒不會發現我們
d you're alive 你還活著	d you'll have to face the reality 就得面對現實
e we hang together 我們團結	e we'll overcome the difficulties 我們將能克服困難
f the law is enforced❸ 法律實施	f there will be fewer kids suffering❹ from maltreatment❺ 受虐兒會減少

❶ **silent** [`saɪlənt] 形 沉默的

❷ **evildoer** [`ivḷ`duɚ] 名 做壞事的人

❸ **enforce** [ɪn`fors] 動 實施；執行

❹ **suffer** [`sʌfɚ] 動 遭受；經歷

❺ **maltreatment** [mæl`tritmənt] 名 虐待

as long as(只要)與if(表條件的如果)是可以互換的，as long as可以置於句首或句中，ex. I will go fishing as long as it doesn't rain.(只要沒下雨，我們就去釣魚。)可以改寫成As long as it does not rain, I will go fishing.

句型換換看 Replace It!

So **long as** [he follows the instructions❶], [there will be no problems].

翻譯 只要他遵照指令，就不會有問題。

解構 [So long as] + [子句1], + [子句2]

換A-子句1 / 換B-子句2

替換詞對應方法：換 A a 對應→ 換 B a，練習時請按照順序替換喔！

換A-子句1	換B-子句2
a we are firmly united 我們夠團結	a we'll win the match 我們能贏得比賽
b she persists❷ in jogging 她堅持慢跑	b she'll become healthier 她會變健康
c the result is satisfactory❸ 結果令人滿意	c no one will complain❹ 不會有人抱怨
d there's a chance of survival❺ 有活的機會	d we shouldn't give up 我們不該放棄
e you keep goofing around❻ 你在混日子	e nobody will care for you 沒人會喜歡你
f capitalism❼ exists 資本主義存在	f the poverty❽ gap won't disappear 貧富差距不會消失

❶ **instruction** [ɪn`strʌkʃən] 名 指令；指示

❷ **persist** [pɚ`sɪst] 動 堅持

❸ **satisfactory** [ˌsætɪs`fæktərɪ] 形 令人滿意的

❹ **complain** [kəm`plen] 動 抱怨

❺ **survival** [sɚ`vaɪvḷ] 名 倖存

❻ **goof around** 片 混日子

❼ **capitalism** [`kæpətḷˌɪzəm] 名 資本主義

❽ **poverty** [`pɑvətɪ] 名 貧困

so long as和as long as的用法相同，表條件時，意思為「只要」，後面引導條件子句；表原因時，意思為「既然；由於」，後面接表示原因的子句。

句型換換看 Replace It!

換A 換B

[The chance will come] only if [she doesn't give up].

翻譯 只要她不放棄，機會就會來臨。

解構 [子句1] + [only if] + [子句2]

換A-子句1

替換詞對應方法：換 A a —對應→ 換 B a ，練習時請按照順序替換喔！

- a You can make progress❶ 你能進步
- b Kids will be outstanding 小孩傑出
- c She will admit fault 她會認錯
- d Mark retorts❹ upon me 馬克反駁我
- e There won't be disputes 不會有爭執

換B-子句2

- a you stay modest 保持謙虛的態度
- b you compliment❷ them properly❸ 適當地讚美
- c the delegate proves her wrong 代表証明她是錯的
- d he feels that I misunderstand him 他覺得我誤解他
- e we pay attention to our manners 注意我們的行為

❶ **progress** [`pragrɛs] 名 進步
❷ **compliment** [`kampləmənt] 動 讚美
❸ **properly** [`prapəlɪ] 副 恰當地
❹ **retort** [rɪ`tɔrt] 動 反駁；回嘴說

在此介紹與基本型as long as同義的另一句型only if，為連接詞，可置句中或句首，要特別注意如果放句首時，要改成倒裝句，ex. Only if she doesn't give up will the chance come. (改寫自換換看的例句)

sb. be careful about...
某人對…謹慎、講究。

careful有「仔細的；小心的」之意，尤指態度積極且在細節上不出差錯；be careful後可以搭配其他介系詞，各有不同的意思，例如：be careful for(當心)；be careful of(珍重；留意)。

句型換換看

換A 換B

[Many idols are] careful about [their appearance❶].

翻譯 許多偶像很注重他們的外表。

解構 [主詞] + [be careful about] + [名詞/動名詞]

換A-主詞

換B-名詞/動名詞

替換詞對應方法：換 A a —對應→ 換 B a，練習時請按照順序替換喔！

換A-主詞	換B-名詞/動名詞
a A clean person is 愛乾淨的人	a hygiene❷ 衛生
b Our prime minister is 我們首相	b taxation❸ 稅收
c Most celebrities are 大多數名人	c their privacy 隱私
d The stubborn man is 固執的男人	d the procedures❹ 程序
e Ballerinas❺ are 芭蕾女舞者	e their diet 她們的飲食
f A faultfinder❻ is 吹毛求疵的人	f every detail 每個細節
g Tourists are usually 旅客通常	g catching the flu 染上感冒
h That mother-to-be is 那位準媽媽	h exercising during pregnancy 懷孕期的運動
i Our new president is 我們新總統	i policies on immigration 移民政策

❶ **appearance** [ə`pɪrəns] 名 外貌

❷ **hygiene** [`haɪdʒin] 名 衛生

❸ **taxation** [tæks`eʃən] 名 稅收

❹ **procedure** [prə`sidʒɚ] 名 程序

❺ **ballerina** [ˌbælə`rinə] 名 芭蕾女舞者

❻ **faultfinder** [`fɔltˌfaɪndɚ] 名 吹毛求疵者

be careful about(注意；關切；講究)，強調「某人對事情提高警覺」，be careful about 可以與be careful of互換，但就意思而言，be careful of較多用來褒揚別人，有強調「認真、細心等態度」之意。

句型換換看

換A 換B

[You] must be careful with [that expensive❶ decoration].

翻譯 你必須小心拿那個昂貴的裝飾品。

解構 [主詞] + [must be careful with] + [名詞]

換A-主詞 換B-名詞

替換詞對應方法：換 A a —對應→ 換 B a，練習時請按照順序替換喔！

換A-主詞	換B-名詞
a Investors 出資者	a investment risk 投資風險
b A cook 廚師	b his sharp knives 鋒利的刀子
c The deliveryman 送貨人	c these antique vases 這些古董花瓶
d The florist❷ 那位花商	d these delicate❸ flowers 嬌嫩的鮮花
e Experimenters❹ 實驗者	e flammable❺ chemicals❻ 易燃化學品
f All buyers 所有買家	f unknown people's messages 匿名人士的簡訊
g Policemen 警察	g fingerprints at the crime scene 犯罪現場的指紋
h The journalist 那名記者	h his words while interviewing that politician 訪問那位政客時，注意措辭

❶ **expensive** [ɪk`spɛnsɪv ] 形 昂貴的　❷ **florist** [ `florɪst] 名 花商

❸ **delicate** [`dɛləkət] 形 嬌貴的；雅緻的

❹ **experimenter** [ɪk`spɛrə͵mɛntɚ] 名 實驗者

❺ **flammable** [`flæməbl̩ ] 形 易燃的　❻ **chemical** [ `kɛmɪkl̩] 名 化學藥品

be careful with表示「對某事認真、謹慎」，後面接名詞時，有「小心使用」之意；「be careful in+動名詞」和「be careful with+名詞」的用法相似，但介系詞in通常可以省略，ex. A cook must be careful in using his knives.

句型換換看 Replace It!

換A

Be careful to [wash the vegetables thoroughly before cooking them].

翻譯 在烹調之前，要小心仔細地清洗這些蔬菜。

解構 [Be careful to] + [動詞]

換A-動詞

- a comply❶ with the proprieties❷ 遵守社交禮節
- b proceed on correct theorems❸ 按照正確的原則行事
- c monitor your diet before the finals 在決賽前管制飲食
- d follow the directions your doctor gave you 遵照醫師給你的指示
- e gain credence❹ and maintain your reputation 獲得信任與維持名譽
- f ensure❺ the ideas in your paper are original❻ 確定你論文裡的論點是原創的

❶ **comply** [kəm`plaɪ] 動 遵從	❷ **proprieties** [prə`praɪətɪz] 名 禮儀
❸ **theorem** [`θiərəm] 名 原則	❹ **credence** [`kridəns] 名 信用
❺ **ensure** [ɪn`ʃʊr] 動 保證	❻ **original** [ə`rɪdʒənḷ] 形 有獨創性的

「be careful to+原形動詞」為祈使句用法，意指「小心/謹慎做某事」，否定句型為「be careful not to+原形動詞」(小心不要…)；此外，look/watch out (for...)也有「小心；留神；注意」的意思。

sb. can/can't afford to...

某人負擔得起/負擔不起…。

afford是指擔負得起(費用/損失/後果/時間…等)，後面接不定詞to+原形動詞；指人「負擔不起…」則為can't afford to+原形動詞。

換A 換B

[The public servant] can't afford to [buy another car].

翻譯 那名公務員沒有能力再買一輛車。

解構 [主詞] + [can't afford to] + [動詞]

換A-主詞　**換B-動詞**

替換詞對應方法：換Aa 對應→ 換Ba，練習時請按照順序替換喔！

換A-主詞	換B-動詞
a The poor student 那個窮學生	a go to the theater 去看電影
b Most salarymen❶ 大多上班族	b buy luxury goods 購買奢侈品
c An employer 雇主	c hire incapable❷ workers 雇用無能的員工
d Her deputy 她的代理人	d make any mistakes at this stage 在這個階段犯錯
e John's parents 約翰雙親	e hire servants for his grandpa 為他爺爺雇佣人
f My family 我的家庭	f send me to the private school 送我到私立學校就讀
g Most people 大多數人	g dine on lobsters❸ and abalone❹ every day 每天吃龍蝦和鮑魚

❶ **salaryman** [`sælərimæn] 名 (日本)上班族

❷ **incapable** [ɪn`kepəbḷ ] 形 無能的　❸ **lobster** [ `lɑbstɚ] 名 龍蝦

❹ **abalone** [ˌæbə`lonɪ] 名 鮑魚

本句型意指「沒有足夠能力去負擔…」，afford常常與can/could/be able to連用，表達「能力上足夠」之意；此外，afford和bear都有忍受的意思，但afford較常用於負擔金錢或數量，bear則多用在事物，強調「忍受」(bear+原形動詞/動名詞)。

句型換換看 Replace It!

換A [**The meeting**] will **afford** you an opportunity❶ for [gaining new ideas]. 換B

翻譯 這場會議將提供你獲得新想法的機會。

解構 [主詞] + [afford...an opportunity for] +[名詞/動名詞]

換A-主詞	換B-名詞/動名詞
替換詞對應方法：換Aa —對應→ 換Ba，練習時請按照順序替換喔！	
a Our college 我們大學	a attending the career expo 就業博覽會
b The commissioner❷ 長官	b certain essential training 必要的訓練
c The expert 那名專家	c attending the tax savings symposium❸ 節稅座談會
d Local residents 當地居民	d attending the concert 出席這場音樂會
e The government 政府	e applying for a pension❹ plan 申請加入養老金的計畫
f The noted specialists 有名的專家	f professional enrichment❺ 豐富專業知識
g Scout groups 童子軍團	g experiencing wilderness survival 體驗野外求生

❶ **opportunity** [ˌɑpɚˋtjunətɪ] 名 機會
❷ **commissioner** [kəˋmɪʃənɚ] 名 長官
❸ **symposium** [sɪmˋpozɪəm] 名 座談會
❹ **pension** [ˋpɛnʃən] 名 養老金
❺ **enrichment** [ɪnˋrɪtʃmənt] 名 豐富

「afford sb. the opportunity for+名詞/動名詞」有提供機會的意思，從替換詞當中可以看出，提供機會的主詞可以是人(bcdf)或事/機構(ae)；若想表達「提供某人機會去從事…行為」，就要用to+原形動詞。

句型換換看

換A [**That inhabitant**] **can** no longer **afford** [the rent]. 換B

翻譯 那名住戶再也負擔不起房租。

解構 [主詞] + [can no longer afford] + [名詞]

換A-主詞 **換B-名詞**

替換詞對應方法：換 A a —對應→ 換 B a，練習時請按照順序替換喔！

換A-主詞

- a Certain families 某些家庭
- b My neighbor 我的鄰居
- c The guarantor 保證人
- d That renter 那名承租人
- e The young man 那名青年
- f Those farmers 那些農夫

換B-名詞

- a the increasing tuition 不斷調漲的學費
- b the upkeep of her yacht 遊艇的保養費
- c the fine of his indictment❶ 被起訴的罰款
- d compensation❷ for damages 損害賠償金
- e the home purchase loan 房屋貸款
- f agricultural❸ loss after typhoons 颱風後的農業損失

❶ **indictment** [ɪn`daɪtmənt] 名 起訴

❷ **compensation** [ˏkɑmpən`seʃən] 名 補償金

❸ **agricultural** [ˏæɡrɪ`kʌltʃərəl] 形 農業的

變化句can no longer afford表示「再也負擔不起…」之意，後面可以接名詞(如上述例句)，或者在afford後接「to+原形動詞」表達「再也無法進行的事」。

sb. be looking for...

某人正在尋找…。

本句型為「描述尋找某物」的實用句，for之後接名詞。注意look for與find翻譯雖然皆為尋找，但look for指的是「動作」，find則強調「找到」。

換A 換B

[A middle-aged man is] looking for [his wallet].

翻譯 有一名中年男子在找他的皮夾。

解構 [主詞] + [be looking for] + [名詞]

換A-主詞 **換B-名詞**

替換詞對應方法：換Ａa —對應→ 換Ｂa，練習時請按照順序替換喔！

換A-主詞	換B-名詞
a That collector is 那個收藏家	a exquisite❶ antiques❷ 精美的古董
b Those sportsmen are 那群運動員	b a better gymnasium❸ 更好的健身房
c That old lady was 那位老婦人	c the telephone directory❹ 電話號碼簿
d My professor is 我的教授	d some related periodicals❺ 一些相關的期刊
e These applicants are 這些求職者	e appropriate❻ job vacancies❼ 合適的職缺
f My grandfather was 我的爺爺	f equipment used in calligraphy❽ 書法用具
g The rich man is 那個有錢人	g a tutor to teach his children 一名家教來教他的孩子

❶ **exquisite** [`ɛkskwɪzɪt] 形 精美的
❷ **antique** [æn`tik] 名 古董
❸ **gymnasium** [dʒɪm`nezɪəm] 名 健身房
❹ **directory** [də`rɛktərɪ] 名 號碼簿
❺ **periodical** [ˌpɪrɪ`ɑdɪkḷ] 名 期刊
❻ **appropriate** [ə`proprɪˌet] 形 合適的
❼ **vacancy** [`vekənsɪ] 名 空缺
❽ **calligraphy** [kə`lɪgrəfɪ] 名 書法

在此進一步比較look for與find的差別，表達「試著尋找」時，可以單用look for，但必須用try to find才具相同意思；此外，要說明「找不到某物」，則必須用cannot find(因為強調最後的「狀態」)，不能用cannot look for(「不能尋找」之意)。

句型換換看 Replace It!

換A 換B

[The repairman took] a look at [the grandfather clock].

翻譯 修理工看了看那個落地式大擺鐘。

解構 [主詞] + [take a look at] + [名詞]

換A-主詞 **換B-名詞**

替換詞對應方法：換 A a —對應→ 換 B a，練習時請按照順序替換喔！

換A-主詞	換B-名詞
a The mailman took 郵差	a your postal address 你的郵政地址
b An engineer took 工程師	b our network❶ equipment 我們的網路設備
c Our clients take 我們顧客	c his design in mosaic❷ 他設計的馬賽克圖案
d Those guests took 那些客人	d the new sleigh❸ and reindeers❹ 新雪橇和馴鹿
e That couple took 那對夫妻	e the baby's diapers❺ and formula❻ 嬰兒尿布和奶粉
f The shoppers take 購物者	f the wide selection of merchandise❼ 品種豐富的商品

❶ **network** [`nɛt͵wɝk] 名 網路
❷ **mosaic** [mə`zeɪk] 名 馬賽克
❸ **sleigh** [sle] 名 (輕便)雪橇
❹ **reindeer** [`ren͵dir] 名 麋鹿
❺ **diaper** [`daɪəpɚ] 名 尿布
❻ **formula** [`fɔrmjələ] 名 奶粉
❼ **merchandise** [`mɝtʃən͵daɪz] 名 商品

take a look at有「看一看」的意思，at後面接「所看的物品」；其他相關的衍生變化還有take a close look(仔細查看)、take a look around(環顧四週)、(sth.) take on a new look(擁有全新的面貌)…等。

句型換換看 Replace It!

It **looks** as if [it is going to rain].

翻譯 看起來好像快要下雨了。

解構 [It looks as if] + [子句]

換A-子句

a there will be a strike this month 這個月將會有罷工行動

b that singer has stuck with the rumors 那位歌手謠言纏身

c the senior is proficient❶ in Roman history 那名長者通曉羅馬歷史

d our harvest❷ is heading for another record 我們的收穫量要締造新紀錄了

e the hillsides are going to slide at any moment 山坡好像隨時會崩塌

f they cost a tremendous❸ amount of money for nothing 他們花了一大筆錢卻什麼都沒做

❶ **proficient** [prə`fɪʃənt ] 形 通曉的　❷ **harvest** [ `hɑrvɪst] 名 收穫；收成

❸ **tremendous** [trɪ`mɛndəs] 形 極大的

It looks as if意指「看起來好像…」，以虛主詞it開頭，真正的主詞在後面子句所描述的內容；此外，as if和as though皆有「好像；似乎」之意，可用於陳述和假設語氣，但as if較為常見。

sb...on purpose.

某人故意…。

本句型用於「描述某人故意從事某行為」，通常置於句尾，主詞後接動詞(行為)即可，相反詞有by chance/by accident(意外地；偶然)。

句型換換看 Replace It!

換A

[The naughty boy kicked the front door] **on purpose.**

翻譯 那名頑皮的男孩故意踢大門。

解構 [主詞] + [動詞] + [on purpose]

換A-主詞+動詞

- a The troops invaded the northern territory 軍隊侵略北部領土
- b The woman with the bad temper taunts❶ us 那名壞脾氣的女子辱罵我們
- c My brother was annoying me by his pranks❷ 我弟弟藉由惡作劇讓我生氣
- d Mrs. Wang's kid threw stones at the painted window 王太太的孩子向彩繪窗戶扔石頭
- e The egocentric❸ manager hurt his subordinates' pride 那名自我中心的經理傷了部屬的自尊

❶ **taunt** [tɔnt] 動 辱罵；奚落　❷ **prank** [præŋk] 名 惡作劇；胡鬧

❸ **egocentric** [ˌigoˋsɛntrɪk] 形 自我中心的

另一個和on purpose很相似的用法to no purpose表「徒勞；毫無成效地」，ex. It would be to no purpose to talk to him.(跟他說話一點用處都沒有)。

句型換換看 Replace It!

換A [Scissors❶ are] for the **purpose** of [cutting]. 換B

翻譯 剪刀是用來剪東西的。

解構 [主詞] + [BE動詞/動詞] + [for the purpose of] + [名詞/動名詞]

換A-主詞+BE動詞/動詞 / 換B-名詞/動名詞

替換詞對應方法：換 A a —對應→ 換 B a，練習時請按照順序替換喔！

換A	換B
a The networks were set up 設立網路	a serving the public 服務大眾
b The auction was held 舉辦拍賣	b raising funds for the poor 為窮人募款
c The data were collected 蒐集資料	c admission❷ and registration 進入和註冊
d I list the resemblance❸ 我列出相似點	d extending❹ their perspectives❺ 拓展他們的觀點
e They built an enclosure❻ 他們建圍牆	e taking precautions❼ against landslides❽ 防範土石流
f A stockbroker came 股票經紀人來	f assessing the risk of this investment 評估投資風險

Key Words

❶ **scissors** [`sɪzɚz] 名 剪刀

❷ **admission** [əd`mɪʃən] 名 進入許可

❸ **resemblance** [rɪ`zɛmbləns] 名 相似點

❹ **extend** [ɪk`stɛnd] 動 擴展；擴大

❺ **perspective** [pɚ`spɛktɪv] 名 觀點

❻ **enclosure** [ɪn`kloʒɚ] 名 圍牆

❼ **precaution** [prɪ`kɔʃən] 名 預防

❽ **landslide** [`lænd͵slaɪd] 名 坍方

Tip 活用句型

變化型for the purpose of表示「為了…目的」，用來解釋「用途或目的」；若想表達「達成目的」，則用bring about one's purpose，其中bring about(使實現）可以換成attain(達到)/accomplish(實現)…等。

句型換換看 Replace It!

換A [The rug] will serve the **purpose**❶ of 換B [keeping you warm].

翻譯 這條毯子能讓你保暖。

解構 [主詞] + [serve the purpose of] + [名詞/動名詞]

換A-主詞 ／ 換B-名詞/動名詞

替換詞對應方法：換 A a —對應→ 換 B a，練習時請按照順序替換喔！

換A-主詞	換B-名詞/動名詞
a The traffic control 交通管制	a avoiding a traffic jam 避免交通阻塞
b Astrology❷ 十二星座	b starting a conversation 打開話題
c The piping system 管道系統	c distributing❸ water supply 分配用水量
d The pajamas❹ 這套睡衣	d keeping you feeling comfortable 讓你感到舒適
e A screwdriver❺ 螺絲起子	e loosening these screws without fatigue❻ 不費力地鬆開螺絲
f The valves❼ of the heart 心臟瓣膜	f allowing blood to circulate in one direction 使血液朝一個方向流動

❶ **purpose** [`pɝpəs] 名 目的；意圖
❷ **astrology** [ə`strɑlədʒɪ] 名 占星學
❸ **distribute** [dɪ`strɪbjʊt] 動 分配
❹ **pajamas** [pə`dʒæməs] 名 睡衣褲
❺ **screwdriver** [`skru͵draɪvɚ] 名 螺絲起子
❻ **fatigue** [fə`tig] 名 勞累；疲勞
❼ **valve** [vælv] 名 (解)瓣膜

「serve the purpose of+名詞/動名詞」表「符合需要、目的」之意，若要描述「符合某種行為的目的」，則用「serve the purpose to+原形動詞」；另外補充一個形式很像，但意思不同的句型be/get at cross purposes，意指「(人)意見不合；合不來」。

sb. have/has difficulty (in)...

某人有…的困擾/困難。

本句型後面接動名詞當受詞，difficulty在此有「困難；困境；麻煩」的意思；此外，find difficulty in(+V-ing)則有表示「對…感到困難」之意。

句型換換看 Replace It!

換A [**Hearing-impaired❶ people have**] **difficulty** [learning spoken languages]. 換B

翻譯 聽障人士在學習口說語言上有困難。

解構 [主詞] + [have/has difficulty (in)] + [動名詞]

換A-主詞

- a That stutterer❷ had 那位口吃的人
- b The spoiled❸ man has 被寵壞的人
- c Those seniors have 那些老年人
- d Some teenagers have 一些青少年
- e She used to have 她曾經
- f The widower has 那名鰥夫

換B-動名詞

替換詞對應方法：換 A a 對應→ 換 B a ，練習時請按照順序替換喔！

- a expressing his ideas 表達他的想法
- b adjusting to life in army 適應軍中生活
- c controlling their urinary❹ discharge❺ 控制小便
- d distinguishing❻ between right and wrong 明辨是非
- e learning the pronunciation❼ in Spanish 學習西班牙語的發音
- f receiving others' affection for him 接受別人對他的感情

❶ **impaired** [ɪm`pɛrd] 形 受損的
❷ **stutterer** [`stʌtərə] 名 口吃的人
❸ **spoiled** [spɔɪlt] 形 被寵壞的
❹ **urinary** [`jʊrə͵nɛrɪ] 形 泌尿的
❺ **discharge** [dɪs`tʃardʒ] 名 排出
❻ **distinguish** [dɪ`stɪŋgwɪʃ] 動 分辨
❼ **pronunciation** [prə͵nʌnsɪ`eʃən] 名 發音

have/has difficulty (in)後面除了可以加動名詞外，還可以用「with+名詞」取代「in+動名詞」；類似用法還有have trouble/hard time+動名詞/with+名詞 (有困難/經歷困難時刻)。

句型換換看

換A

[Those experts carried out the plan] without **difficulty.**

翻譯 那些專家們毫不費力地完成了計畫。

解構 [主詞] + [動詞] + [without difficulty]

換A-主詞+動詞

a Those experienced mariners❶ furled❷ the sails 那些老練的船員收起帆

b Her husband got rid of these harmful❸ habits 她的先生戒除了這些有害的習慣

c The prodigy❹ got a very high grade on the GMATs 那名天才的取得優異的GMAT成績

d My sister won the competitive oratorical❺ contest 我妹妹贏得競爭激烈的演講比賽

e My classmate communicates❻ with foreigners in English 我同學用英文與外國人溝通

f Ann developed friendly relations with other competitors 安和其他競爭者建立友好關係

❶ **mariner** [`mærənə] 名 船員
❷ **furl** [fɜl] 動 收捲(旗、帆等)
❸ **harmful** [`hɑrmfəl] 形 有害的
❹ **prodigy** [`prɑdədʒɪ] 名 天才
❺ **oratorical** [ˌɔrə`tɔrɪkḷ] 形 演說的
❻ **communicate** [kə`mjunəˌket] 動 溝通

副詞片語without difficulty置於句尾修飾，為「毫不費力地」之意；相關變化還有get/run into difficuly(陷入困境)。

句型換換看 Replace It!

換A

[The enterpriser❶ made his dream come true] under difficulties.

翻譯 那名企業家在困難的條件下實現了夢想。

解構 [主詞] + [動詞] + [under difficulties]

換A-主詞+動詞

- a That student tried to apply for financial aid 那名學生試著申請補助金
- b A mother feels protective❷ towards her children 母親想要保護她的孩子
- c The editor amended❸ the manuscript❹ till midnight 編輯修改稿件直到半夜
- d We labored hard to finish the project ahead of schedule 我們努力提前把工作完成
- e Joan's high regard for me would encourage me to continue 瓊對我的器重將鼓勵我繼續下去
- f That young teacher helped her students realize their responsibilities 年輕教師幫助學生理解自己的責任

❶ **enterpriser** [ˋɛntɚˏpraɪzɚ] 名 企業家　❷ **protective** [prəˋtɛktɪv] 形 保護的

❸ **amend** [əˋmɛnd] 動 修訂；修改　❹ **manuscript** [ˋmænjəˏskrɪpt] 名 稿件

under difficulties也是副詞片語，置於句尾修飾前面的子句，意思為「在困難的條件/情況下」；「渡過難關」則可以用see sb. through difficulty。

There's nothing sb. can do (about)...
關於…，某人無能為力。

nothing意指「沒有什麼；無關緊要之人或事」，但和can連用的本句型所要表達的是「(人)無能為力」，而非無所事事；介系詞about後面接名詞或動名詞。

句型換換看

There's nothing [we] can do about [the accident]. (換A: we; 換B: the accident)

翻譯 誰也無法阻止這場意外發生。

解構 [There's nothing] + [名詞(人)] + [can do about] + [名詞]

換A-名詞(人)　　**換B-名詞**

替換詞對應方法：換Aa —對應→ 換Ba，練習時請按照順序替換喔！

換A-名詞(人)	換B-名詞
a the doctor 那名醫師	a the fatal disease 不治之症
b the family members 家屬	b the rescue action 搜救行動
c these villagers 這些村民	c natural calamities❶ 天災
d our manager 我們經理	d the decision of layoff 裁員的決定
e biologists❷ 生物學家們	e gene mutation❸ in this case 這件基因突變的案例
f the prosecutor 檢察官	f the execution❹ of the criminals 囚犯的死刑處決
g our operator 我們的接線生	g the breakdown of this coffee machine 這台咖啡機的故障
h the showman 演出主持人	h the audiences' reaction to your performance 觀眾對表演的反應

❶ **calamity** [kə`læmətɪ] 名 災禍
❷ **biologist** [baɪ`ɑlədʒɪst] 名 生物學家
❸ **mutation** [mju`teʃən] 名 突變
❹ **execution** [ˏɛksɪ`kjuʃən] 名 死刑

活用句型

本句型中的「about+名詞」可以用「to+原形動詞」替換，ex. There's nothing we can do to prevent the accident from happening.，句子的意思與換換看的主要例句相同。

句型換換看 Replace It!

換A 換B

[The bereaved❶] can do nothing but [wait at present].

翻譯 死者家屬目前只能等待。

解構 [主詞] + [can do nothing but] + [動詞]

換A-主詞 換B-動詞

替換詞對應方法：換 A a 對應→ 換 B a，練習時請按照順序替換喔！

換A-主詞	換B-動詞
a A pessimist❷ 悲觀者	a grumble❸ over the situation 埋怨局勢
b The policeman 警官	b hold a pistol❹ to the evildoer 拿槍對著歹徒
c That criminal 那名罪犯	c surrender❺ himself to the police 向警察自首
d His father 他的父親	d wait for the doctor anxiously 焦急地等待醫生
e Captives❻ 俘虜們	e submit to the disciplines❼ here 服從這裡的紀律
f My director 我的主管	f ruminate❽ over the problem 反覆思考這個問題
g People on the spot 在場者	g let matters run their course 讓事情順其自然發展
h The girl's friend 女孩朋友	h see her crying for the breakup 看她為了分手哭泣
i That newcomer 那位新人	i ask others for help at this moment 目前尋求幫助

Key Words

❶ **bereaved** [bə`rivd] 形 死了…的

❷ **pessimist** [`pɛsəmɪst] 名 悲觀者

❸ **grumble** [`grʌmbḷ] 動 抱怨

❹ **pistol** [`pɪstḷ] 名 手槍

❺ **surrender** [sə`rɛndɚ] 動 使自首

❻ **captive** [`kæptɪv] 名 俘虜

❼ **discipline** [`dɪsəplɪn] 名 紀律

❽ **ruminate** [`rumə͵net] 動 沉思

本變化型是一種特別的句型結構，can do nothing but後面的時態不論為何，都要用原形動詞，表「除了…之外，什麼也無法做；只能…」之意；相似的特殊句型還有All sb. can do is...(某人所能做的是…)。

換A

There is nothing but [a desk in the room].

翻譯 房間裡除了一張桌子以外，什麼都沒有。

解構 [There is nothing but] + [名詞/動名詞]

換A-名詞

- a unforeseeable❶ strokes in our life 人生中無法預知的機緣
- b a scheme to swindle❷ the customers 欺騙顧客的騙局
- c criticism of her behavior and decision 對她行為和決定的指責
- d spending an evening with a pathetic❸ sight 與悲涼的景象共度整晚
- e the desire for fame and gain in his mind 他腦中(只有)對名利的渴望
- f unbounded❹ barrenness❺ in the desert 沙漠中(只有)無邊際的荒蕪景象

❶ **unforeseeable** [ˌʌnforˋsiəbl̩] 形 不能預知的

❷ **swindle** [ˋswɪndl̩] 動 詐騙；騙取

❸ **pathetic** [pəˋθɛtɪk] 形 可憐的

❹ **unbounded** [ʌnˋbaʊndɪd] 形 無邊際的

❺ **barrenness** [ˋbærənnɪs] 名 荒蕪

本變化句中的nothing but有「just/only/simply/merely(僅僅；只不過)」的意思；此外，在維持原句的意思下，本句型可以改寫成There's nothing besides/apart from+名詞。

...can/can't get sth...

…能/不能讓某物…。

本句型描述「能/不能對某物造成影響」，get sth. (V-pp)是使役動詞get的被動語態，基本上，「get+V-pp」和「BE動詞+V-pp」的意義相近，但前者多用於用於表達突然的事件。

換A 換B

[Our repairman] **can get** [**your car started** right now].

翻譯 我們的修理工現在就能讓你的車子發動。

解構 [主詞] + [can get] + [名詞] + [動詞(過去分詞)]

換A-主詞 **換B-名詞+動詞(過去分詞)**

替換詞對應方法：換 A a —對應→ 換 B a，練習時請按照順序替換喔！

換A	換B
a My mother 我母親	a the sheets❶ washed on weekends 週末洗床單
b The farmer 那位農夫	b these sacks❷ of potatoes sold 賣掉這幾袋馬鈴薯
c My colleague 我同事	c the answering machine fixed 能修好電話答錄機
d The author 那名作家	d all chapters revised❸ this week 這週修改完所有章節的內容
e The owner 老闆	e the preferential❹ treatment executed 實施優惠性待遇
f My partners 我的合夥人	f our business started as soon as possible 盡早開辦我們的公司
g Mike's team 麥克的團隊	g this urgent project finished this month 這個月完成這份緊急的企劃

❶ **sheet** [ʃit] 名 床單

❷ **sack** [sæk] 名 麻袋；粗布袋

❸ **revise** [rɪˋvaɪz] 動 修改；校訂

❹ **preferential** [ˌprɛfəˋrɛnʃəl] 形 優惠的

若使役動詞get要表示主動句型時，用「get+名詞(受格)+to+原形動詞」的形式即可，ex. I got him to go update the files.(我要他更新檔案。)；若遵照基本型的被動語態，則要寫成He got the files updated.(他更新了檔案。)

句型換換看 Replace It!

換A 換B

[Most members want] to **get** [**the work**] over with.

翻譯 大多數成員想完成。

解構 [主詞] + [get] + [名詞] + [over with]

換A-主詞

替換詞對應方法：換 A a —對應→ 換 B a ，練習時請按照順序替換喔！

- a The officer wanted 警察想
- b My client wanted 我客戶想
- c Some delegates want 部分代表想
- d That patient wants 那名患者想
- e This couple want 這對情侶想

換B-名詞

- a this cross-examination 盤問
- b the renewal❶ discussion 續約的討論
- c the debate❷ on tax cut 減稅的辯論
- d the rehabilitation❸ treatment 復健
- e the details of their wedding reception❹ 他們婚宴的細節

❶ **renewal** [rɪ`njuəl] 名 續約；續訂；續借

❷ **debate** [dɪ`bet] 名 辯論

❸ **rehabilitation** [ˌrihəˌbɪlə`teʃən] 名 康復

❹ **reception** [rɪ`sɛpʃən] 名 宴會

get sth. over with為口語用法，指「完成或結束(令人感到不愉快但不得不做的事)」，意思等同於基本句的get sth. done，注意這個句型會隱含主詞不怎麼喜歡某事(例如：學生與考試的關係)。

句型換換看 Replace It!

[We] **get** down to [business after a nice holiday].

翻譯 在愉快的假期過後，我們開始認真工作了。

解構 [主詞] + [get down to] + [名詞]

換A-主詞 / 換B-名詞

替換詞對應方法：換 A a —對應→ 換 B a，練習時請按照順序替換喔！

換A-主詞	換B-名詞
a The affiliates❶ 成員	a the specifics❷ of the issue 議題的細節
b The researchers 研究員	b a discussion on their methods 討論方法
c All salespeople 所有店員	c an agreement on the promotion 促銷的共識
d These waiters 這些服務生	d the matters at hand 手邊的事情
e Cindy and I 辛蒂與我	e our business right now 現在(處理)我們的工作
f Physicists❸ 物理學家	f fundamentals❹ of mechanics❺ 力學的基本原理
g People in charge 負責人	g brass tacks❻ after a turmoil❼ 混亂後(思考)事實真相
h The participants❽ 參與者	h the arguments that are still unsettled❾ 未解決的爭議

❶ **affiliate** [ə`fɪlɪɪt] 名 成員；分會

❷ **specifics** [spɪ`sɪfɪks] 名 細節

❸ **physicist** [`fɪzɪsɪst] 名 物理學家

❹ **fundamental** [ˌfʌndə`mɛntl̩] 名 基本原理

❺ **mechanics** [mə`kænɪks] 名 力學

❻ **brass tacks** 片 (口)事實真相

❼ **turmoil** [`tɜmɔɪl] 名 混亂；騷動

❽ **participant** [pɑr`tɪsəpənt] 名 參與者

❾ **unsettled** [ʌn`sɛtl̩d] 形 未解決的

Tip 活用句型

變化句get down to的意思很多，有「開始做；重視；認真處理；認真思考」等意，請依照實際句子去解讀它的意思，此處換B的內容雖然都為名詞，但其實也可以接動名詞。

...be best known for...

(某人/物)最出名的是⋯。

本句型在描述「某人或事以什麼廣為人知/因此聞名」，形容詞known可以用famous/noted/distinguished替換；for則為for some reason(某種原因)之意。

換A 換B

[Ali Mountain **is**] **best known for** [its tea].

翻譯 阿里山最出名的是它所出產的茶。

解構 [主詞] + [be best known for] + [名詞/動名詞]

換A-主詞　換B-名詞/動名詞

替換詞對應方法：換 A a —對應→ 換 B a ，練習時請按照順序替換喔！

換A-主詞	換B-名詞/動名詞
a The defendant's attorney is 被告律師	a his eloquent❶ pleas 他的抗辯能力
b The summer resort is 那個避暑勝地	b its peaceful landscape 寧靜的景色
c The TV commentator❷ is 電視名嘴	c the acridness❸ of his satire❹ 刻薄的諷刺
d Korean surgeons❺ are 韓國外科醫生	d their great skill in plastic surgery 整型手術
e Demographers❻ are 人口統計學家	e making population projections❼ 做人口規劃
f That superstar was 那位巨星	f his seduction❽ and good manners 魅力和良好的態度

❶ **eloquent** [`ɛləkwənt ] 形 雄辯的　❷ **commentator** [ `kɑmən͵tetɚ] 名 評論者

❸ **acridness** [`ækrɪdnɪs ] 名 刻薄　❹ **satire** [ `sætaɪr] 名 諷刺；諷刺作品

❺ **surgeon** [`sɝdʒən] 名 外科醫生

❻ **demographer** [dɪ`mɑgrəfɚ] 名 人口統計學家

❼ **projection** [prə`dʒɛkʃən ] 名 規劃　❽ **seduction** [ sɪ`dʌkʃən] 名 魅力

本句型也可以用be famous for來替換；此外，形容詞best-known意為「最著名的」，the best-known則指「眾所皆知的(某物)」，比best known的口氣更強烈，ex. the best-known collections指的是「最富盛名的收藏品」。

句型換換看 Replace It!

換A 換B

[Puccini **is**] **known** as [an excellent composer of operas❶].

翻譯 普契尼以其優秀歌劇創作者的身份聞名。

解構 [主詞] + [be known as] + [名詞(身份)]

換A-主詞 **換B-名詞**

替換詞對應方法：換Aa —對應→ 換Ba，練習時請按照順序替換喔！

換A-主詞	換B-名詞
a His melancholiac❷ was 那名憂鬱症患者	a a genius 天才
b That corpulent❸ man is 那位胖男人	b a tenor❹ 男高音
c The dishevelled❺ man is 邋遢的男人	c a cartoonist 漫畫家
d The tenant livinig upstairs is 樓上的房客	d an illustrator❻ 插畫家
e The visitor you saw is 你見到的訪客	e a brilliant dancer 出色的舞者
f The woman in a frock❼ is 穿連身裙的女性	f a fashion designer 時裝設計師
g The man who won the prize in literature❽ is 贏得文學獎的男性	g an up-and-coming writer 新銳作家

Key Words

❶ **opera** [`ɑpərə] 名 歌劇；歌劇藝術

❷ **melancholiac** [ˌmɛlən`kolɪˌæk] 名 憂鬱症患者

❸ **corpulent** [`kɔrpjələnt] 形 肥胖的

❹ **tenor** [`tɛnɚ] 名 男高音

❺ **dishevelled** [dɪ`ʃɛvl̩d] 形 凌亂的

❻ **illustrator** [`ɪləsˌtretɚ] 名 插畫家

❼ **frock** [frɑk] 名 連身裙

❽ **literature** [`lɪtərətʃɚ] 名 文學

本變化句意指「某人以某種身份而為人所知曉」，重點在介系詞as後所介紹的身分或職業，如果想強調「知名的身分」，不妨以be well-known as取代。

換A 換B

You should make [our plan] **known** to [everybody].

翻譯 妳應該把我們的計畫讓每一個人知道。

解構 [主詞] + [(助詞+)make] + [名詞(事)] + [known to] + [名詞(人)]

換A-名詞(事) / **換B-名詞(人)**

替換詞對應方法：換 A a —對應→ 換 B a，練習時請按照順序替換喔！

換A-名詞(事)	換B-名詞(人)
a this discreditable❶ matter 這件可恥的事	a the public 大眾
b our manager's policies 我們經理的策略	b the stockholders 股東
c your decision of divorce 你離婚的決定	c your parents 你的父母
d the inauguration❷ of this edifice❸ 大廈落成	d the journalists 記者
e this retrospective❹ exhibition❺ 這場回顧展	e our consumers 我們顧客
f the judgments on this case 對這件事的看法	f the authorities 當局

❶ **discreditable** [dɪsˋkrɛdɪtəbḷ] 形 可恥的

❷ **inauguration** [ɪnˏɔgjəˋreʃən] 名 落成典禮 ❸ **edifice** [ˋɛdəfɪs] 名 大廈

❹ **retrospective** [ˏrɛtrəˋspɛktɪv] 形 回顧的 ❺ **exhibition** [ˏɛksəˋbɪʃən] 名 展覽

make...known to sb.的重點在「將某事向某人公佈」，可以用「sb. make it known that+子句」改寫，但後者強調公佈的事情，而無須點出向誰公佈。

In spite of..., ...

儘管/不管…，…。

in spite of為「不管；不顧」之意，介係詞of後接名詞或動名詞，和despite (of)可互換；in spite of接名詞的常見用法有in spite of oneself(不由自主地)。

句型換換看

In spite of [my illness], [I still went to work].

翻譯 儘管生病了，我還是去上班。

解構 [In spite of] + [名詞/動名詞,] + [子句]

換A-名詞/動名詞 **換B-子句**

替換詞對應方法：換 A a —對應→ 換 B a，練習時請按照順序替換喔！

換A	換B
a the ranking 排名	a he still held on straight to the end 他仍然堅持到最後
b the storm 暴風雨	b the warship[1] still held to its course 軍艦仍沒有改變航向
c her age 她年紀大了	c Tina is still very active and energetic[2] 蒂娜還是很有活力
d the hazards[3] 危害	d they built another nuclear[4] power plant 他們又建了一座核電廠
e our opposition 我們的反對	e Joan still agreed to take over the leadership 瓊仍然同意接管領導位置
f his rudeness 他無禮	f the monk still gave Walter an amicable[5] smile 和尚仍然給華特一個友善的笑容
g the fever 發燒	g the statesman made a vigorous[6] speech 那名政治家發表了強而有力的演說

❶ **warship** [ˋwɔr͵ʃɪp] 名 軍艦
❷ **energetic** [͵ɛnɚˋdʒɛtɪk] 形 精力旺盛的
❸ **hazard** [ˋhæzɚd] 名 危害物
❹ **nuclear** [ˋnjuklɪɚ] 名 核能的；中心的
❺ **amicable** [ˋæmɪkəbl̩] 形 友善的
❻ **vigorous** [ˋvɪgərəs] 形 強有力的

despite (of)和in spite of用法相同，皆能置於句首或句中，以換換看的句子為例，可以改寫為I still went to work in spite of/despite my illness. (意思不變；置於句中)。

句型換換看 Replace It!

換A 換B

In spite of the fact that [it is snowing], [she goes out for a walk].

翻譯 儘管下著雪，她還是出門散步。

解構 [In spite of] + [the fact that+子句1,] + [子句2]

換A-子句1	換B-子句2
替換詞對應方法：換 A a 對應→ 換 B a ，練習時請按照順序替換喔！	
a there was a storm 有暴風雨	a the flight was not delay 班機沒有延誤
b she feels fear of water 她怕水	b she takes a swimming class 上游泳課
c we are against it 我們反對	c he perseveres❶ in this plan 他堅持這個計畫
d Tom got injuried 湯姆受傷	d he still accomplished❷ the mission 他仍完成使命
e his strategy❸ failed 他策略失敗	e the troops were insistent❹ on battling❺ 部隊堅持作戰
f I had a setback❻ 我遭受挫折	f I'm determined to realize my dream 我決心要實現夢想
g they've been divorced 他們離婚	g they're still on good terms with each other 仍保持良好關係

❶ **persevere** [ˏpɜsəˋvɪr] 動 堅持
❷ **accomplish** [əˋkɑmplɪʃ] 動 完成
❸ **strategy** [ˋstrætədʒɪ] 名 策略
❹ **insistent** [ɪnˋsɪstənt] 形 堅持的
❺ **battle** [ˋbætḷ] 動 與…作戰
❻ **setback** [ˋsɛtˏbæk] 名 挫折；失敗

從基本句變化而來的「in spite of the fact that+子句」同樣可置於句首或句中，還能用although/though/even if/even though替換，意思不會改變。

換A

[My brother drew on my paper] out of **spite**[1].

翻譯 我的弟弟出於惡意，在我的報告上塗鴉。

解構 [子句] + [out of spite]

換A-子句

- a Most proprietors[2] would not cut jobs 大部分業主不會削減職位
- b He wrote that article to insinuate[3] his partner 他發表文章來暗諷他的夥伴
- c That spy broke the military confidentiality[4] 那名間諜洩漏軍事機密
- d Those paparazzi spread the rumors to slander her 狗仔隊發佈謠言中傷她
- e The boys trampled[5] on his flowers and greensward[6] 男孩踐踏他的花和草皮
- f The suspect swore that he would never do harm to his friend 嫌疑犯發誓他絕不會傷害朋友

❶ **spite** [spaɪt] 名 惡意；怨恨　❷ **proprietor** [prə`praɪətɚ] 名 業主

❸ **insinuate** [ɪn`sɪnjʊˏet] 動 暗指

❹ **confidentiality** [ˏkɑnfɪˏdɛnʃɪ`ælɪtɪ] 名 機密

❺ **trample** [`træmpḷ ] 動 踐踏；踩　❻ **greensward** [ `grinˏswɔrd] 名 草皮

...out of spite的意思已經偏離in spite of，為「出於惡意或為了泄憤，而從事某行為」之意，具備形容詞與副詞的修飾功能；副詞的修飾如上面所列的例句；形容詞作用則會以sth. be out of spite的句型來表達。

...if possible.

可能的話，…。

...if possible為...if it is possible這個句型的省略。這種用法其實很常見，其他類似的省略用法還有if so(假如這樣)/if necessary(若有必要)…等等。

句型換換看 Replace It!

換A

[That instructor will help you] **if possible.**

翻譯 可能的話，那名指導員會幫忙你。

解構 [子句] + [if possible]

換A-子句

- a Drivers shouldn't travel on collapsed❶ roads 駕駛不應該行經坍塌的路段
- b She would single out a particularly❷ helpful person 她會選出一名特別有幫助的人
- c The banker would like to revise the term of payment 這位銀行家想修改付款條件
- d We'll keep the infectious❸ patients in quarantine❹ 我們將會把有傳染性的病人安置在隔離區
- e The merchandiser❺ hopes to receive your quotation tomorrow 採購員希望明天能收到你們的報價單
- f The film editor would put some striking❻ scenario❼ in the trailer 剪輯員會將一些吸引人的情節放在預告中

❶ **collapse** [kə`læps] 動 坍塌；瓦解
❷ **particularly** [pɚ`tɪkjələlɪ] 副 特別
❸ **infectious** [ɪn`fɛkʃəs] 形 傳染性的
❹ **quarantine** [`kwɔrən,tin] 名 隔離區
❺ **merchandiser** [`mɝtʃən,daɪzɚ] 名 採購員
❻ **striking** [`straɪkɪŋ] 形 顯著的
❼ **scenario** [sɪ`nɛrɪ,o] 名 情節；劇本

if possible可以置於句首或句中；possible意指「有實現的可能」，強調客觀上有可能性；但是...if possible(如果可能的話)和假設的if連用，在語氣上會帶有實際希望很小的暗示。

句型換換看 Replace It!

換A

[I will prepare congee❶ for patients] **if** at all **possible**.

翻譯 可以的話，我會準備粥給病人。

解構 [子句] + [if at all possible]

換A-子句

a The counselor will let the woman vent her anger 諮商師讓那個女人宣洩她的憤怒

b The accountant❷ will make an expenditure❸ management report 會計做支出管理報告

c She will take the bedridden❹ man to the yard for a walk 她帶久病在床的男子到院子走走

d Users will get the password from the network administrator❺ 使用者會向網路管理員取得密碼

e The doctor will suggest me having foods without additives❻ 醫生建議我吃無添加劑的食品

f The therapist❼ will keep the life-support system functioning 治療學家確保生命維持系統在運作

❶ **congee** [ˋkɑndʒi] 名 稀飯

❷ **accountant** [əˋkaʊntənt] 名 會計

❸ **expenditure** [ɪkˋspɛndɪtʃɚ] 名 支出

❹ **bedridden** [ˋbɛdrɪdn̩] 形 久病的

❺ **administrator** [ədˋmɪnə͵stretɚ] 名 管理人

❻ **additive** [ˋædətɪv] 名 添加物

❼ **therapist** [ˋθɛrəpɪst] 名 治療學家

...if at all possible和基本型相比，有「如果有任何可能的話」，形式相似，但意思與if possible略為不同，請注意這一點。

句型換換看

換A

[People with a fever should rest] as much as **possible**.

翻譯 發燒的人應該盡量多休息。

解構 [子句] + [as much as possible]

換A-子句

- a Those elders decided to learn 那群年長者決定學習
- b The businessman increased revenue❶ 那名商人增加了收益
- c He tries to reduce the vehicles'❷ friction❸ 他試著減少車子的磨擦力
- d That innovator❹ wards off fatigue by resting 那名改革者以休息避免疲累
- e We must reduce the bad influence on climate 我們必須減少對氣候的不良影響
- f The doctor tried to avoid the cancer cells' metastasis❺ 醫生試著避免癌細胞擴散

❶ **revenue** [`rɛvə,nju] 名 收益
❷ **vehicle** [`viɪkḷ] 名 車輛
❸ **friction** [`frɪkʃən] 名 摩擦力
❹ **innovator** [`ɪnə,vetɚ] 名 改革者
❺ **metastasis** [mə`tæstəsɪs] 名 (醫)轉移

...as much as possible為「儘可能/盡量多…」的意思，英文雖然置於句尾，但翻譯的時候請記得要修飾動詞。

...so...that...

太…以致於…。

解釋「某物過於…而導致…」的實用句，so後面接形容詞或副詞(狀態)，而that為從屬連接詞，引導副詞子句，表示「結果」，常與否定句連用。

句型換換看 Replace It!

換A 換B

[It is **so** late] **that** [we can not go sightseeing❶].

翻譯 時間太晚了，以致於我們無法遊覽觀光。

解構 [主詞] + [動詞] + [so+形容詞/副詞+that] + [子句]

換A-主詞+動詞+so+形/副	換B-子句
a The scenery was so stunning 景色優美	a we decided to stay 我們決定住下
b This blouse is so small 這件短衫太小	b my mother can't fit in it 我的母親穿不下
c They're so pampered❷ 他們嬌生慣養	c they ask for help easily 很輕易就求助
d The car stopped so suddenly❸ 車子急停	d it caused a serious pileup❹ 引起連環相撞
e The device is so unsettled 裝置不穩定	e I can't determine the value 我無法確定數值
f The woman's so choosy 那名女子挑剔	f nobody would work for her 沒有人要為她工作
g He is so ambitious❺ 他的企圖心強烈	g he seizes❻ every opportunity 他把握每一個機會

替換詞對應方法：換A a —對應→ 換B a，練習時請按照順序替換喔！

❶ **sightseeing** [ˋsaɪtˏsiɪŋ] 名 觀光
❷ **pamper** [ˋpæmpɚ] 動 縱容
❸ **suddenly** [ˋsʌdn̩lɪ] 副 忽然
❹ **pileup** [ˋpaɪlˏʌp] 名 (交)連環相撞
❺ **ambitious** [æmˋbɪʃəs] 形 有雄心的
❻ **seize** [siz] 動 抓住；捉住

本句型有另外的替代句...such+名詞+that...，注意such後面所接的為名詞，ex. It is such a hot day that I feel like swimming.(天氣太熱所以我想去游泳。)

句型換換看 Replace It!

換A 換B

[You have to finish this work] **so that** [you can start another one].

翻譯 你必須完成這份工作，以便再繼續進行新的事情。

解構 [子句1] + [so that] + [子句2]

換A-子句1　換B-子句2

替換詞對應方法：換 A a —對應→ 換 B a ，練習時請按照順序替換喔！

換A-子句1	換B-子句2
a They're dredging❶ the harbor 他們疏浚港灣	a oil tankers can use it 油輪可以使用
b She used a medical machine 她使用醫療儀器	b we can check our heartbeat 我們能測到自己的心跳
c People buy lottery❷ tickets人們買彩券	c they may become rich overnight 可能一夜致富
d The journalist stretched❸ the truth 記者誇大實情	d his article would look attractive❹ 他的文章看起來有吸引力

❶ **dredge** [drɛdʒ] 動 疏浚；挖掘
❷ **lottery** [`lɑtərɪ] 名 彩券；彩票
❸ **stretch** [strɛtʃ] 動 (口)誇大
❹ **attractive** [ə`træktɪv] 形 有吸引力的

中間不插入形容詞/副詞的so that有「為了」之意，後面接的子句一般會使用助動詞can/will，表示「目的」，等同於in order that。

句型換換看 Replace It!

換A 換B

[The teenager is too young] to [take the responsibility].

翻譯 這名青少年的年紀太輕，以致於無法負擔責任。

解構 [主詞] + [動詞] + [too+形容詞+to] + [動詞]

換A-主詞+動詞+too+形

換B-動詞

替換詞對應方法：換 A a —對應→ 換 B a ，練習時請按照順序替換喔！

換A	換B
a The president is too wise 總統有智慧	a fall for the flatteries❶ 聽信讒言
b The soldier is too young 那位軍官年輕	b contemplate❷ retirement 考慮退休
c Your words were too vague❸ 你的話模糊	c convict❹ him of a crime 定他的罪
d The man was too drunk 那名男子酒醉	d remember our agreement 記得我們的協定
e The patient is too feeble❺ 病人性格軟弱	e endure❻ great frustration❼ 忍受大挫折
f My client is too distressed❽ 我客戶很痛苦	f confront the prisoner 與囚犯對質

Key Words

❶ **flattery** [`flætərɪ] 名 阿諛之詞

❷ **contemplate** [`kɑntɛm͵plet] 動 思量

❸ **vague** [veg] 形 含糊的；不明確的

❹ **convict** [kən`vɪkt] 動 証明…有罪

❺ **feeble** [fibḷ] 形 (性格等)軟弱的

❻ **endure** [ɪn`djʊr] 動 忍受；忍耐

❼ **frustration** [͵frʌs`treʃən] 名 挫折

❽ **distress** [dɪ`strɛs] 動 使悲痛

本句型常常會和基本句so...that...互相替換使用，但要注意的是too...to...強調「太…以至於不能…」之意，不定詞to後的描述，是「無法/不能做到的事情」(原形動詞)，ex. The soup is too hot for me to have.(湯太燙了，以致於我喝不下去)；其他相關用法還有(not)…enough for sb. to...(不)足以做(某事)。

Pattern 26

The ~er..., the (more/~er)...

…愈…，…就愈…。

本句型會搭配形容詞/副詞的比較級使用，表達「A愈…，B就愈…」，説明事物同時發生變化，或出現差異性。

換A 換B

The [more sleep he gets], the [more tired he is].

翻譯 他睡得愈多，就愈覺得累。

解構 [The+比較級+主詞1+動詞1,] + [the+比較級 +主詞2+動詞2]

換A-more+比較級+主1+動1

替換詞對應方法：換Aa —對應→ 換Ba，練習時請按照順序替換喔！

- a brighter the sun 太陽愈大
- b more exercise❶ you do 做愈多運動
- c older she gets 她年紀愈大
- d more he drinks 他喝的酒愈多

換B-more+比較級+主2+動2

- a happier they would be 他們愈高興
- b healthier you will become 變得愈健康
- c nicer she becomes to others 對別人愈好
- d more terrible❷ hangover❸ he will have 宿醉得愈厲害

❶ **exercise** [ˋɛksɚ͵saɪz] 名 運動

❷ **terrible** [ˋtɛrəbḷ] 形 嚴重的

❸ **hangover** [ˋhæŋ͵ovɚ] 名 (口)宿醉

基本型最重要的核心，在於「比較級的應用」，more有「形容詞/副詞/代名詞」三種詞性，所以more之後可以接「名詞/形容詞或副詞/(X)」。

句型換換看 Replace It!

換A [Air pollution❶ is] becoming 換B [**more and more** serious].

翻譯 空氣污染變得愈來愈嚴重。

解構 [主詞] + [BE動詞/動詞] + [比較級 and 比較級]

換A-主詞+BE動詞/動詞　　換B-比較級 and 比較級

替換詞對應方法：換 A a →對應→ 換 B a，練習時請按照順序替換喔！

換A	換B
a The kid's eyesight❷ is 孩子的視力	a worse and worse 愈來愈差
b Her metabolism❸ is 她的新陳代謝	b slower and slower 愈來愈慢
c My constipation❹ is 我的便秘	c more and more serious 愈來愈嚴重
d All candidates are 所有候選人	d more and more anxious❺ 愈來愈焦慮不安
e Taking care of❻ him is 照顧他	e more and more tedious❼ 愈來愈令人感到乏味
f That artist is 那名藝術家	f more and more popular 愈來愈受大眾歡迎
g That politician is 那名政客	g more and more powerful 愈來愈有權力

❶ **pollution** [pə`luʃən] 名 汙染

❷ **eyesight** [`aɪˌsaɪt] 名 視力

❸ **metabolism** [`mɛ`tæbḷˌɪzəm] 名 新陳代謝

❹ **constipation** [ˌkɑnstə`peʃən] 名 便秘

❺ **anxious** [`æŋkʃəs] 形 焦慮的

❻ **take care of** 片 照顧

❼ **tedious** [`tidɪəs] 形 冗長；乏味的

變化型「more and more+比較級/比較級 and 比較級」意指「愈來愈…」，不像基本句那樣具有兩件事的連動關係；(形容詞/副詞的)比較級一般於字尾加er，兩個音節以上的字則於前方加more，另外還有不規則變化，例如：good/better、far/farther…等等。

句型換換看 Replace It!

換A

[Finish your homework], the sooner the better.

翻譯 完成你的家庭作業，愈快愈好。

解構 [祈使句] + [the sooner the better]

- a Start your verbal❶ report 開始你的口頭報告
- b Come to the emergency❷ ward❸ 來急診室
- c Hand over❹ your accounting report 交你的會計報告
- d Modify❺ the architectural❻ blueprint❼ 修改你的建築設計圖
- e Complete the syllabus❽ for next semester 完成下學期的教學大綱
- f Repair❾ this microwave❿ and the dishwasher⓫ 修理微波爐和洗碗機
- g go check the details and report it to me 確認細節再跟我報告

Key Words

❶ **verbal** [ˋvɝbḷ] 形 口頭的；言語的
❷ **emergency** [ɪˋmɝdʒənsɪ] 名 緊急情況
❸ **ward** [wɔrd] 名 病房；病室
❹ **hand over** 片 交出物品給某人
❺ **modify** [ˋmɑdə͵faɪ] 動 修改；更改
❻ **architectural** [͵ɑrkəˋtɛktʃərəl] 形 建築學的
❼ **blueprint** [ˋbluˋprɪnt] 名 藍圖
❽ **syllabus** [ˋsɪləbəs] 名 教學大綱
❾ **repair** [rɪˋpɛr] 動 修理；修補
❿ **microwave** [ˋmaɪkro͵wev] 名 微波爐
⓫ **dishwasher** [ˋdɪʃ͵wɑʃɚ] 名 洗碗機

本變化型的重點在於和祈使句的搭配，常見於口語會話中，唯一要注意祈使句帶有命令口吻，使用時請多加注意對象。the sooner the better為「愈快愈好」之意，其他類似的用法還有The more the better.(愈多愈好)、The louder the better.(愈大聲愈好)、The more careful the better.(愈小心愈好)…等等。

People say/It is said that...

聽說/俗話說⋯。

本句型用於客觀的說明，當說話者想講的事情，並非從特定對象那裡傳出時可用(所敘述的內容可以是普遍的俗語或大家都在說的某特定事件)。

換A

People say that [there's a monster in the lake].

翻譯 有人說湖裡有怪獸。

解構 [People say (that)] + [子句]

換A-子句

- a ghosts haunt❶ that old lodge 那個小木屋有鬼出沒
- b selfishness❷ is a poison in our society 自私是社會的一種弊害
- c Guilin's scenery is unrivaled❸ in the world 桂林山水甲天下
- d she used witchcraft❹ to lure❺ those young adults 用妖術去誘騙那些年輕人
- e the internet is the most important invention ever 網路是最重要的發明
- f the number thirteen is often considered❻ unlucky 數字十三經常被認為是不吉利的數字
- g what the famous backpacker❼ seeks is a meaning for life 那個知名背包客在尋找的是生命的意義
- h the best way to improve health is by making exercise a habit 改善健康的最佳方式，是讓運動成為習慣

❶ **haunt** [hɔnt] 動 (鬼魂等)常出沒於

❷ **selfishness** [`sɛlfɪʃnɪs] 名 自私

❸ **unrivaled** [ʌn`raɪvḷd] 形 無對手的

❹ **witchcraft** [`wɪtʃ͵kræft] 名 巫術

❺ **lure** [lʊr] 動 引誘；誘惑

❻ **consider** [kən`sɪdɚ] 動 考慮

❼ **backpacker** [`bæk͵pækɚ] 名 背包客

和本句型相關的變化還有It is said that/It is reported(據報導)/It is thought(大家認為)/They say(他們說)，後面同樣接子句；意思相似，但文法不同的則有according to+名詞/(sb./sth.) is said to+原型動詞/(sb./sth.) is said to have+過去分詞…等等，都能用來表示「據說」的意思。

換A

It is said that [black cats bring bad luck].

翻譯 據說黑貓會帶來壞運氣。

解構 [It is said that] + [子句]

換A-子句

a absence❶ makes the heart grow fonder❷ 小別勝新婚

b the pirates❸ buried their treasure on this island 海盜把寶藏埋在這座島上

c rebellious❹ phase is characteristic of adolescence❺ 叛逆是青春期特有的現象

d the herbaceous❻ plants can be used to treat cancer 那種草本植物可以用來治療癌症

e your life flashes before your eyes just before you die 死前過去的生活會像跑馬燈一般閃現

f seeing magpies❼ singing on the tree is an omen❽ of fortune 看到喜鵲在樹上唱歌是個好兆頭

❶ **absence** [\`æbsn̩s] 名 不在

❷ **fond** [fɑnd] 形 喜歡的；愛好的

❸ **pirate** [\`paɪrət] 名 海盜

❹ **rebellious** [rɪ\`bɛljəs] 形 難控制的

❺ **adolescence** [ædl̩\`ɛsn̩s] 名 青春期

❻ **herbaceous** [hɚ\`beʃəs] 形 草本的

❼ **magpie** [\`mæg͵paɪ] 名 喜鵲

❽ **omen** [\`omən] 名 預兆；兆頭

本句型和上一組People say的意思完全相同，為「It is+V-pp+that+子句」的應用，根據說話者想表達的意思，said可以更換成不同的動詞，ex. believed(據相信)/considered(據認為)/expected(據期待)/alleged(據聲稱)…等等。

句型換換看 Replace It!

換A [The woman's parents] have a say in 換B [her abortion❶].

翻譯 那名女子的雙親對墮胎這件事有發言權。

解構 [主詞] + [have/has a say in] + [名詞]

換A-主詞　換B-名詞

替換詞對應方法：換 A a —對應→ 換 B a，練習時請按照順序替換喔！

換A-主詞	換B-名詞
a Receptionists❷ 接待人員	a the signing ceremony❸ 簽約儀式
b All attendees❹ 出席者	b the extempore❺ motion 臨時動議
c Many members 許多成員	c this domestic dispute 這件家庭紛爭
d People in charge 負責人	d the expenditure this month 這個月的支出額
e Those priests 那些牧師	e our rogation❻ every month 我們每月的祈禱儀式
f All citizens 所有市民	f the important affairs of state 國家的重要事務

❶ **abortion** [ə`bɔrʃən] 名 墮胎；流產

❷ **receptionist** [rɪ`sɛpʃənɪst] 名 接待員

❸ **ceremony** [`sɛrə͵monɪ] 名 典禮

❹ **attendee** [ə`tɛndi] 名 出席者

❺ **extempore** [ɛk`stɛmpərɪ] 形 即席的

❻ **rogation** [ro`geʃən] 名 祈禱儀式

變化句have a say in意指「某人對…有發言權」，反義句型為have no say in；另外還有have not much say in，表示「沒有太多發言權」之意。

As a matter of fact, ...

事實上，…。

本句型意指「實際上；其實」，在和他人解釋前，使用本句型能給對方一個心理準備；通常置於句首，但也可以移到句中。

句型換換看 Replace It!

As a matter of fact, [it wasn't me who dated Mike].

翻譯 事實上，和麥克約會的人不是我。

解構 [As a matter of fact,] + [子句]

換A-子句

a the speaker knows nothing about literature❶ 那名講者對文學一竅不通

b he pretended❷ that he understood the question 他假裝了解那個問題

c the celebrity was in a most hopeless quandary❸ 那個名人陷入了無助的困境

d your team need not bother to ascertain❹ that case 你的團隊不用費神去查那件案子了

e his evaluation has overridden❺ your recommendation❻ 他的評價推翻了你的建議

f her wild idea could be a constructive❼ suggestion❽ 她奇怪的想法可能是有建設性的建議

❶ **literature** [`lɪtərətʃɚ] 名 文學

❷ **pretend** [prɪ`tɛnd] 動 假裝

❸ **quandary** [`kwandərɪ] 名 窘境

❹ **ascertain** [ˏæsɚ`ten] 動 查明

❺ **override** [ˏovɚ`raɪd] 動 推翻

❻ **recommendation** [ˏrɛkəmɛn`deʃən] 名 建議

❼ **constructive** [kən`strʌktɪv] 形 建設性的

❽ **suggestion** [sə`dʒɛstʃən] 名 建議

as a matter of fact的翻譯當中，有時會看到「不瞞你說」，這是因為本句型偏向「轉折語」的用法，而非單純在陳述一件事實，與其意思相近的用法還有in fact(事實上)。

句型換換看 Replace It!

Perhaps it's **a matter of** [my eyesight]換A, [I can't read the letters clearly]換B.

翻譯 也許是視力的問題，我無法清楚地讀到那幾個字母。

解構 [Perhaps it's a matter of] + [名詞,] + [子句]

換A-名詞	換B-子句

替換詞對應方法：換 A a —對應→ 換 B a，練習時請按照順序替換喔！

換A-名詞	換B-子句
a a breakdown[1] 機器故障	a you should call the technician later 你應該晚點打給技師
b personal preference[2] 個人偏好	b they bought only pork and beef 他們只買豬肉和牛肉
c the way you talk 你講述的方式	c students didn't get the general notion[3] 學生沒明白大意
d the language 語言問題	d I can hardly[4] understand this essay[5] 我幾乎看不懂這篇論文
e the one with OCD 強迫症患者	e Dr. Lee needs you to go to room 301 now 李醫師要你現在到301號病房
f his vague words 他模糊不清的話	f I want another expert to check this contract 我要別的專家確認合約

❶ **breakdown** [`brek,daʊn] 名 故障
❷ **preference** [`prɛfərəns] 名 偏愛
❸ **notion** [`noʃən] 名 概念；見解
❹ **hardly** [`hɑrdlɪ] 副 幾乎不
❺ **essay** [`ɛse] 名 論文；散文；隨筆

Perhaps it's a matter of意指「或許是…的問題」，表示「猜測」，介系詞of後面可接名詞或動名詞；其他與matter相關的變化還有「As the matter stands, ...」(照目前的情況而言)。

句型換換看 Replace It!

換A

What's **the matter** with [you and your girlfriend]?

翻譯 你和你的女朋友怎麼了？

解構 [What's the matter with] + [名詞]？

換A-名詞

a the weather❶? It should be cold at this time of year 天氣(怎麼了)？這個時候應該很熱

b the navigation❷ device❸ built in your car 在你車上的導航裝置

c your smartphone which you just bought 你才買的智慧型手機

d the car? It's making strange sounds 車子(怎麼了)？它發出奇怪的聲音

e the protesters who shouted loudly on the street 在街上大聲喊叫的抗議者

f the survivors who just escaped from that calamity 大難不死的生還者

❶ **weather** [`wɛðɚ] 名 天氣

❷ **navigation** [ˌnævə`geʃən] 名 導航

❸ **device** [dɪ`vaɪs] 名 設備；儀器

What's the matter?也是口語常見的用法，詢問對方「出了什麼問題？」的實用句；後面接「with+名詞」，就能拿來指某特定的人/事/物；其他相關的變化還有do/does not matter，表示「不要緊」或「沒關係」之意。

sth. depend on...

要看…而定。

depend on有「依靠；由…而定；依賴…維持」之意，若做為「依…而定；取決於…」時，主詞通常為事物；介系詞on後面接名詞或動名詞。口語的慣用句型有That depends./It all depends。

句型換換看 

[Whether we go or not]換A depends on [the weather]換B.

翻譯 我們去不去要看天氣而定。

解構 [主詞] + [depend on] + [名詞/動名詞]

換A-主詞

換B-名詞/動名詞

替換詞對應方法：換Aa —對應→ 換Ba，練習時請按照順序替換喔！

換A-主詞	換B-名詞/動名詞
a This mission❶ 這次任務	a those who execute it 執行政策的人
b Your future 你的未來	b how you deal with people 你如何對待他人
c Its price 它的價格	c the law of supply❷ and demand❸ 供需法則
d Your success 你的成功	d making your clients satisfied❹ 讓客戶滿意
e Our policy 我們的策略	e the results of your check-up 你的調查結果
f The outcome❺ 結局	f the circumstances❻ and ordinances❼ 情勢
g A persuasive❽ speech 有說服力的演說	g several factors 幾項要素

❶ **mission** [ˋmɪʃən] 名 任務；使命
❷ **supply** [səˋplaɪ] 名 供給；供應
❸ **demand** [dɪˋmænd] 名 需求
❹ **satisfied** [ˋsætɪsˏfaɪd] 形 滿足的
❺ **outcome** [ˋaʊtˏkʌm] 名 結果
❻ **circumstance** [ˋsɝkəmˏstæns] 名 情勢
❼ **ordinance** [ˋɔrdɪnəns] 名 傳統習慣
❽ **persuasive** [pɚˋswesɪv] 形 有說服力的

除了基本句型中的depend on以外，還可以用depend upon取代，兩者不僅意思相同，文法上也都接名詞/動名詞，唯一的差別在upon較on來的正式；另外補充兩組口語用法：You may depend upon it.(肯定沒錯；放心好了)與Depend upon it.(我敢說)，後者不必再加主詞。

換A　換B

[I'll never **be**] **dependent❶ on** [anyone again].

翻譯 我再也不會相信任何人了。

解構 [主詞] + [be dependent on] + [名詞/動名詞]

換A-主詞　**換B-名詞/動名詞**

替換詞對應方法：換Ａa 對應→ 換Ｂa，練習時請按照順序替換喔！

換A	換B
a The man who got fired is 被解雇的男性	a welfare benefits 福利金
b The local economy is 當地經濟	b oil and gas extraction❷ 挖掘石油和天然氣
c The interpreter's topic 口譯員的主題	c a renunciation❸ of terrorism❹ 放棄恐怖主義
d The periodicals❺ are 這份期刊	d advertising for revenue 廣告為收入來源
e The risk of concussion❻ is 腦震盪的風險	e what type of helmet you wear 戴的安全帽類型
f The island is heavily 這個島非常	f charter flights to increase tourism 包機增進觀光

Key Words

❶ **dependent** [dɪˋpɛndənt] 形 依靠的
❷ **extraction** [ɪkˋstrækʃən] 名 抽出
❸ **renunciation** [rɪˏnʌnsɪˋeʃən] 名 拋棄
❹ **terrorism** [ˋtɛrəˏrɪzəm] 名 恐怖主義
❺ **periodical** [ˏpɪrɪˋɑdɪkḷ] 名 期刊
❻ **concussion** [kənˋkʌʃən] 名 (醫)腦震盪

be dependent on有「依據；根據」的意思，介系詞on後面接名詞/動名詞；反義句型則為be independent of(與…無關；不依賴；不取決於)。

句型換換看 Replace It!

換A [He puts] **dependence**[1] **on** 換B [the help from his peers].

翻譯 他很依賴同儕的幫忙。

解構 [主詞] + [put dependence on] + [名詞/動名詞]

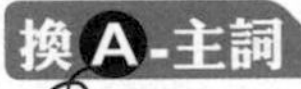

換B-名詞/動名詞

替換詞對應方法：換Aa —對應→ 換Ba，練習時請按照順序替換喔！

換A-主詞	換B-名詞/動名詞
a The cripple[2] puts 那名跛子	a his prosthetic[3] limbs 義肢
b Certain countries put 某些國家	b foreign capital 國外資金
c That vegetable puts 那名植物人	c an oxygen[4] mask 氧氣面罩
d That young man puts 那個年輕男子	d his parents' support 他父母的支持
e The experimenters put 實驗者	e the fundamental 基本原則
f Her supervisor won't put 她的主管不會	f procedures he can't control 他無法控制的流程

❶ **dependence** [dɪ`pɛndəns ] 名 依賴　❷ **cripple** [ `krɪpl̩] 名 跛子

❸ **prosthetic** [prɑs`θɛtɪk ] 形 義肢的　❹ **oxygen** [ `ɑksədʒən] 名 氧氣

基本型的depend可以改成名詞，以put dependence on表達同樣的意思，介系詞可以改成upon，相似的句型還有be in dependence on/upon；place dependence on/upon。

Pattern 30

sth. end in...

某事以…收場。

end有「結束；終止」的意思，想要描述「某件事以什麼情況收場」時，本句型非常實用，介系詞in後面接名詞/動名詞，用以表示情況如何

換A 換B

[Losing this client will end] in [a great loss to us].

翻譯 失去這名客戶將對我們造成很大的損失。

解構 [主詞] + [end in] + [名詞/動名詞]

換A-主詞 **換B-名詞/動名詞**

替換詞對應方法：換Aa 對應→ 換Ba，練習時請按照順序替換喔！

換A-主詞	換B-名詞/動名詞
a The summit❶ meeting ended 高峰會	a a deal-breaker 破局
b Our discussion ended 我們的會談	b stalemate❷ 陷入僵局
c The couple might end 那對夫妻可能	c getting divorced 離婚
d Soldiers' action ended 軍人的行動	d a glorious❸ victory 光榮的勝利
e That rebellion❹ ended 那場叛亂	e a military suppression❺ 軍事鎮壓
f Your new play ended 你最新的戲劇	f appreciative❻ critiques 深受好評
g That protesting demonstration❼ ended 那場抗議遊行	g violence❽ 暴力行為
h Living out the fantasy❾ will end 活在幻想中	h painful reality 痛苦的現實

- ❶ **summit** [`sʌmɪt] 形 政府首腦間的
- ❷ **stalemate** [`stel͵met] 名 僵局
- ❸ **glorious** [`glorɪəs] 形 光榮的
- ❹ **rebellion** [rɪ`bɛljən] 名 叛亂
- ❺ **suppression** [sə`prɛʃən] 名 鎮壓
- ❻ **appreciative** [ə`priʃɪ͵etɪv] 形 表讚賞的
- ❼ **demonstration** [͵dɛmən`streʃən] 名 示威
- ❽ **violence** [`vaɪələns] 名 暴力
- ❾ **fantasy** [`fæntəsɪ] 名 幻想

本句型的意義主要來自於end(結束；終了)，若換上不同動詞，則有「達到目的」之意，ex. achieve/win one's end，此時end作名詞(目標)；另外補充諺語All is well that ends well.(結局好，一切都好。)

句型換換看

換A

[The audience in the movie theater wept] in the **end**.

翻譯 電影院內的觀眾最後落淚了。

解構 [子句] + [in the end]

換A-子句

a The troops were forced to surrender❶ 軍隊被迫投降

b Evildoers are bound to be punished❷ 做壞事的人必定會受罰

c The diabetic❸ had to amputate❹ his foot 糖尿病患者必須鋸掉他的腳

d Greediness❺ will be destructive❻ to our society 貪婪將會毀滅社會

e Both sides reached an agreement of withdrawing❼ troops 雙方達成撤軍的協議

f The experimentation proved my assumption❽ is pointless 實驗證明我的假設是無意義的

g Your vote could be critical❾ to the result of this election 你的一票對選舉結果來說可能很關鍵

❶ **surrender** [sə`rɛndɚ] 動 使投降

❷ **punish** [`pʌnɪʃ] 動 懲罰；處罰

❸ **diabetic** [͵daɪə`bɛtɪk] 名 糖尿病患者

❹ **amputate** [`æmpjə͵tet] 動 (醫)鋸掉

❺ **greediness** [`ɡridɪnɪs] 名 貪婪

❻ **destructive** [dɪ`strʌktɪv] 形 破壞的

❼ **withdraw** [wɪð`drɔ] 動 撤退

❽ **assumption** [ə`sʌmpʃən] 名 設想

❾ **critical** [`krɪtɪdḷ] 形 關鍵性的

in the end為「最後；最終」之意，常獨立用作副詞：表示「時間上的最後」用in the end較恰當，因為其具備at last及finally的意思；表示「某一段時間或事件的結尾」，則用at the end of+名詞/動名詞(在…結尾；在…盡頭)。

句型換換看

換A

[The building will be completed] by the **end** of this month.

翻譯 這座大樓將於這個月底完工。

解構 [主詞] + [動詞] + [by the end of] + [名詞]

換A-主詞+動詞

- a All the debtors must be reimbursed❶ 所有債務人必須還清債務
- b We will be running out of all resources❷ 我們將用完所有的資源
- c The newest railroad will be open to traffic 最新的鐵路將通車
- d The anti-theft sensor will be in production 防盜感應器裝置將投入生產
- e The new highway will be virtually❸ completed 新的高速公路差不多完工
- f Our government will draft a new immigration❹ law 我們政府將起草新的移民法

❶ **reimburse** [ˌriɪm`bɜs] 動 償還

❷ **resource** [rɪ`sors] 名 資源

❸ **virtually** [`vɜtʃʊəlɪ] 副 差不多

❹ **immigration** [ˌɪmə`greʃən] 名 移民

by the end of(到…為止)常與時間連用，用來表示在某時間的截止之前，因此，換換看例句中的this month可以按照語義，替換成不同的時間；其他相關的變化還有make an end of結束/make both ends meet量入為出…等等。

sb. used to...

某人以前…。

used to...(過去曾經/以前習慣)的句型常用於表示「過去經常性的動作或狀態」，但「現在已經沒有這樣的習慣」，不定詞to後接原形動詞。

換A 換B

[The comedian❶] used to [smoke a lot].

翻譯 那名喜劇演員以前抽煙抽得很兇。

解構 [主詞] + [used to] + [動詞]

換A-主詞	換B-動詞
替換詞對應方法：換Aa —對應→ 換Ba，練習時請按照順序替換喔！	
a That president 那名校長	a be an eminent❷ linguist 是著名的語言學家
b Her mother 她的母親	b hum her lullabies❸ when she was little 她小時候唱搖籃曲給她聽
c The teacher 那個老師	c beguile❹ her pupils with fairy tales 以童話吸引學生的注意
d Single mothers 單親媽媽	d be stigmas❺ in a conservative❻ society 在守舊社會中是污名
e The doctor 那位醫生	e use this method❼ to diagnose the disease 使用這個方法診斷疾病
f My professor 我的教授	f explain❽ this poem in detail 詳細解釋這首詩

❶ **comedian** [kə`midɪən] 名 喜劇演員
❷ **eminent** [`ɛmənənt] 形 出眾的
❸ **lullaby** [`lʌlə͵baɪ] 名 搖籃曲
❹ **beguile** [bɪ`gaɪl] 動 使著迷
❺ **stigma** [`stɪgmə] 名 污名
❻ **conservative** [kən`sɜvətɪv] 形 保守的
❼ **method** [`mɛθəd] 名 手段
❽ **explain** [ɪk`spleen] 動 解釋

和基本型相似的句型「use...to+動詞」表示「使用」，意指用某種工具來做事，ex. He used a knife to cut the steak.(他用刀子切牛排。)，被動式則為The knife is used to cut the steak，雖然形式和基本型很像，但字義相差甚遠，使用時要分清楚。

句型換換看 Replace It!

換A 換B

[I am] **used to** [going to the cinema every week].

翻譯 我已經習慣每週去看電影。

解構 [主詞] + [be used to] + [名詞/動名詞]

換A-主詞 **換B-名詞/動名詞**

替換詞對應方法：換 A a —對應→ 換 B a，練習時請按照順序替換喔！

換A-主詞	換B-名詞/動名詞
a You need to be 你必須	a taking actions independently 獨立行動
b The dweller❶ isn't 那位居民不	b the life without electricity❷ 沒有電的生活
c The patient was 那個病人	c taking diet pills to lose weight 吃減肥藥減重
d The coxcomb❸ is 花花公子	d having women swooning❹ over him 有女人對他痴迷

❶ **dweller** [ˋdwɛlɚ] 名 居民；居住者
❷ **electricity** [ˌilɛkˋtrɪsətɪ] 名 電力
❸ **coxcomb** [ˋkɑksˌkom] 名 花花公子
❹ **swoon** [swun] 動 心醉神迷

在基本型上做了變化的「be used to+名詞/動名詞」意指「由於經驗，對某件事不再感到驚訝」，強調習慣的「狀態」；隨著BE動詞時態的變化，可以表示過去或現在習慣於某件事。

句型換換看 Replace It!

換A [The artist] got **used to** 換B [diverse❶ critiques❷ of his work].

翻譯 那名藝術家習慣了對他作品的各種評論

解構 [主詞] + [get used to] + [名詞/動名詞]

換A-主詞 **換B-名詞/動名詞**

替換詞對應方法：換 A a —對應→ 換 B a，練習時請按照順序替換喔！

換A-主詞	換B-名詞/動名詞
a Country folks 鄉下人	a walking around barefoot in the mud 光著腳走在泥巴當中
b Taiwanese 台灣人	b tropical depression and typhoons 熱帶性低氣壓和颱風現象
c My uncle 我姑丈	c kidney dialysis❸ once a week 一星期洗一次腎
d My friends 我的朋友	d the sizzling❹ hot weather in Southeast Asia 東南亞炎熱的天氣
e His patient 他的病人	e taking the minor tranquilizer❺ 服用弱效鎮定劑
f Indians 印度人	f McDonald's hamburgers 麥當勞的漢堡

Key Words

❶ **diverse** [daɪˋvɝs] 形 不同的

❷ **critique** [krɪˋtik] 名 評論

❸ **dialysis** [daɪˋæləsɪs] 名 洗腎

❹ **sizzling** [ˋsɪzl̩ɪŋ] 形 極熱的

❺ **tranquilizer** [ˋtræŋkwɪˌlaɪzɚ] 名 鎮定劑

Tip 活用句型

「get/got used to+名詞」的句型，和第三章出現過的be getting used to相當類似，但後者的進行式所強調的，為「漸漸習慣的狀態」，和此處「描述已經習慣的事情」不同；和上一組的be used to相比，使用get更強調「轉變」一般來說，會使用過去式got used to來敘述「已經習慣的一件事」(並影響到現在的情況)；另外有關「習慣於」的句型還有「be accustomed to+名詞/動名詞」。

sb. be good at...

某人擅長…。

在描述某人擅長於某個領域時，不妨多加利用此句型。介系詞at後面接名詞/動名詞，如果反過來要說「某人不擅長」，則可用be not good at/be bad at這兩個句型。

換A 換B

[Debby's fiance is] good at [cooking].

翻譯 黛比的未婚夫很擅長烹飪。

解構 [主詞] + [be good at] + [名詞/動名詞]

換A-主詞	換B-名詞/動名詞
a The rapper is 繞舌歌手	a playing the electric guitar 彈電吉他
b That architect is 建築師	b renovation❶ and landscaping❷ 舊屋翻新和室外造景
c My advisor is 我的顧問	c analyzing the risk of investment 分析投資的風險
d That surgeon is 那名外科醫生	d remedying❸ cardiovascular❹ diseases 治療心血管疾病
e Astronomers❺ are 天文學家	e observing the astronomical❻ phenomena❼ 觀察天文現象

替換詞對應方法：換A a 對應→ 換B a，練習時請按照順序替換喔！

❶ **renovation** [ˌrɛnəˋveʃən] 名 更新　❷ **landscape** [ˋlændˌskep] 動 造園

❸ **remedy** [ˋrɛmədɪ] 動 治療；醫治

❹ **cardiovascular** [ˌkɑrdɪoˋvæskjʊlɚ] 形 心血管的

❺ **astronomer** [əˋstrɑnəmɚ] 名 天文學家

❻ **astronomical** [ˌæstrəˋnɑmɪkḷ] 形 天文的

❼ **phenomenon** [fəˋnɑməˌnɑn] 名 現象

at的內在涵義強調「在某個點」上，所以本句型強調「擅長某方面/某件事」；另外一個形式雷同的句型為「be good on+名詞」，on有「重心著重在某處」的意思，這個句型的意思為「專精且全盤了解」，較常用於學術領域。

句型換換看 

換A 換B

[The student sitting next to me is] good in [math].

翻譯 坐在我隔壁的學生數學方面的表現很好。

解構 [主詞] + [be good in] + [名詞/動名詞]

換A-主詞 / 換B-名詞/動名詞

替換詞對應方法：換Ａa —對應→ 換Ｂa，練習時請按照順序替換喔！

換A-主詞	換B-名詞/動名詞
a Our professor is 我們的教授	a geomechanics❶ 地球力學
b That intern is 那名實習醫生	b nervous system 神經系統
c Our manager is 我們的經理	c management studies 管理學
d That geneticist❷ is 那位遺傳學家	d gene transplantation❸ 基因移植
e The new engineer is 新的工程師	e information technology 資訊科技

❶ **geomechanics** [ˌdʒiəmɪˋkænɪks] 名 地球力學

❷ **geneticist** [dʒəˋnɛtɪsɪst] 名 遺傳學家

❸ **transplantation** [ˌtrænsplænˋteʃən] 名 移植

一般而言，be good in與基本型的be good at是可以互相替換的，差別不大，真的要區分的話，be good in較強調「在某個範圍/領域中」的表現很好；其他相關的句型還有be clever at/be adept at/be adept in…等等。

句型換換看 Replace It!

換A [All employees have] to make **good** use of [time]. 換B

翻譯 全體員工必須善用時間。

解構 [主詞] + [(助詞+)make good use of] + [名詞]

換A-主詞　換B-名詞

替換詞對應方法：換Aa 對應→ 換Ba，練習時請按照順序替換喔！

換A-主詞	換B-名詞
a The commander has 司令官	a the troops to guard our country 兵力保衛我們的國家
b The executors have 執行者	b the bankroll❶ to do some investment 資金做投資
c The cook has 那名廚師	c the left ingredients❷ to make a dish 剩下的食材做菜
d The interviewee had 面試者	d these pigments❸ to finish the artwork 這些顏料完成美術作品
e The producer has 製造者	e our equipment to manufacture❹ the products 用設備生產
f Our boss' advisor had 我們老闆的顧問	f the financial information 財務資訊
g The interior designer has 室內設計師	g space in this small apartment 這間小公寓的空間

❶ **bankroll** [ˋbæŋkˏrol] 名 資金
❷ **ingredient** [ɪnˋgridɪənt] 名 材料
❸ **pigment** [ˋpɪgmənt] 名 顏料
❹ **manufacture** [ˏmænjəˋfæktʃə] 動 製造

make good use of為「善用」的意思，介系詞of後面接名詞/動名詞，本句型常與金錢、時間、資源連用，也常以祈使句的型態出現，語氣上表示對他人的提醒或警告，ex. Make good use of your time.(善用你的時間)，改寫成Use your time well.意思也相同。

sb. adjust to...

某人適應⋯。

adjust有「改變⋯以適應；調整」等意，常見的慣用語有adjust the watch(對時)、adjust the errors(校正誤差)等等；衍生出的本句型意指「調適」，特別注意此處的to為介系詞，後面接名詞/動名詞。

換A 換B

[The newcomer will] adjust to [his job].

翻譯 那名新手將會適應他的工作。

解構 [主詞] + [adjust to] + [名詞/動名詞]

換A-主詞	換B-名詞/動名詞
a The toddlers❶ try to 孩子試著	a the daycare❷ 托兒所
b The tourists can't 旅客無法	b the harsh winters 寒冬
c Astronauts❸ must 太空人必須	c a weightless❹ state 無重力狀態
d The body will 人體將會	d the time differences 時差
e You'll need to 你們將必須	e their diet preference 他們的飲食習慣
f Mrs. Lin's son can't 林太太的兒子無法	f a new sibling❺ 一個新的兄弟姐妹
g The man can hardly 男子幾乎無法	g these withdrawal❻ symptoms❼ 這些脫癮症狀
h Fresh graduates will 社會新鮮人	h the current economic situation 目前的經濟環境

替換詞對應方法：換Aa —對應→ 換Ba，練習時請按照順序替換喔！

❶ **toddler** [ˋtɑdlɚ] 名 學步的小孩
❷ **daycare** [ˋdekɛr] 名 托兒所
❸ **astronaut** [ˋæstrə͵nɔt] 名 太空人
❹ **weightless** [ˋwetlɪs] 形 無重量的
❺ **sibling** [ˋsɪblɪŋ] 名 兄弟姐妹
❻ **withdrawal** [wɪðˋdrɔəl] 名 撤回
❼ **symptom** [ˋsɪmptəm] 名 症狀

除了本句型當中的adjust之外，同義的表達還有adapt/accommodate to+名詞/動名詞，可以彼此套用，須注意後兩者除了適應外，accommodate含有「順應」的意思，ex. accommodate one's wishes(順應某人的要求)；adapt則具「改造；改編」之意。

換A 換B

[You will soon] adjust [yourself to the new life].

翻譯 你很快就能適應新生活。

解構 [主詞] + [adjust oneself to] + [名詞]

換A-主詞 **換B-名詞**

替換詞對應方法：換 A a —對應→ 換 B a，練習時請按照順序替換喔！

換A-主詞	換B-名詞
a She tries to 她試著	a herself to the single life 單身生活
b The veteran can't 老兵無法	b himself to the civilian❶ life now 現在的平民生活
c The woman will 那位女子將	c herself to the fast-paced life in city 快速的城市生活步調
d His wife needs to 他太太須要	d herself to the new domestic❷ life 新的家庭生活
e Chameleons❸ can 變色龍能	e themselves to match the surroundings 周遭環境
f Those employees 那些員工	f themselves to the working environment❹ 工作環境
g A reformer has to 改革家必須	g himself to most difficult conditions 最艱困的情況
h Most elders might not 大多數長輩可能無法	h themselves to this changing world 不斷變化的世界

❶ **civilian** [sɪˋvɪljən] 形 平民的

❷ **domestic** [dəˋmɛstɪk] 形 家庭的

❸ **chameleon** [kəˋmiljən] 名 變色龍

❹ **environment** [ɪnˋvaɪrənmənt] 名 環境

從基本型變化而來的sb. adjust oneself to，其意思和文法與基本句相同，可以用adapt oneself to替換，意思不變，但須注意adjust是指稍微調節，adapt則有全面調整的意思。

句型換換看 Replace It!

換A 換B

[**My son adjusts**] well **to** [living in a homestay❶].

翻譯 我的兒子對寄宿生活適應得很好。

解構 [主詞] + [adjust well to] + [名詞/動名詞]

換A-主詞 **換B-名詞/動名詞**

替換詞對應方法：換 A a —對應→ 換 B a ，練習時請按照順序替換喔！

換A-主詞	換B-名詞/動名詞
a Freshmen will adjust 大學新鮮人將會	a their college life 他們的大學生活
b All of us must adjust 我們全體必須	b the difficulty we face 面臨的困難
c Most immigrants❷ adjust 大多數移民者	c the new culture 新的文化
d A blind man needs time to adjust 盲人需要時間	d the dimness❸ world 昏暗的世界
e The industrious❹ man adjusts 勤勞的男子	e his life in the village 鎮上的生活
f Children know how to adjust 孩子知道	f the principles I listed 我列的規矩

❶ **homestay** [`hom͵set ] 名 寄宿　❷ **immigrant** [ `ɪməgrənt] 名 移民者

❸ **dimness** [`dɪmnɪs ] 名 不清楚　❹ **industrious** [ ɪn`dʌstrɪəs] 形 勤奮的

本變化句型sb. adjust well to意指「某人適應得很好」，其中副詞well的作用在修飾前面的adjust，表示適應的程度。

...be effective in...

在…上有成效。

本句型的應用時機，在於「描述某物在…方面有成效」，介系詞in後面接名詞/動名詞；另外補充be far from effective(很不得力；沒有顯著成效)。

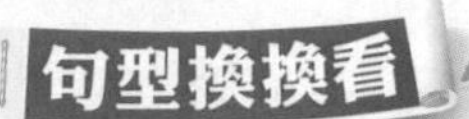

換A [You have] to **be effective❶ in** 換B [your work].

翻譯 工作時你要有效率 。

解構 [主詞] + [be effective in] + [名詞/動名詞]

換A-主詞	換B-名詞/動名詞
替換詞對應方法：換 A a —對應→ 換 B a，練習時請按照順序替換喔！	
a This remedy❷ has 這種治療法	a treating headaches 治頭痛
b Window screens have 紗窗	b keeping out mosquitoes 擋住蚊子
c The water-cleaner has 淨水器	c filtering impurities❸ in the water 過濾水中雜質
d Our plan has 我們的計畫	d bringing about the desired outcome 達到目標
e A map has 一張地圖	e communicating spatial❹ information 提供空間資訊

❶ **effective** [ɪ`fɛktɪv] 形 有效的
❷ **remedy** [`rɛmədɪ] 名 治療法
❸ **impurity** [ɪm`pjʊrətɪ] 名 雜質
❹ **spatial** [`speʃəl] 形 空間性的

由effective(有效的；生效的)本身的字義衍生，be effective in可用來表示「在…有成效」之意，另外也可用be effective against/on替換，語意不變。

句型換換看 Replace It!

換A [The new regulations❶ became] **effective** [right now]. 換B

翻譯 新法規立即生效。

解構 [主詞] + [become effective] + [補充語]

換A-主詞 / 換B-補充語

替換詞對應方法：換 A a —對應→ 換 B a，練習時請按照順序替換喔！

換A-主詞	換B-補充語
a The Child Welfare Law became 兒福法	a last year 去年
b Your faith may become 你的信念也許	b for the success 成功
c Soil and water conservation❷ will become 水土保持將會	c as we plant more trees 植更多樹
d Laws on food additives become 食品添加法律	d in January this year 今年一月
e The conciliation❸ statement❹ becomes 調解聲明	e after both parties sign it 雙方政黨簽名後
f The management efficiency❺ becomes 管理的效率	f once the system is finished 一旦完成系統
g Tighter mortgage requirements will become 更嚴格的抵押條件	g in the next few days 接下來幾天

❶ **regulation** [ˌrɛgjəˋleʃən] 名 規章　❷ **conservation** [ˌkɑnsɚˋveʃən] 名 保護

❸ **conciliation** [kənˋsɪlɪˋeʃən] 名 調解　❹ **statement** [ˋstetmənt] 名 陳述；說明

❺ **efficiency** [ɪˋfɪʃənsɪ] 名 效率；效能

變化句...become effective...常用於「法律、議決、協定」等的生效，主詞通常為某一事物，補充語則能用以表達「生效的時間或細節」；除此之外 take/come into/go into/be in+effect也都有「產生效用」之意。

句型換換看 Replace It!

[We must] take **effective** measures❶ to [reduce loss].

翻譯 我們必須立即採取有效措施以減少損失。

解構 [主詞] + [(助詞+) take effective measures to] + [動詞]

換A-主詞(+助詞)　換B-動詞

替換詞對應方法：換 A a —對應→ 換 B a，練習時請按照順序替換喔！

換A	換B
a Employers have to 雇主必須	a ensure❷ workers' welfare 保障員工的福利
b We need to 我們必須	b fight against arbitrary❸ charges 制止亂收費的情況
c All of us should 所有人應該	c protect the primitive❹ forests 保護原始森林
d Drivers should 司機應該	d ensure transportation❺ safety 確保運輸交通的安全
e The government will 政府會	e restrict❻ the sales of firearms❼ 限制槍枝販售
f Those workers will 那些工人	f prevent the dike from collapsing 防止堤防倒塌

❶ **measure** [`mɛʒɚ] 名 措施；手段

❷ **ensure** [ɪn`ʃur] 動 擔保；保證

❸ **arbitrary** [`ɑrbə͵trɛrɪ] 形 專斷的

❹ **primitive** [`prɪmətɪv] 形 原始的

❺ **transportation** [͵trænspɚ`teʃən] 名 運輸

❻ **restrict** [rɪ`strɪkt] 動 限制

❼ **firearms** [`faɪr͵ɑrmz] 名 槍砲；輕武器

變化句take effective measures to為「採取有效措施」之意，同義句型還有take effective action to(採取有效行動)，to在這兩種句型當中皆為不定詞，後接原形動詞；若句型為take effective measures against+名詞，則表示「採取有效措施去阻止某事發生」。

...make it a habit to...

使…成為習慣。

本句型所描述的是「使某事成為習慣」，即「習慣做…」之意，不定詞to後面接原形動詞，類似的用法還有make it a rule to...，但後者強調的是「使成為規則」。

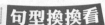

換A 換B

[I make] it a habit to [exercise every day].

翻譯 我養成每天運動的習慣。

解構 [主詞] + [make it a habit to] + [動詞]

換A-主詞 **換B-動詞**

替換詞對應方法：換Aa —對應→ 換Ba，練習時請按照順序替換喔！

換A-主詞	換B-動詞
a People should make 人應該	a tell others thank you 和別人說謝謝
b That optimist❶ makes 那位樂觀主義者	b read something inspiring❷ 閱讀鼓舞人心的文章
c The author makes 那名作者	c proofread❸ what she writes 校對她的文章
d The bashful❹ girl makes 害羞女孩	d declaim❺ more loudly in class 在課堂上大聲朗讀
e Those students make 那群學生	e find the main idea in each paragraph 找出每段的大意
f The sturdy❻ man made 那位健壯的男性	f walk to work instead of taking a bus 走路去工作而不搭公車
g The patrols❼ make 巡邏隊	g examine every cartridge❽ before out on duty 出勤前檢查子彈

❶ **optimist** [ˋɑptəmɪst] 形 樂觀者
❷ **inspiring** [ɪnˋspaɪrɪŋ] 形 激勵人心的
❸ **proofread** [ˋprufˏrid] 動 校對
❹ **bashful** [ˋbæʃfəl] 形 害羞的；羞怯的
❺ **declaim** [dɪˋklem] 動 朗讀
❻ **sturdy** [ˋstɜdɪ] 形 健壯的；結實的

❼ **patrol** [pəˋtrol] 名 巡邏隊　　❽ **cartridge** [ˋkɑrtrɪdʒ] 名 子彈

本句型可以用「get into the habit of+名詞/動名詞」來替換，若要改成否定句「養成不…的習慣」時，須將not放在habit與to之間，以「make it a habit not to+原形動詞」的形式呈現。

句型換換看 Replace It!

[You]（換A） had better form the **habit** of [studying]（換B）.

翻譯 你最好養成唸書的習慣。

解構 [主詞] + [(had better) form the habit of] + [名詞/動名詞]

換A-主詞　**換B-名詞/動名詞**

替換詞對應方法：換 A a —對應→ 換 B a，練習時請按照順序替換喔！

換A-主詞	換B-名詞/動名詞
a That patient 那名病人	a having fruits before meals 餐前吃水果
b Your team 你的團隊	b reacting positively❶ towards crisis❷ 積極面對危機
c His manager 他的經理	c reasoning on insufficient❸ data 從不足的資料推斷
d Those children 那些孩子	d dealing with time and punctuality❹ 善用時間和守時
e Your family 你的家庭	e keeping a supply of candles❺ in case of power outage❻ 準備蠟燭以免斷電
f Your girlfriend 你的女友	f focusing her thoughts on good things 將你的心思放在好事上

❶ **positively** [ˋpɑzətɪvlɪ] 副 積極地　　❷ **crisis** [ˋkraɪsɪs] 名 緊急關頭

❸ **insufficient** [ˏɪnsəˋfɪʃənt] 形 不足的　　❹ **punctuality** [ˏpʌŋktʃuˋælətɪ] 名 守時

❺ **candle** [ˋkændḷ] 名 蠟燭；燭光　　❻ **outage** [ˋautɪdʒ] 名 (機器等)運作中斷

變化句「form the habit of+名詞/動名詞」作「養成習慣」解釋，取form的動詞意義(形成；構成；塑造)衍生而來，form也可以用develop(培養)替換，意思不變。

句型換換看 Replace It!

換A 換B

[My brother builds] up the **habit** of [drinking water].

翻譯 我弟弟養成了喝水的習慣。

解構 [主詞] + [build up the habit of] + [名詞/動名詞]

換A-主詞 / 換B-名詞/動名詞

替換詞對應方法：換Aa 對應→ 換Ba，練習時請按照順序替換喔！

換A-主詞	換B-名詞/動名詞
a My grandfather built 我爺爺	a taking long solitary❶ walks 獨自漫步
b Parents should build 父母應該	b their child's responsibility 自己小孩的責任心
c Children should build 小孩應該	c expressing themselves courteously❷ 有禮地表達
d My classmate builds 我的同學	d making explanatory❸ notes on the margin❹ 在空白處做註譯

❶ **solitary** [ˋsɑlə͵tɛrɪ] 形 獨自的；單獨的
❷ **courteously** [ˋkɝtɪəslɪ] 副 有禮地
❸ **explanatory** [ɪksˋplænə͵torɪ] 形 解釋的
❹ **margin** [ˋmɑrdʒɪn] 名 頁面空白

build up有「積累；聚集；逐漸形成」的意思，因此「build up the habit of+名詞/動名詞」意味「養成習慣」；反意表達「戒掉(壞)習慣」有一句俚語get the monkey off one's back (改正某人的壞習慣)。

sb. get involved in...

某人被捲入…其中。

本句型為被動語態，表示「某人被牽連；涉入某事件之中」；介系詞in後方接名詞；另外相似的句型有get involved with，此為「被…纏住；與…扯上關係」之意。

換A 換B

[We don't want to] get involved❶ in [this dispute].

翻譯 我們不想被捲入這場糾紛之中。

解構 [主詞] + [(助詞+)get involved in] + [名詞]

換A-主詞(+助詞)	換B-名詞
替換詞對應方法：換 A a —對應→ 換 B a，練習時請按照順序替換喔！	
a The chief editor doesn't 總編輯不	a local politics 當地政治
b Our governor didn't 我們州長沒有	b foreign affairs 國外事務
c They promise❷ not to 他們承諾不會	c public education❸ 國民義務教育
d More and more people 愈來愈多人	d the mayor's political scandal❹ 市長的政治醜聞
e The dealer didn't 那名商人沒有	e the smuggling❺ drug case 走私毒品案
f You'd better not 你們最好不要	f this complicated❻ quarrel❼ 這場複雜的爭執
g That exchange student would like 那名交換學生	g the class discussion 課堂討論

❶ **involve** [ɪn`vɑlv] 動 使捲入；牽涉

❷ **promise** [`prɑmɪs] 動 承諾

❸ **education** [ˌɛdʒʊ`keʃən] 名 教育

❹ **scandal** [`skændḷ] 名 醜聞

❺ **smuggling** [`smʌglɪŋ] 名 走私

❻ **complicated** [`kɑmpləˌketɪd] 形 複雜的

❼ **quarrel** [`kwɔrəl] 名 爭吵；不和

本句型有「介入；與…有關；涉及」等意，請依照語義分辨翻譯應為「某人主動介入」(abce)還是「某人被捲入事件」(df)；此外，若想表達某人的「狀態」，可用be involved in trouble/disaster(陷入麻煩/不幸)表達。

句型換換看

換A 換B

[The special agent is] involved in [many activities].

翻譯 那名特務參加許多活動。

解構 [主詞] + [be involved in] + [名詞]

換A-主詞 **換B-名詞**

替換詞對應方法：換Aa —對應→ 換Ba，練習時請按照順序替換喔！

換A-主詞	換B-名詞
a My children are 我的孩子們	a the summer camp 夏令營
b The young man was 那個年輕人	b the anti-drugs crusade❶ 反毒運動
c Those labors are 那些勞工	c the labor insurance manifesto❷ 勞工保險的宣言
d You need to be 你必須要	d those clubs that are inspirational❸ 鼓舞人心的社團
e I suggest you to be 我建議你	e the groups that can stimulate❹ you 能激勵你的團體
f Many students are 許多學生	f extracurricular❺ activities in their free time 空閒時的課外活動
g Certain colleagues will be 部分同事將會	g our project this time 我們這次的企劃

❶ **crusade** [kru`sed] 名 運動
❷ **manifesto** [ˌmænə`fɛsto] 名 宣言
❸ **inspirational** [ˌɪnspə`reʃənḷ] 形 鼓舞人心的
❹ **stimulate** [`stɪmjəˌlet] 動 刺激；激勵；促使
❺ **extracurricular** [ˌɛkstrəkə`rɪkjələ] 形 課外的

變化句sb. be involved in除了用來描述「某人陷入某種狀態」外，還有一個更常見的用法，表達「參與某事或某活動」；同義的表達還有be involved with/be engaged in+名詞(活動)。

句型換換看 

換A 換B

[His father] became involved in [these rumors❶].

翻譯 他的父親被捲入那些傳聞之中。

解構 [主詞] + [become involved in] + [名詞]

換A-主詞

換B-名詞

替換詞對應方法：換A a —對應→ 換B a，練習時請按照順序替換喔！

換A-主詞	換B-名詞
a That woman 那名女子	a their divorce❷ action 他們的離婚訴訟
b The enterpriser 那名企業家	b the tax avoidance❸ matter 逃稅事件
c Some scientists 一些科學家	c matters of food safety 食品安全的事務
d Our government 我們政府	d affairs in the Middle East 中東國家的事務
e The mother 那位母親	e her daughter's marital❹ problems 女兒的婚姻問題

❶ **rumor** [`rumɚ] 名 傳聞；謠傳
❷ **divorce** [də`vors] 名 離婚
❸ **avoidance** [ə`vɔɪdəns] 名 逃避
❹ **marital** [`mærətḷ] 形 婚姻的

型態略為不同的變化句sb. become involved in同樣有「被捲入；主動涉入某種情況」之意；如果剛好說明的是「捲入糾紛/與人糾纏不清」，則可用be embroiled in+事/be embroiled with+人。

Please feel free to...

請自行…。

本句型為祈使句(表命令)，但因句首的please，以及feel free具備的「隨意；不要拘束；不要拘謹」之意，所以整句話是「請人自行做…，無須拘泥小節」的意思。

句型換換看 Replace It!

換A

Please feel free to [contact❶ me].

翻譯 可以隨時與我聯絡，不用拘束。

解構 [Please feel free to] + [動詞]

換A-動詞

a elaborate❷ on your proposals at the meeting 在會議中詳細說明你的提案

b participate❸ in this international symposium❹ 參加這個國際座談會

c browse through the articles and leave comments 瀏覽文章並給予評論

d send us your specific enquiry❺ and quotation 將你們具體的問題及報價寄給我們

e contact us for more requirements❻ and advise 有更多的要求和建議請聯絡我們

❶ contact [kən`tækt] 動 聯繫

❷ elaborate [ɪ`læbə,ret] 動 詳盡闡述

❸ participate [pɑr`tɪsə,pet] 動 參加

❹ symposium [sɪm`pozɪəm] 名 座談會

❺ enquiry [ɪn`kwaɪrɪ] 名 詢問

❻ requirement [rɪ`kwaɪrmənt] 名 要求

「Please feel free to+動詞(原形)」若要改為否定句，表達「若不想做…就不用勉強」的意思，請將not置於在free與to中間，以「Please feel free not to+動詞(原形)」表達即可。

句型換換看 Replace It!

換A　換B

[No one should] be **free to** [open others' letters].

翻譯 誰都不能隨意拆別人的信件。

解構 [主詞] + [(助詞+)befree to] + [動詞]

換A-主詞　換B-動詞

替換詞對應方法：換 A a 對應→ 換 B a，練習時請按照順序替換喔！

換A	換B
a Kids shouldn't 孩子們不該	a daub❶ paint on the wall 在牆上亂塗油漆
b Builders can't 建築商不能	b exploit❷ the sloping❸ fields 開發山坡地
c All registered users should 註冊者	c upgrade to newer versions 升級到新版本
d Entrepreneurs should 企業家們	d develop the aviation❹ industry 發展航空產業
e Reporters can't 記者不能	e intrude❺ on people's privacy 打擾他人的私生活
f Their maids should 他們的女僕	f take one day off once a month 一個月休假一天
g Those developers should 那些開發者	g share the techniques❻ with other members 和其他成員分享技術
h All visitors can't 訪客不能	h vandalize❼ the collections in the museum 破壞博物館的收藏品

❶ **daub** [dɔb] 動 塗(牆壁等)

❷ **exploit** [ɪk`splɔɪt] 動 開發；開拓

❸ **sloping** [`slopɪŋ] 形 有坡度的

❹ **aviation** [ˌevɪ`eʃən] 名 航空；飛行

❺ **intrude** [ɪn`trud] 動 侵擾；闖入

❻ **technique** [tɛk`nik] 名 技術

❼ **vandalize** [`vændḷˌaɪz] 動 任意破壞

「be free to+動詞(原形)」有「允許做…；隨意做…」之意；若將不定詞to改為介系詞with，則常以make free with sb.表示「對某人放肆無禮」，或以make free with sth.描述「某人有權利處理某事」的意思。

句型換換看 Replace It!

換A [Even the wise are not always] **free** from [error]. 換B

翻譯 智者千慮，必有一失。

解構 [主詞] + [be free from] + [名詞]

換A-主詞 / **換B-名詞**

替換詞對應方法：換 A a —對應→ 換 B a ，練習時請按照順序替換喔！

換A-主詞	換B-名詞
a Wise people are 有智慧的人	a prejudice❶ to others 對他人的成見
b That country isn't 那個國家沒有	b racial discrimination❷ 種族歧視
c The task this time is 這次的任務	c any astonishing❸ blunders❹ 讓人吃驚的錯誤
d The survivors aren't 倖存者無法	d the distressing recollection 那件痛苦的回憶
e That individual❺ is 那個人	e certain obligations❻ 部分義務
f A judge should be 法官應該	f sentiments❼ and partiality❽ 感情與偏愛
g Vacuum❾ packaging is 真空包裝	g air, moisture❿ or impurities 空氣、水和雜質

❶ **prejudice** [`prɛdʒədɪs] 名 偏見

❷ **discrimination** [dɪˏskrɪmə`neʃən] 名 歧視

❸ **astonishing** [ə`stɑnɪʃɪŋ] 形 驚人的

❹ **blunder** [`blʌndɚ] 名 大錯

❺ **individual** [ˏɪndə`vɪdʒuəl] 名 個人

❻ **obligation** [ˏɑblə`geʃən] 名 義務

❼ **sentiment** [`sɛntəmənt] 名 情緒

❽ **partiality** [ˏpɑrʃɪ`ælətɪ] 名 偏心

❾ **vacuum** [`vækjuəm] 名 真空

❿ **moisture** [`mɔɪstʃɚ] 名 濕氣

變化句「be free from+名詞」意指「沒有…的；免除…的」，主詞可以是人或機構(abdef)，也可以為事物(cg)；相關變化還有free sb. from(使某人擺脫…)、make sb. free(釋放某人)…等等。

Pattern 38

sb. have/has the right to...

某人有權利…。

本句型用於描述「某人有…的權利」，right在此為名詞(權利之意)，使用時，不定詞to後面接原形動詞，主詞為人。

換A [**Everybody has**] the **right to** 換B [express their thoughts].

翻譯 每個人都有權利表達他的想法。

解構 [主詞] + [have/has the right to] + [動詞]

換A-主詞 **換B-動詞**

替換詞對應方法：換 A a —對應→ 換 B a，練習時請按照順序替換喔！

換A-主詞	換B-動詞
a You don't have 你沒有	a retrieve❶ the victim's file 調閱受害者的檔案
b Our CEO has 執行長	b cut the commercial❷ budget 削減廣告預算
c Administrators have 管理人	c delete articles that are illegal 刪除違法的文章
d Every member has 成員們	d discuss the issues about aur community❸ 討論社區議題
e Legislators❹ have 立法委員	e take measures to amend an enactment❺ 採取措施來修訂法規
f Shareholders❻ have 股東	f demand corporate❼ financial information 察看公司的財務狀況

❶ **retrieve** [rɪ`triv] 動 (電腦)檢索

❷ **commercial** [kə`mɝʃəl] 形 廣告的

❸ **community** [kə`mjunətɪ] 名 社區

❹ **legislator** [`lɛdʒɪs͵letɚ] 名 立法委員

❺ **enactment** [ɪn`æktmənt] 名 法規

❻ **shareholder** [`ʃɛr͵holdɚ] 名 股東

❼ **corporate** [`kɔrpərɪt] 形 公司的

本句型在應用時只要掌握「have/has隨主詞變化」以及「to後方的原形動詞」即可，若要表達否定形式的「某人無權」，則將基本句改為sb. have/has no right to…。

句型換換看 Replace It!

換A 換B

[The victim claimed❶ his] **right to** [ask for indemnification❷].

翻譯 那位受害者行使權利，要求賠償。

解構 [主詞] + [claim one's right to] + [動詞]

換A-主詞

換B-動詞

替換詞對應方法：換 A a —對應→ 換 B a ，練習時請按照順序替換喔！

換A-主詞	換B-動詞
a My tenant claims her 我的房客	a get the deposit back 拿回押金
b The king claimed his 這個國王	b administer❸ the kingdom 掌管這個王國
c People claimed their 人民	c advocate❹ higher salaries 主張提高薪資
d The man claimed his 那名男子	d campaign❺ for the senate❻ 競選參議員
e Workers claimed their 工人們	e lodge❼ a charge against the manager 控訴經理
f The criminal claims his 那名罪犯	f be present at the evidentiary❽ hearing 出席聽證會

❶ **claim** [klem] 動 主張 名 要求；權利

❷ **indemnification** [ɪn͵dɛmnəfə`keʃən] 名 賠償

❸ **administer** [əd`mɪnəstɚ] 動 掌管

❹ **advocate** [`ædvə͵ket] 動 主張

❺ **campaign** [kæm`pen] 動 參加競選

❻ **senate** [`sɛnɪt] 名 參議員

❼ **lodge** [lɑdʒ] 動 提出(申訴、抗議等)

❽ **evidentiary** [͵ɛvə`dɛnʃərɪ] 形 證據的

claim one's right to為「要求行使某人的權利」之意，不定詞to後接原形動詞；相關變化還有in one's own right(憑本身的頭銜、資格)。

句型換換看 Replace It!

換A 換B

[He will stand] on his rights to [have the case adjudicated❶].

翻譯 他將堅持他的權利，宣告判決。

解構 [主詞] + [stand on one's rights to] + [動詞]

換B-動詞

替換詞對應方法：換 A a 對應→ 換 B a ，練習時請按照順序替換喔！

換A-主詞	換B-動詞
a Our superior stands 我們長官	a dismiss❷ the meeting on time 準時散會
b The employee stood 雇員	b hold out for better welfare 堅持更好福利
c That journalist stands 那名記者	c report the accident in detail 詳細報導事件
d The defendant stands 被告人	d defend himself under the law 受法律保障
e The house owner stood 那個屋主	e refuse a warrantless❸ search 無搜索令的搜查

❶ **adjudicate** [ə`dʒudɪ͵ket ] 動 (律)判決　❷ **dismiss** [ dɪs`mɪs] 動 解散

❸ **warrantless** [`wɔrəntlɪs] 形 無搜索令的

stand本身有「承擔…任務或職責」的意思，故變化句stand on one's rights to可解釋為「堅持權利」，不定詞to後面接原形動詞；相似的句型還有assert one's rights to+原形動詞(主張權利)。

Pattern 39 ...offer a variety of...

…提供各式各樣的…。

offer表示「提供他人可接受或拒絕的事物」，如幫助、服務或物品，句型為offer a variety of sth. (to sb.)；此外，注意a variety of為單數型態，不受後方複數名詞影響。

句型換換看 Replace It!

換A [Coffee shops **offer**] **a variety of** 換B [light meals].

翻譯 咖啡店提供各式各樣的輕食。

解構 [主詞] + [offer a variety of] + [名詞]

換A-主詞 **換B-名詞**

替換詞對應方法：換 A a 對應→ 換 B a，練習時請按照順序替換喔！

換A-主詞	換B-名詞
a This bank offers 這家銀行	a loan programs 貸款項目
b Recreation❶ centers offer 娛樂中心	b exercise options 運動選擇
c Our cafeteria❷ offers 我們食堂	c traditional snacks 傳統小吃
d Real estate❸ agents offer 房屋仲介	d luxurious❹ apartments 豪華公寓
e Local museums offer 本地博物館	e exhibitions in January 一月份展覽
f Universities offer 大學	f diversified❺ curricula❻ 多元化的課程
g Mail-order houses 郵購公司	g electric appliances❼ 電氣產品
h Most magazines offer 大部分雜誌	h information to their subscribers❽ 資訊給訂閱者

Key Words

❶ **recreation** [ˌrɛkrɪ`eʃən] 名 娛樂

❷ **cafeteria** [ˌkæfə`tɪrɪə] 名 自助食堂

❸ **estate** [ɪs`tet] 名 地產；財產；資產

❹ **luxurious** [lʌg`ʒurɪəs] 形 豪華的

❺ **diversified** [daɪ`vɝsəˌfaɪd] 形 各種的

❻ **curriculum** [kə`rɪkjələm] 名 課程

❼ **appliance** [ə`plaɪəns] 名 器具

❽ **subscriber** [səb`skraɪbɚ] 名 訂閱者

offer與supply都有「供給；裝備」之意。不同點在於，offer意指「提供」，偏向提供者自願的行為；而supply則為「供給；補充」，強調「替換或補充不足的物品」，所提供的通常為一般民生用品，且為較長期的供應。

句型換換看 Replace It!

He **offers** [many facilities] to [students].

翻譯 他提供許多設備給學生。

解構 [主詞] + [offer] + [名詞(物)] + [to+名詞(人)]

換A-名詞(物) **換B-名詞(人)**

替換詞對應方法：換 A a —對應→ 換 B a，練習時請按照順序替換喔！

換A-名詞(物)	換B-名詞(人)
a financial advice 財務管理的建議	a duty payers 納稅義務人
b scuba-diving❶ activities 潛水活動	b all members 所有會員
c several possible topics 可能的主題	c those candidates 那些應試者
d some spontaneous❷ labors 自願協助者	d us at busy periods 忙碌時(給)我們
e a rare opportunity 難得的機會	e him to work in an overseas❸ branch 調派他到海外分公司上班

Key Words

❶ **scuba-diving** [`skubə͵daɪvɪŋ] 名 戴水肺的潛水

❷ **spontaneous** [spɑn`tenɪəs] 形 自發的

❸ **overseas** [`ovə`siz] 形 海外的

offer屬於授與動詞(dative verb)，有「將某物給某人」的意思(常見的授與動詞還有give/write/send…等等)，授與動詞後面會接「直接受詞(物)」與「間接受詞(人)」，形式則有「動詞+間接受詞(人)+直接受詞(物)」與「動詞+直接受詞(物)+介詞+間接受詞(人)」兩種。

句型換換看 Replace It!

換A [The vendor supplies us] with **a variety of** [vegetables]. 換B

翻譯 那個小販提供我們各式各樣的蔬菜。

解構 [主詞] + [動詞] + [with a variety of] + [名詞]

換A-主詞+動詞

換B-名詞

替換詞對應方法：換 A a —對應→ 換 B a，練習時請按照順序替換喔！

- a The controversy❶ occurred❷ 爭議發生
- b Seniors seek to stay active 老年人試圖維持活力
- c Their project was plagued❹ 他們為企劃苦惱
- d Our team comes together 我們的團隊是來自
- e A newer version was released 新版本上市

- a misconceptions❸ 誤解
- b exercise programs 運動計畫
- c mechanical❺ problems 機械問題
- d people of solid skills 有穩固技術的人才
- e improvements❻ to the process 程序的改良

❶ **controversy** [ˋkɑntrə͵vɝsɪ] 名 爭論

❷ **occur** [əˋkɝ] 動 發生；出現

❸ **misconception** [͵mɪskənˋsɛpʃən] 名 誤解

❹ **plague** [pleg] 動 (口)使苦惱；煩憂

❺ **mechanical** [məˋkænɪkḷ] 形 機械的

❻ **improvement** [ɪmˋpruvmənt] 名 改進

變化型with a variety of...的意思是「藉著各式各樣的…」，用於形容事物時，我們會用「富含；富於」來說明，of後面的名詞表達所富含的事物為何。另外，補充variety與variation的不同，variety指的是 「各式各樣」、「不同種類」的意思；但是variation則是用來指指數量、大小、程度、作法等的「差異」。

...be on one's side.

…站在某人這一邊。

在本句型為「支持某人」的意思，相當於support sb.(同樣表示支持某人)。其它形式雷同，但意思不同的用法有on one/the side(在單一邊)。

句型換換看 Replace It!

換A [Your family will **be** always] **on** 換B [**your**] **side**.

翻譯 你的家人會永遠支持你。

解構 [主詞] + [BE動詞/動詞] + [on one's side]

換A-主詞+BE動詞/動詞　　換B-B-one's

替換詞對應方法：換 A a —對應→ 換 B a，練習時請按照順序替換喔！

換A	換B
a A barrister❶ should be 律師應該	a his client's 他的客戶
b All the evidence are 所有的證據	b the prosecutor's 檢察官
c The demonstrants❷ are 示威者	c the originator's❸ 發起人
d Those adherents❹ stand 那群擁護者	d the statesman's 政治家
e These revolutionists were 革命烈士	e the conductor's❺ 領導者
f Social workers will be 社工人員	f the family members' 家屬
g Fans with enthusiasm❻ are 狂熱歌迷	g their favorite singer's 他們最愛的歌手
h Most members of the cabinet❼ are 大部分的內閣成員	h the president's 總統

❶ **barrister** [`bærɪstɚ] 名 (美)律師

❷ **demonstrant** [dɪ`mɑnstrənt] 名 示威者

❸ **originator** [ə`rɪdʒə͵netɚ] 名 發起人

❹ **adherent** [əd`hɪrənt] 名 擁護者

❺ **conductor** [kən`dʌktɚ] 名 領導人

❻ **enthusiasm** [ɪn`θjuzɪ͵æzəm] 名 狂熱

❼ **cabinet** [`kæbənɪt] 名 內閣

本句型的核心在on one's side，前面的BE動詞/動詞可依語義變化，相較之下，像換A的d那樣，使用動詞stand會更強調出「支持的行為」。另外補充on the other side of sth.(在…的另一邊)，雖然形式雷同，但意思完全不一樣。

句型換換看

The man put [his book]（換A） **on** one **side** to [listen]（換B）.

翻譯 那名男子把書放下來聆聽。

解構 [主詞] + [put] + [名詞(物)] + [on one side to] + [動詞]

換A-名詞(物) **換B-動詞**

替換詞對應方法：換 A a —對應→ 換 B a，練習時請按照順序替換喔！

換A-名詞(物)	換B-動詞
a the selfish motives 自私的意圖	a do the charity❶ 做善事
b the fears and worries 憂慮擔心的事	b go rock climbing 去攀岩
c his to-do list 他的計畫表	c help her with the chores 幫她做家事
d his indisposition❷ 身體微恙的事情	d hearten other patients 激勵其他病人
e the resentment❸ and hatred❹ 憤慨與敵意	e return good for evil 以德報怨

❶ **charity** [`tʃærətɪ ] 名 善舉　❷ **indisposition** [ ˌɪndɪspə`zɪʃən] 名 微恙

❸ **resentment** [rɪ`zɛntmənt ] 名 憤慨　❹ **hatred** [ `hetrɪd] 名 敵意；憎惡

put sth. on one side用來表達「擱置某事；暫緩處理」之意，其中put 還可以用lay替換，意思不變，ex. Just put/lay perfection on one side. Take it easy.(把完美放一邊，放輕鬆。)

句型換換看 Replace It!

換A [John's parents always take] **sides** with 換B [his younger brother].

翻譯 約翰的父母總是偏袒他弟弟。

解構 [主詞] + [take sides with] + [名詞(人)]

換A-主詞 | 換B-名詞(人)

替換詞對應方法：換 A a →對應→ 換 B a ，練習時請按照順序替換喔！

換A-主詞	換B-名詞(人)
a Our president takes 我們總統	a several❶ allies❷ 數個同盟國
b Parents shouldn't take 父母不應	b their children 他們的小孩
c I tried not to take 我試著不要	c my twin sister in this argument 在爭執中(偏袒)我的雙胞胎姐姐
d People shouldn't take 人們不該	d the one with racial discrimination 有種族歧視的人
e The teacher takes 那個老師	e students who are excellent❸ in learning 成績優秀
f That judge took 那名法官	f neither❹ of the litigants 任一方訴訟當事人都不(偏袒)
g My supervisor didn't take 我的主管沒有	g those senior engineers 那群資深的工程師

❶ **several** [ˋsɛvərəl] 形 數個的
❷ **ally** [əˋlaɪ] 名 同盟國
❸ **excellent** [ˋɛksḷənt] 形 出色的
❹ **neither** [ˋniðɚ] 代 無一個

變化型take sides(或take a side)有「偏袒；支持；擁護(某方面)」之意，介系詞後接名詞(人)，表示「支持或偏袒某一方」；除此之外，還可以用take one's side表示(利用所有格的形式)，ex. My mother always takes my brother's side.(我媽媽總是袒護弟弟)。

set a good example for...

替…樹立好榜樣。

本句型用於描述「樹立榜樣」，介系詞for可用to取代，但常見的用法是for，後面再接受格；動詞set則能替換成give，意思不變。

換A 換B

[Our CEO] **sets a good example for** [all the managers].

翻譯 我們的執行長為所有經理人立下良好的典範。

解構 [主詞] + [set a good example for] + [名詞(人)]

換A-主詞

換B-名詞(人)

替換詞對應方法：換 A a —對應→ 換 B a，練習時請按照順序替換喔！

換A-主詞	換B-名詞(人)
a The lady's goodwill❶ 婦人的善心	a the next generation❷ 下一代
b Her persistence❸ 她的堅持不懈	b young scientists 年輕的科學家
c The senior citizen 那位年長市民	c the teenagers of the city 該城市的青少年
d This teaching method 這個教學模式	d other countries around the world 世界各國
e The company leader 公司領導者	e subordinates in following laws (帶領)部屬守法
f His sportsmanship❹ 他的運動員精神	f all athletes❺ on the baseball team 棒球隊上的運動員

❶ **goodwill** [`gʊd`wɪl] 名 善心

❷ **generation** [ˌdʒɛnə`reʃən] 名 世代

❸ **persistence** [pɚ`sɪstəns] 名 堅持不懈

❹ **sportsmanship** [`sportsmənˌʃɪp] 名 運動員精神

❺ **athlete** [`æθlit] 名 運動員；體育家

本句型的反義為set a bad example (for sb.) 為…樹立壞榜樣，若想增加句型的變化，可以替換形容詞good/bad，ex. set a glowing/splendid example for...。

句型換換看 Replace It!

換A 換B

[You] should **set an example** of [promoting our new products].

翻譯 你應以身作則促銷我們的新產品。

解構 [主詞] + [set an example of] + [名詞/動名詞]

換A-主詞	換B-名詞/動名詞
替換詞對應方法：換 A a —對應→ 換 B a，練習時請按照順序替換喔！	
a The girl's parents 女孩的父母	a reducing TV time 減少看電視時間
b A public figure 公眾人物	b a strong work ethic❶ 強烈的職業道德
c Those volunteers 那些義工	c patience and tolerance 耐心與寬容
d All the students 所有學生	d recycling disposable❷ paper cups 回收拋棄式紙杯
e Our government 我們政府	e starting a campaign against smoking 舉行反菸運動
f That legislator 那位立法委員	f voting down the unreasonable proposal 投票否決不合理的提案

❶ **ethic** [`ɛθɪk] 名 道德規範

❷ **disposable** [dɪ`spozəbḷ] 形 丟棄式的

本處的set an example of同樣具有「成為良好典範」之意；其他同義句型還有set a/the pace for、make a/the pace for、set a pattern for…等等。

句型換換看 Replace It!

換A [The soldiers **set**] **a good example** by [behaving themselves first]. 換B

翻譯 軍人們身先士卒管理好自己的行為以樹立好榜樣。

解構 [主詞] + [set an example by] +[動名詞]

換A-主詞 / 換B-動名詞

替換詞對應方法：換 A a —對應→ 換 B a，練習時請按照順序替換喔！

換A-主詞	換B-動名詞
a The attorney set 那位律師	a winning the case in court 贏得官司
b That actress sets 那名女演員	b not gossiping 不講閒話或八卦
c The street vendor❶ sets 街上的小販	c donating❷ to that orphanage❸ 捐錢給孤兒院
d The Red Cross sets 紅十字會	d helping many destitute❹ families 幫助貧困家庭
e The reformists❺ set 改革者	e practicing what they preach❻ 實踐他們鼓吹的事情
f You can try to set 你可以試著	f putting yourself in another's shoes 設身處地為人著想
g My classmate set 我的同學	g giving us a fluent presentation 給我們一個流暢的演說

❶ **vendor** [ˋvɛndɚ] 名 小販；叫賣者　❷ **donate** [ˋdonet] 動 捐獻

❸ **orphanage** [ˋɔrfənɪdʒ] 名 孤兒院　❹ **destitute** [ˋdɛstə͵tjut] 形 貧困的

❺ **reformist** [rɪˋfɔrmɪst] 名 改革者　❻ **preach** [pritʃ] 動 鼓吹；講道

若想要表達「藉由做某事而成為榜樣」時，則可像此處，將基本句set a good example for當中的介系詞of改成by(藉由)，後面再接動名詞表達「方法與手段」。

I am sorry, but...
我很抱歉，但是…。

本句型所要表達的是「我心裡雖然感到抱歉，但還是不得不做或說的事情」，連接詞but後面接子句(可以是行為，也可以是解釋)，句型可用I feel sorry, but...替換。

句型換換看 Replace It!

換A

I am sorry, but [I need to take a look at your invitation❶].

翻譯 我很抱歉，但我還是要看一下你的請帖。

解構 [I am so sorry, but] + [子句]

換A-子句

a we have to postpone the conference 我們必須要把會議時間往後延
b I need Dr. Lin to come with me now 我需要林醫師現在跟我來
c I need to point out the incorrect estimation❷ 我必須指出不正確的估計值
d you'll have to show me your identification❸ 你必須把身份證給我看
e we still have to make a claim for compensation❹ 我們仍必須索賠
f we must leave for the airport right now 我們現在必須前往機場
g you need to speak louder in the factory 在工廠內你講話必須大聲一點
h my client wants you to pay for the damages 我的客戶要你負責損害的金額
i I need more time to double check your report 我需要更多時間檢查你的報告
j I can't be friends with such an unscrupulous❺ person 我無法和這麼不擇手段的人做朋友

❶ **invitation** [ˌɪnvəˋteʃən] 名 請帖　❷ **estimation** [ˌɛstəˋmeʃən] 名 估計
❸ **identification** [aɪˏdɛntəfəˋkeʃən] 名 身分證
❹ **compensation** [ˌkɑmpənˋseʃən] 名 賠償
❺ **unscrupulous** [ʌnˋskrupjələs] 形 無恥的

除了表達「說話者不得不做的行為外」，本句型還可以用來「解釋某情況」，ex. I am sorry, but I'm allergic to cats.(我對貓過敏)，這句牽涉的並非行為，而是在解釋某個情況，並希望對方能進一步處理(將貓帶走之類的)；此外，若「聽聞某事而使感到遺憾」時，可以用「I am/feel sorry to+原形動詞」的句型來表達。

句型換換看 Replace It!

換A

Excuse me, but [I might be drunk].

翻譯 不好意思，但我好像喝太多了。

解構 [Excuse me, but] + [子句]

換A-子句

- a I need to get a replacement❶ bankbook❷ 我要換存摺
- b I have to interrupt❸ your conversation❹ 我必須打斷你們的談話
- c it's time to move on to the next subject 該討論下一項主題了
- d your ideas are putting everyone at risk 你的想法只是在讓大家涉險
- e I disagree❺ with the doctrine of hedonism❻ 我不同意享樂主義
- f he still attempts❼ to complete❽ the investigation❾ 他還是想要完成研究
- g I would like to invest in a certificate❿ of deposit⓫ 我想要以定期存單的方式投資

❶ **replacement** [rɪ`plesmənt] 名 取代
❷ **bankbook** [`bæŋk͵bʊk] 名 存摺
❸ **interrupt** [͵ɪntə`rʌpt] 動 打斷
❹ **conversation** [͵kɑnvə`seʃən] 名 談話
❺ **disagree** [͵dɪsə`gri] 動 不同意
❻ **hedonism** [`hidn̩͵ɪzəm] 名 快樂主義
❼ **attempt** [ə`tɛmpt] 動 試圖
❽ **complete** [kəm`plit] 動 完成
❾ **investigation** [ɪn͵vɛstə`geʃən] 名 調查
❿ **certificate** [sə`tɪfəkɪt] 名 單據
⓫ **deposit** [dɪ`pɑzɪt] 名 存款

Excuse me常與基本句中的I'm sorry比較，後者隱含些微歉意(說話者認為自己有錯)，但若剛好並非表達歉意的場合，則可用excuse me取代，適用時機如下：(1)開啟話題，引起對方注意時；(2)中場離席時；(3)無意中冒犯到他人時(如打嗝或打噴嚏等小事)。

句型換換看 Replace It!

換A　換B

[You can do nothing but] feel **sorry** for [yourself].

翻譯 你就只知道一直垂頭喪氣。

解構 [主詞] + [動詞] + [feel sorry for oneself]

換A-主詞+動詞　**換B-oneself**

替換詞對應方法：換Aa 對應→ 換Ba，練習時請按照順序替換喔！

換A	換B
a That successor❶ had no time to 那名繼承人沒有時間	a himself 他自己
b She was ill but never stopped to 她很虛弱但從不停下	b herself 她自己
c If you enjoyed it, you shouldn't 若你享受這件事，就無須	c yourself 你自己
d There were times the author liked to 有時那名作家喜歡	d herself 她自己
e The cancer-stricken❷ patient refuses❸ to 患癌症的病人拒絕	e himself 他自己

❶ **successor** [sək`sɛsɚ ] 名 後繼者　❷ **stricken** [ `strɪkən] 形 患病的

❸ **refuse** [fɪ`fjuz] 動 拒絕；拒受

feel sorry for oneself為口語用法，字面翻譯為某人替自己感到抱歉或愧疚，轉意為「垂頭喪氣；灰心失望」的意思；本句型可以用seem sorry for oneself來替換；另外補充「處於可憐的處境中」的用法為be in a sorry state。

Needless to say, ...

不用說，…。

本句型的作用在表達「不用說」，有of course、naturally的意思，逗號後方接子句，這個句型為「It is needless to say that...」的簡化，因經常被使用，故已成固定用法。

Replace It!

Needless to say, [the professor didn't pass him].

翻譯 不用說，教授沒讓他這科及格。

解構 [Needless to say,] + [子句]

換A-子句

- a health is more important than wealth❶ 健康比財富重要
- b learning without thinking is useless 光學習而不思考是沒有用的
- c assiduous❷ working leads a man to success 辛勤工作才能引導人走向成功
- d those paparazzi annoyed that movie star 那群狗仔隊惹惱了那位電影明星
- e that sincere man kept his promise 那位正直的男性守住了他的承諾
- f one should be dressed neatly❸ when attending an feast 出席宴會時要打扮整齊
- g we should refuel❹ the gas tank before starting our trip 啟程前我們要把油給加滿
- h many participants felt exhausted after the marathon 許多參加者在跑完馬拉松後筋疲力盡
- i it's difficult for the weak man to do manual❺ labor 對那個虛弱的男人來說，做粗活很困難

❶ **wealth** [wɛlθ] 名 財富
❷ **assiduous** [əˋsɪdʒʊəs] 形 勤勉的
❸ **neatly** [ˋnitlɪ] 副 整潔地
❹ **refuel** [riˋfjuəl] 動 補給燃料
❺ **manual** [ˋmænjʊəl] 形 體力的

補充另外一個與本句型同義的表達It goes without saying that+名詞子句，這裡的that就不可以簡化，ex. It goes without saying that a good teacher will take good care of his students.(不用說，一位好老師會細心照料他的學生。)

換A

There is no **need** to [flaunt❶ your success].

翻譯 沒有必要炫耀你的成功。

解構 [There is no need to] + [動詞]

換A-動詞

a give an impetus❷ to the project 推動這個企劃案

b impose❸ new restrictions on the Internet 增加與網路相關的新限制

c join politics to make oneself heard 為了使自己的意見被聽見而從政

d be harsh to those who violated❹ our rules 太苛責那些違反規定的人

e ring alarm bells for our country's economy 敲響國內經濟的警鐘

f separate these two sentences with a comma 用逗號分開這兩句話

g verify❺ statements that are patently❻ obvious 證實那些顯而易見的聲明

❶ **flaunt** [flɔnt] 動 炫耀；誇示

❷ **impetus** [\`ɪmpətəs] 名 推動力

❸ **impose** [ɪm\`poz] 動 加(負擔)於

❹ **violate** [\`vaɪə,let] 動 違反

❺ **verify** [\`vɛrə,faɪ] 動 證實；證明

❻ **patently** [\`petn̩tlɪ] 副 明白地

變化句There's no need to...為「不須要；沒有必要」的意思，need在此為名詞(需要)，不定詞to後面接原形動詞。

句型換換看 Replace It!

換A 換B

[I have] nothing **to say** about [your question].

翻譯 關於你的提問，我沒有什麼話要說。

解構 [主詞] + [have/has nothing to say] + [to+名詞]

換A-主詞	換B-名詞
替換詞對應方法：換 A a —對應→ 換 B a，練習時請按照順序替換喔！	
a The deputy judge had 助理法官	a the criminal's verdict❶ 那名罪犯的判決
b Your teacher had 你的老師	b words that make excuses 推拖之詞
c My friends have 我的朋友	c that astounding❷ incident 令人震驚的事件
d The panel of judges had 評審團	d the speculative❸ winner list 猜測的得獎者名單
e The minister has 外交部長	e those who ask irrelevant❹ questions 問無關問題的人
f The accused❺ had 被告	f the evidence which was contrary❻ to his words 和他證詞相反的證據
g The doctor has 那名醫生	g his medical malpractice 他的醫療過失

❶ **verdict** [ˋvɝdɪkt] 名 判決

❷ **astounding** [əˋstaʊndɪŋ] 形 令人震驚的

❸ **speculative** [ˋspɛkjə͵letɪv] 形 猜測的

❹ **irrelevant** [ɪˋrɛləvənt] 形 不相關的

❺ **accused** [əˋkjuzd] 名 被告

❻ **contrary** [ˋkɑntrɛrɪ] 形 相反的

變化句have/has noting to say to...(對…無話可說)帶有無奈的語氣；say nothing則表示「沒有說任何話」(語氣直接)，使用時請掌握語氣的不同；另外補充have nothing to say for oneself(無話可說；啞口無言)。

Believe it or not, ...

信不信由你，…。

Believe it or not(信不信由你)為口語用法，為獨立副詞子句，用於後方句子之外的外加語(含逗號)，有修飾後方子句的作用。

Replace It!

Believe it or not, [everyone needs to feel loved].

翻譯 信不信由你，每個人都須要感受到被愛。

解構 [Believe it or not,] + [子句]

換A-子句

- a audiences can vote for the champion❶ 觀眾能投票選冠軍
- b my brother got full marks on the TOEFL 我弟弟托福考了滿分
- c my grandparents have seen real mermaids❷ 我的祖父母看過真的美人魚
- d the colonel❸ rescinded❹ that soldier's penalty❺ 上校撤銷了對那名士兵的處分
- e I am going to migrate❻ to Australia next month 我下個月就要移民去澳洲了

❶ **champion** [`tʃæmpɪən ] 名 冠軍 ❷ **mermaid** [ `mɜ͵med] 名 美人魚

❸ **colonel** [`kɜnḷ ] 名 陸軍上校 ❹ **rescind** [ rɪ`sɪnd] 動 撤回

❺ **penalty** [`pɛnḷtɪ ] 名 處罰 ❻ **migrate** [ `maɪ͵gret] 動 移居

在此補充與believe相關的用法，諺語「眼見為憑」可以用Seeing is believing./To see is to believe.表達；口語中常見的You'd better believe.則為「你就相信吧！」之意。

句型換換看 Replace It!

換A　　換B

[The psych❶ patient] makes **believe** that [he is a lion].

翻譯 那名住院的精神病患假裝是一頭獅子。

解構 [主詞] + [make believe] + [that+子句]

換A-主詞　　換B-子句

替換詞對應方法：換 A a —對應→ 換 B a，練習時請按照順序替換喔！

換A-主詞	換B-子句
a The orphan❷ 那個孤兒	a she has a family 她有家人
b My roommate 我室友	b she's used to solitude❸ 她已經習慣孤獨
c The woman 那個女人	c she's an unequalled❹ belle❺ 她是絕世美女
d My colleague 我同事	d everything is under control 一切都很順利
e The candidate 候選人	e he's a practical❻ statesman 他是實際的政治家
f That student 那名學生	f he got the highest score 他得到最高的分數
g That player 那名球員	g he is the MVP of the year 他是整年度的MVP
h My brother 我弟弟	h he doesn't need to follow my parents' instructions anymore 他不再須要遵守父母的指示

❶ **psych** [saɪk] 形 精神的

❷ **orphan** [ˋɔrfən] 名 孤兒

❸ **solitude** [ˋsɑləˏtjud] 名 孤獨；寂寞

❹ **unequalled** [ʌnˋikwəld] 形 無可比擬的

❺ **belle** [bɛl] 名 美女

❻ **practical** [ˋpræktɪkḷ] 形 實際的

句型make believe that...意指「假裝」，原句為make oneself believe that...，後來因為慣用而省略中間的oneself；make-believe當形容詞有「虛構的；虛幻的；假裝的」之意，當名詞時則解釋為「假裝；假扮者」，兩者意思都不脫離動詞原來的意思。

句型換換看 Replace It!

換A 換B

[I don't] **believe** in [your sincerity❶].

翻譯 我不相信你的誠意。

解構 [主詞] + [(助詞+)believe in] + [名詞]

換A-主詞+助詞　換B-名詞

替換詞對應方法：換 A a —對應→ 換 B a，練習時請按照順序替換喔！

換A	換B
a That beauty doesn't 那個美人	a your blandishments❷ 你的甜言蜜語
b The mother doesn't 母親不信	b her son's repentance❸ 她兒子的懺悔
c His family don't 他家人不相信	c the doctor's preliminary diagnosis❹ 那個醫生的初步診斷
d Nobody wants to 沒有人想要	d your pretentious❺ discourse❻ 你那狂妄自大的話
e The inspector didn't 巡官不信	e the ambassador's❼ one-sided story 大使的片面之詞
f None of my friends don't 我所有朋友都不	f its uncanny❽ curative❾ effect 這個產品不可思議的療效

❶ **sincerity** [sɪn`sɛrətɪ] 名 真誠心意
❷ **blandishment** [`blændɪʃmənt] 名 奉承
❸ **repentance** [rɪ`pɛntəns] 名 悔悟
❹ **diagnosis** [ˌdaɪəg`nosɪs] 名 診斷
❺ **pretentious** [prɪ`tɛnʃəs] 形 狂妄的
❻ **discourse** [`dɪskors] 名 談話；交談
❼ **ambassador** [æm`bæsədɚ] 名 大使
❽ **uncanny** [ʌn`kænɪ] 形 不可思議的
❾ **curative** [`kjurətɪv] 形 治病的

從基本句中believe衍生而來的believe in(信任；相信；支持)並不如believe本身那樣只表達「單純的相信」，它具有類似信仰的強烈信念，I believe you./I believe in you.兩句話，後者更帶有強烈的信任感。

in response to...

對…做出反應。

描述「響應…；對…的答覆」之意的實用句型，介系詞to後面接名詞，若指「回覆」時，另有同義句型in reply to可替換。

換A 換B

[The audience laughed] **in response to** [these comedian' performance].

翻譯 那群喜劇演員的表演引起觀眾大笑的回響。

解構 [主詞] + [動詞] + [in response to] + [名詞]

換A-主詞+動詞 **換B-名詞**

替換詞對應方法：換 A a —對應→ 換 B a，練習時請按照順序替換喔！

換A	換B
a I implemented❶ the policy 我實行政策	a public pressure 公眾壓力
b Products were improved 產品被改良	b different people's preferences 各人偏好
c The results changed 結果產生變化	c the manipulated❷ variable❸ 操作的可變因素

❶ **implement** [`ɪmplə͵mɛnt ] 動 執行　❷ **manipulate** [ mə`nɪpjə͵let] 動 操作

❸ **variable** [`vɛrɪəbḷ] 名 可變因素

只要稍微變化response的詞性，就能得到同義句型respond to...，介系詞to後面一樣接名詞。

句型換換看 Replace It!

換A [The sponsor❶ made] a **response to** [my inquiry❷]. 換B

翻譯 主辦者回答了我的詢問。

解構 [主詞] + [make a response to] + [名詞]

換A-主詞 | **換B-名詞**

替換詞對應方法：換 A a —對應→ 換 B a，練習時請按照順序替換喔！

換A-主詞	換B-名詞
a Our boss will make 我們老闆	a this notification❸ 這個通知
b Many people make 許多人	b the environmental consciousness❹ 環保意識
c The consultant❺ made 顧問	c our argument coherently❻ 有條理地對我們的論點
d The officer made 公務員	d my trivial❼ and ordinary❽ question 普通的小問題
e The manager made 經理	e the standard operating procedure 標準作業程序
f My mom made 我母親	f my younger sister's illogical idea 我妹妹不合邏輯的想法
g That famous artist made 那位名藝術家	g those journalists' questions 那群記者的問題

❶ **sponsor** [`spɑnsɚ] 名 主辦者

❷ **inquiry** [ɪn`kwaɪrɪ] 名 詢問；質問

❸ **notification** [ˏnotəfə`keʃən] 名 通知

❹ **consciousness** [`kɑnʃəsnɪs] 名 意識

❺ **consultant** [kən`sʌltənt] 名 顧問

❻ **coherently** [ko`hɪrəntlɪ] 副 條理清楚地

❼ **trivial** [`trɪvɪəl] 形 不重要的

❽ **ordinary** [`ɔrdn̩ˏɛrɪ] 形 普通的；平常的

變化型make a response to+名詞(對…做出回應)當中，可以加形容詞修飾，ex. make a quick response to...(對…做出快速的回應)；反義的「不回應」則可用make no response to來表示。

句型換換看 Replace It!

換A　換B

[I] will no longer **respond to** [your impertinent❶ words].

翻譯 我不會再對你無禮的話做任何回應。

解構 [主詞] + [(助詞+)no longer respond to] + [名詞]

換A-主詞　**換B-名詞**

替換詞對應方法：換 A a —對應→ 換 B a，練習時請按照順序替換喔！

換A-主詞	換B-名詞
a The suspect 那名嫌疑犯	a these accusations❷ 這些指控
b My neighbors 我鄰居們	b your appeal❸ for funds 你募集資金的要求
c The movie star 電影明星	c his extramarital❹ affairs or other unrelated questions 他的婚外情與其他無關的問題
d May's teacher 梅的老師	d her elusive❺ behaviors in class 她上課讓人難以理解的行為
e The interviewee 受訪者	e questions concerning this subject 與此主題有關的提問
f The firefighters 消防員	f non-life threatening❻ medical calls 無生命威脅的的醫療求助電話

❶ **impertinent** [ɪm`pɝtṇənt ] 形 無禮的　❷ **accusation** [ ˌækjə`zeʃən] 名 指控

❸ **appeal** [ə`pil] 名 要求；呼籲；請求

❹ **extramarital** [ˌɛkstrə`mærɪtḷ] 形 婚外的

❺ **elusive** [ɪ`lusɪv ] 形 難以理解的　❻ **threatening** [ `θrɛtṇɪŋ] 形 脅迫的

變化型是以動詞型態的respond為核心發展而成(no longer respond to+名詞)，為「不再做任何回應」之意，為描述性的用法；若是在口語對話的情境中，往往可以用簡單的I will respond no more./I won't respond anymore./I won't respond further.回應。

either...or...

不是…就是…。/…或…。

either有「兩者任一」之意，either or為對等連接詞，用來連接詞性相同的單字、片語、或子句，與常見的and/but/or的文法相同。

句型換換看 Replace It!

換A [My aunt will take] **either** 換B [a highway❶ bus **or** the train].

翻譯 我阿姨不是搭長途公車就是坐火車。

解構 [主詞] + [動詞] + [either+詞1+or+詞2]

換A-主詞+動詞 **換B-詞1+or+詞2**

替換詞對應方法：換 A a —對應→ 換 B a，練習時請按照順序替換喔！

換A	換B
a They will offer 他們將提供	a a discount or samples 折扣或試用品
b The visitor can 訪客可以	b drive a car or take the MRT 開車或搭捷運
c You can attend 你可以出席	c in person or by proxy❷ 親自出席或請人代理
d My boss chose 我老闆選擇	d downsizing or furlough❸ 裁員或放無薪假
e I can buy her 我可以買給她	e earrings or a bouquet❹ of flowers 耳環或花束

Key Words

❶ **highway** [`haɪ͵we] 名 公路

❷ **proxy** [`prɑksɪ] 名 代理人

❸ **furlough** [`fɝlo] 名 暫時解雇

❹ **bouquet** [bu`ke] 名 花束

Tip 活用句型

either or也可以放在主詞的架構之中，此時要注意，動詞由最靠近它的那個主詞決定，ex. Either you or she is wrong.(不是你錯就是她錯)，此例句中最靠近動詞的主詞為she，所以BE動詞使用is。

句型換換看 Replace It!

換A [My girlfriend loves] **neither** 換B [dogs **nor** cats].

翻譯 我女友既不喜歡狗也不喜歡貓。

解構 [主詞] + [動詞] + [neither+詞1+nor+詞2]

換A-主詞+動詞

換B-詞1+nor+詞2

替換詞對應方法：換 A a 對應→ 換 B a ，練習時請按照順序替換喔！

換A	換B
a A modest man is 謙虛的人	a stuffy❶ nor pedantic❷ 不自大也不賣弄
b His assumption was 他的假定	b complete nor reasonable 不完整也不合理
c That customer drinks 那個客人	c vintage❸ wine nor champagne❹ 不喝葡萄酒也不喝香檳
d I gave the student 我給學生	d an answer nor an opinion 不給答案也不給意見
e Her date is 她的約會對象	e aggressive❺ nor presumptuous❻ 不好鬥也不蠻橫
f Mr. Lee's son is 李先生的兒子	f in employment nor in education 沒就職也沒就學

❶ **stuffy** [ˋstʌfɪ] 形 (口)自負的

❷ **pedantic** [pɪˋdæntɪk] 形 賣弄學問的

❸ **vintage** [ˋvɪndɪdʒ] 名 葡萄酒

❹ **champagne** [ʃæmˋpen] 名 香檳

❺ **aggressive** [əˋgrɛsɪv] 形 好鬥的

❻ **presumptuous** [prɪˋzʌmptʃʊəs] 形 放肆的

neither...nor...為全盤否定的句型，意指「既不…也不…」，同樣屬於對等連接詞；neither/nor可用在複合句中，但要以倒裝句呈現，前後兩句都表達否定，為「…不，…也不」的意思，ex. I am not happy, neither/nor is my friend.(我不開心，我朋友也不開心。)

句型換換看 Replace It!

Either way, [the result will be impressive❶].

翻譯 不管怎樣，結果都會令人印象深刻。

解構 [Either way,] + [子句]

換A-子句

a nothing could change her determination❷ 沒有任何事可以改變她的決心

b it would not make a huge difference at the end 那最後不會造成太大的不同

c their pressure comes from emotional aspects 我們的壓力源於情感層面

d we'll have to take over his unfinished project 我們都必須接手他未完成的企劃

e the stolen jewels❸ must be recovered❹ as soon as possible 被偷的珠寶要盡快找回來

f an upgrade is needed if you want to use this software 如果想使用軟體，就必須升級

g those who have strong willpower aren't afraid of coercion❺ 意志堅強的人不會害怕脅迫

Key Words

❶ **impressive** [ɪm`prɛsɪv] 形 讓人印象深刻的

❷ **determination** [dɪˌtɝmə`neʃən] 名 決心

❸ **jewel** [`dʒuəl] 名 珠寶

❹ **recover** [rɪ`kʌvɚ] 動 重新找到；恢復

❺ **coercion** [ko`ɝʃən] 名 強迫

way在此變化型中，有choices(選擇)或possibilities(可能性)之意，說明兩種選擇或兩種可能情況；either way的意思則為「不管怎樣」，意即「不管在哪種選擇之下，後面子句所敘述的內容都會發生」，ex. Whether you think you can or you can't, either way, you are right.(無論你覺得自己能不能做到，不管怎樣，你都是對的。)

Now that..., ...
既然…，…。

now當副詞用，功能在於修飾動詞/形容詞/副詞/句子，其位置常在句首和句尾，now that意指「既然；而今」，當連接詞用，通常放在句首，後面接子句。

句型換換看 Replace It!

Now that [you are here], [you had better stay]. (換A / 換B)

翻譯 既然你來了，最好就留下來。

解構 [Now that] + [子句1,] + [子句2]

換A-子句1	換B-子句2
a I've found you 我找到你	a you have to communicate❶ with us 你必須與我們溝通
b I lost my job 我失業了	b we have to be more frugal❷ with money 用錢必須更節省
c you're back 你回來了	c we can move on to the next subject 我們可以進行下一項議題
d the crops are ripe 莊稼熟了	d they're busy reaping❸ them in the field 他們忙著在田裡收割
e he feels better 他好多了	e the doctor transfers the patient to a specialist❹ 醫生把病人轉診給專科醫生
f your proposal succeeded 你求婚成功	f we should prepare for the wedding 我們應該準備婚禮
g my father has retired 父親退休	g he will spend more time with us 他能花更多時間陪我們

替換詞對應方法：換Aa 對應→ 換Ba，練習時請按照順序替換喔！

❶ **communicate** [kə`mjunə͵ket ] 動 溝通 ❷ **frugal** [ `frugḷ] 形 節約的

❸ **reap** [rip] 動 收割(莊稼) ❹ **specialist** [`spɛʃəlɪst] 名 專科醫生

now that表示「既然」之意，為連接詞，與since(既然；由於)的意思相近，兩者常能互相替換，now that後面會先接「完成的動作或狀態」之後，再接一個敘述句。

句型換換看

換A 換B

[She was forced to retire] in that [she lied about a case].

翻譯 由於她對案子的內容說謊，所以被迫退休。

解構 [子句1] + [in that] + [子句2]

換A-子句1 / 換B-子句2

替換詞對應方法：換 A a —對應→ 換 B a，練習時請按照順序替換喔！

換A-子句1	換B-子句2
a The soldier was cited 士兵被嘉獎	a he showed his bravery❶ 表現得很勇敢
b I prefer his plan 我比較喜歡他的計畫	b yours disregards❷ the costs 你的忽視花費
c We feel unsatisfied❸ 我們不滿意	c the essay lacks a resolution 論文缺少解答
d His request is unreasonable 要求不合理	d we have limits to authority 我們權限不足
e Introspection❹ is necessary 自省是必要	e it helps us correct our mistakes 能幫助我們更正錯誤
f I turned to Mike for help 我找麥克幫忙	f he was responsible for this project before 他之前負責這個企劃

❶ **bravery** [`brevərɪ] 名 勇敢；勇氣

❷ **disregard** [ˏdɪsrɪ`gɑrd] 動 不顧

❸ **unsatisfied** [ʌn`sætɪsfaɪd] 形 不滿意的

❹ **introspection** [ˏɪntrə`spɛkʃən] 名 自省

變化句in that已成為一個合成字，意思等同於because，用來表達「原因或理由」，但只能放在句中，前後接完整子句。

句型換換看

Seeing that [you insist], [I will reconsider the matter].（換A：you insist；換B：I will reconsider the matter）

翻譯 由於你很堅持，我會重新考慮這個問題。

解構 [Seeing that] + [子句1,] + [子句2]

換A-子句1　　換B-子句2

替換詞對應方法：換 A a —對應→ 換 B a，練習時請按照順序替換喔！

換A-子句1	換B-子句2
a the decision is wrong 決定是錯的	a the company is in debt 公司現在負債
b this is handmade❶ 這是手工製的	b I'd like to buy the coin purse 我想買零錢包
c it's her birthday 是她的生日	c we will throw a party tomorrow 明天辦派對
d a typhoon is coming 颱風要來	d they decided to cancel the trip 他們決定取消旅遊
e he lives in distress❷ 他十分貧困	e we took the initiative❸ to raise funds❹ 我們發起募款

❶ **handmade** [`hænd,med ] 形 手工的　❷ **distress** [ dɪ`strɛs] 名 窮苦；苦惱

❸ **initiative** [ɪ`nɪʃətɪv] 名 倡議　❹ **fund** [fʌnd] 名 資金；基金

seeing that意指「由於；鑑於」，與considering that(鑑於…；考慮到…)的意思相近，於句首的作用為「說明或解釋」，後接完整子句。

sth. be designed to...

某物被設計成⋯。

本句型以被動語態說明「某物的設計是為了⋯」之意，不定詞to後面接原形動詞，表主動則要用sb. design sth.(某人設計某物)。

[This room was] (換A) **designed to [be my study].** (換B)

翻譯 這個房間被設計成我的書房。

解構 [主詞] + [be designed to] + [動詞]

換A-主詞 **換B-動詞**

替換詞對應方法：換Aa —對應→ 換Ba，練習時請按照順序替換喔！

換A-主詞	換B-動詞
a The activity was 活動	a stimulate❶ more ideas 刺激更多想法
b This software is 這個軟體	b provide online trading 提供線上交易
c This training is 這個訓練	c promote their work efficiency 提升他們的工作效率
d The legislation is 這個法規	d boycott❷ sexual discrimination 抵制性別歧視
e This scene is 這一幕	e imitate❸ a jail under surveillance❹ 模仿被監控的牢房
f Her survey❺ is 她的調查	f obtain❻ a better understanding❼ of retailers❽ 得到零售商的理解

❶ **stimulate** [`stɪmjə͵let] 動 刺激
❷ **boycott** [`bɔɪ͵kɑt] 動 聯合抵制
❸ **imitate** [`ɪmə͵tet] 動 模仿；仿效
❹ **surveillance** [sɚ`veləns] 名 監視
❺ **survey** [sɚ`ve] 名 調查報告
❻ **obtain** [əb`ten] 動 得到；獲得
❼ **understanding** [͵ʌndɚ`stændɪŋ] 名 理解
❽ **retailer** [rɪ`telɚ] 名 零售商

若以主動語態表達，則可用sb. design (sth.) for sth./sb.，意指「某人為了某種目的/某人而設計…」ex. She designs for a tailoring firm.(她為一家成衣店做設計。)

句型換換看

換A 換B

[My brother] has **designed** for being [an engineer].

翻譯 我弟弟立志當工程師。

解構 [主詞] + [have/has designed for being] + [名詞(職業)]

換A-主詞 **換B-名詞(職業)**

替換詞對應方法：換 A a —對應→ 換 B a，練習時請按照順序替換喔！

換A-主詞	換B-名詞(職業)
a His nephew 他的姪子	a a secret agent 一名特務
b That student 那名學生	b a specialized❶ columnist❷ 專業的專欄作家
c The reporter 那名記者	c a commentator❸ on TV 電視節目上的評論家
d My classmate 我同學	d an exceptional anatomist❹ 優秀的解剖學家
e The apprentice❺ 學徒	e a consummate❻ ceramicist❼ 技藝高超的的陶瓷家
f Her daughter 她女兒	f a world-famous beauty queen 舉世聞名的選美皇后
g Her brother 她的哥哥	g the first astronaut to Mars 到火星的第一個太空人
h The scientist 那位科學家	h one member of that project in genetics 成為那個基因學計畫的一員

Key Words

❶ **specialized** [ˋspɛʃəl͵aɪzd] 形 專業的
❷ **columnist** [ˋkɑləmɪst] 名 專欄作家
❸ **commentator** [ˋkɑmən͵tetɚ] 名 評論員
❹ **anatomist** [əˋnætəmɪst] 名 解剖學家
❺ **apprentice** [əˋprɛntɪs] 名 學徒
❻ **consummate** [kənˋsʌmɪt] 形 技藝高超的
❼ **ceramicist** [səˋræməsəst] 名 陶瓷藝術家

「sb. have/has designed for being+名詞(職業)」表示「某人打算或立志從事…」，請注意名詞的特性必須與職業相關；其他表「立志」的句型還有be determined to/make a resolution to+原形動詞。

句型換換看

換A

[The chairperson made that remark] by **design**.

翻譯 主席故意那樣說。

解構 [主詞] + [動詞] + [by design]

換A-主詞+動詞

a The man damaged the public property❶ 那個男人(故意)損毀公共財產

b I am sure he will forget to bring his umbrella 我確定他(故意)忘記帶雨傘

c The spy alienates❷ one person from another 那名間諜(故意)挑撥離間

d She strode❸ towards the gate and knocked loudly 她朝大門走去並(故意)大聲敲門

e Some terrorists❹ set fire to the antique building 一些恐怖份子(故意)放火燒了那棟古老建築

❶ **property** [`prɑpətɪ] 名 財產

❷ **alienate** [`eljən͵et] 動 離間

❸ **stride** [straɪd] 動 邁大步走

❹ **terrorist** [`tɛrərɪst] 恐怖份子

by design為「故意地；蓄意地」之意，通常置於句尾；另外補充have designs on，此為「對…抱不良企圖；意圖加害」的意思，ex. They have designs on your life.(他們有意要謀害你的生命。)也可以用have designs against表示「意圖不軌」。

NOTE

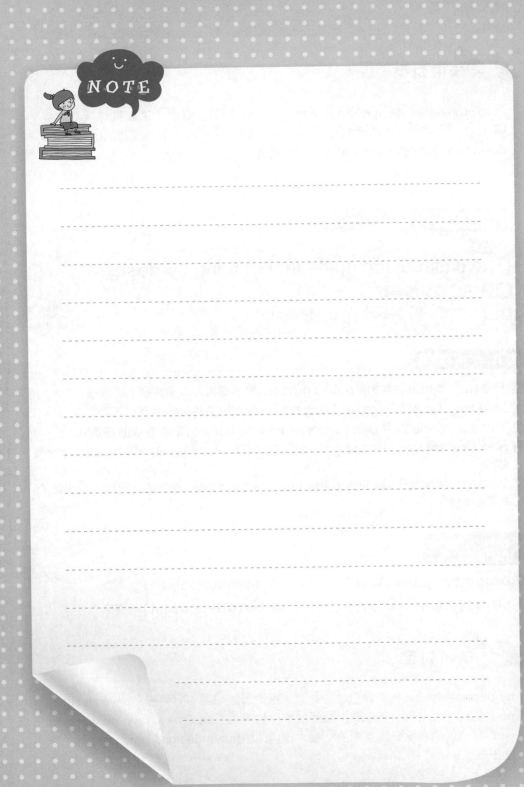

PART 6

讚美與肯定的句型

～增進人際不可少的必備英文用法

動 動詞

名 名詞

片 片語

副 副詞

形 形容詞

EXPRESS YOURSELF VIA THESE PATTERNS!

sb. have/has an eye for...

某人有識別…的眼光。

have an eye for指的是「對…有鑑賞目光；具識別價值的能力」的意思，介系詞for後接名詞或動名詞，ex. have an eye for beauty(有審美眼光)。

換A 換B

[Our interior❶ designer] has an eye for [decor❷ detail].

翻譯 我們的室內設計師對裝飾細節很有眼光。

解構 [主詞] + [have/has an eye for] + [名詞/動名詞]

換A-主詞

換B-名詞/動名詞

替換詞對應方法：換 A a —對應→ 換 B a，練習時請按照順序替換喔！

換A-主詞	換B-名詞/動名詞
a My neighbor 我的鄰居	a antique furniture 古董傢俱
b Mr. Jackson 傑克森先生	b a good bargain 一樁好買賣
c The jeweler 珠寶商	c red rubies❸ and emeralds❹ 紅寶石與綠寶石
d The peasant❺ 這位農夫	d agricultural shoots 農作物的幼苗
e The seaman 那名船員	e the quality of imports 舶來品的品質
f The photographer❻ 攝影師	f churches with a story 背後有故事的教堂
g The assessor❼ 估價師	g the price of musical instruments❽ 樂器的價格
h Her trainer 她的馴馬師	h picking out future thoroughbred❾ winners 選出將來會勝出的純種馬

❶ **interior** [ɪnˋtɪrɪɚ] 形 內部的

❷ **decor** [deˋkɔr] 名 裝飾；室內裝潢

❸ **ruby** [ˋrubɪ] 名 紅寶石

❹ **emerald** [ˋɛmərəld] 名 綠寶石

❺ **peasant** [ˋpɛzn̩t] 名 農夫

❻ **photographer** [fəˋtɑgrəfɚ] 名 攝影師

❼ **assessor** [əˋsɛsɚ] 名 估價人

❽ **instrument** [ˋɪnstrəmənt] 名 儀器

❾ **thoroughbred** [`θɝobrɛd] 名 純種動物

這裡要注意一個和基本型看起來很像，但意思完全不同的句型have an eye on，意指「注意某種東西」，ex. Please have an eye on the baby.(請看顧一下那嬰兒。)

句型換換看 Replace It!

換A 換B

[You have] a good eye for [detail].

翻譯 你能明察秋毫。

解構 [主詞] + [have/has a good eye for] + [名詞/動名詞]

換A-主詞	換B-名詞/動名詞
替換詞對應方法：換 A a —對應→ 換 B a，練習時請按照順序替換喔！	
a Her son has 她的兒子	a framing and shots 構圖與拍攝
b My sister has 我的姐姐	b fashionable clothes 流行衣物
c The scientist had 科學家	c trivial differences 細微的差別
d The minister has 部長	d global perspective❶ 全球遠景
e His doctor has 他的醫生	e the symptoms❷ of a disease 疾病的症狀
f The culturist❸ has 養殖者	f differentiating❹ natural pearls 分辨自然的珍珠
g That famous artist has 那位知名藝術家	g graphic design 圖像設計
h The artist has 藝術家	h paintings that will increase in value 價值會翻漲畫作
i Our boss has 我們老闆	i potential business opportunities 商業機會的潛力

❶ **perspective** [pɚ`spɛktɪv ] 名 遠景　❷ **symptom** [ `sɪmptəm] 名 症狀

❸ **culturist** [`kʌltʃərɪst ] 名 養殖者　❹ **differentiate** [ ˌdɪfə`rɛnʃɪˌet] 動 區分

與基本型差距不大的have a good eye意指「有…眼光；善於識別；能夠欣賞」；另外補充「吸引某人注意」的說法有catch one's eye為(注意eye用單數)、attract/draw one's attention…等等。

句型換換看

換A 換B

[**We** keep] **an eye** out **for** [suspicious❶ people].

翻譯 我們要警惕可疑人物。

解構 [主詞] + [keep an eye out for] + [名詞]

換A-主詞 換B-名詞

替換詞對應方法：換 A a 對應→ 換 B a，練習時請按照順序替換喔！

換A-主詞	換B-名詞
a The scientist keeps 那名科學家	a potential problems 潛在問題
b A sentinel❷ on duty keeps 值班哨兵	b sudden occurrences❸ 突發狀況
c Weather observers keep 氣象觀測員	c powerful tornado❹ 強烈龍捲風
d Those campers kept 那群露營者	d rattlesnakes❺ in the field 野外的響尾蛇
e The patrolmen❻ keep 巡邏警官	e disasters caused by flood 水災災情

Key Words

❶ **suspicious** [sə`spɪʃəs] 形 可疑的
❷ **sentinel** [`sɛtənḷ] 名 哨兵
❸ **occurrence** [ə`kɝəns] 名 發生
❹ **tornado** [tɔr`nedo] 名 龍捲風
❺ **rattlesnake** [`rætḷ͵snek] 名 響尾蛇
❻ **patrolman** [pə`trolmən] 名 巡警

變化句keep an eye out for有「當心；警惕」的意思；和基本型相似的地方是，如果把for改成on，則意指「照看；留心；注意」。

give sb. credit for...

為…讚揚某人。

本句型字面上的意思是「為某人提供信用貸款」，轉義為「讚揚/肯定某人(具備優點或能力等)」；介系詞for後方的內容用以表達某人受肯定的事蹟為何。

Mr. Watson **gave** [**those newcomers**] **credit for** [their work].

換A 換B

翻譯 華生先生讚許那群新人的工作表現。

解構 [主詞] + [give+名詞(人)+credit for] + [名詞/動名詞]

換A-名詞(人)　　換B-名詞/動名詞

替換詞對應方法：換 A a —對應→ 換 B a ，練習時請按照順序替換喔！

換A	換B
a the proponent❶ 提案人	a his feasible plan 他那個可行的計畫
b those architects 建築師	b the floor plan of the arcade❷ 長廊商場的平面圖
c their manager 他們經理	c the healthful and sanitary catering 健康衛生的的餐飲服務
d the banker 那位銀行家	d the derivatives❸ which she suggested 她推薦的衍生性金融商品

❶ **proponent** [prə`ponənt ] 名 提案人　❷ **arcade** [ ɑr`ked] 名 長廊商場

❸ **derivatives** [də`rɛvətɪvz] 名 衍生性金融商品

基本型若要改成否定，表示「沒有對…加以讚揚或肯定」，只要帶入助動詞的否定即可，ex. ...did not give him credit for his work；相關的變化還有to one's credit，意指「某人值得讚揚或使某人感到光榮」。

句型換換看 Replace It!

換A

[This artwork will redound❶] to his **credit**.

翻譯 這個作品將會提高他的名氣。

解構 [主詞] + [redound to one's credit]

換A-主詞

a That gentleman's generous donation redounded 那名紳士的慷慨解囊

b His upright and plainspoken❷ principles redound 他剛正不阿的做人原則

c Our mayor's thrifty and pragmatic❸ idea redounds 我們市長勤儉務實的理念

d The respectable man's prophetic❹ vision❺ redounds 那位名聲良好男子的遠見

e Anything good that happens in his vicinity❻ will redound 在他附近發生的好事將會

f Those achievements in Mr. Anderson's official career will redound 安德森先生所實現的政績將會

g The role he played in pursuing the impeachment❼ proceedings didn't redound 他進行彈劾案的行為並未

❶ **redound** [rɪ`daʊnd] 動 有助於；回升

❷ **plainspoken** [`plen`spokən] 形 說話直率的

❸ **pragmatic** [præg`mætɪk] 形 務實的

❹ **prophetic** [prə`fɛtɪk] 形 預言的

❺ **vision** [`vɪʒən] 名 洞察力

❻ **vicinity** [və`sɪnətɪ] 名 近鄰

❼ **impeachment** [ɪm`pitʃmənt] 名 彈劾

變化句redound to one's credit意指「為某人增光」，同義句型還有reflect credit on/be a credit to；其他相關變化還有have the credit of sth.(有…的好名聲)以及have credit with sb.(得到某人的信任，其反義「失去某人的信用」則為lose credit with sb.)。

句型換換看 Replace It!

換A 換B

[I **credit**] him with [coming up with❶ the solution❷].

翻譯 我讚賞他想出這個解決辦法。

解構 [主詞] + [credit sb. with] + [名詞/動名詞]

換A-主詞 / 換B-名詞/動名詞

替換詞對應方法：換 A a —對應→ 換 B a，練習時請按照順序替換喔！

換A-主詞	換B-名詞/動名詞
a All citizens credit 所有市民	a lowering taxes 減免稅
b The marshal❸ credits 元帥	b catching the robber❹ 抓到那名強盜
c The coach credits 那個教練	c the victory 那一場的勝利
d Her parents credit 她的父母	d saving their child's life 救了他們小孩的性命
e John's teacher credits 約翰的老師	e ensuring❺ there are enough funds to by the needed books 確保有足夠金費買需要的書
f My boss credits 我的老闆	f preventing❻ the company from going bankrupt 避免公司破產
g Our CEO credits 我們執行長	g inventing❼ the latest successful product 創造最新的的暢銷商品

❶ **come up with** 片 想出；提供
❷ **solution** [sə`luʃən] 名 辦法
❸ **marshal** [`mɑrʃəl] 名 元帥
❹ **robber** [`rɑbɚ] 名 強盜
❺ **ensure** [ɪn`ʃʊr] 動 保證
❻ **prevent** [prɪ`vɛnt] 動 阻止
❼ **invent** [ɪn`vɛnt] 動 發明

變化句型credit sb. with sth.有「認為…有某種優點或成就；相信某人有…；把…歸功於某人」等意思，本處替換詞在翻譯時，皆可用「我讚賞他…」的概念去理解；除此之外的相關變化還有add to one's credit(增加榮譽)與be bare of credit(名聲不好；無信譽)。

Pattern 03

...compliment sb. on...

稱讚某人…。

本句型中的compliment為動詞，有「讚美；恭維；祝賀」之意，介系詞on後面接某人接受讚美的事蹟；但若要表達「贈送(某物)以表示敬意或祝賀」時，則用介系詞with。

Replace It!

We **complimented**[1] [**the firefighter**] **on** [his courage].

翻譯 我們大家都稱讚那名消防員很勇敢。

解構 [主詞] + [compliment+名詞(人)+on] + [名詞(事)]

換A-名詞(人) **換B-名詞(事)**

替換詞對應方法：換Aa 對應→ 換Ba，練習時請按照順序替換喔！

換A-名詞(人)	換B-名詞(事)
a the competitor 參賽者	a his excellent eloquence[2] 他的好口才
b Ms. Wood 伍德小姐	b the stunning decor 令人讚不絕口的室內裝潢
c the new cook 新廚師	c his beautiful plate presentation 他漂亮的擺盤
d his wife 他的老婆	d her consummate[3] culinary[4] skills 她的好廚藝

❶ **compliment** [`kɑmpləmənt] 動 讚美
❷ **eloquence** [`ɛləkwəns] 名 口才
❸ **consummate** [kən`sʌmɪt] 形 熟練的
❹ **culinary** [`kjulɪˏnɛrɪ] 形 烹飪的

本句為「為了某事而稱讚某人」的意思，反義「責備；指責」則用blame sb. on/for...；此外，「另有意圖的讚美」為compliment sb. into，意指「以恭維方式使某人不得不…」，另有compliment sb. out of sth.，則是「以口頭恭維誘使」(例如：騙取錢財等)。

句型換換看 Replace It!

換A [My advisor] paid me a **compliment** 換B [for achieving the goal].

翻譯 我的指導教授誇獎我達成目標了。

解構 [主詞] + [pay+名詞(人)+a compliment] + [for+名詞/動名詞]

換A-主詞　換B-for+名詞/動名詞

替換詞對應方法：換 A a —對應→ 換 B a，練習時請按照順序替換喔！

換A	換B
a The astronomer 天文學家	a for my discovery of the comets❶ 我發現彗星
b The old lady 那名老婦人	b for dropping my guard 讓我放下武裝
c My boss 我的老闆	c for encouraging my teams diligent work 鼓勵我的辛勤工作
d The commander 指揮官	d for our overwhelming❷ victory 獲得壓倒性勝利
e Our teacher 我們老師	e for winning the perfect attendance❸ award 獲得勤學獎
f Mrs. Baker 貝克太太	f for keeping the initiative❹ in my own hands 獨立自主能力
g My guests 我的賓客	g for my hospitality and politeness 我的好客與有禮

❶ **comet** [`kɑmɪt] 名 (天)彗星
❷ **overwhelming** [ˌovɚ`hwɛlmɪŋ] 形 壓倒的
❸ **attendance** [ə`tɛndəns] 名 出席
❹ **initiative** [ɪ`nɪʃətɪv] 名 主動的行動

pay a compliment to為「恭維；誇獎」之意，可以用make a compliment to替換，介系詞for後方接名詞或動名詞；也可以在名詞compliment前加形容詞，以說明是什麼樣性質的讚美或恭維，ex. pay a sincere compliment(做真誠的讚美)。

句型換換看 Replace It!

換A [I want to give my] **compliments** to [your father]. 換B

翻譯 我想要向你的爸爸問好。

解構 [主詞] + [give one's compliments to] + [名詞(人)]

換A-主詞 / **換B-名詞(人)**

替換詞對應方法：換 A a —對應→ 換 B a，練習時請按照順序替換喔！

換A-主詞	換B-名詞(人)
a Receptionists❶ give their 接待員	a the people in the delegation❷ 代表團成員
b The prizewinner❸ gave her 得獎人	b all the audience down the stage 台下所有觀眾
c The customer gave his 那位顧客	c Ann for her exceptional❹ service 安優秀的服務
d The ambassador gave his 大使	d our president in the city hall 我們總統在市政廳
e Our interns gave their 實習醫生	e the chief resident in our hospital 醫院的總醫生
f That client gave her 那位客戶	f all the staff of our company 我們公司的全體員工
g Several gourmets gave their 一些美食家	g the chef at the new bistro 新開小酒館的主廚

❶ **receptionist** [rɪˋsɛpʃənɪst] 名 接待員

❷ **delegation** [ˏdɛləˋgeʃən] 名 代表團

❸ **prizewinner** [ˋpraɪzˏwɪnɚ] 名 得獎人

❹ **exceptional** [ɪkˋsɛpʃənḷ] 形 優秀的

變化型give one's compliments to有「向…致意；問候」與「讚美某物」兩種意思，請視完整句子決定翻譯，可以用present/send one's compliments to替換，介系詞to後面的受詞為人(記得用受格形式)；若要表示「答禮或回報恩惠」的意思時則可用return the compliment。

Pattern 04

How (adj)... be.

多麼…。

「How+adj+主詞+動詞」為常見的感嘆句型，常用於口語，ex. How cute you are!(你好可愛啊！)，意思等同於You are cute，但how放句首有「加強語氣」的效果。

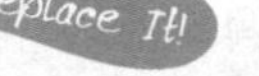

句型換換看

How [handsome] [the neighbor is]!（換A：handsome；換B：the neighbor is）

翻譯 多麼帥氣的鄰居啊！

解構 [How] + [形容詞] + [主詞+BE動詞]

換A-形容詞　　換B-主詞+BE動詞

替換詞對應方法：換 A a —對應→ 換 B a，練習時請按照順序替換喔！

換A-形容詞	換B-主詞+BE動詞
a sheepish❶ 懦弱的	a that craven❷ is 那名膽小鬼
b labyrinthine❸ 複雜的	b our situation was 我們的處境
c sloppy❹ 懶散的	c my roommates are 我的室友們
d regretful 後悔的	d the policymaker was 那位決策者
e beautiful 美麗的	e the sunrise is 日初的景色
f marvelous❺ 令人驚嘆的	f the palatial❻ chambers are 宮庭式房間

Key Words

❶ **sheepish** [`ʃipɪʃ] 形 懦弱的
❷ **craven** [`krevən] 名 膽小鬼
❸ **labyrinthine** [læbə`rɪnθɪn] 形 複雜的
❹ **sloppy** [`slɑpɪ] 形 (口)懶散的
❺ **marvelous** [`mɑrvələs] 形 令人驚嘆的
❻ **palatial** [pə`leʃəl] 形 宮殿的

和基本句同義的，還有另一組感嘆句「What (a/an/the)+形容詞+主詞(+代名詞+BE動詞)」，ex. What a cute dog!(好可愛的小狗啊！)

句型換換看 Replace It!

How come [you didn't call me last night]?

翻譯 你昨晚為什麼沒打電話給我呢？

解構 [How come] + [子句]

換A-子句

a your students got all excited 你的學生這麼興奮呢

b you flunked in your final examination 你期末考試被當呢

c a spark❶ can trigger❷ the explosion❸ 一顆小火花可以引起這場爆炸呢

d everyone in your office is aged and stuffy❹ 你的辦公室裡都是古板的中年人呢

e that patient's trauma❺ went on for so many years 那個病人的傷一直都沒好

f that movie star has descended❻ into drug addiction❼ 那個電影明星會墮落到去吸毒呢

g you didn't have the faintest❽ understanding of the question 你對這個問題一點都不理解呢

❶ **spark** [spɑrk] 名 火花；火星

❷ **trigger** [`trɪgɚ] 動 引起

❸ **explosion** [ɪk`sploʒən] 名 爆炸

❹ **stuffy** [`stʌfɪ] 形 (口)古板的

❺ **trauma** [`trɔmə] 名 (醫)外傷；傷口

❻ **descend** [dɪ`sɛnd] 動 墮落

❼ **addiction** [ə`dɪkʃən] 名 上癮；沈溺；入迷

❽ **faintest** [`fentɪst] 形 (用於否定句)一點也不的

How come(為什麼)為口語用法，通常是用在「感到奇怪，而問原因」的時候。與Why不同的是，How come並不會太在乎對方是否願意回答，但Why有要求對方進一步說明的味道；文法上，How come後加直述句；Why則接疑句的句型(動詞與主詞倒裝)，ex. Why didn't you call me last night?

Pattern 05 ...be superior to...

…比…優秀。

本句型表示「優於；職務或地位比…高」，介系詞to後方接名詞，雖然句型本身用來做比較，但是不能用比較級的句形more來構句，後面也不會接than。

換A 換B

[Men **are** not] **superior**❶ **to** [women.]

翻譯 男人並沒有優於女人。

解構 [主詞] + [動詞] + [superior to] + [名詞]

換A-主詞 / **換B-名詞**

替換詞對應方法：換 A a 對應→ 換 B a ，練習時請按照順序替換喔！

換A-主詞	換B-名詞
a Fresh coffee is 新鮮的現泡咖啡	a instant❷ coffee 即溶咖啡
b Natural fiber is said to be 據說天然纖維	b synthetic❸ fiber 人造纖維
c The competitive markets are 競爭市場	c monopoly❹ ones 獨占市場
d The author's latest novel is 作家的新小說	d her previous❺ series 以前的系列
e A conceited❻ man isn't 一個驕傲自滿的人	e a modest❼ one 謙虛的人

❶ **superior** [səˋpɪrɪɚ] 形 優秀的
❷ **instant** [ˋɪnstənt] 形 即溶的
❸ **synthetic** [sɪnˋθɛtɪk] 形 人造的
❹ **monopoly** [məˋnɑpḷɪ] 名 獨占
❺ **previous** [ˋpriviəs] 形 以前的
❻ **conceited** [kənˋsitɪd] 形 自負的
❼ **modest** [ˋmɑdɪst] 形 謙虛的

be superior to的反義句型為be inferior to，意指「(地位等)次級的；較差的；次於…」，ex. This cloth is inferior to silk.(這款布料跟蠶絲比真的差太多了)。

句型換換看 Replace It!

換A 換B

[Teams with experience are] **superior** in [this work].

翻譯 有經驗的團隊在這份工作上具優勢。

解構 [主詞] + [be superior in] + [名詞/動名詞]

換A-主詞　　換B-名詞/動名詞

替換詞對應方法：換 A a —對應→ 換 B a，練習時請按照順序替換喔！

換A-主詞	換B-名詞/動名詞
a ABC Airlines is ABC航空	a flight service 飛機上的服務
b Their military is❶ are 他們的軍團	b fighting enemy❷ combatants❸ 和敵軍作戰
c Our device is 我們的儀器	c entertainment and communication 娛樂與通訊
d The colonel is 那名上校	d bringing up resourceful❹ strategies 提出策略性戰略
e The company is 那家公司	e home appliance service and repair 家用品相關服務與修繕
f One of my classmates is 我的一位同學	f learning different languages 學習不同的語言
g That employee is 那位員工	g presenting reports in front of others 在眾人面前報告
h Her laboratory is 她的實驗室	h experimenting with drugs to cure cancers 試驗治癒癌症的藥

❶ **military** [`mɪlə͵tɛrɪ ] 名 軍隊　　❷ **enemy** [ `ɛnəmɪ] 名 敵人

❸ **combatant** [`kɑmbətənt ] 名 士兵　　❹ **resourceful** [ rɪ`sorsfəl] 形 有策略的

變化型have superior in指的是「佔優勢」，例如：(數量)較多的、(品質)較好的…等意思；若要改否定，則以no否定名詞superior即可(have no superior in)，ex. ...have no superior in speaking English.(…在說英文方面沒有優勢)。

句型換換看 Replace It!

換A [The man rose] **superior to** 換B [fears and hunger].

翻譯 那位男子不為飢餓和害怕所影響。

解構 [主詞] + [rise superior to] + [名詞]

換A-主詞　　換B-名詞

替換詞對應方法：換 A a 對應→ 換 B a ，練習時請按照順序替換喔！

換A-主詞	換B-名詞
a My nephew tries to rise 我姪子試著	a acrophobia❶ 懼高症
b The boarders can't rise 住宿生無法	b homesickness 想家
c Dr. Lee's patient rose 李醫生的病人	c physical disabilities❷ 肢體殘障
d That historian❸ rose 那位歷史學家	d the political disturbances❹ 政治干擾
e The foreigner rose 那名外國人	e barriers❺ of different languages 語言隔閡
f Not everyone can rise 不是所有人	f every weakness of humanity❻ 人性的弱點
g A determined man will rise 有堅決意志的人	g all possible temptations❼ 所有可能的誘惑
h Our pioneers❽ rose 我們的先驅	h fears of threats and possible perils 對威脅和可能危機的恐懼

❶ **acrophobia** [͵ækrə`fobɪə] 名 懼高症

❷ **disability** [dɪsə`bɪlətɪ] 名 殘疾

❸ **historian** [hɪs`torɪən] 名 歷史學家

❹ **disturbance** [dɪs`tɝbəns] 名 擾亂

❺ **barrier** [`bærɪr] 名 障礙

❻ **humanity** [hju`mænətɪ] 名 人性

❼ **temptation** [tɛmp`teʃən] 名 誘惑

❽ **pioneer** [͵paɪə`nɪr] 名 先驅

活用句型

變化型rise superior to為「超越；戰勝，不為…所影響」之意，另一個同義句型為be impervious to(不受…影響；不為所動)，ex. He is impervious to criticism.(他不受批評的影響)。

sb. be happy with...
某人對…很滿意。

本句型意指「某人對…感到滿意」，介系詞with後接名詞/動名詞，也可以用be happy about替換，意思不變。

換A 換B

[We are] happy with [the vacation[1] and its itinerary[2]].

翻譯 我們對這次的旅遊和路線規劃感到很滿意。

解構 [主詞] + [be happy with] + [名詞/動名詞]

換A-主詞 **換B-名詞/動名詞**

替換詞對應方法：換Aa —對應→ 換Ba，練習時請按照順序替換喔！

換A:
- a All of your staff are 你所有員工
- b Those suppliers are 那些供應商
- c The interviewers were 面試官
- d Most stockholders are 大部分股東

換B:
- a the new canteen[3] 新的食堂
- b the existing franchises[4] 擁有的經銷權
- c your slide presentation 你的投影片呈現
- d the slow and steady growth 緩慢而穩定的成長

Key Words

1. **vacation** [veˋkeʃən] 名 假期
2. **itinerary** [aɪˋtɪnə͵rɛrɪ] 名 路線
3. **canteen** [kænˋtin] 名 (工廠等的)餐廳
4. **franchise** [ˋfræn͵tʃaɪz] 名 經銷權

若基本句bee happy with後面接「人」時，有「對人感到滿意；和某人在一起很愉快」之意；另外一個形式相近的句型「be happy for+人」，則意味「替某人感到開心」。

句型換換看 Replace It!

換A 換B

[Receptionists] will be happy to [help you].

翻譯 櫃檯人員將很樂意為您效勞。

解構 [主詞] + [be happy to] + [動詞]

換A-主詞	換B-動詞
替換詞對應方法：換 A a 對應→ 換 B a，練習時請按照順序替換喔！	
a The interviewee 面試者	a accept your job offer 接受你提供的工作
b Our chef 我們主廚	b reveal❶ his secret recipe❷ 透露他的秘方
c The driver 這位司機	c make a detour❸ to avoid the parade❹ 為了遊行繞道
d My client 我的客戶	d reimburse❺ you for your expenses❻ 賠償你的開銷
e The assistant 助理	e enter into conversation with you 與你進行談話
f Most professors 大部分的教授	f answer students' questions 回答學生的問題
g That bride 那位新娘	g live with her husband's family 和她老公的家人一起住
h The family 那個家庭	h accommodate❼ the foreigners 為外國人提供住宿地點

❶ **reveal** [rɪ`vil] 動 展現
❷ **recipe** [`rɛsəpɪ] 名 食譜
❸ **detour** [`ditʊr] 名 繞道
❹ **parade** [pə`red] 名 遊行
❺ **reimburse** [ˌriɪm`bɝs] 動 賠償
❻ **expense** [ɪk`spɛns] 名 費用
❼ **accommodate** [ə`kɑməˌdet] 動 提供膳宿

變化型「be happy to+原形動詞」表示「樂意」之意，同義句型還有「be glad to+原形動詞」，ex. I am glad to help you.(我很樂意幫助你)、「be willing to+原形動詞」，ex. He's willing to pay the price.(他很樂意支付價錢)。

句型換換看 Replace It!

換A

[Winning this competition made the champion❶] as **happy** as a clam.

翻譯 贏得比賽讓那個冠軍快樂無比

解構 [主詞] + [make+名詞(人)] + [as happy as a clam]

換A-主詞+make+名詞(人)

a His letter of congratulations makes me 他的恭賀信件讓我

b The exclusive❷ news made the journalist 那則獨家新聞讓記者

c The magician's❸ tricks made those children 魔術師的把戲讓孩子們

d The acquittal❹ makes that innocent❺ man 無罪開釋的判決讓那個無辜的男人

e The final result of this project made everyone 這件企畫最後的結果讓大家

f Moving back to the country Linda used to live in made her 搬回琳達過去曾經居住的程式讓她

g Ms. Wang's fiance's romantic proposal and his touching words made her 王小姐未婚夫浪漫的求婚與感人的言語讓她

h The buffoon❻ in the comedy❼ makes everyone in theater 那部喜劇片裡的丑角讓所有在電影院的人

❶ **champion** [ˋtʃæmpɪən] 名 冠軍

❷ **exclusive** [ɪkˋsklusɪv] 形 獨有的

❸ **magician** [məˋdʒɪʃən] 名 魔術師

❹ **acquittal** [əˋkwɪtl̩] 名 無罪開釋

❺ **innocent** [ˋɪnəsn̩t] 形 無罪的

❻ **buffoon** [bʌˋfun] 名 丑角

❼ **comedy** [ˋkɑmədɪ] 名 喜劇

變化句make...as happy as a clam字面上的翻譯為「使…像蛤蠣一樣快樂」，延伸比喻「人快樂無比」之意；這句話的完整的描述為as happy as a clam at high tide，蛤蠣寄居在淺灘的泥濘之中，人們只有在退潮時才能捉蛤蠣，所以蛤蠣當然在漲潮時最為開心，但使用時一般會省略at high tide。

It's one's pleasure to...

某人很高興…。

本句型用以表達「某人很高興做某事；能為人服務是某人的榮幸」，不定詞to後接原形動詞；口語對話中，當別人說Thank you時，也可以用It's my pleasure.回應。

It's my pleasure to [have dinner with you].

翻譯 我很開心能跟你一起用晚餐。

解構 [It's one's pleasure to] + [動詞]

換A-動詞

- a explore the possibility❶ of trade with you 與你探討發展貿易的可能性
- b announce the launch of our new website 宣布我們新網站上線的事情
- c share a few highlights❷ at this celebration❸ 在慶祝活動中分享一些有趣的事情
- d read your manuscript before it's been published 在出版前閱讀你的原稿
- e officiate❹ at the completion ceremony of the railway 主持鐵路的啟用典禮
- f offer you efficient, fast and convenient services 提供你高效率、快速且方便的服務

❶ **possibility** [ˌpɑsəˋbɪlətɪ] 名 可能性
❷ **highlight** [ˋhaɪˌlaɪt] 名 有趣的事情
❸ **celebration** [ˌsɛləˋbreʃən] 名 慶典
❹ **officiate** [əˋfɪʃɪˌet] 動 主持儀式

在口語會話中，It's a/my pleasure.和You're welcome.(不客氣)有相同的意思；另外補充with pleasure，在口語對話中，這是用於「別人要求你去做某件事，而你很樂意」，和All right/No problem/I'd love to的用法相同。

句型換換看 Replace It!

換A

[They may leave or stay] at **their pleasure**.

翻譯 他們要離開或留下來都隨便。

解構 [子句] + [at one's pleasure]

換A-子句

a The crowd roared❶ their approval❷ on the street 那群人在街上大聲呼喊

b Their successors❸ may change and alter❹ the principles 他們的後繼者可能會修改原則

c People with jealousy❺ may spread the mischievous❻ gossip 忌妒心重的人可能會散播惡意的流言

d Those illegal hunters shoot up❼ the endangered❽ wildlife❾ 那群非法獵人射擊瀕臨絕種的野生動物

e This clause❿ includes the ability for employees to terminate⓫ the contract 條款容許員工終止合約

f These students can change the topics of their studies 這些學生能更改他們研究的題目

Key Words

❶ **roar** [ror] 動 大聲叫喊；呼喊

❷ **approval** [ə`pruvḷ] 名 贊成

❸ **successor** [sək`sɛsɚ] 名 後繼者

❹ **alter** [`ɔltɚ] 動 改變；修改

❺ **jealousy** [`dʒɛləsɪ] 名 忌妒

❻ **mischievous** [`mɪstʃɪvəs] 形 惡意的

❼ **shoot up** 片 開槍襲擊

❽ **endangered** [ɪn`dendʒɚd] 形 快絕種的

❾ **wildlife** [`waɪld,laɪf] 名 野生生物

❿ **clause** [klɔz] 名 (文件的)條款

⓫ **terminate** [`tɝmə,net] 動 使終止

at one's pleasure有「聽便；隨某人喜歡」等意，為副詞片語，大多置於句尾或動詞後，同義句型還有follow one's inclinations/follow one's (own) bent。

句型換換看 Replace It!

換A [He takes] a great **pleasure** in 換B [doing such things].

翻譯 他對做這樣的事情非常引以為樂。

解構 [主詞] + [take a great pleasure in] + [名詞/動名詞]

換A-主詞　　換B-名詞/動名詞

替換詞對應方法：換 A a ─對應→ 換 B a ，練習時請按照順序替換喔！

換A-主詞	換B-名詞/動名詞
a Most citizens took 大部分公民	a the abolitionist❶ movement❷ 廢奴運動
b The newlyweds take 那對新人	b sending us their bride cakes 寄給我們喜餅
c Clement❸ men won't take 厚道者不	c others' disappointments❹ or failures 他人的挫折或失敗
d We would like to take 我們想要	d inviting all of you to this seminar 邀請你們參加研討會
e All of my relatives take 我的親戚	e accepting your cordial❺ reception❻ 接受你熱忱的招待
f My younger brother takes 我弟弟	f playing basketball with others 和其他人一起打籃球

❶ **abolitionist** [ˌæbəˋlɪʃənɪst] 名 廢奴主義者

❷ **movement** [ˋmuvmənt] 名 運動

❸ **clement** [ˋklɛmənt] 形 厚道的

❹ **disappointment** [ˌdɪsəˋpɔɪntmənt] 名 掃興的事

❺ **cordial** [ˋkɔrdʒəl] 形 熱忱的；友好的

❻ **reception** [rɪˋsɛpʃən] 名 宴會

take (a) pleasure in有「以…為樂；喜歡」的意思，介系詞in後接名詞/動名詞；另外補充延伸用法for pleasure，意指「為了消遣」，ex. I go sailing for pleasure.(駕駛帆船是我用以作為娛樂的活動)

be beneficial to...

對…有益。

本句型中的to，若為介系詞時，後面接名詞；若當不定詞用，則to後方會接原形動詞，ex. Jogging is beneficial to you.(介詞to；慢跑對你有益)/It is beneficial to jog.(不定詞to；慢跑有益)。

Replace It!

換A 換B

[The new hospital will **be**] **beneficial**❶ **to** [all villagers].

翻譯 這間新醫院將有益於這裡的村民。

解構 [主詞] + [be beneficial to] + [名詞]

換A-主詞 **換B-名詞**

替換詞對應方法：換 A a —對應→ 換 B a，練習時請按照順序替換喔！

換A-主詞	換B-名詞
a A mobile❷ clinic❸ would be 行動醫療診療車	a the remote❹ area 偏遠區
b The army pension❺ system is 老兵退休金系統	b veterans 老兵
c The unemployment insurance is 失業保險	c the jobless 失業者
d He hopes the new drug will be 他希望新藥將能	d his patients 他的病人
e The transparency❻ of the plan will be 計畫透明化	e the university 大學
f Intellectual❼ property❽ rights are 智慧財產證明	f inventors❾ 發明者

❶ **beneficial** [ˏbɛnəˋfɪʃəl] 形 有益的
❷ **mobile** [ˋmobɪl] 形 移動式的
❸ **clinic** [ˋklɪnɪk] 名 診所
❹ **remote** [rɪˋmot] 形 偏僻的
❺ **pension** [ˋpɛnʃən] 名 退休金
❻ **transparency** [trænsˋpærənsɪ] 名 透明
❼ **intellectual** [ˏɪntḷˋɛktʃuəl] 形 智力的
❽ **property** [ˋprɑpətɪ] 名 財產
❾ **inventor** [ɪnˋvɛntɚ] 名 發明家

基本型有一個替代用法be a benefit to(將基本句的beneficial改成名詞用法)，可以加入形容詞來強調益處的性質，ex. be a great benefit to(極大的益處)；反義為be forfeit to(喪失某利益；被沒收某權利)。

句型換換看 Replace It!

換A 換B

[The money is to be used] for the benefit of [the poor].

翻譯 這些錢是用來為窮人謀福利的。

解構 [主詞] + [動詞] + [for the benefit of] + [名詞]

換A-主詞+動詞 換B-名詞

替換詞對應方法：換 A a —對應→ 換 B a，練習時請按照順序替換喔！

換A	換B
a The scholarships❶ are 獎學金	a students in need 家境清寒的學生
b A bazaar❷ was held 舉行義賣	b homeless people 無家可歸的人
c The funds are used 資金用來	c physically❸ disabled❹ children 身心障礙兒童
d These facilities are set up 這些設施	d seniors or the disabled 年長者或傷殘人士

❶ **scholarship** [`skɑlɚ͵ʃɪp ] 名 獎學金 ❷ **bazaar** [ bə`zɑr] 名 義賣

❸ **physically** [`fɪzɪkḷɪ ] 副 身體上 ❹ **disabled** [ dɪs`ebḷd] 形 殘廢的

for the benefit of意思是「為了⋯的好處；為了⋯(的利益)」，相似句型還有in the interest of/in one's (own/best) interest，皆有「為了⋯；有利於」之意。

句型換換看 Replace It!

換A 換B

[This is essential❶] for [their] benefit.

翻譯 這對他們的利益是必要的。

解構 [子句] + [for one's benefit]

換A-子句 **換B-one's**

替換詞對應方法：換 A a —對應→ 換 B a ，練習時請按照順序替換喔！

換A-子句	換B-one's
a Clinical❷ trials must be done several times 必須完成幾次的臨床實驗	a the patients' 病人的
b That teacher urged❸ his students to develop skills 老師激勵學生培養技藝	b their 他們的
c Several investors decided to help that bankrupt company 幾位投資人決定幫助那家破產公司	c its 它的
d You have to contact❹ our personnel❺ director 你必須跟人事課課長聯絡	d your 你的
e Upright❻ statesmen won't strive❼ for fame and wealth 正直的政治家不會爭名奪利	e their 他們的

❶ **essential** [ɪ`sɛnʃəl] 形 必要的
❷ **clinical** [`klɪnɪkḷ] 形 臨床的
❸ **urge** [ɝdʒ] 動 催促；力勸
❹ **contact** [kən`tækt] 動 語…接觸
❺ **personnel** [͵pɝsṇ`ɛl] 形 人事部門
❻ **upright** [ʌp`raɪt] 形 正直的
❼ **strive** [straɪv] 動 努力；奮鬥

for one's benefit意指「為了某人好；對某人有益」等等，其他可供替換的句型還有for one's own good(為了某人的好處)；另外，若要解釋「因某事得到好處」，則可用reap the benefit of sth.。

sb. express one's gratitude to...
某人感謝…。

Express當動詞時意指「表達；陳述」，gratitude則指「感激之情」，所以本句型的意思為「向…表達感謝之情」，後面常接「人」；副詞用法為with gratitude(感激地)。

句型換換看 Replace It!

換A

I would like to express my gratitude❶ to [you again].

翻譯 我想再次對你表達我的感謝之情。

解構 [主詞] + [express one's gratitude to] + [名詞 (+補充語)]

換A-名詞(+補充語)

a the nurses for their meticulously❷ care 那些護士無微不至的照顧

b these new customers' for their support and patronage❸ 這些新顧客的支持和光顧

c your foundation for the generosity❹ shown to us 你們基金會對我們的慷慨

d our sponsors and clients for showing faith in us 贊助者與客戶對我們的信任

e a number of colleagues in the Marketing Department 行銷部門的幾位同事

f my parents for showing how much they care for me 我父母對我的關愛有多深

g the initiators❺ and organizers❻ of this annual meeting 這場年會的發起人與組織者

❶ **gratitude** [ˋgrætə͵tjud] 名 感激之情；感恩

❷ **meticulously** [məˋtɪkjələslɪ] 副 極細心地；一絲不苟地

❸ **patronage** [ˋpætrənɪdʒ] 名 光顧

❹ **generosity** [͵dʒɛnəˋrɑsətɪ] 名 慷慨

❺ **initiator** [ɪˋnɪʃɪ͵etɚ] 名 創始者

❻ **organizer** [ˋɔrgə͵naɪzɚ] 名 組織者

基本型to後方常接「人」，但其實也可以接機構(替換詞c)，表「對象是誰」；另有句型「express gratitude for+名詞/動名詞」，意指「表達對某事(或行為)的感謝」，表「理由」，兩個句型可以合併成express one's gratitude to sb. for sth.(為某事對某人表示感謝)。

句型換換看 Replace It!

換A

[He gave me some money] in token❶ of **gratitude**.

翻譯 他給我一些錢以示感激。

解構 [子句] + [in token of gratitude]

換A-子句

a That distributor❷ held a discount activity 這個批發商舉辦折扣活動

b They decided to set up a memorial❸ in the battlefield❹ 他們決定在戰地建紀念碑

c The king granted❺ his minister a township of land 國王授予大臣小鎮範圍大的土地

d The artist dedicated❻ her paintings to the gallery 那名藝術家將她的畫作送給美術館

e The newlyweds bought their matchmaker an honorarium❼ 那對新婚夫妻買給他們的媒人一份謝禮

f Those enterprisers built an amusement❽ park for the residents 企業家為當地居民建了一座遊樂場

❶ **token** [ˋtokən] 名 象徵；標誌
❷ **distributor** [dɪˋstrɪbjətɚ] 名 批發商
❸ **memorial** [məˋmorɪəl] 名 紀念碑
❹ **battlefield** [ˋbætḷ͵fild] 名 戰地
❺ **grant** [grænt] 動 授予；給予；准予
❻ **dedicate** [ˋdɛdə͵ket] 動 以…奉獻
❼ **honorarium** [͵ɑnəˋrɛrɪəm] 名 謝禮
❽ **amusement** [əˋmjuzmənt] 名 娛樂

變化型in token of gratitude的意思是「作為對…的感謝」，為副詞片語，用以表對「某行為是為了對…的感謝之情而做的」，反義句型devoid of all gratitude則為「忘恩負義」的意思。

句型換換看 Replace It!

換A 換B

[I am] grateful❶ for [your fresh milk].

翻譯 我很感謝你給我的新鮮牛奶。

解構 [主詞] + [be grateful for] + [名詞]

換A-主詞	換B-名詞
替換詞對應方法：換A a 對應→ 換B a，練習時請按照順序替換喔！	
a His boss was 他老闆	a those authors' giveaway❷ 那些作家的贈品
b The woman is 女子	b the ride to downtown❸ 到市中心的搭乘
c All victims are 災民	c the prompt❹ relief supplies 及時提供的救援物資
d That athlete is 運動員	d the chance of rapid recovery 快速復原的機會
e Everyone was 所有人	e the old man's sage❺ philosophy 老人睿智的的人生觀

❶ **grateful** [`gretfəl] 形 感激的
❷ **giveaway** [`gɪvə,we] 名 贈品
❸ **downtown** [,daʊn`taʊn] 名 鬧區
❹ **prompt** [prɑmpt] 形 及時的
❺ **sage** [sedʒ] 形 睿智的；賢的

從單字gratitude延伸出的句型be grateful for為「對…心存感激」之意，介系詞for後面可接名詞/動名詞/關係形容詞子句(ex. be grateful for whatever you can afford. 感謝你所提供的東西)。

be good enough to...
好到足以⋯。

enough當形容詞時有「足夠的；充足的」之意，由此可以延伸出enough to(足以)的用法，若再加入形容詞good(如本句型)，就能表示「好到足以⋯」，不定詞to後面接原形動詞。

句型換換看

換A [The experienced director **is**] **good enough to** [be the judge]. 換B

翻譯 那名老練的導演足以擔任評審。

解構 [主詞] + [be good enough to] + [動詞]

換A-主詞	換B-動詞
替換詞對應方法：換 A a →對應→ 換 B a，練習時請按照順序替換喔！	
a My cousin is 我的堂姐	a be a professional writer 成為職業作家
b This draft is 這個提案	b achieve❶ their standard❷ 達到他們的標準
c This enzyme❸ is 這種酵素	c mend your indigestion❹ 改善消化不良的問題
d Our team is 我們隊伍	d challenge❺ the champion last year 挑戰去年的冠軍隊伍
e Her English is 她的英文	e explain our complicated situation 解釋我們複雜的處境
f The amateur is 業餘者	f compete with those professionals 和那些職業選手競爭
g Her resume is 她的履歷	g help her impress our interviewers 讓我們的面試官留下深刻印象

❶ **achieve** [ə`tʃiv] 動 達到
❷ **standard** [`stændəd] 名 標準
❸ **enzyme** [`ɛnzaɪm] 名 酵素
❹ **indigestion** [ˌɪndə`dʒɛstʃən] 名 消化不良
❺ **challenge** [`tʃælɪndʒ] 動 挑戰

活用句型

在基本型之上，如果想表達「對某人而言夠好」的意思，可以將for sb.併入基本句(be good enough for sb. to…)；此外可比對前面介紹過的too…to…(太…以至於無法)，為本單元句型的反義句。

句型換換看

換A

[Our lecturer will come] sure **enough**.

翻譯 我們的講師一定會來。

解構 [子句] + [sure enough]

換A-子句

a You will succeed in your scientific research 你的科學研究成功

b The new therapy❶ will be effective after the operation❷ 新的治療法的效果不錯

c The result of the election will be a landslide❸ 選舉的結果將是一面倒的勝利

d This scholar will prove the hypothesis wrong 這名學者將會證明論點有誤

e We learned a lot from this unpleasant experience 我們從這次不甚愉快的經驗中學到很多

f Democracy❹ isn't the only resolution of this problem 民主不是解決問題的唯一方法

g Some specialists presumed❺ that there will be an earthquake 一些專家認為會有地震

h They speculated❻ that the mortal❼ disease will come back 他們推測那個致命疾病會捲土重來

Key Words

❶ **therapy** [\`θɛrəpɪ] 名 治療法

❷ **operation** [ˌɑpə\`reʃən] 名 運作

❸ **landslide** [\`lændˌslaɪd] 名 壓倒性的勝利

❹ **democracy** [kɪ\`mɑkrəsɪ] 名 民主

❺ **presume** [prɪ\`zum] 動 認為

❻ **speculate** [\`spɛkjəˌlet] 動 推測

❼ **mortal** [\`mɔrtḷ] 形 致命的

sure enough意指「果真；一定；毫無疑問」，表示「事情與預料的相符」，為副詞片語；與enough相關的變化還有cannot...enough(無論怎樣…都不夠)，cannot後面接原形動詞或BE動詞。

句型換換看 Replace It!

換A 換B

[All of John's colleagues have had] **enough** of [his lies].

翻譯 約翰所有的同事都對他的謊言感到厭煩。

解構 [主詞] + [have/has enough of] + [名詞]

換A-主詞　換B-名詞

替換詞對應方法：換 A a —對應→ 換 B a，練習時請按照順序替換喔！

換A-主詞	換B-名詞
a Our manager has 我們經理	a his moonshining❶ 他不切實際的想法
b Her husband has 她老公	b his supervisor's sarcasm❷ 主管的挖苦
c An employee has 員工	c the snob's impudence❸ 勢利鬼的厚顏無恥
d The mediator❹ had 調停者	d your endless arguments 你們無止盡的爭吵
e Local residents have 居民	e threat of the plant's radiation 工廠輻射的威脅
f Some clients had 一些客戶	f his continual name-dropping 他不斷提到名人以自抬身價

Key Words

❶ **moonshing** [`mun͵ʃaɪnɪŋ ] 名 空話　❷ **sarcasm** [ `sɑrkæzm] 名 挖苦

❸ **impudence** [`ɪmpjədn̩s ] 名 厚臉皮　❹ **mediator** [ `midɪ͵etɚ] 名 調停者

have enough of指「對某人或某事感到厭煩」，enough在此為名詞(足夠)，注意此句含負面的報怨，同義句型有turn away from/be fed up with。

sb. have/has confidence in...

某人對…有信心。

本句型描述的是「對…(人/事)有信心」，介系詞in後面可接名詞/what 引導的名詞子句/動名詞，也可以用形容詞用法be confident of來表示。

句型換換看 Replace It!

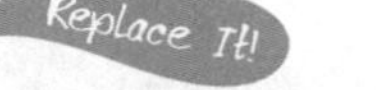

[I have] (換A) **confidence[1] in** [what you suggested] (換B).

翻譯 我對你建議的事很有信心。

解構 [主詞] + [have/has confidence in] + [名詞/動名詞]

替換詞對應方法：換 A a —對應→ 換 B a，練習時請按照順序替換喔！

換A-主詞	換B-名詞/動名詞
a Policemen have 警官們	a discovering the truth 找出真相
b The golfer[2] has 高爾夫球員	b turning defeat into victory 反敗為勝
c That delegate had 代表	c accomplishing his mission 完成他的使命
d The president had 總統	d his ambassadorial[3] picks 他挑的外交使節
e The government has 政府	e our country and its future 我們國家及其未來遠景
f The diplomat has 外交官	f establishing[4] diplomatic[5] relations 建立外交關係
g The new coach has 新教練	g the teamwork of these baseball players 這群棒球員的團隊合作
h Most customers have 大部分消費者	h the quality of our electric appliances 我們電器的品質

❶ **confidence** [ˋkɑnfədəns] 名 信心
❷ **golfer** [ˋgɑlfɚ] 名 打高爾夫的人
❸ **ambassadorial** [æm͵bæsəˋdorɪəl] 形 使節的
❹ **establish** [əˋstæblɪʃ] 動 建立；創辦
❺ **diplomatic** [͵dɪpləˋmætɪk] 形 外交的

和基本型同義的句型有have every confidence in，every在此有「充分」之意，語氣中帶有十分肯定的意味；此外補充be worthy of confidence，表示「值得信任」的意思。

句型換換看

換A 換B

[We give our] **confidence** to [those who take over the case].

翻譯 我們信任要接手這個案子的人。

解構 [主詞] + [give one's confidence to] + [名詞]

換A-主詞+give one's

換B-名詞

替換詞對應方法：換Aa —對應→ 換Ba，練習時請按照順序替換喔！

換A	換B
a Citizens give their 市民們	a the present chancellor❶ 現任總理
b The designer gave his 設計師	b this promising model 這名有潛力的模特兒
c The craftsman❷ gave his 工匠	c his hard-working apprentice 勤勉的徒弟
d The bride gives her 這名新娘	d her superb❸ bridal❹ secretary 一流的新娘秘書
e A violinist gives her 小提琴手	e this blockbusting❺ performer 這名了不起的演奏家
f Her family give their 她家人	f the surgeon with excellent skill 能力超群的外科醫生
g He doesn't give his 他不(信任)	g people who fawn upon him too much 對他過於獻殷勤的人

❶ **chancellor** [ˋtʃænsələ] 名 總理
❷ **craftsman** [ˋkræftsmən] 名 工匠
❸ **superb** [sʊˋpɝb] 形 一流的；極好的
❹ **bridal** [ˋbraɪdḷ] 形 新娘的
❺ **blockbusting** [ˋblɑk͵bʌstɪŋ] 形 了不起的

give one's confidence to表「信賴」之意，介系詞to後面接名詞的受格，同義句型有place confidence in；反義為misplace one's confidence(某人誤信)。

句型換換看 Replace It!

換A 換B

[My roommate] takes [me] into his **confidence**.

翻譯 我室友把我當成他的知心好友。

解構 [主詞] + [take] + [名詞(人)] + [into one's confidence]

換A-主詞 換B-名詞(人)

替換詞對應方法：換Ａa —對應→ 換Ｂa，練習時請按照順序替換喔！

換A-主詞	換B-名詞(人)
a The depressed❶ man 憂鬱的男子	a his psychiatrist❷ 他的精神科醫師
b The exchange student 交換學生	b the homestay family 寄宿家庭的成員
c My younger brother 我的弟弟	c his hang gliding❸ coach 他的滑翔翼教練
d The mistrustful❹ man 多疑的男子	d no one around him 沒有將他周圍的任何人

❶ **depressed** [dɪ`prɛst] 形 憂鬱的；沮喪的

❷ **psychiatrist** [saɪ`kaɪətrɪst] 名 精神科醫師

❸ **hang gliding** [hæŋ`glaɪdɪŋ] 名 滑翔翼

❹ **mistrustful** [mɪs`trʌstfəl] 形 多疑的

take sb. into one's confidence意指「對某人吐露真心；把某人當知己」；相關延伸用法還有in the confidence of(成為…的知己；參與…的秘密)，ex. I am the only one that be in the confidence of her.(我是唯一知道她秘密的人)。

sb. be impressed by...

某人被…打動。

被動形式的be impressed by能表達「對…留下深刻印象；被打動」的心情；by可以用with代替；主詞為留下印象的人，by後面的受格則為留給人印象的人事物。

句型換換看 Replace It!

換A 換B

[Dana's client was] impressed❶ by [her persistent❷ attitude❸].

翻譯 黛娜的客戶被她堅持不懈的態度打動。

解構 [主詞] + [be impressed by] + [名詞]

換A-主詞 換B-名詞

替換詞對應方法：換A a —對應→ 換B a，練習時請按照順序替換喔！

換A-主詞	換B-名詞
a Our director is 我們導演	a that movie extra❹ 那位電影臨時演員
b The refugees❺ were 難民	b diplomatic rescue operation 邦交國的援救活動
c The critics are 評論家	c the scenario❻ and its characters 劇本與角色
d The audience are 觀眾	d your superlative❼ performance 你們高超的表演
e His leader was 他的領導	e the way he dealt with this arduous❽ problem 他處理難題的方式
f Tina's manager was 蒂娜的經理	f her efforts towards her first case 她對第一個案子的付出

Key Words

❶ **impress** [ɪm`prɛs] 動 給…極深印象
❷ **persistent** [pɚ`sɪstənt] 形 堅持的
❸ **attitude** [`ætətjud] 名 態度；意見
❹ **extra** [`ɛkstrə] 名 臨時演員
❺ **refugee** [ˌrɛfjʊ`dʒi] 名 難民；流亡者
❻ **scenario** [sɪ`nɛrɪˌo] 名 劇本
❼ **superlative** [sə`pɝlətɪv] 形 最好的
❽ **arduous** [`ɑrdʒʊəs] 形 困難的

另一個相似句型be impress on和基本型不同的地方在於，使用介系詞on之後，句型的主詞是留下印象的人事物，受格則是被留下印象的人，ex. I was impressed by the novel.=The novel impressed on me.(這本小說讓我留下深刻的印象。)

句型換換看 Replace It!

換A 換B

[I was] greatly impressed by [your company].

翻譯 你的公司讓我留下深刻的印象。

解構 [主詞] + [make a great impress on] + [名詞]

換A-主詞 **換B-名詞**

替換詞對應方法：換Aa 對應→ 換Ba，練習時請按照順序替換喔！

換A-主詞	換B-名詞
a My family was 我的家人	a that favorable❶ journey 討人喜歡的旅行
b Those sufferers❷ were 受害者	b the indelible❸ catastrophe❹ 難以忘掉的大災難
c The host was 節目主持人	c that guest's wits at the show 嘉賓在節目上的機智
d The audience were 聽眾們	d the pianist's wonderful performance 鋼琴家高超的表演
e Most students were 大部分學生	e the profundity❺ of Pro. Lin's knowledge 林教授的淵博學識
f Brian's kids were 布萊恩的孩子	f these aboriginals' handicrafts 那些原住民的手工藝
g The newcomers were 新人	g the harmonious atmosphere in the office 辦公室裡的和諧氣氛

❶ **favorable** [`fevərəbḷ] 形 令人喜歡的
❷ **sufferer** [`sʌfərɚ] 名 受害者
❸ **indelible** [ɪn`dɛləbḷ] 形 難以去除的
❹ **catastrophe** [kə`tæstrəfɪ] 名 災難
❺ **profundity** [prə`fʌndətɪ] 名 淵博

be greatly impressed by為「留下深刻的印象」，用副詞greatly強調其程度，此句型強調主詞「被…打動」(被動的立場)，所以用介系詞by。

句型換換看 Replace It!

換A 換B

[Billy tries to **impress**] me with [flattery❶].

翻譯 比利試圖用奉承來讓我留下印象。

解構 [主詞] + [impress sb. with] + [名詞]

換A-主詞

替換詞對應方法：換Aa —對應→ 換Ba，練習時請按照順序替換喔！

- a The revolutionaries❷ impressed 革命家
- b The juvenile❹ impresses 那名少年
- c The virtuoso❺ impressed 那位藝術大師
- d The department store impressed 百貨公司
- e Some statesmen impress 一些政治家

換B-名詞

- a patriotism❸ 愛國精神
- b his wisdom 他的智慧
- c his exhibition 他的展覽
- d an advertising campaign 廣告活動
- e their dedication❻ to the poor 對窮困人士的奉獻

Key Words

❶ **flattery** [ˋflætərɪ] 名 奉承；諂媚

❷ **revolutionary** [ˏrɛvəˋluʃənˏɛrɪ] 名 革命家

❸ **patriotism** [ˋpetrɪətɪzəm] 名 愛國精神

❹ **juvenile** [ˋdʒuvənl̩] 名 青少年

❺ **virtuoso** [ˏvɝtʃuˋoso] 名 藝術大師

❻ **dedication** [ˏdɛdəˋkeʃən] 名 奉獻

變化型impress sb. with所強調的是「使人留下印象的手段」，with後面可接名詞/動名詞，通常為「手法或採取的方式」

PART 7

詢問資訊的句型

～詢問效率大增的必備英文用法

動 動詞
名 名詞
片 片語
副 副詞
形 形容詞

EXPRESS YOURSELF VIA THESE PATTERNS!

How do you like...?

你覺得…怎麼樣？

字面上看起來像是在問人你如何喜歡，但其實這句是用來「詢問對方…的喜好程度或感覺」，動詞like後面接名詞；疑問副詞how在本句中有問程度的意思。

句型換換看 Replace It!

How do you like [the dinner]?

翻譯 你覺得這頓晚餐如何？

解構 [How] + [do you like] + [名詞]

換A-名詞

a your Christmas present❶ this year 你今年拿到的聖誕禮物

b the action movie Jerry recommended 傑瑞推薦的動作片

c the mannequin❷ in the display window 櫥窗裡的模特兒

d the pirate ship in our amusement park 我們遊樂園裡的海盜船

e the current❸ administration's❹ foreign policy 目前政府的外交政策

f the mural❺ painting we saw at the exhibition 我們在展覽上看到的那幅壁畫

❶ **present** [`prɛzn̩t] 名 禮物

❷ **mannequin** [`mænəkɪn] 名 人體模型

❸ **current** [`kɜənt] 形 當前的

❹ **administration** [əd͵mɪnə`streʃən] 名 政府

❺ **mural** [`mjʊrəl] 形 牆壁的

同樣是「How do you like...?」的句型，在牛排館用餐時，我們常會聽到服務生詢問How do you like your steak cooked?之類的用法，這是在問「你的牛排想要幾分熟」，意思不同。

Would sb. mind...?

某人介意…嗎？

這個句型一般用在對不熟的人或正式場合，以委婉且客氣的口吻「請求允許」(自己打算做某事)或「要求對方做某事」(請對方配合)，後接名詞/動名詞。

換A

Would you mind [repeating that again]?

翻譯 你介意再說一次那件事嗎？

解構 [Would you mind] + [名詞/動名詞]

換A-名詞/動名詞

a switching❶ the television to HBO 把電視轉到HBO頻道

b recommending a masseur❷ for me 推薦一位按摩師給我

c telling me if my estimation❸ is correct 告訴我估計是否正確

d handing in the embarkation❹ card to me now 現在把出境登記表交給我

e leaving Ms. Hill and me alone for a few minutes 讓希爾小姐和我獨處一下

f unpacking your luggage for a routine inspection❺ 拿出行李物做例行性檢查

❶ **switch** [swɪtʃ] 動 轉換；改變

❷ **masseur** [mæ`sɝ] 名 男按摩師

❸ **estimation** [ˏɛstə`meʃən] 名 估計

❹ **embarkation** [ˏɛmbɑr`keʃən] 名 乘坐

❺ **inspection** [ɪn`spɛkʃən] 名 檢查

在替換時請注意語義是「請求允許」(f)或「要求對方做某事」(abcde)；此外，本句型在mind後，除了此處的名詞/動名詞外，還可以接if子句，ex. Would you mind if I smoke?(我如果抽煙你會介意嗎？)

Do you happen to know...?

你碰巧知道…嗎？

本句型是委婉地請對方告訴自己原由，和Do you know…沒有太大差別，後接名詞/名詞子句；核心在happen to，以「人」為主詞，意指「碰巧」；當主詞為「事物」時，則解釋為「發生」。

Replace It!

Do you happen to know [your blood type]?

翻譯 你知道你自己的血型嗎？

解構 [Do you happen to know] + [名詞/名詞子句]

換A-名詞/名詞子句

a how to deactivate the siren 如何把警報器撤銷

b where the new shopping plaza is 新的購物廣場在哪裡

c how the couple started quarrelling 那對夫妻爭吵的原因

d the origin and meaning of this slang 這句俚語的由來和意思

e the responsibilities of the stationmaster❶ 站長的工作職責

f the optimum❷ temperature❸ for the growth of strawberries 草莓生長的最佳溫度

❶ **stationmaster** [ˋsteʃən͵mæstɚ] 名 站長

❷ **optimum** [ˋɑptəməm] 形 最理想的　❸ **temperature** [ˋtɛmprətʃɚ] 名 溫度

從happen to延伸，可以用來問某人或某事物「怎麼了」(What happened to+人/事物)；此外，形式類似的句型happen to+名詞則指「偶然發現或遇見」，ex. I happen on the old picture.(我偶然發現這張舊照片。)

How much do/does sb. know about...?

某人對…了解多少？

How much可以用來詢問「多少(錢、重量、範圍、程度…等)」，須與它所修飾的動詞一起理解；本句型詢問的是「知悉情況的程度」，由於沒有辦法細數，所以使用疑問詞how much。

句型換換看 Replace It!

How much [do you] know about [his story] ? （換A：do you；換B：his story）

翻譯 你對他的故事了解多少呢？

解構 [How much] + [do/does+主詞+know about] + [名詞]

換A-主詞　**換B-名詞**

替換詞對應方法：換Aa —對應→ 換Ba，練習時請按照順序替換喔！

換A-主詞	換B-名詞
a do customers 消費者	a these ingredients❶ 這些成分
b do your students 你學生	b those extinct❷ animals 瀕臨絕種的動物
c do astronomers❸ 天文學家	c the planets and our galaxy❹ 行星與銀河
d does the salesman 銷售員	d our merit reward system 我們的功績制度
e do businessmen 商人們	e certain emerging markets 某些新興市場
f do the couriers❺ 那群導遊	f these national monuments❻ 這些名勝古蹟

❶ **ingredient** [ɪn`grɪdɪənt ] 名 成份　❷ **extinct** [ ɪk`stɪŋkt] 形 絕種的

❸ **astronomer** [ə`strɑnəmɚ ] 名 天文學家　❹ **galaxy** [ `gæləksɪ] 名 銀河

❺ **courier** [`kʊrɪɚ ] 名 導遊；嚮導　❻ **monument** [ `mɑnjəmənt] 名 遺址

本句型中的know about指的是「較深入地了解…的情況」，而know of則是「知道有；聽說過」之意(不深入了解)，差了一個介系詞，意思就完全不同。

What's one's opinion on...?

你對…的意見是什麼？

想詢問他人對某事件的看法或見解時可用的句型，介系詞on後面接名詞/動名詞，表示想詢求意見的「某事」；其他和opinion相關的變化還有public opinion(輿論)、opinion poll(民意)…等。

句型換換看 Replace It!

What's [your] opinion on [this political issue]?

翻譯 你對這個政治議題的看法是什麼？

解構 [What's one's opinion on] + [名詞/動名詞]

換A-one's	換B-名詞/動名詞
a the director's 院長	a the serious malpractice 那件嚴重的醫療過失
b that detective's 那位偵探	b this doubtful❶ suicide case 可疑的自殺案件
c that film critic's 電影評論家	c the famous horror movie 那個出名的恐怖片
d that specialist's 那名專家	d grandparent-breeding❷ problem 隔代教養問題
e our president's 我們校長	e corporal❸ punishment of children 對小孩的體罰

替換詞對應方法：換 A a —對應→ 換 B a，練習時請按照順序替換喔！

Key Words

❶ **doubtful** [`daʊtfəl] 形 令人生疑的

❷ **breed** [brid] 動 教養；養育；培育

❸ **corporal** [`kɔrpərəl] 形 身體的

活用句型

就「意見」而言，有幾個英文單字須分清楚，opinion為個人意見；editorial則常指報章雜誌的評論(強調媒體或編輯的立場)；commentary就比較複雜，通常指某些事件的紀錄、一系列的批評與意見等。

Can you tell me something about...?

你可以告訴我一些關於…的事嗎？

本句型用以「詢問某人是否能提供一些自己需要的資訊」，介系詞about後面接名詞，用以表示自己欲知道的資訊。

換A

Can you tell me something about [my weaknesses]?

翻譯 你可以跟我講一些有關我缺點的事嗎？

解構 [Can] + [you] + [tell me something about] + [名詞]

換A-名詞

- a your previous work experience 你之前的工作經驗
- b the main idea of your current study 你目前研究的主要概念
- c the online netiquette❶ in a chatting room 網路聊天室裡的規矩
- d your daughter's distinguished achievements 你女兒的卓越成就
- e the advantage❷ of your public transport❸ system 你們大眾運輸系統的優勢
- f the utilization❹ of water resources 水資源利用的情形

❶ **netiquette** [`nɛtɪkɛt] 名 網路禮儀
❷ **advantage** [əd`væntɪdʒ] 名 優勢
❸ **transport** [`træns͵pɔrt] 名 運輸
❹ **utilization** [͵jutḷə`zeʃən] 名 利用

tell about在本句型中有「講述」的意思，另外有兩個形式很相似，但意思卻完全不同的延伸變化tell...from/apart，表示辨別、區分之意，前面通常皆can/be able to，表示「有能力區分」。

Do/Does sb. have any idea of...?

某人對…有沒有想法？/某人知不知道…？

本句型用以「詢問他人對某事或某議題是否有意見」或詢問「他人是否知悉某件事」，還可以在idea之前加形容詞強調(ex. Do you have any better idea of...?你有沒有其他更好的想法？)。

換A 換B

[Do you] have any idea of [their proposal]?

翻譯 你對他們的提案有什麼想法？

解構 [Do/Does] + [主詞] + [have any idea of] + [名詞]

換A-主詞 **換B-名詞**

替換詞對應方法：換 A a —對應→ 換 B a，練習時請按照順序替換喔！

換A-主詞	換B-名詞
a Do the legislators❶ 立法委員	a the bill of rights 人權法案
b Do your teammates 你隊友	b the reason why you lost 你們輸的原因
c Do the judges 評審們	c the skaters' performance 滑冰者的表演
d Did his parents 他的父母	d his subscription❷ to the magazine❸ 他訂閱雜誌
e Did the representative 代表人	e people who have dual citizenship 具雙重國籍者

❶ **legislator** [\`lɛdʒɪs͵letɚ ] 名 立法委員　❷ **subscription** [ səb\`skrɪpʃən] 名 訂閱

❸ **magazine** [͵mægə\`zin] 名 雜誌

除了「Do/Does sb. have any idea of+名詞」外，還可以用「Do you have any idea+名詞子句」，意思相同，ex. Do you have any idea who the boy wearing glasses is?(詢問對方是否知道帶眼鏡的男孩是誰。)

What's the difference between...and...?

…和…之間有什麼區別？

詢問「兩物或兩人之間的區別」時可用的實用句型，若詢問對象為三者時，可直接用What's the difference between A, B and C?

What's the difference between [you]換A **and** [your twin sister]換B?

翻譯 你和你的雙胞胎妹妹有什麼不同的地方？

解構 [What's the difference between] + [名詞1+and+名詞2]

換A-名詞1 / **換B-名詞2**

替換詞對應方法：換A a —對應→ 換B a，練習時請按照順序替換喔！

換A-名詞1	換B-名詞2
a a dietitian❶ 飲食學家	a a nutritionist❷ 營養學者
b a helicopter❸ 直升機	b a jet fighter 噴射戰鬥機
c a suspected case 疑似病例	c a probable case 可能病例
d a deposit account 儲蓄存款	d a checking account 支票存款
e a commercial invoice❹ 商業發票	e a delivery receipt 交貨收據

❶ **dietitian** [ˌdaɪəˋtɪʃən] 名 飲食學家

❷ **nutritionist** [njuˋtrɪʃənɪst] 名 營養學家

❸ **helicopter** [ˋhɛlɪkɑptɚ] 名 直升機

❹ **invoice** [ˋɪnvɔɪs] 名 發票

本句型除了可以詢問「人或物之間的不同」外，若在difference前面加入不同的形容詞，就能延伸出不同的問法，ex. What's the age/time difference between...and...?(…和…相差幾歲/時差幾小時？)

Is/Are sb. interested in...?

某人對…有興趣嗎？

本句型用在「詢問他人對某事是否感興趣」的情境中，介系詞in後接名詞/動名詞；若用interest(名詞)改寫，則為Do/Does sb. have an interest in，後面同樣接名詞/動名詞。

換A [Are you] interested in 換B [drawing]?

翻譯 你對畫畫很感興趣嗎？

解構 [BE動詞] + [主詞] + [interested in] + [名詞/動名詞]

換A-BE動詞+主詞　換B-名詞/動名詞

替換詞對應方法：換 A a —對應→ 換 B a，練習時請按照順序替換喔！

換A	換B
a Is the businessman 商人	a Network marketing 網路行銷
b Is your son 你的兒子	b playing Rubik's cube 玩魔術方塊
c Are your friends 你朋友	c watching the quiz show 看益智節目
d Is that girl 那個女孩	d becoming a manicurist❶ 成為美甲師
e Is your roommate 你室友	e applying for the scholarship❷ 申請獎學金
f Is my neighbor 我的鄰居	f having tattoos❸ and piercings❹ 刺青與穿耳洞

❶ **manicurist** [`mænɪˏkjʊrɪst ] 名 美甲師　❷ **scholarship** [ `skɑləˏʃɪp] 名 獎學金

❸ **tattoo** [tæ`tu ] 名 刺青　❹ **pierce** [ `pɪrsɪŋ] 動 刺穿

be interested in用來形容某人對某事有興趣；反義的「不感興趣或不關心」則可用「be uninterested/disinterested in+名詞/動名詞」表示。

Do/Does sb. prefer...or...?

某人喜歡…還是…？

本句型用以「詢問他人的偏好與愛好」，其中的to為對等連接詞，prefer與to之間可以放詞性相同的英文；另外的相似句型prefer...over...的意思則為「喜歡…更勝過喜歡…」。

Do you prefer [rice] or [noodles❶]?（換A：rice；換B：noodles）

翻譯 你喜歡飯還是麵？

解構 [Do/Does] + [主詞] + [prefer] + [英文1+or+英文2]

換A-英文1 ／ **換B-英文2**

替換詞對應方法：換 A a 對應→ 換 B a，練習時請按照順序替換喔！

換A-英文1	換B-英文2
a confections❷ 甜食	a savory❸ food 鹹食
b gymnastics❹ 體操	b aerobic❺ exercises 有氧運動
c the life in a city 城市生活	c in a rural❻ area 農村的生活
d going to a movie 看電影	d shopping with us 和我們逛街
e traveling alone 獨自旅遊	e joining a tour group 參加旅遊團

❶ **noodle** [\`nudḷ] 名 麵條

❷ **confection** [kən\`fɛkʃən] 名 西點

❸ **savory** [\`sevərɪ] 形 鹹的

❹ **gymnastics** [dʒɪm\`næstɪks] 名 體操

❺ **aerobic** [eə\`robɪk] 形 有氧的

❻ **rural** [\`rurəl] 形 農村的

本句型若遇到動詞的時候，其實可以用prefer to...rather than to...改寫，其中rather than前後放「to+原形動詞」，ex. I prefer to eat rather than to exercise. (我喜歡吃更勝於運動。)

Have/Has sb. got a chance to...?

某人有機會可以…嗎？

本句型的核心在sb. get a chance to，表示「獲得機會去從事某事」，也可以改寫成give sb. the chance to，使用完成式則強調「某人是否已經取得機會」，不定詞to後面接原形動詞。

句型換換看

換A 換B

[Have you] got a chance to [join that party]?

翻譯 你有機會可以參加那場派對嗎？

解構 [Have/Has] + [主詞] + [got a chance to] + [動詞]

換A-主詞	換B-動詞
a Has the accountant❶ 會計	a look into the problem 研究這個問題
b Has the parolee❷ 被假釋犯	b leave the lockup❸ today 今天離開拘留所
c Has the artist 藝術家	c show his imagination❹ 展現他的想像力
d Has your sister 你的妹妹	d take a picture with those singers 和歌手拍照
e Has the proponent 提案人	e take an affirmative❺ action 採取積極行動
f Have the unions 工會	f conciliate❻ with the government 與政府和解

替換詞對應方法：換Aa 對應→ 換Ba，練習時請按照順序替換喔！

❶ **accountant** [əˋkaʊntənt] 名 會計　❷ **parolee** [pəˌroˋli] 名 被假釋者

❸ **lockup** [ˋlɑkˌʌp] 名 (臨時)拘留所　❹ **imagination** [ɪˌmædʒəˋneʃən] 名 想像力

❺ **affirmative** [əˋfɝmətɪv] 形 肯定的　❻ **conciliate** [kənˋsɪlɪˌet] 動 和解

在此補充相關用法stand a chance of(有…的希望)，ex. stand a chance of taking the prize.(有希望得獎)，反義則為stand no chance of(沒有…的希望)。

Is it possible to...?
…是可能的嗎？

本句型用來「詢問從事…的可能性」，此處possible是指「(事、物)可能發生的」，所以主詞不能為「人」；本句型也可以加入對象，Is it possible for sb. to…?(…對某人來說是可能的嗎？)

換A

Is it possible to [be at the airport in time]?

翻譯 準時到達機場有可能嗎?

解構 [Is it possible to] + [動詞]

換A-動詞

a transship❶ those goods at Sydney 這些貨品(有可能)在雪梨轉運
b change one's habit and personality (有可能)改變一個人的習慣與人格
c educate a child without comparison❷ (有可能)不用比較的方式教育孩子
d bargain❸ with those shopkeepers❹ (有可能)跟那些店家討價還價到一個好價錢
e control❺ the high blood pressure❻ without drugs (有可能)不用藥物就控制住高血壓
f pass on the disease to others through shaking hands 握手(可能)把這種病傳染給別人
g avoid my headphones with cords tangling up (有可能)避免讓我的耳機線都捲在一起
h run a business without much advertisement 沒有大量的廣告宣傳，(有可能)經營公司

❶ **transship** [træns`ʃɪp] 動 轉運
❷ **comparison** [kəm`pærəsn̩] 名 比較
❸ **bargain** [`bɑrgɪn] 動 討價還價
❹ **shopkeeper** [`ʃɑp,kipɚ] 名 店主
❺ **control** [kən`trol] 動 控制；管理
❻ **pressure** [`prɛʃɚ] 名 壓力；壓迫

詢問「可能性」的這個句型，重點在possible這個字身上，其他相關的變化還有make sth. possible(使…可以存在或發生)；反義句為make sth. impossible(使某事成為不可能)。

句型換換看 Replace It!

換A

Is there any **possibility** [that I can go with you]?

翻譯 我有機會可以跟你一起去嗎？

解構 [Is there any possibility] + [that+子句/of+名詞]

換A-that+子句/of+名詞或動名詞

a of accepting the process of verification❶ (有可能)接受一個核實程序

b of canceling❷ Mr. Watson's order now (有可能)現在取消華生先生的訂單

c that we can meet the specialist in person 我們(有機會)與專科醫師見面

d of making a peaceful settlement❸ of the dispute (有可能)達成和平共識

e that I can change my reservation❹ to tomorrow 我(可能)把我的預約改成明天

f of receiving promotional❺ materials from your store (有可能)收到你們店裡促銷活動的訊息

❶ **verification** [ˌvɛrɪfɪˋkeʃən] 名 核實　❷ **cancel** [ˋkænsḷ] 動 取消；刪去

❸ **settlement** [ˋsɛtḷmənt] 名 解決　❹ **reservation** [ˌrɛzɚˋveʃən] 名 預約

❺ **promotional** [prəˋmoʃənḷ] 形 促銷的

句型Is there any possibility...?同樣是在詢問「可能性」，後接「of+名詞」或「that+子句」，回答時，若要表示可能性微乎其微，可以用a remote/bare possibility。

Will there be time to/for...?

會有時間…嗎？

Will there be time後面可以分為「for+名詞/動名詞」與「to+原形動詞」兩種形式，但在理解上沒有什麼太大的不同，唯「to+原形動詞」只能用來敘述行為。

Will there be time [for dinner]?

翻譯 會有時間吃晚餐嗎？

解構 [Will there be time] + [for+名詞/to+動詞]

換A-for+名詞/to+動詞

a to go explore those tribes 旅行與探究那些部落

b for warming-up before the aerobics❶ 在有氧體操前做暖身

c for grocery shopping after we come back 回來後去採購雜貨

d for the consultation❷ with the representative of the bank 與銀行代表的協商 bank 跟銀行做債務協商

e to review a full-length draft of my essay 複習我論文的完整草稿

f to get to know other participants❸ 認識其他參加者

❶ **aerobics** [ˌeəˋrobɪks] 名 有氧體操 ❷ **consultation** [ˌkɑnsəlˋteʃən] 名 商議

❸ **participant** [pɑrˋtɪsəpənt] 名 參加者

time(時間)為不可數名詞，所以BE動詞原則上用is，但此句型使用助詞will詢問將來的情況，所以才用原形動詞be；注意there is/are是在說明「某地方有…」或「某事物(無生命)有…」時使用的句型。

How often do/does sb...?

某人多久…一次？

How often ...?(多久一次；多常)為頻率副詞的問句；注意「頻率副詞」不僅可用於「現在式」，也可以用「過去式」詢問某人過去的情況，在表達上只要依詢問者表達的時間為基準點即可。

句型換換看

換A

How often [do you go to a movie]?

翻譯 你多久看一次電影？

解構 [How often do/does] + [主詞] + [動詞]

換A-主詞+動詞

a do you back up your database❶ 你備份你的資料庫

b does your landlord replace❷ the carpet❸ 你的房東更換地毯

c does a solar eclipse❹ generally happen 日蝕通常發生(的頻率)

d do I have to log in to my account to keep it 登錄以保存我的帳戶

e do you update your wardrobe with fashion trend❺ 跟著流行趨勢更換衣服

f does the association hold an academic❻ forum 協會舉辦學術講座

❶ **database** [ˋdetə͵bes] 名 資料庫

❷ **replace** [rɪˋples] 動 取代；代替

❸ **carpet** [ˋkɑrpɪt] 名 地毯

❹ **eclipse** [ɪˋklɪps] 名 (天)蝕

❺ **trend** [ˋtrɛnd] 名 潮流；趨勢

❻ **academic** [͵ækəˋdɛmɪk] 形 學術的

在回答本句型時，有兩種方式，第一種用「頻率副詞」回答(ex. always/usually/sometimes/seldom/never...)；第二種則用「含頻率的副詞片語」(ex. every Saturday每週六/once a week一週一次…等)。

Is this one's first time to...?

某人是第一次…嗎？

此為詢問他人「經驗」的句型(問某人是否為初次體驗某事)，不定詞to後面接原形動詞；如果要問「是否初次造訪某地」，可用「Is this one's first time to be in+地點」。

換A 換B

Is this [your] first time [being an examiner]?

翻譯 這是你第一次擔任主考官嗎？

解構 [Is this one's first time to] + [原形動詞]

換A-one's **換B-原形動詞**

替換詞對應方法：換 A a —對應→ 換 B a，練習時請按照順序替換喔！

換A	換B
a that speaker's 那位講者	a seeking a postponement 請求延期
b the customer's 顧客	b driving a hybrid❶ car 開油電混合車
c the woman's 那名女子	c doing a cervical❷ smear❸ test 做子宮頸抹片檢查
d that tourist's 那名遊客	d experiencing bungee❹ jumping 體驗高空彈跳
e your father's 你的父親	e ordering a product through the Internet 從網路購買產品
f your company's 你們公司	f holding an international conference 舉辦國際研討會

❶ **hybrid** [`haɪbrɪd] 形 混合而成的
❷ **cervical** [`sɜvɪkḷ] 形 子宮頸的
❸ **smear** [smɪr] 名 (顯微鏡的)塗片
❹ **bungee** [`bʌŋdʒi] 名 跳簧

first(第一的)為形容詞及副詞最高級，最高級前面須要加定冠詞the，也可以像此處一樣用所有格(my/your/his/her/their/our)代替定冠詞。

Pattern 16 How long will it take to...?

…需要花多久時間？

How long表示時間多長，主要用於詢問「一段時間」情況，若發問者期待的是較為精確的答案時，大都會用How much time。

How long will it take to [watch the movie]?

翻譯 看這一部電影需要花多久時間？

解構 [How long will it take to] + [原形動詞]

換A-原形動詞

a walk from here to the bus station 從這裡走到公車站

b reach❶ an agreement on the issue 在議題上達成一致

c process all of these applications❷ 處理全部的的申請書

d form a new habit❸ of regular❹ exercise 培養規律運動的新習慣

e settle Mr. Johnson's car accident case 解決強森先生的車禍案件

f get my refund after filling out this form 在我填完表格後，拿回退款

❶ **reach** [ritʃ] 動 達到；抵達

❷ **application** [ˌæplə`keʃən] 名 申請書

❸ **habit** [`hæbɪt] 名 習慣；習性

❹ **regular** [`rɛgjələ] 形 定期的

how開頭問時間的疑問詞，除了有How long(多久)，用於較長的時間，不具期待口吻；還有How soon(多快)，用於較短的時間，有期待性質或時間壓力的問法。除此之外，when也能詢問時間，唯問句若為完成式時，不得使用when，而要改用how long。

Have/Has sb. been/gone to...?

某人曾經待過/去過…嗎？

本句型可拆成兩句不同的意思。第一個是sb. been to，強調曾經「去過某地的經驗」，此時已經回來，適用於分享經驗；第二種為sb. gone to，強調「已經出發」，當事人已經到該地去了。

換A 換B

[Have you been] to [any countries in Europe]?

翻譯 你去過歐洲國家嗎？

解構 [Have/Has] + [主詞] + [been/gone to] + [名詞(地方)]

換A-Have/Has+主詞+been/gone …… 換B-名詞(地方)

替換詞對應方法：換 A a —對應→ 換 B a ，練習時請按照順序替換喔！

換A	換B
a Has the astronaut❶ gone 太空人	a the space station 太空站
b Has your family been 你的家人	b the Egyptian pyramids❷ 埃及金字塔
c Has the archaeologist been 考古學家	c the Roman amphitheater❸ 羅馬競技場
d Have the explorers been 探險家	d the Amazon rainforest❹ 亞馬遜熱帶雨林

❶ **astronaut** [ˋæstrəˏnɔt] 名 太空人
❷ **pyramid** [ˋpɪrəmɪd] 名 金字塔
❸ **amphitheater** [ˏæmfɪˋθɪətɚ] 名 競技場
❹ **rainforest** [ˋrenˏfɑrɪst] 名 雨林

在回答本句型時，have been to由於在問經驗，所以可回答「次數或never」；have gone to是在問「某人已經去某地了沒」，所以回答時須與already(已經)、just(剛剛)等詞彙連用，不可以用次數回答。

When is a good time to...?

什麼時候可以…？

本句型用以「詢問何時是恰當的時間點或最佳時機」，time在句型中表「時間；時機」，When is the good time後面可接「to+原形動詞」或「that+子句」。

Replace It!

When is a good time to [have lunch with your parents]?

翻譯 什麼時候是能和你父母共進午餐好時機呢？

解構 [When is the good time to] + [動詞]

換A-動詞

- a take these diet supplements❶ 服用這些飲食補給品
- b disinfect❷ our standpipe❸ this year 今年替我們水塔消毒
- c start looking for jobs for graduates 畢業生找工作
- d inject❹ vaccines in a newborn baby 對新生兒施打疫苗
- e go traveling around Europe by a yacht 搭乘郵輪遊遍歐洲
- f signal our troops to make a counterattack 發信號通知我們軍隊反攻

❶ **supplement** [`sʌpləmənt ] 名 補給品 ❷ **disinfect** [ ˌdɪsɪn`fɛkt] 動 使消毒

❸ **standpipe** [`stændˌpaɪp ] 名 水塔 ❹ **inject** [ ɪn`dʒɛkt] 動 注射(藥液等)

本句型中的time為不可數名詞(時間；時機)；若times為可數名詞時，則解釋為「次數」，ex. two times(兩次)；time也可以當作動詞，意思為「安排…的時間；為…選擇時機」(be timed to+原形動詞/be timed for+名詞)。

Don't you think it is no use...?

你不覺得…沒有用嗎？

想委婉地提點他人，避免可能有的爭執時，可以用這個句型；it is no use意指「沒有用；白費力氣」，與There is no use in同義，後面接動名詞。

Don't you think it is no use [crying about the past]? (換A)

翻譯 你不覺得為了過去的事情哭泣沒有用嗎？

解構 [Don't you think it is no use] + [動名詞]

換A-動名詞

- a wailing❶ about the defeat❷ 為了已經輸掉的比賽痛哭
- b blaming❸ the doctor for the man's death 為了那個男人的死亡責怪醫生
- c arguing with Jason at the meeting 在會議上與傑森爭論
- d keeping a flippant❹ and rude attitude 採取輕率又無理的態度
- e waiting for him to approve our scheme 等他批准這份計畫
- f complaining about the noise of jet aircraft 抱怨噴射機的噪音

❶ **wail** [wel] 動 嚎啕大哭；慟哭

❷ **defeat** [dɪˋfit] 名 失敗；挫敗

❸ **blame** [blem] 動 責備；指責

❹ **flippant** [ˋflɪpənt] 形 輕率的

本句型的核心在「it is no use+動名詞」(沒有用處)，此為固定用法，句首使用Don't you think是以委婉地口吻表達自己的想法；其他與「it is no use+動名詞」同義的用法還有it is useless to+原形動詞/it is no good+動名詞。

Is/are sb. done with...?

某人完成…了嗎？

這裡的done並非被動語態的用法，而是形容詞，有「做完或結束某件事」的意思，本句型是在「詢問某人完成…了嗎？」，介系詞with後面接名詞/動名詞，表達所完成的事情為何。

句型換換看 Replace It!

[Are you] (換A) **done with** [your homework] (換B)?

翻譯 你功課做完了嗎？

解構 [BE動詞] + [主詞] + [done with] + [名詞/動名詞]

換A-BE動詞+主詞 **換B-名詞/動名詞**

替換詞對應方法：換A a —對應→ 換B a，練習時請按照順序替換喔！

換A	換B
a Are the students 學生們	a their final papers 他們的期末報告
b Is the movie star 電影明星	b her press conference 她的記者會
c Is your brother 你的哥哥	c the acupuncture❶ treatment❷ 針灸治療
d Is the statesman 政治家	d writing her memoirs 撰寫她的回憶錄
e Is the engineer 工程師	e his engineering graphics❸ 他的工程圖
f Are the accountants 會計	f the analysis of our financial statements❹ 財務報表的分析

❶ **acupuncture** [ˌækjʊˋpʌŋktʃɚ] 名 針灸
❷ **treatment** [ˋtritmənt] 名 治療
❸ **graphics** [ˋɡræfɪks] 名 製圖法
❹ **statement** [ˋstetmənt] 名 報告書

I am done.指自己完成了某作事情，但是要記得，不能用I am finished.來表示自己完成某事，因為I am finished.意思為我完蛋了。所以必須用I have finished+N，來表示自己完成了什麼工作或任務。

Pattern 21 Is/Are sb. able to...in time?

某人來得及參加…嗎？

本句型在「問某人是否來得及參加某項活動」，be able to是指「有能力去做/完成某任務」，主詞只能是人；in time表示及時，後面常接不定詞或與介系詞for連用。

句型換換看 Replace It!

[Are you] able to [attend❶ the party] in time?

翻譯 你來得及出席派對嗎？

解構 [BE動詞] + [主詞] + [able to] + [動詞] + [in time]

換A-BE動詞+主詞　換B-動詞

替換詞對應方法：換Aa —對應→ 換Ba，練習時請按照順序替換喔！

換A	換B
a Is that instructor 那名教練	a lick the team into shape 訓練好這個隊伍
b Is our supplier 我們供應商	b deliver the components❷ 遞送零件
c Are your members 你成員	c prepare❸ everything for the feast 準備宴會的所有事情
d Is the dispatcher 調度員	d dispatch❹ a shuttle bus to the terminal 派接駁車到航廈
e Is the doctor 那名醫生	e save the seriously injured man's life 救回重傷男子的性命

Key Words

❶ **attend** [ə`tɛnd ] 動 參加　❷ **component** [ kəm`ponənt] 名 零件

❸ **prepare** [prɪ`pɛr ] 動 準備　❹ **dispatch** [ dɪ`spætʃ] 動 派遣；發送

Tip 活用句型

be managed to和be able to都有「能夠」的意思，但前者隱含「勉強完成；設法應付」的情況；其他表達「來得及做某事」的說法還有there's still time to。

Do/Does sb. agree to...?

某人同意…嗎？

此為「詢問意見」的句型，agree to表示是雙方協商後同意，有承擔義務及進行合作的意思；這裡的to可能是介系詞(後接名詞/動名詞)，也可能是不定詞(後接原形動詞)。

句型換換看 Replace It!

換A 換B

[Do you] agree to [his request]?

翻譯 你同意他的答覆嗎？

解構 [助動詞] + [主詞] + [agree to] + [名詞/原形動詞]

換A-助動詞	換B-名詞/原形動詞

替換詞對應方法：換 A a —對應→ 換 B a，練習時請按照順序替換喔！

換A-助動詞	換B-名詞/原形動詞
a Did the plaintiff 原告	a waive her requirement 放棄她的要求
b Did the celebrity 名人	b be interviewed next week 下星期受訪
c Did the gourmet❶ 美食家	c have her articles published 出版她的文章
d Does the owner 店主人	d modify❷ the recruitment❸ policy 徵人的政策
e Do our clients 我們客戶	e the terms of this treaty 這份合約上的條款
f Do the employers 雇主	f the concessions❹ under this situation 在這種情況下做出讓步

❶ **gourmet** [`gʊrme] 名 美食家
❷ **modify** [`mɑdə͵faɪ] 動 修改；更改
❸ **recruitment** [rɪ`krutmənt] 名 招募
❹ **concession** [kən`sɛʃən] 名 讓步

在替換時，首先要注意的是to可以當不定詞(abcd)或介系詞(ef)，這會決定後面所接的詞性；其他與agree相關的變化還有agree with sb.(同意某人看法)/agree on sth.(就…達成協議)。

What made sb. decide to...?

是什麼原因讓某人決定要…的？

本句型用來「詢問他人之所以做某事的原因」，此處的make為使役動詞，後面接原形動詞(decide)，主要動詞decide to(不定詞)後面接原形動詞。

句型換換看 Replace It!

What made [you]換A decide to [study hard]換B?

翻譯 什麼原因讓你決定要努力讀書？

解構 [What] + [made+主詞+decide to] + [動詞]

換A-主詞 **換B-動詞**

替換詞對應方法：換Aa —對應→ 換Ba，練習時請按照順序替換喔！

換A-主詞	換B-動詞
a the couple 那對夫妻	a bury the hatchet❶ 言歸於好
b the government 政府	b keep this forest❷ park 留下這個森林公園
c the workaholic❸ 工作狂	c take a few days leave from his work 休假
d that judge 那名法官	d postpone the public hearing 把公聽會延期
e our CEO 我們執行長	e establish❹ foreign branches 成立海外分行
f the retired man 退休男人	f join our pension❺ scheme 參加我們的退休金方案

❶ **hatchet** [`hætʃɪt] 名 短柄小斧
❷ **forest** [`fɔrɪst] 名 森林
❸ **workaholic** [ˌwɝkə`hɔlɪk] 名 工作狂
❹ **establish** [ə`stæblɪʃ] 動 設立；創立
❺ **pension** [`pɛnʃən] 名 退休金

decide(下定決心)有同義字resolve(有決心；決定)，句尾可接「on+名詞/動名詞」/「to+原形動詞」；反義字則有hesitate(猶豫；躊躇)，後面接不定詞to。

Pattern 24 Can/Could you do sb. a favor and...?

你可以幫忙某人…嗎？

本句型用以「尋求某人給予協助」，更直接的說法可以用Can you help sb.?(你可以幫忙某人嗎？)favor在此為名詞，有幫助的意思；不定詞to後面接原形動詞，表達「所要給予協助的事情」。

句型換換看 Replace It!

Could you do [me]^換A a favor and [clean the bathroom]^換B?

翻譯 你可以幫我洗浴室嗎？

解構 [Can/Could] + [you do+名詞+a favor to] + [動詞]

換A-名詞 / 換B-動詞

替換詞對應方法：換A a —對應→ 換B a，練習時請按照順序替換喔！

換A-名詞	換B-動詞
a your brothers 你弟弟們	a redress❶ the scales 主持公道
b my students 我的學生	b pronounce❷ this word 發這個字的音
c your colleagues 你同事	c confirm the dates of delivery 確認送貨日期
d the babysitter 媬姆	d coddle❸ the baby for a while 照顧一下嬰兒
e our members 我們成員	e resend❹ this questionnaire to May 把問卷轉交給梅
f my manager 我的經理	f verify every article of this contract 確認合約條款

Key Words

❶ **redress** [rɪ`drɛs] 動 糾正；矯正

❷ **pronounce** [prə`naʊns] 動 發音

❸ **coddle** [`kɑdl̩] 動 悉心照料

❹ **resend** [ri`sɛnd] 動 再送

Tip 活用句型

要表達「幫忙」，除了此處的do sb. a favor外，還有give sb. a (helping) hand…等；另外要注意in favor of表示「贊成；支持」，與本句型的意思不同。

Can/Could sb. have a look at...?

某人可以看一下…嗎？

此為禮貌的請求講氣，婉轉地要求他人看一下某物。介系詞at後面接名詞，描述「所要看的東西」，也可以將have a look at改為take a look at。

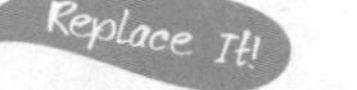

換A 換B

Could [you] have a look at [my broken watch]?

翻譯 你可以看一下我壞掉的手錶嗎？

解構 [Can/Could] + [主詞] + [have a look at] + [名詞]

換A-主詞　換B-名詞

替換詞對應方法：換 A a 對應→ 換 B a，練習時請按照順序替換喔！

換A-主詞	換B-名詞
a the appraiser❶ 鑑定師	a the emeralds I bought 我買的綠寶石
b your professor 你的教授	b the tree diagram❷ I drew 我畫的樹狀圖
c my lawyer 我的律師	c the terms of the car insurance 車險的條款
d the psychiatrist❸ 心理醫生	d his reaction to the event 他對事件的反應
e those freshmen 大一新生	e the laboratory❹ before class 上課前(看)實驗室
f the survivors 倖存者	f the news of the conflagration❺ 這場大火的新聞

Key Words

❶ **appraiser** [ə`prezɚ ] 名 鑑定師　❷ **diagram** [ `daɪə͵græm] 名 圖表

❹ **psychiatrist** [saɪ`kaɪətrɪst] 名 精神科醫師

❺ **laboratory** [`læɡrə͵torɪ ] 名 實驗室　❻ **conflagration** [ ͵kɑnflə`greʃən] 名 大火

Tip 活用句型

若想要以比本句型更客氣的語氣表達，可加入mind(介意)這個單字，但必須注意mind後面要接動名詞(Do you mind having/taking a look at...?)。

How do/does sb. get to...from...?
某人要如何從…抵達…？

本句型用以詢問「某人抵達某處的方式」，動詞get可以用go替換；特別注意若抵達處為here/there時，get後面不用加to(get here/there from…)。

Replace It!

How do we get to [the stadium❶] from [here]? (換A: the stadium; 換B: here)

翻譯 我們要如何從這裡到體育館？

解構 [How] + [do/does+主詞+get to+名詞(目的地)] + [from+名詞(出發點)]

換A-名詞(目的地) | **換B-名詞(出發點)**

替換詞對應方法：換Aa 對應→ 換Ba，練習時請按照順序替換喔！

換A	換B
a the conference hall 會場	a the train station 火車站
b the pharmacy❷ 藥房	b this cafeteria 這家自助餐店
c the hospital 醫院	c the scene❸ of that traffic accident 車禍現場
d that restaurant 那間餐廳	d the intersection❹ I met you at before 我之前遇到你的那個十字路口

❶ **stadium** [ˋstedɪəm] 名 體育館

❷ **pharmacy** [ˋfɑrməsɪ] 名 藥房

❸ **scene** [sin] 名 (事件發生的)地點

❹ **intersection** [ˏɪntəˋsɛkʃən] 名 十字路口

想要回答詢問者搭乘某交通工具可抵達時，有幾種不同的說法，最簡單的可用「take/ride+交通工具+to+地方」；也有依照交通工具的大小回覆的方式：on+大型交通工具；in+小型交通工具。

Where can sb. get...?

某人能從哪裡取得…？

本句型可用於「詢問該從哪裡獲得(資訊、物件…等物)」，where在本句型中則指「能獲得…的地方」；get後面接名詞(表尋找的資訊或物件等)即可。

Where can [we] get [our train tickets]?

翻譯 我們要到哪裡拿我們的火車票呢？

解構 [Where can] + [主詞] + [get] + [名詞]

換A-主詞 **換B-名詞**

替換詞對應方法：換Aa —對應→ 換Ba，練習時請按照順序替換喔！

換A-主詞	換B-名詞
a freshmen 大一新生	a their registration❶ slips 他們的註冊單
b this couple 這對情侶	b their marriage certificate❷ 他們的結婚證書
c your users 你的使用者	c the older version of this software 這個軟體的舊版
d the inhabitants 居民們	d information about these diseases 這些疾病的資訊
e the toxicologist❸ 毒物專家	e the report of the unknown poison❹ 不明毒物的報告

❶ **registration** [ˌrɛdʒɪˋstreʃən] 名 註冊
❷ **certificate** [səˋtɪfəkɪt] 名 證書
❸ **toxicologist** [ˌtɑksɪˋkɑlədʒɪst] 名 毒物學家
❹ **poison** [ˋpɔɪzn̩] 名 毒物

本句型中的get還可以用acquire/obtain(取得；獲得)替換；此外，若要詢問「以何種方式獲得資訊」，則疑問詞Where可以改為How(How can sb. get…?)。

Will...be refundable?

…是可以退錢的嗎？

名詞refund有「退款；退費」之意，取其形容詞變化refundable延伸的本句型是在「詢問店家某物是否能退費」，藉以確認有問題時的處理方式；要注意這個句型的主詞通常為物品。

換A

Will [this security deposit] **be refundable**?

翻譯 這筆保證金可以退費嗎？

解構 [Will] + [主詞] + [be refundable]

換A-主詞

a the deposits for the cottages❶ 度假別墅的押金

b the easel❷ people I buy at your stationer❸ 在你文具店買的畫架

c these wine glasses with blemishes❹ 這些有瑕疵的酒杯

d the unfitted topcoat❺ and sweater 不合身的輕便大衣與毛衣

e these flight tickets from Taiwan to Canada 台灣到加拿大的機票

f the charge listed here and warehouse❻ rent 這裡列的費用和倉租費

❶ **cottage** [`kɑtɪdʒ] 名 (度假)別墅

❷ **easel** [`izḷ] 名 畫架；黑板架

❸ **stationer** [`steʃənɚ] 名 文具店

❹ **blemish** [`blɛmɪʃ] 名 瑕疵

❺ **topcoat** [`tɑp͵kot] 名 (春秋季的)輕便大衣

❻ **warehouse** [`wɛr͵haus] 名 倉庫

同樣是退還，return與refund的差別在於，return是「歸還東西」或「退貨」，refund則專指退款，另一種常見的退款叫reimbursement，比較像「回饋或補貼」，多用在自己有預付費用，之後再透過申請程序得到款項。

What is the operation hours of...?
請問…的營業時間是什麼時候？

operation hours字面上的翻譯為運轉的時間，用來說明營業時間，也可以用business hours來代替，更簡易的用法為opening hours of the shop，介系詞of後面接所要詢問的機構或者店家。

換A

What is the operation❶ hours of [the local swimming pool]?

翻譯 本地游泳池的營業時間為何？

解構 [What is the operation hours of] + [名詞]

換A-名詞

a this boutique❷ on weekends 週末這家精品店(的營業時間)

b that institution❸ on Saturdays 那家機構星期六(的營業時間)

c the subway on New Year's Eve 除夕那天，地鐵(的營業時間)

d the post office in your neighborhood❹ 你們附近郵局(的營業時間)

e the district❺ court for receiving our application 地方法院收取申請書(的時間)

❶ **operation** [ˌɑpəˋreʃən] 名 營運

❷ **boutique** [buˋtik] 名 精品店

❸ **institution** [ˌɪnstəˋtjuʃən] 名 機構

❹ **neighborhood** [ˋnebəˌhʊd] 名 鄰近

❺ **district** [ˋdɪstrɪkt] 名 地區

回答他人營業時間時，我們通常會用from…to…(從…到…)回答，ex. from Monday to Saturday, 2:00 p.m ~12:30 p.m.(從週一到週六，下午兩點到晚上十二點半)；講到店家休息日則可用be closed on+星期幾。

May I remind sb. ...?

我是否能提醒某人…？

本句型的用途在「以委婉的語氣提醒某人記得某事」，完整的的句型有remind sb. of sth./remind sb. to do sth./remind sb. that+子句，這些表達法皆可。

May I remind❶ you [of the meeting at eight a.m. tomorrow]?

翻譯 我是否能提醒你明天早上八點的會議？

解構 [May I remind] + [名詞(人)] + [of+名詞/to+動詞 /that+子句]

換A-of+名詞/to+動詞/that+子句

- a that there will be a family reunion❷ this afternoon 今天下午有家庭聚會
- b that the committee can make the final decisions 委員會有權做最後的決定
- c that it is important to communicate with our clients 和客戶溝通很重要
- d to finish your job based on the standard❸ procedure❹ 根據標準程序完成工作

❶ **remind** [rɪ`maɪnd] 動 提醒
❷ **reunion** [ri`junjən] 名 團聚
❸ **standard** [`stændəd] 形 標準的
❹ **procedure** [prə`sidʒə] 名 程序

在此比較「remind to+原形動詞」與「remind of+動名詞」的差別，前者是提醒「還沒有做的事情」，後者則在提醒「已經做過的事情(但忘記做過)」；另外，「提醒」除了用這裡介紹的句型，還能用call one's attention to sth.(叫某人注意某事)來表示。

NOTE

NOTE

NOTE

NOTE

NOTE

NOTE

國家圖書館出版品預行編目資料

用「套」的就會說！10秒英語開口術／張翔 編著. --初版.
--新北市：知識工場出版 采舍國際有限公司發行, 2016.07
面；公分． -- (Excellent ；83)
ISBN 978-986-271-701-1 (平裝)

1. 英語 2. 會話

805.188 105009325

知識工場 · Excellent 83

用「套」的就會說！10秒英語開口術

出 版 者／全球華文聯合出版平台 · 知識工場
作　　者／張翔
出版總監／王寶玲
總 編 輯／歐綾纖
印 行 者／知識工場
英文編輯／何牧蓉
美術設計／吳佩真

郵撥帳號／50017206 采舍國際有限公司（郵撥購買，請另付一成郵資）
台灣出版中心／新北市中和區中山路2段366巷10號10樓
電　　話／（02）2248-7896
傳　　真／（02）2248-7758
ISBN-13／978-986-271-701-1
出版日期／2016年7月初版

全球華文市場總代理／采舍國際
地　　址／新北市中和區中山路2段366巷10號3樓
電　　話／（02）8245-8786
傳　　真／（02）8245-8718

港澳地區總經銷／和平圖書
地　　址／香港柴灣嘉業街12號百樂門大廈17樓
電　　話／（852）2804-6687
傳　　真／（852）2804-6409

全系列書系特約展示
新絲路網路書店
地　　址／新北市中和區中山路2段366巷10號10樓
電　　話／（02）8245-9896
傳　　真／（02）8245-8819
網　　址／www.silkbook.com

本書全程採減碳印製流程並使用優質中性紙（Acid & Alkali Free）最符環保需求。

本書為名師張翔等及出版社編輯小組精心編著覆核，如仍有疏漏，請各位先進不吝指正。來函請寄mujung@mail.book4u.com.tw，若經查證無誤，我們將有精美小禮物贈送！

nowledge.
知識工場
Knowledge is everything！